Unverkäufliches Leseexemplar
352 Seiten, 17,95 € (D), 18,50 € (A)
Lieferbar ab 27. März 2018

Wir bitten Sie, Rezensionen
nicht vor dem **27. März 2018**
zu veröffentlichen.

Über Ihre Meinung würden wir uns sehr freuen!
Bitte schreiben Sie uns
per E-Mail an leseexemplar@rowohlt.de
oder per Post an den Rowohlt Verlag,
Werbeabteilung, Hamburger Straße 17,
21465 Reinbek.

Sie sind damit einverstanden,
dass Ihre Meinung ggf. zitiert wird.

Catharina Junk

Bis zum Himmel und zurück

Roman

Kindler

1. Auflage April 2018

Druck und Bindung CPI books GmbH,
Leck, Germany
ISBN 978 3 463 40694 7

Für meine Eltern

We can head down this mountain together
You don't have to live in fear
'Cause for the first time in forever,
I will be right here.

Anna in *Frozen*

1

Es ist schon ein Witz, dass die ausgerechnet mich fragen, wenn es um das Thema Familie geht. Mein Vater würde vermutlich am lautesten darüber lachen, aber der ist natürlich nicht hier, sondern schon lange weg. Auf der Anwärterliste für das Verdienstkreuz im Nicht-hier-Sein steht er nämlich ganz oben, direkt über Nemo. Seit einer Ewigkeit war ich nicht mehr mit jemandem aus meiner Familie im selben Zimmer, und es ist für mich undenkbar, dass es noch einmal dazu kommen könnte. Außer Alexa kennt niemand den Grund dafür, und selbst mit ihr spreche ich möglichst nie darüber. Ich schaue nicht zurück, sondern irgendwie nach vorn, obwohl es da für mich nicht viel zu sehen gibt.

Dass ich also genau genommen familienlos bin, weiß hier niemand. Und ich werde mich hüten, das jetzt zu erzählen, denn ich brauche diesen Auftrag, wenn ich nicht bis in alle Ewigkeit für Krimiserien schreiben will. Als Drehbuchautorin ist es nicht so einfach, etwas zu finden, was nichts mit Kommissaren zu tun hat. Somit ist das hier etwas, was man gemeinhin als «eine große Chance» bezeichnet: Man hat mich gebeten, eine eigene Familienserie zu entwickeln, die einmal wöchentlich abends ausgestrahlt werden soll.

«So was wie *Six Feet Under* meets *Modern Family*, nur halt für die deutschen Zuschauer», hat Nicole, die Producerin, am Telefon gesagt, und ich habe mir verkniffen zu entgegnen, dass wir für das erste Beispiel fünfzehn Jahre zu spät dran sind und für das zweite immerhin auch noch zehn Jahre, und dass es eigentlich ja auch mal toll wäre, etwas ganz Neues zu erfinden.

«Es muss ans Herz gehen und lustig sein und auch die großen Fragen des Lebens stellen. Nicht erdrückend, eher leicht, aber auch mal zum Weinen …» Nicole machte eine kurze Pause und setzte dann energisch nach: «Aber bloß keine Klischees, Katja!»

Ich antwortete mit angemessener Empörung in der Stimme: «Natürlich nicht!»

Damit ich aber nicht auf zu abwegige Gedanken komme, ergänzte sie schnell: «Wobei, Klischees haben ja auch ihre Berechtigung. Das heißt, *wenn* wir uns für Klischees entscheiden, dann nur für die Klischees, die jeder kennt.»

Stumpfsinn meets *Verzweiflung,* habe ich daraufhin gedacht und eilfertig geantwortet: «Genau so etwas wollte ich schon immer mal schreiben.»

Wir verabredeten uns sehr herzlich zu einem Treffen, und nach dem Telefonat kam die leise Hoffnung auf, dass das ein schönes Projekt werden könnte. Eine eigene Serie zu entwickeln, die dann tatsächlich auch gedreht und ausgestrahlt wird, davon träumen viele Autoren. Ich erzählte Ratko freudig von der Anfrage, und er sprach sofort aus, was mir gelungen war, *nicht* zu denken, nämlich: «Das wird doch eh nix.»

Aber mit dieser Haltung wird's erst mit der Motivation und dann der Miete schwierig, wofür Ratko selbst das beste Beispiel ist. Deswegen sitze ich nun der fahrigen Nicole gegenüber, zwischen uns der Teller mit den Keksen. Viermal hat sie schon vergeblich versucht, sich eine Pony-Strähne hinters Ohr zu klemmen, dabei sind die Haare einfach noch zu kurz dafür. Warte einfach zwei Wochen, möchte ich ihr gerne sagen, aber das würde jetzt wahrscheinlich ablenken. Neben Nicole federt Markus, der mir als Juniorproducer vorgestellt wurde, mit schmunzelndem Zwieback-Gesicht in seinem Freischwinger auf und nieder. Er ist aufrichtig um Lässigkeit bemüht, aber sein Ehrgeiz kommt ihm dabei in die Quere, und deswegen leidet seine Außenwirkung so dermaßen, dass er mir ein bisschen leidtut.

«Wie schön, dass das mit unserem Treffen so schnell geklappt hat.» Nicole strahlt gewollt offen und gibt in Sachen Haarsträhne immer noch nicht auf. Ich bemühe mich, Blickkontakt mit ihr zu halten und entspannt zu lächeln. Das ist immer wichtig, damit man selbstbewusst wirkt und sie dir auch zutrauen, was sie demnächst alles von dir verlangen werden. Vor allem, wenn man übergewichtig ist wie ich, wird einem schnell unterstellt, man sei willensschwach und habe die Selbstliebe auf später verschoben. Stimmt in meinem Fall beides ein bisschen, aber was hilft jetzt Nicole zum Beispiel gerade ihre Entschiedenheit? Das Haar wächst nicht schneller, egal, wie oft sie heute noch daran zieht. Außerdem gehört zur Stellenbeschreibung einer Drehbuchautorin auch eine gewisse Labilität, denn das hier ist natürlich der Beginn einer monatelangen Qual voller Nachtschichten, panischer Anrufe, Schreibblockaden und vergeblichen Wartens auf Rückmeldung. Das wissen Nicole und ich beide, doch wenn man es ausspräche, würde es nie funktionieren, und deswegen wird es kreativer Prozess genannt.

Nicole lehnt sich in ihrem Stuhl zurück. «Du wurdest mir ja wärmstens von Hans empfohlen, der hält ziemlich große Stücke auf dich.»

«Wie nett.» Das glaube ich gern, denn ich habe Hans

vor einem halben Jahr ein ganzes Serienkonzept inklusive Exposés für die ersten acht Folgen einer Tierarzt-Serie geschrieben. Meine Bezahlung bestand aus so lächerlich wenig Geld, dass ich davon gerade mal meine Handyrechnung bezahlen konnte und einmal Süßkartoffel-Fritten mit Wasabi-Mayo zum Mittagessen. Nicht zu vergessen die zwei Wochen Recherchearbeit in Hagenbecks Tierpark. Die Elefantenscheiße hängt immer noch im Profil meiner eigens dafür gekauften Gummistiefel, und richtig weitergebracht hat mich das Assistieren bei der Wurzelbehandlung eines Tigers jetzt auch nicht. So gesehen beruht die Empfehlungsfreudigkeit auf Gegenseitigkeit, denn wenn jemand gesucht wird, der Sklaven beim Pyramidenbau oder eben unterbezahlte Drehbuchautoren antreiben soll, dann käme mir sofort der liebe Hans in den Sinn.

«Erzähl doch mal, was machst du so?» Nicole tut, als sei sie ganz gespannt.

Ich unterdrücke ein Aufstoßen, denn die drei Liter eisgekühlte Cola letzte Nacht haben mir nicht gutgetan. Außerdem brennen meine Augen vor Müdigkeit. Blinzeln hilft nicht. Eher verschwimmen dann Nicole und Markus und sehen aus, als hätte sie jemand durch ein Aquarell von Emil Nolde ersetzt. «Na ja, also ich schreibe ja regelmäßig für *Wache Mitte.*»

«Ach? Wie geht es denn der Dorit zurzeit?» Juniorproducer Markus setzt ein ernstes Gesicht auf.

Was soll ich jetzt dazu sagen? Ich möchte nicht indiskret sein, aber andererseits ist es in der Branche ein offenes Geheimnis, dass die Hauptdarstellerin Dorit Wagenfels von *Wache Mitte* Alkoholikerin ist und es einem Glücksspiel gleichkommt, ob sie morgens am Set erscheint und dann bestenfalls auch aufrecht stehen kann. Vor Ort halten in allen Blickwinkeln Praktikanten große Tafeln hoch, auf denen Dorits Dialoge stehen. In jedem anderen Job wäre sie längst gefeuert worden, aber Dorit Wagenfels spielt die Hauptkommissarin Evelyn Lichter in *Wache Mitte* seit fünfzehn Jahren und erfreut sich bei den Zuschauern allergrößter Beliebtheit. Jeder, der mit dieser Serie zu tun hat, befindet sich in einer Co-Abhängigkeit. Wenn Dorit Wagenfels endgültig stürzt, reißt sie uns alle mit in den Abgrund. Ein weiterer Grund, sich nach einem neuen Projekt umzuschauen.

Ich entscheide mich für Diskretion und antworte neutral: «Im Moment geht es ihr ganz gut.» Lieber verschweige ich, dass die Schauspielerin vor zwei Tagen hochpromillig in der Küche ausgerutscht ist und jetzt einen Gipsarm trägt. Ich selbst habe die letzte Nacht damit verbracht, den Gips in mein Drehbuch reinzuschreiben und sie in den Innendienst zu versetzen. Aber das gehört jetzt nicht hierher und erklärt höchstens die Aquarell-Gesichter mir gegenüber. Ich muss nur mal kurz die Augen zumachen, das brennt schon wieder so.

«Katja?» Nicole reißt mich aus meinen Gedanken. Wo war ich? Wie lange hatte ich die Augen zu?

«Entschuldigung. Ich habe letzte Nacht durchgeschrieben.» Ich rutsche in meinem Stuhl zurecht, und mein Po macht auf dem Ledersitz ein furzendes Geräusch. Schnell rutsche ich noch einmal, um das Geräusch zu wiederholen und damit klarzustellen, dass es kein Furz war, aber dieses Mal bleibt die Sitzfläche still. «Ach, du Arme. Du siehst auch echt fertig aus.» Nicole zieht eine mitleidvolle Schnute.

«Geht schon.» Ich setze mich noch aufrechter hin und lächle.

Stille. Eine Stille voller Erwartung, dass ich sie beende.

Nicole und Markus schauen mich fragend an. Ich soll

jetzt loslegen. Meinen Job machen. Der Grund für meine Anwesenheit ist der, dass ich jetzt wie eine Ballmaschine Ideen für eine Familienserie ausspucke, und wenn es gut läuft, schlagen sie mir einige davon wieder zurück. Und dann schleudern wir uns die sprichwörtlichen Bälle zu, alles bekommt so einen euphorischen Schwung, es macht uns richtig Spaß, und wir bilden uns ein, das deutsche Fernsehen zu revolutionieren. Der Keksteller leert sich, Nicole lässt ihre Pony-Strähne ins Gesicht hängen, und in Markus reift die Gewissheit, dass das hier sein erstes großes Projekt werden wird. Voraussetzung dafür wäre allerdings, dass die Autorin jetzt mal den Mund aufmacht. Also genau genommen ich.

Ich hole Luft und rede einfach drauflos: «Wie wäre es, wenn die Heldin eigentlich völlig mit ihrer Familie gebrochen hätte und nun durch einen äußeren Umstand gezwungen wird, sich der Vergangenheit zu stellen?»

Okay, stimmt, denke ich, die Idee enthält nichts Neues. Nicole und Markus finden das auch, das sieht man in ihren Gesichtern. Ich muss noch nachlegen und rede einfach weiter: «Ihr ganzes Leben gerät aus den Fugen … vielleicht ein ungelöster Konflikt, der plötzlich wieder hochkocht?»

Das ist ungelogen mein schlechtester Pitch aller Zeiten. Allein schon «hochkocht». Damit komme ich niemals durch, fürchte ich. Meine Hand bewegt sich in Richtung Keksteller, und ich greife noch einmal zu, denn da ist nichts, was ich noch hinterherschieben könnte. Höchstens ein Inzest-Plot, Halbgeschwister verlieben sich oder so, aber das traue ich mich nicht laut zu sagen. Und neu ist das auch nicht unbedingt.

Markus hüstelt einmal. «Jetzt nicht falsch verstehen, keine Kritik, aber wo ist da denn jetzt für dich der neue Ansatz?»

Bevor ich antworte, sagt Nicole: «Na ja, am Ende ist alles

schon mal da gewesen. Ich sag nur *boy meets girl.*» Sie ist offenbar bereit, sich auf diesen schon sehr ausgelatschten Pfad zu begeben.

«Billy Wilder!» Markus freut sich, dass er das Zitat erkannt hat.

Ich will mir meine Erleichterung nicht anmerken lassen und öffne die Hände zu einer vielleicht etwas zu selbstgefälligen «Sag-ich-ja»-Geste.

Nicole bleibt am Ball: «Apropos *boy meets girl*, siehst du da denn Raum für eine starke Liebesgeschichte?»

Ich zögere. Soll ich doch das mit dem Inzest vorschlagen? Nein, das hebe ich mir für später auf und nicke mit vollem Mund. «Natürlich. Ohne Liebe geht's ja nicht.» Pause. Ich fühle mich unwohl, denn so kann man das nicht stehenlassen. Deswegen setze ich idiotischerweise noch hinterher: «Liebe ist immer gut.»

Nicole und Markus wechseln einen Blick. Sie sind nur halb überzeugt. Ich kann es ihnen nicht verübeln. An ihrer Stelle würde ich mich jetzt rausschmeißen.

«Für mein Gefühl ist das noch etwas dünn …», Nicole guckt skeptisch.

Markus gibt sich konstruktiv: «Na ja, kommt ja auch immer auf die Figuren und den Erzählton an.»

Ich nicke eifrig und behaupte: «Absolut! Ich hätte da auch schon ein paar Ideen für einen Twist …»

Es klopft an der Tür, und Nicoles Assistentin Saskia steckt den Kopf ins Zimmer. «Sorry, Nicole. Anna Lippelmann hat schon zweimal angerufen. Scheint dringend zu sein.»

Die Fernsehspielchefin höchstpersönlich! Nicole springt auf, als hätte sie gerade gemerkt, dass sie auf einem Ameisenhaufen sitzt. «Entschuldige, Katja, aber ich muss mich da jetzt zurückmelden.»

«Kein Problem. Wie verbleiben wir denn?» Ich bin nicht sicher, ob ich jetzt einen richtigen Auftrag habe. Nicole kommt um den Tisch herum, um mich zum Abschied zu umarmen. Ich stehe auf, und wir drücken uns wie alte Freundinnen. «Schreib doch einfach mal bis Donnerstag auf, was du dir so denkst. Ich treffe nächste Woche die Redakteurin, und da könnte ich ihr das Papier mal so ganz elegant zustecken, was meinst du?» Als wäre es ein physikalisches Gesetz, dass drei Tage völlig ausreichend sind, um sich eine Serie auszudenken.

Ich stimme wie ferngesteuert fröhlich zu. «Klar, kein Problem!»

«Toll, toll!» Einen Augenblick später ist Nicole zur Tür hinaus.

Ich stehe mit hängenden Armen da, und mein Blick gleitet zu Markus, der mit Schwung aus seinem Stuhl in den Stand federt.

«War echt supernett, dich kennenzulernen.» Er kommt ebenfalls zu mir herüber und umarmt mich steif. Sein Eau de Toilette duftet frisch, feucht und salatgurkig. «Freu mich schon auf deinen Text. Das wird bestimmt gut.» Kaum ist Nicole weg, schlüpft Markus unbeholfen in die Rolle des Auftraggebers.

Ich behaupte: «Oh ja, glaube ich auch.»

Und dann trotte ich aus den Büroräumen hinaus auf die Straße, wo es regnet und für Juni ganz schön kühl ist, was mir aber nichts ausmacht, denn ich friere nie. Unter der S-Bahn-Brücke sitzt wie seit Jahren die junge Mutter mit ihrem Akkordeon, und als ich ihr drei Euro in den Instrumentenkasten lege, bedankt sie sich mit einem Lächeln. Sie weiß nicht, dass meine Spende auch eine Abbitte dafür ist, dass ich so einen sinnlosen Beruf gewählt habe.

2.

Als ich in der gleichmäßig ruckelnden S-Bahn sitze, fallen mir immer wieder die Augen zu. Bis Veddel sind es nur zehn Minuten, und ich habe Angst, die Station zu verschlafen, also versuche ich angestrengt wach zu bleiben. Gleich, wenn ich zu Hause bin, werde ich mich zwei, drei Stunden hinlegen und dann mit der Arbeit an der Familienserie beginnen. Viel Zeit habe ich nicht, wenn ich Freitag schon abgeben soll. Ich muss mir einfach richtig Mühe geben, damit es gut wird. Wahrscheinlich braucht man so etwas wie ein Familienunternehmen als Erzählwelt. Aber was könnte das sein? Ein Weingut? Nein. Weingüter gab es sowieso schon zu oft im Fernsehen, außerdem soll es ja hier in Norddeutschland spielen. Ein Apfelhof im Alten Land oder so. Schöne Landschaft, gesundes Obst, das mögen die Zuschauer …

«Für so 'nen Scheiß werden Millionen rausgeschmissen, aber uns wird die Rente gekürzt! Die ham'se doch nich mehr alle!»

Als ich aufschaue, stelle ich fest, dass der ältere Herr mir gegenüber mich erwartungsvoll ansieht.

«Wie bitte?»

Er nickt in Richtung des Monitors über meinem Kopf, der die Haltestellen und zwischendurch Werbung oder Nachrichten anzeigt. «Na, dieser Quatsch mit dem Kometen oder was das da ist!»

Ich verdrehe meinen Hals und lese die Meldung:

Kometenlander Philae ist wach und sagt «Hallo» aus dem All!

Ich bin sofort wie angeknipst. Bevor ich jedoch weiterlesen kann, wird die Meldung von der Ankündigung der nächsten Haltestelle abgelöst. Schnell beginne ich in meiner Tasche nach meinem Handy zu suchen und erkläre währenddessen dem Herrn: «Philae ist kein Komet. Es ist eine Landeeinheit, die von der Sonde Rosetta auf dem Kometen Tschuri abgesetzt wurde.»

Der Aggro-Rentner guckt mich verblüfft an, berappelt sich aber schnell wieder und entgegnet abschätzig: «Na, da kennt sich aber jemand aus. Rosetta? Die hätten das mal lieber Rosette nennen sollen. Die blöden Arschlöcher.»

Da hilft nur Abblende. Ohnehin habe ich mein Handy gefunden und lese gebannt:

Der Kometenlander Philae hat gestern Abend um 22.28 Uhr die ersten Untersuchungsdaten zur Erde gesandt. Philae wurde im vergangenen November von der Raumsonde Rosetta auf der Oberfläche des Kometen 67P / Tschurjumow-Gerassimenko abgesetzt. Da die Solarpaneele jedoch nicht genug Strom lieferten, schaltete sich der Lander danach ab und ging für über ein halbes Jahr in einen Ruhezustand über. Dank der stetigen Annäherung des Kometen an die Sonne konnte der Kontakt zu Philae wiederhergestellt werden. Die Missionsteams arbeiten an einem günstigeren Flugplan für den Orbit der Kometensonde Rosetta, um eine stabilere Kommunikationsverbindung herzustellen.

Ich lasse das Handy sinken und schlucke. Rührung und Traurigkeit vermischen sich in meinem Bauch zu einem schweren Klumpen. Schnell schaue ich aus dem Fenster.

Ich war vier Jahre alt, als die Rosetta-Mission beschlossen

wurde – und damit das wichtigste Forschungsprojekt unseres Vaters. Ziel war es, die Raumsonde Rosetta zum Kometen Tschuri zu schicken und auf dessen Oberfläche die Landeeinheit Philae abzusetzen. Diese sollte mit zahlreichen Messgeräten ausgestattet Untersuchungen über die Beschaffenheit des Kometen durchführen. Die Vorbereitung dieser Mission hat einen Kometenschweif aus schönen und schrecklichen Familienmomenten durch meine Kindheit gezogen, noch bevor die Sonde und ihr Lander überhaupt gestartet sind. Zu den süßen Erinnerungen gehört, dass Lina und ich im Sommer abends oft auf der alten Decke im Garten lagen und in den Sternenhimmel schauten. Irgendwo da oben war ein Komet unterwegs, den unser Vater und andere Wissenschaftler bald zu den Geheimnissen unserer Welt befragen würden.

Meine Schwester sagte: «Stell dir mal vor, wir beide da oben. Du wärst Rosetta und ich Philae.»

Wir malten uns aus, wie wir zusammen durchs All fliegen würden auf der Suche nach einem Kometen, der vor unvorstellbaren 4,6 Milliarden Jahren entstanden ist und vielleicht Bausteine unseres Lebens in sich trägt. Aber als Rosetta und Philae sich schließlich 2004 gemeinsam auf ihren Weg zu Tschuri machten und dabei dreimal an der Erde und einmal am Mars vorbeiflogen, war Lina bereits vier Jahre tot, und unsere Familie gab es nicht mehr. Jetzt ist Philae da oben in der Unendlichkeit aus ihrem Schlaf erwacht. Lina nicht. Ich halte die Luft an, weil mein Herz so weh tut.

3.

Abends bin ich völlig gerädert und sehe doppelt. Ich kriege es nicht hin. Jetzt kommt raus, dass ich es nicht kann. Ein großer Irrtum, die Sache mit mir und dem Schreiben. Seit sechs Stunden sitze ich am Schreibtisch, und davon habe ich mehr als vier Stunden über Apfelanbau recherchiert. Dabei habe ich viel Interessantes erfahren, was mir aber in Sachen Familienserie nicht weiterhilft. Man kommt so schnell vom Weg ab, wenn man im Internet unterwegs ist. Zum Beispiel gibt es in England einen jungen Mann, der vor Gericht gezogen ist, weil er einen Apfelbaum heiraten wollte. Ich finde, das ist eine sehr rührende Geschichte, und begabtere Menschen als ich könnten bestimmt einen relevanten Film daraus machen. In Sundance würden dem Film die Preise hinterhergeschmissen, ein Oscar wäre nicht ausgeschlossen. Über so was denke ich nach, wenn ich in meiner dunklen Wohnung am Schreibtisch sitze und nichts zustandebringe. Immerhin bin ich jetzt ziemlich entschieden, dass die Familienserie auf einem Apfelhof spielen muss. Ich habe gelesen, dass Äpfel und Apfelbäume Sexualität, Fruchtbarkeit, Leben, Erkenntnis, Entscheidung und sogar Reichtum symbolisieren. Der Apfel an sich ist also mit Sechslingen bedeutungsschwanger. Das kann man in den Einleitungstext für das Serienkonzept schreiben. Leider ist mein vorläufiger Arbeitstitel noch nicht so gut: *Der Apfelhof*. Hoffentlich fällt mir bald was Besseres ein.

Meine Hauptfigur heißt Larissa, schlägt sich als Journalistin so halbwegs durch und hat seit mehr als zehn Jahren keinen Kontakt mehr zu ihrer Familie, also den Leuten vom Apfelhof. Der Grund dafür liegt in ihrer Kindheit. Sie war dabei, als ihre jüngere Schwester … nein, zu nah dran, ich ändere das … Sie war dabei, als ihr jüngerer *Bruder* bei einem Unfall ums Leben kam. Die Eltern haben den Tod des Sohnes nie verwunden, und Larissa hat bis heute mit Schuldgefühlen zu kämpfen. Die Mutter ist tablettenabhängig geworden, und der Vater hat sich eine Geliebte gesucht. Die Backstory hat noch ein paar Lücken, da muss ich noch mal drüber nachdenken. Jedenfalls ist Larissa mit achtzehn von zu Hause ausgezogen. Zehn Jahre später, als die Serie beginnt, bekommt sie die Nachricht, dass da auf dem Apfelhof entweder etwas mit ihrer Mutter oder ihrem Vater passiert ist. Herzinfarkt, Krebsdiagnose, irgendwas in der Art. Müsste ich noch mal recherchieren, was da gut passt. Larissa steht also in der ersten Folge vor der Entscheidung, ob sie zurück zu den Äpfeln fährt und sich ihrer Vergangenheit stellt oder nicht. Blöde Frage, denn natürlich macht sie das. Sonst wird ja keine Serie draus. Das ist alles. Mehr habe ich noch nicht.

Ich lese mir die Seite noch einmal durch und ändere hier und da ein paar Formulierungen. Die Idee ist extrem abgedroschen, aber es könnte vielleicht trotzdem gut werden. Natürlich niemals so wie *Six Feet Under*, die *Sopranos*, *Brothers and Sisters* oder *Parenthood,* aber in einem hatte der tumbe Markus gar nicht so unrecht: Die Frage ist, *wie* man es erzählt. Und die andere Frage ist, ob es mir gelingt, es so zu erzählen, als hätte ich Ahnung von Familie.

Ich höre die Haustür, und Ratko ruft aus dem Flur: «Hey!»

«Hallo!» Endlich ein Lichtblick.

Er kommt herein, streift die Schuhe im Gehen ab und lässt sich sofort aufs Sofa fallen. Seine kinnlangen Haare hat er zu einem kleinen Knoten am Hinterkopf zusammengebunden, und obwohl er das schon so macht, seit wir uns kennen, muss ich mich immer wieder neu dafür entscheiden, es nicht bescheuert zu finden. Er seufzt unzufrieden und legt erschöpft die Füße hoch. Sofort beginnen sie, in einem rastlosen Rhythmus auf der Lehne herumzuzappeln. «Mich nervt das alles so, Katja. So kann das echt nicht mehr weitergehen.» Er richtet sich mit einem Ruck wieder auf und trommelt mit den flachen Händen auf seinen Oberschenkeln herum.

«Was denn genau?» Eigentlich müsste ich heute auch noch meine Umsatzsteuer-Voranmeldung machen, aber wenn Ratko mich braucht, lenkt mich das immer so angenehm von mir selbst ab, und ich werde ganz weich. Vielleicht mag ich ihn auch inzwischen lieber, als ich am Anfang dachte. Ratko hat seit ein paar Monaten einen Schlüssel zu meiner Wohnung, wir haben manchmal Sex und gucken zusammen Serien. Meistens übernachtet er auch hier. Andere Menschen machen das auch so und nennen es Beziehung. Wir haben uns darauf geeinigt, dass es bei uns keinen Namen braucht, damit wir es nicht so nennen müssen.

«Einfach alles. Ich glaub ich hab keinen Bock mehr. Etwas muss sich ändern.» Schon steht Ratko wieder und läuft nervös auf Socken in meinem Wohnzimmer herum.

«War was in der Agentur?»

«Ach, die Agentur ...» Ratko macht eine wegwerfende Handbewegung, als wäre das ein allzu weites Feld. «Nee, ich meine noch viel grundsätzlicher. Mehr so in Richtung Sinn des Lebens.» Er lacht über sich selbst, weil er natürlich weiß, wie banal und beknackt das klingt.

«Aber irgendwas muss doch heute passiert sein.» Ich versuche noch einmal, mir einen ungefähren Überblick zu verschaffen, was zu dieser neuen Krise geführt hat und wie ernst sie ist. Manchmal liegt es nur an was ganz Kleinem, einem Plakat in der U-Bahn, einem Online-Artikel oder an der

Zeile eines Songs. So was reicht, dass Ratko nervös wird, von Hamsterrädern zu reden beginnt und dann erst sich und bald die gesamte Welt in Frage stellt. Ratko hat das regelmäßig. Dann schmiedet er Pläne und skizziert alternative Lebensentwürfe, bis er vor lauter Ideen gar nicht mehr weiß, was er zuerst machen soll. Meistens ist es dann an der Zeit, dass seine Ärztin die Ritalin-Dosis neu berechnet. Aber natürlich dämpft das Zeug nur die Spitzen. Ratko fängt alles an, bringt nichts zu Ende und ist dann unglücklich. Kann ich verstehen, wäre ich auch.

Jetzt steht er in der Zimmermitte und schüttelt still den Kopf. Er grübelt, aber das dauert bei ihm nie länger als drei Sekunden. Dann verlässt er mit eiligen Schritten das Zimmer und verkündet entschieden: «Ich rasier mir jetzt als Erstes mal den Scheiß-Bart ab! Ich seh ja aus wie jeder Idiot da draußen …!»

Okay, das mit der Umsatzsteuer kann ich heute knicken.

Alexa begreift nicht, warum ich so viel Zeit mit Ratko verbringe. Sie findet, dass er weniger hochbegabt ist, als er selber glaubt, und ich kann ihr nur zustimmen. Aber wenn ich mit Ratko und seinen Unruhen zusammen bin, fühle ich mich so normal wie sonst nie, und das brauche ich, um weitermachen zu können. Ratko wiederum sagt, ich hätte eine angenehm lähmende Wirkung auf ihn und dass er das brauche.

«Du bist wie ein richtig gutes Beruhigungsmittel, nur ohne Nebenwirkungen.» Dabei lächelt er ein bisschen unverschämt, wie um das Unverschämte zu markieren und damit zu entschärfen, und ich weiß, dass es nett gemeint ist. Andere würden das nicht unbedingt in die Kategorie Kompliment einsortieren, aber ich bin ja froh, wenn ich dafür gemocht werde, wie ich bin. Außerdem ist Ratko der erste Mann, der damit einverstanden ist, dass ich nicht über mich reden möchte. Unsere Nicht-Beziehung besteht vielmehr genau darin, dass wir nur über ihn sprechen.

Ich höre, dass Ratko die Türen meines Badezimmerschranks auf- und zuklappt. Er sucht irgendetwas.

«Hast du mal 'ne größere Schere?»

Ich gehe ihm nach und bleibe im Türrahmen des Badezimmers stehen. Ratko steht am Spiegel über dem Waschbecken, zwirbelt mit zwei Fingern Barthaare an seinem Kinn zusammen und schneidet sie sich mit meiner Nagelschere ab.

«Dafür braucht man doch einen Langhaarschneider.»

«Ja, hab ich aber nicht. Und du auch nicht.» Ratko macht unverwandt weiter, und sein Kinn sieht inzwischen aus wie der Rücken eines räudigen Hundes. Überall halbkahle Löcher.

Ich kann das nicht mehr länger mit ansehen. «Lass mich mal.»

Widerwillig, aber zugleich auch irgendwie erleichtert übergibt mir Ratko die Nagelschere und dreht sich zu mir um. Da ich genau einen Kopf kleiner bin als er, kommt das größentechnisch ganz gut hin, und ich beginne, seine Arbeit fortzusetzen. Dabei bin ich darauf bedacht, ihn nicht zu schneiden und mich nicht von seiner Ungeduld irritieren zu lassen. Er gibt sich Mühe, einigermaßen stillzuhalten, und das macht er auch mir zuliebe.

Ich sage leise: «Setz dich doch.»

Ratko setzt sich auf den Klodeckel. Ganz ruhig mache ich weiter. Ich weiß, was jetzt zu tun ist. Meine stoisch langsamen Bewegungen beginnen, Ratkos brodelnden Unwillen niederzuringen. Ich weiß nicht, wieso es so oft funktioniert, aber je mehr Ratko in Aufruhr gerät, desto gelassener werde ich. Wie ein schwarzes Loch sauge ich seine ganze überschüssige Energie auf und verwandle sie in eine stumpfe Leere, die Ratko innehalten lässt. Wenigstens vorübergehend. Mit jedem Atemzug wird sein Widerstand kleiner. Er schließt die Augen, und seine Finger liegen entspannt in seinem Schoß. Behutsam seife ich ihm das Gesicht ein und ziehe mit vorsichtigen Zügen kleine, blanke Straßen durch den Schaum. Seine Haut ist glatt und empfindlich.

Ratko atmet wohlig aus und lächelt, ohne die Augen zu öffnen.

Mit einem Waschlappen, den ich zuvor in warmes Wasser getaucht habe, wische ich die Seifenreste weg. Als ich ihm das Handtuch reiche, vergräbt er sein Gesicht darin und seufzt, als sei ihm eine schwere Last genommen.

«Besser?» Ich streiche ihm zärtlich durchs Haar und ziehe das blöde Haargummi raus.

Er legt das Handtuch zur Seite, schaut mir in die Augen und lächelt. Seine Hände umfassen meinen Hintern. Er zieht mich leicht zu sich, und – so gut kennen wir uns längst – ich weiß, dass ich ihn jetzt küssen kann.

Später liegen wir im dunklen Schlafzimmer. Ich war eingeschlafen, als Ratko sich plötzlich neben mir im Bett aufsetzt, die Lampe anschaltet und entschlossen verkündet: «Ich weiß es jetzt!»

«Mach das wieder aus!» Ich blinzle, weil das helle Licht in den Augen schmerzt.

Ratko hat es entweder nicht gehört oder kein Interesse, denn er lässt die Lampe an. Immerhin beugt er sich so über mich, dass er Schatten spendet. «Ich fang noch mal ganz neu an!»

«Womit?» So richtig interessiert es mich eigentlich nicht, denn ich bin sehr müde und würde so gerne schlafen. Morgen muss ich mit Philipp wegen der Regiefassung skypen, und die letzte Nacht habe ich ja nahezu durchgeschrieben. Außerdem: Umsatzsteuer. Das Wort blitzt einmal kurz wie ein Schmerz in meinem Kopf auf, und ich schiebe es schnell wieder weg. Denn wenn ich jetzt was in Richtung Pflichten sage, verletzt es Ratko, und meistens wird er dann sauer, und alle Auseinandersetzungen dauern doppelt so lang. Also, nehme ich mir vor, ich höre da jetzt zu, sag was Ermunterndes, und dann kann ich bestimmt bald schlafen.

«Morgen kündige ich. Ich geh zu Lennard ins Büro und sag einfach: Schieb dir deine Briefings und Feedbacks in deinen blöden Arsch! Ich bin raus!» Er strahlt mich an.

«Du bist doch gar nicht festangestellt.»

«Sag mal, verstehst du nicht, worum es hier geht?»

«Doch. Du hasst es, für die Agentur zu arbeiten. Lennard nervt dich, und du wolltest dich längst um neue Auftraggeber gekümmert haben. Finde ich gut, wenn du das machst. Licht bitte aus. Ich muss morgen ganz früh mit Philipp …»

«Hör mir doch mal richtig zu! Ich steig ganz aus. Nix mehr mit Webdesign für irgendwelche Pimmel-Kunden! Ich mach mein eigenes Ding!»

«Eine eigene Agentur?» Das kann ich mir nur sehr schwer vorstellen. Das würde viele neue Begegnungen bedeuten, und die meisten, die Ratko zum ersten Mal treffen, denken, dass er koksabhängig ist. Ich dachte das auch eine ganze Weile.

«Nee, ich mach ’nen richtigen Cut, Katja. Ich geh weg aus Hamburg. Ich geh sogar weg aus Deutschland! Vielleicht ganz ans andere Ende der Welt, mal gucken.» In Ratko gärt ein Plan, schneller fertig als dieses widerliche Kimchi, das er in meinem Kühlschrank züchtet. Mit einem Mal bin ich ziemlich wach, denn das klingt hier schon nach einer größeren Angelegenheit. Es ist Ratko zuzutrauen, dass er Lennard morgen so beleidigt, dass er seinen einzigen Auftraggeber verliert.

«Und dann? Du musst doch irgendwie Geld verdienen.»

«Ja, ja, aber das geht auch anders.»

«Und wie?»

«Ich werde Digital Traveller.»

«Äh. Reiseblogger?» Ich versuche, meine Stimme nicht allzu skeptisch klingen zu lassen, denn dann würde er mir unterstellen, ich wollte nur nicht, dass er wegzieht. Womit er recht hätte. Die Vorstellung, dass Ratko bald nicht mehr vorbeikommen und meine Wohnung wie ein Zitteraal elektrisieren könnte, macht mich auf der Stelle tieftraurig.

«Mann, weißt du nicht, was Digital Traveller sind?»

«Doch, das sind Leute, die nur einen Laptop und einen Rucksack besitzen und dann irgendwo in Patagonien Müsli-Apps für Nestlé entwickeln. Abends posten sie auf Instagram das Lagerfeuer, über dem sie ihren selbstgefangenen Fisch verbrennen.»

«Was soll denn das jetzt mit Nestlé?» Ratko guckt mich gereizt an. «Und ich weiß auch echt nicht, wieso du das so lächerlich machst.»

«Mach ich doch gar nicht. Kannst du überhaupt angeln?» Ich reibe mir die Augen, denn ich sehe überall helle Kreise blitzen.

«Was spricht denn dagegen, dass man sich mal aufs Wesentliche konzentriert und dem ganzen Konsumterror den Rücken kehrt?»

«Nichts. Ich verstehe nur nicht, wieso man dafür nach Patagonien muss.»

«Weil du kein Problem damit hast, dich masomäßig für andere abzustrampeln.»

«Masomäßig? Was meinst du denn jetzt damit?»

«Na ja, ich kenne niemanden, der sich im Job so schlecht behandeln lässt wie du! Ich sag nur *Wache Mitte.*»

Ich werde sauer, schließlich hat er keine Ahnung. «So ist die Branche eben. Man muss sich da durchkämpfen. Wer weiß, vielleicht habe ich bald meine eigene Serie!»

«Na, wenn das dein Traum ist, ist doch schön. Ich wünsche mir halt etwas anderes. Außerdem hast du Patagonien gesagt, nicht ich. Vielleicht gehe ich ja auch erst mal nach … Hawaii!» Ratko guckt wie ein trotziger Junge, der gleich behauptet, auch zum Mars fliegen zu können, wenn er nur wollte.

Will er aber nicht. Er will nur nach Hawaii.

«Du kannst doch nicht ernsthaft alles aufgeben.»

«Was meinst du denn mit alles? Meine Wohnung? An der hänge ich nicht, Kack-Nachtspeicherheizung. Meine Möbel? Den Ikea-Schrott kann ich eh nicht mehr ab, sieht alles scheiße aus. Was hab ich noch? Bücher? DVDs? Wofür eigentlich? Man braucht das doch alles nicht!»

Mich offensichtlich auch nicht, würde ich jetzt eine Figur im Drehbuch sagen lassen. Das wäre vielleicht eines dieser Klischees, das bei Nicole durchgehen würde. Aber bei Ratko geht so was nicht durch, denn der ist in seinem eigenen Klischee verfangen und hat mit Sicherheit wenig Verständnis für ein anderes. Ich kann nur versuchen, die Lächerlichkeit unserer Situation mit Pragmatismus auszubremsen

«Aber warum auf einmal? Was soll denn das jetzt?» Hoffentlich merkt er nicht, dass ich langsam Angst bekomme. Mein Leben ist sehr viel weniger bedeutungslos, seit Ratko darin vorkommt. Ich will nicht, dass er wieder daraus verschwindet.

Ratko guckt mich ernst an und sagt mit ungewöhnlich ruhiger Stimme: «Ich bin jetzt noch jung genug, um glücklich zu werden.»

Und dazu fällt mir nichts ein.

Er steht auf und fängt an, sich anzuziehen.

«Kann Hawaii nicht bis morgen warten?»

Ratko zieht sich sein T-Shirt über den Kopf und lächelt mich an. «Ich bin von der Idee so geflasht, da kann ich jetzt nicht schlafen. Ich fahre nach Hause, dann störe ich dich nicht.»

«Du störst mich nicht.»

«Aber du willst doch morgen bestimmt früh aufstehen und arbeiten.»

«Mit *wollen* hat das eigentlich nicht so viel zu tun.»

«Siehst du, und genau davon rede ich.» Ratko zwinkert mir zu und knöpft seine Jeans zu.

«Ist das jetzt eine Einladung nach Hawaii?» Ich tarne die Frage als Scherz und geniere mich, dass ich nicht mal vor mir selbst die lächerliche Hoffnung verbergen kann, dass Ratko jetzt ja sagen könnte. Stattdessen lacht er kurz auf, beugt sich zu mir runter und gibt mir einen Kuss. «Schlaf gut.»

Zwei Augenblicke später hat er meine Wohnung verlassen, und ich bin mit einem Mal hellwach. Meine Müdigkeit ist zusammen mit Ratko zur Tür hinaus. Ich knipse das Licht aus und starre ins Dunkel. Liebe ist immer gut.

4.

Am nächsten Morgen werde ich um halb acht vom Klingeln meines Handys geweckt. Die im Display angezeigte Nummer kenne ich nicht, und obwohl mir das eine Warnung sein sollte, nehme ich das Gespräch an. «Ja?»

«Katja?» Eine vertraute Stimme. So lange nicht mehr gehört.

Ich halte die Luft an. Sekunden vergehen. Die Stille schleicht sich in mein Herz und höhlt es aus.

Irgendwann brauche ich dann doch wieder Sauerstoff, und beim Ausatmen frage ich ungläubig: «Mama?»

«Ja. Kannst du gerade?»

«Eigentlich schon.» Ich horche ihrer Art zu sprechen nach, um herauszuhören, ob sie getrunken hat. Schwierig zu sagen, denn ich bin aus der Übung.

Schweigen. Ich warte und überlege, ob ich jetzt etwas sagen muss. Warum ruft sie mich an?

«Ist etwas passiert?»

«Ja.» Sie könnte immer noch beides sein, betrunken oder nüchtern. Bei ihr weiß man nie. «Dein Vater liegt im Krankenhaus. Er hatte einen Schlaganfall. Gestern Abend.»

Diese Nachricht erreicht mich nicht an der dafür vorgesehenen Stelle und lässt mich so unberührt, dass es mir unheimlich ist. Mehr aus höflichem Reflex heraus frage ich: «Und?»

«Er liegt im Koma.»

Mir fehlen die Worte. Stumm starre ich die leeren Cola-Flaschen auf meinem Schreibtisch an. Ich muss die Umsatzsteuer noch machen, denke ich ausweichend. Dann ermahne ich mich, etwas anderes müsste doch jetzt wichtiger sein.

Mein Vater liegt im Koma.

Dieser Gedanke flattert zwischen Kopf und Herz hin und her wie diese Tüte in *American Beauty*, die da als die Schönheit hinter den Dingen abgefeiert wurde. Dabei war es einfach nur eine doofe Tüte im Wind und wurde auch nicht dadurch toller, indem man sie in Zeitlupe zeigte und bedeutungsvolle Musik darüberlegte. Ich habe den Film in einem Seminar auf der Filmhochschule gesehen und bei dieser Szene immer nur gedacht: Wer recycelt die denn jetzt?

«Ich dachte, du solltest es wissen.»

Ich zucke zusammen. Ach ja. Telefongespräch, jetzt.

«Natürlich. Ich weiß nur nicht …» Ich stocke. Nichts weiß ich. «Was sagen denn die Ärzte?»

«Heute müssen wohl noch weitere Untersuchungen gemacht werden.»

«Aber woher … Wie hast du es erfahren?»

«Die Frau hat mich angerufen.»

«Ah.»

Die Frau. So hat meine Mutter sie immer nur genannt. Ich bin *der Frau* nie begegnet, kenne ihren richtigen Namen nicht und weiß auch nicht, ob es noch dieselbe ist, derentwegen mein Vater uns damals verlassen hat. Aber ich gehe mal davon aus, denn sonst hätte meine Mutter wahrscheinlich *eine Frau* und nicht *die Frau* gesagt.

«Wenn du mit ihr sprechen willst, kann ich dir ihre Nummer geben.»

«Nein.» Ich ziehe die Bettdecke bis zum Kinn hoch.

«Wie du meinst.» Meine Mutter klingt verständnisvoll. «Ich denke auch, dass ich deswegen nicht nach Deutschland komme. Was soll das bringen, nach so langer Zeit?»

«Ja.» Möglicherweise ist es schäbig, dass meine Mutter und mich die Tatsache verbündet, dass wir beide meinen Vater nicht im Krankenhaus besuchen wollen.

«Und wenn sie mich noch mal anrufen und nach dir fragen?»

Bevor ich richtig nachgedacht habe, antworte ich ungeduldig: «Boah, was weiß ich? Dann sag halt, dass sie aufhören sollen, nach mir zu fragen!»

Meine Mutter schweigt betroffen und selbstmitleidig. Ein alter Reflex fordert, dass ich mich sofort für meine Schroffheit entschuldigen soll. Aber, bremse ich mich, ich bin nicht mehr das willfährige Mädchen, das frühmorgens an der Tanke Wodka kauft, damit die Mutter überhaupt aufstehen kann.

Sie fragt fast ängstlich: «Wie geht es dir?»

«Gut, danke.» Ich weiß nicht, ob ich es wissen will, aber ich frage: «Und dir?»

«Seit sieben Jahren trocken.»

«Oh.» Ich höre selbst, wie überrascht ich klinge.

Meine Mutter lacht leise auf, ein bisschen verletzt, ein bisschen stolz. Sofort bekomme ich ein schlechtes Gewissen, weil ich nie auf ihre Geburtstags- und Weihnachtsbriefe reagiert habe. Um genau zu sein, ich habe sie nicht einmal gelesen. Vielleicht sind mir deswegen ein paar wichtige Informationen entgangen. Hätten wir seit sieben Jahren eine Mutter-Tochter-Beziehung haben können? Unvorstellbar für mich. Außerdem lügt sie mich ja vielleicht auch an, was weiß denn ich. Erzählen kann sie mir viel, hat sie schon immer.

Trotzdem sage ich so nett wie möglich: «Das ist gut. Lebst du noch in Italien?»

«Ja, es ist sehr schön hier. Großer Garten. Immer viel zu tun.»

«Mmh.»

Wieder entsteht eine quälende Pause, die mir nahezu körperliche Schmerzen bereitet. Ich halte das nicht mehr aus. Ich möchte, dass das Gespräch vorbei ist. Jetzt. Sofort.

Gleichzeitig sprechen wir los. Ich sage: «Ich muss jetzt leider Schluss machen …» Und sie sagt: «Wenn du möchtest könntest du ja mal hierher …»

Wir stocken, betroffen von dem, was passiert ist.

«Tut mir leid, das war jetzt …» Ich gerate ins Stammeln, und mein Herz sinkt immer tiefer.

«Nein, nein. Schon gut. Ich dachte nur, ich …» Meine Mutter beschwichtigt, ein unsicheres Lachen. «Ja, ich dachte eigentlich nur. Mach's gut, mein Schatz.»

Klick. Sie hat aufgelegt.

Mein Schatz. Vielleicht war sie wirklich nüchtern.

Ich sitze nur so da und versuche, etwas zu spüren. Als das nicht gelingt, versuche ich mir vorzustellen, wie mein Vater in irgendeinem Krankenhaus bewusstlos in einem Bett liegt. Das Bild bleibt unscharf, mein Gefühl dazu auch. Stattdessen tauchen Szenen von früher auf. Momentaufnahmen einer anderen Zeit. Ich sitze erstarrt in meinem Bett, und ein Ascheregen aus Erinnerungsfetzen rieselt auf mich nieder, bis alles schwarz geworden ist.

5.

Unser Abendritual. An der Wand hängen die Porträts, und ich bin auf dem Arm meines Vaters. Lina ist noch ein Baby, und wir hören ihr glückliches Glucksen, weil meine Mutter sie oben beim Wickeln kitzelt. Die Deckenlampe im Flur ist ausgeschaltet, und nur das Licht aus der Küche erhellt die Fotografien, die dort am Treppenaufgang hängen, seit ich denken kann. Stufe für Stufe trägt mein Vater mich hoch und bleibt vor jedem Bild stehen. Ich kenne die Gesichter, als gehörten sie zu unserer Familie.

Wie immer kommt als Erstes die Fotografie der Hündin, deren Schnauze aus dem weißen Raumfahrthelm herausschaut. Sie sieht aus, als würde sie lächeln.

Mein Vater fragt leise: «Gute Nacht …?»

Ich hebe die Hand und berühre kurz die Hundenase hinter Glas, die Stelle, wo meine Finger an all den Abenden zuvor schon Abdrücke hinterlassen haben, und flüstere: «Laika.»

Zwei Stufen weiter der Schimpanse mit dem NASA-Helm in seinem Spezialsitz, der von zwei Männerhänden gehalten wird.

«Gute Nacht …?»

Ich sage: «Ham.» Und mein Vater lehnt sich mit mir ein kleines Stück vor, damit ich ihm einen Kuss auf die Stirn geben kann.

Jetzt kommen die Menschen. Ein junger Mann lacht, sein Blick ist nicht in die Kamera gerichtet, sondern zur Seite, als ob er an mir vorbei zu meinem Vater schaut.

«Gute Nacht …?»

«Juri Gagarin.» Er bekommt keinen Kuss, obwohl er nett aussieht.

Oben im Kinderzimmer beginnt Lina zu weinen. Sie mag es nicht, wenn sie umgezogen wird. Gedämpft hören wir die Stimme meiner Mutter, die beruhigend auf meine kleine Schwester einredet.

Und dann wünsche ich nacheinander Neil Armstrong, Walentina Tereschkowa, Ulf Merbold und Ernst Messerschmid eine gute Nacht. Als Letztes halten wir vor Sally Ride, die bei dem Challenger-Unglück vor vier Jahren ums

Leben gekommen ist, aber das weiß ich zu diesem Zeitpunkt noch nicht. In meiner Vorstellung leben sie alle noch und fliegen ununterbrochen in ihren Raumkapseln um die Erde. Ich sehe immer vor mir, wie Laika und Ham in ihren Tier-Raumfahrtanzügen zusammen mit Ulf Merbold und Walentina Tereschkowa auf dem Mond Ball spielen, und ich wäre gerne einmal dabei.

Dann sind wir oben, und wie jeden Abend bleibt mein Vater stehen und schaut mich gespielt erschrocken an: «Oh nein, wir haben jemanden vergessen, oder?»

Und ich muss schon lachen, weil ich es so lustig finde. Die Wiederholung ist der schönste Witz.

Ich spiele mit und sage: «Nein! Das waren alle!»

Mein Vater tut empört und fragt: «Und was ist mit mir?»

Und ich behaupte: «Du bist kein Astronaut!»

Er sagt: «Doch!»

«Nein!»

«Doch!»

«Nein!»

«Was! Wer bin ich denn?»

Ich kann mich kaum noch halten vor Lachen und rufe viel zu laut: «Mein Papa!»

Und dann fällt es ihm wieder ein: «Stimmt! Aber weißt du, was ich auch bin?»

Obwohl ich es weiß: «Nein!»

«Ein Shuttle!» Er hält mich in der Taille, in Fliegerposition, und ruft: «Wo starten wir?»

«Merkur!»

«Wo wollen wir hin?»

«Saturn!»

Mein Vater zählt einen Countdown, und dann fliege ich

mit Düsenantrieb durch alle Zimmer. Vorbei an dem Holzregal, Venus, durch das Elternschlafzimmer, die Erde, über Lina hinweg, die immer noch auf dem Wickeltisch liegt, der der Mond ist. Sie kreischt freudig auf, als ich ihr einen Kuss auf die Nase gebe, meine Mutter tut so, als würde ihr schwindelig, weil ich blitzschnell um sie herumkreise und sie es kaum schafft, mir einen Gute-Nacht-Kuss zu geben. Schließlich gelingt es, und sie sagt: «Schlaf gut, mein Schatz.» Schon fliege ich in Richtung Badezimmer weiter. Dort hält mein Vater über der Toilette an, öffnet den Deckel, und ich mache eine Zwischenlandung auf dem Mars, um noch einmal zu pinkeln, bevor die Nacht kommt. Mein Vater grinst und sagt, was er immer sagt: «Ich denke, es gibt kein Wasser auf dem Mars!»

Weiter geht's wieder in den Flur, im Sturzflug vorbei an dem Besenschrank, Jupiter, in mein Zimmer, und mit einer weichen Landung ins noch kühle Bett, meinen Saturn.

Ich bin glücklich und will mehr: «Noch mal!»

Außer Atem steht mein Vater neben dem Bett und antwortet: «Morgen. Jetzt Kohlroulade?»

«Ja, Kohlroulade!»

Er wickelt die Bettdecke ganz fest um mich, stopft die Seiten ringsum unter meinen Körper und fragt, was er immer fragt, denn das gehört auch zum Ritual: «Weißt du, wie lieb ich dich hab?»

Ich schüttle den Kopf, obwohl ich die Antwort kenne, denn ich höre es so gern.

Er gibt mir einen Kuss: «Bis zum Himmel und zurück.»

Ich schließe die Augen und fühle mich beschützt. Nichts kann mir passieren. Das Schönste ist mir aber gar nicht bewusst: Ich bin unschuldig, denn meine kleine Schwester ist nebenan und lebt.

6.

Alexa sitzt schon an unserem Stammtisch in der hinteren Ecke, als ich ziemlich abgehetzt in das Café komme.

«Entschuldigung, wartest du schon lange?» Ich beuge mich zu ihr runter, und wir umarmen uns kurz.

«Nein, alles gut.» Meine Freundin winkt ab, denn selbst wenn ich zu spät wäre, würde sie sich nie darüber aufregen. «Ich hab dir deine Cola schon mitbestellt.»

«Danke.»

Im Rücken spüre ich die neugierigen Blicke einiger Leute, aber ich ignoriere das geübt. Alexa und ich sprechen nicht mal mehr darüber, dass sie oft angestarrt wird. Wir blenden die Umwelt einfach aus, eine andere Möglichkeit haben wir auch nicht, denn sonst würden wir zu oft verzweifeln.

Ich setze mich ihr gegenüber, und als sich unsere Blicke endlich richtig treffen, halten wir eine Sekunde inne und atmen zusammen einmal tief durch. Es tut gut, sie zu sehen, gleich ist mir ein wenig leichter ums Herz. Ich habe sie heute Morgen sofort nach dem Gespräch mit meiner Mutter angerufen und ihr erzählt, was passiert ist.

Alexa mustert mich besorgt. «Und? Hast du es dir noch mal überlegt?»

Ich schüttle entschieden den Kopf. «Nein. Ich werde ihn auf keinen Fall besuchen.»

Die Kellnerin bringt einen grünen Tee für Alexa und eine Cola mit viel Eis für mich. Als sie wieder gegangen ist, sagt Alexa: «Ich weiß nicht, ob das richtig ist. Meinst du nicht, es wäre gut, wenn du ihn einmal wiedersiehst?»

«Nein, vielen Dank. Mir hat schon der Anruf meiner Mutter gereicht. Ich habe deswegen den ganzen Vormittag nichts auf die Reihe gekriegt.» Ich versuche abzulenken. «Und das, wo ich einen neuen Auftrag habe. Eine Familienserie.»

«Schön, das freut mich.» Alexa macht eine Pause und lenkt zum anderen Thema zurück. «Katja, der liegt da jetzt rum. Im Koma.» Alexa spricht das Wort *Koma* so aus, als könnte man damit bei mir die Tür zu irgendwelchen verschütteten Gefühlen aufschließen. Da muss ich sie leider enttäuschen, denn da ist nichts.

«Ja, und? Er hat sich seit vierzehn Jahren nicht bei mir gemeldet. Wieso sollte er mich ausgerechnet jetzt um sich haben wollen, nur weil er im Koma liegt?»

«Um ihn geht's mir doch dabei gar nicht. Aber für dich könnte es doch wichtig sein …»

«Ja, ich könnte ihm ganz laut *Family Portrait* von Pink vorspielen. Oder ihm Nadeln unter die Zehen stecken.»

Alexa verzieht den Mund zu einem zweifelnden Lächeln und guckt mich an, als wäre meine Antwort die Bestätigung ihres Einwands.

Jetzt hat sie doch einen versteckten Punkt getroffen. «Hör auf damit.»

«Womit?»

«So wissend rumzugrinsen. Als würde ich mir was vormachen.»

«Okay, ich hör auf zu grinsen. Aber nur, wenn du auch aufhörst.»

«Womit?»

Sie grinst noch breiter. «Dir was vorzumachen.»

Ich entgegne absichtlich blöd: «Aber ich bin doch so gut darin.»

Jetzt wird sie ernst und greift über den Tisch nach meinen Händen. Alexa hat diese sehr großen Hände, die sie selber nicht leiden kann, die ich aber liebe, weil sie von dem mutigen Weg erzählen, den meine beste Freundin schon gegangen ist. «Katja. Was haben sie uns in der Klapse immer gesagt?»

Ich weiß, worauf sie hinauswill. Trotzdem stelle ich mich blöd: «Dass Trommeln hilft, Aggressionen abzubauen?»

«Ja, das auch. Was noch?»

«Dass wir darauf achten sollen, dass die Magersüchtigen nicht heimlich ihr Essen auf unsere Teller schieben?»

«Ja, du hast sehr gut aufgepasst. Aber es wurde auch gesagt, dass man dahin gehen muss …»

«… wo der Schmerz ist. Ja, ja.» Ich beende den altbekannten Satz und entziehe ihr meine Hände, um einen Schluck Cola zu trinken. Die Eiswürfel klackern im Glas, und die kalte Flüssigkeit lindert kurzzeitig die Hitze in meinem Körper. Seit ich denken kann, glühe ich innerlich. Ich lösche und lösche, aber mir ist immer heiß, und wenn andere Menschen im Winter ihre Thermojacken überziehen, reicht mir ein Hoodie. Dass ich trotzdem immer lange Ärmel trage, hat nichts mit der Temperatur, sondern meinen Narben zu tun. Die soll niemand sehen. Sonst geht in den Köpfen der Leute immer sofort ein Film los, und alle spinnen sich eine melodramatische Geschichte über mich zusammen.

Ich stelle das Glas wieder ab. «Manchmal darf man Schmerz aber auch vermeiden.»

Alexa lehnt sich in ihrem Stuhl zurück und guckt skeptisch: «Mmh.»

«Halt's Maul.»

Meine Freundin schmunzelt leicht. «Darin bin ich so schlecht, leider.»

In diesem Moment meldet mein Handy, dass eine Nachricht eingegangen ist. Ich lese stumm: «Ich bringe heute Abend jemanden zum Essen mit, okay? Sofia hat coole Traveller-Tipps.»

Ich runzle die Stirn und weiß nicht, was ich darauf antworten soll. Ich finde Ratkos Frage auf so vielen Ebenen völlig unangebracht. Ich kenne diese Sofia nicht und habe nicht das Bedürfnis, etwas daran zu ändern. Ratlos gucke ich Alexa an, die gespielt ermattet seufzt: «Der Hochbegabte?»

Ich nicke.

«Was hat er denn nun schon wieder?»

«Ach, nichts.» Ich beschließe, dass ich Ratkos Plan, Digital Traveller zu werden, einfach gar nicht erwähne. Sonst redet sich Alexa wieder in ihre Ratko-Rage, die nicht nur wahr und komisch ist, sondern immer auch Salz in meinen Wunden. Das möchte ich mir heute ersparen. Wahrscheinlich hat Ratko in ein paar Tagen sowieso schon wieder irgendeine neue fixe Idee, es lohnt sich also gar nicht. Ich schreibe ihm schnell ein «Ok» und schicke die SMS ab.

«Was ist eigentlich aus dem Food-Truck geworden?»

Alexa ist nicht auf dem Laufenden. Ratko hat vor etwa zwei Monaten mal überlegt, mit einem Kumpel einen veganen Imbiss auf Rädern zu eröffnen. Das Unterfangen wurde bei mehreren Flaschen Craft-Bier zurechtgeknetet, aber soweit ich weiß, ist das Ideengebilde dann in sich selbst zusammengefallen. Das hatte viel mit dem fehlenden Startkapital zu tun.

«Hat sich erledigt, glaube ich.»

Alexa nickt und grinst vielsagend. Das nervt mich jetzt irgendwie. Es ist ja nicht so, dass Ratko nicht unter seiner Unfähigkeit, Sachen durchzuziehen, leiden würde. Wer sagt denn überhaupt, dass man alles zu Ende bringen muss, um ein ernstzunehmender Mensch zu sein? Nebenbei zieht Alexa mich auch mit ins Lächerliche, wenn sie sich über ihn lustig macht.

«Du bist fies.»

«Und du bist mit dem falschen Typen zusammen.»

«Der falsche ist aber der richtige für mich. Außerdem sind wir nicht zusammen.»

«Aber bist du in ihn verliebt, oder nicht?»

«Ach …» Ich verscheuche die Behauptung mit einem Wedeln wie eine lästige Fliege. «Liebe wird doch sowieso überschätzt.»

«Was ist das denn für ein Quatsch? Alles Mögliche wird überschätzt. Eigentum, Skifahren und Low-Carb. Aber nicht die Liebe.» Alexa schüttelt energisch den Kopf.

«Wer nicht liebt, leidet auch nicht, wenn die Liebe wieder weg ist.»

«Das würde sich als Tattoo ganz gut machen. Schon mal drüber nachgedacht?»

«Ich merke gerade, seit du Beratungslehrerin geworden bist, mag ich dich nicht mehr.»

Alexa lacht. «Aber mit wem willst du denn dann trommeln?»

«Stimmt. Wie war das noch?» Ich beginne, mit den Händen auf der Tischkante den Rhythmus zu klopfen, den wir in der Jugendpsychiatrie immer im Trommel-Workshop geübt haben.

Klopf, klopf, tapp, tapp, klopfklopfklopf, tapp, tapp …

«Ja. Genau so.» Alexa nickt und beginnt mitzutrommeln. Es ist viele Jahre her, aber wir haben keine Schwierigkeiten, sofort wieder in den alten Takt zu kommen. Bei aller ironischen Distanz – das Trommeln hat uns immer sehr viel Spaß gemacht und gutgetan. Wir wippen mit den Köpfen, nehmen die Füße dazu und stampfen auf den Boden, haben keine Lust aufzuhören, werden immer schneller und lauter, mein Colaglas hüpft bei jedem Schlag ein bisschen, der Löffel auf Alexas Untertasse scheppert, und alle Gespräche an den Nachbartischen sind längst verstummt. Entgeistert gucken die Leute zu uns rüber: Die hübsche Trans-Frau mit den großen Händen und die angepummelte Schwarzhaarige, die nicht dahin gehen will, wo der Schmerz ist. Wenn ich diese Szene in ein Drehbuch schreiben würde, hätte wahrscheinlich zufällig jemand eine Gitarre dabei, die Kellnerin würde sich als coole Sängerin entpuppen, wie durch ein Wunder hätten alle anderen eine passende Choreographie parat, und in Null Komma nix würde das ganze Café zusammen musizieren und tanzen. Wenn man es nicht allzu kitschig inszenierte, könnte das schön sein. Oder erst recht und absichtlich kitschig, wie bei *Gilmore Girls.* Oder

auch genau so, wie es jetzt ist, mit all den blöd guckenden und nicht tanzenden Leuten, denke ich. Ich schaue der wild trommelnden Alexa ins strahlende Gesicht, und wir müssen beide über die peinlich berührten Mienen um uns herum lachen. Eigentlich eine gute Schlussszene.

Aber das hier ist nicht der Schluss, das weiß ich sehr wohl, sondern eine Ahnung von etwas, was sich leise nähert und mir eine Scheißangst macht, gegen die ich antrommele.

7.

«Ah, eine nette Wohnung hast du!» Sofia schaut sich in meinem Wohnzimmer um, und ich muss mich zusammenreißen, sie nicht anzustarren. Diese Frau hat eine luftig-duftige Ausstrahlung wie eine Meeresbrise, die gerade über eine frischgeöffnete Kokosnuss hinweggestrichen ist. Lange rote Locken, die sich vorwitzig um ihr ebenmäßiges Gesicht wuscheln, große blaue Augen und Beine wie ein kleines Fohlen. Ich könnte sie wahrscheinlich problemlos hochheben und gegen alle Schwerkraft durch die Luft wirbeln. Vielleicht hätte ich mir für heute Abend wenigstens die Augenringe abdecken sollen, aber die Creme ist mir vor ein paar Wochen hinter die Waschmaschine gefallen, und ich bin noch nicht dazu gekommen, sie wieder hervorzuholen.

Sofias Kompliment kann allerdings nur geheuchelt sein, denn meine Wohnung ist alles andere als nett. Ein paar Möbel, wahllos zusammengewürfelt, fernab von irgendwelchen Stilrichtungen und auch nicht aus Versehen cool, sondern einfach komplett langweilig. Alexa nennt meinen Stil *Egalismus,* und das trifft es ganz gut. Sofia schaut sich aufmerksam um, als gäbe es hier irgendwas zu entdecken. Da kann sie lange suchen. Ich finde sie jetzt schon nervtötend, wie sie ganz unvoreingenommen und weltoffen mein Zuhause exploriert. Aber ich muss fair bleiben, denn schließlich hatte sie die gute Idee, auf dem Weg hierher Falafel zu kaufen, sodass wir wenigstens nicht gemeinsam kochen müssen. Allein die Vorstellung, dass sie, Ratko und ich in meiner Küche zusammen Gemüse schneiden und uns dabei unterhalten müssen, finde ich so grauenhaft, dass ich mich fast schütteln muss. Warum habe ich sie hier reingelassen? Ich habe nie Besuch, außer Ratko. Selbst Alexa treffe ich immer woanders.

«Danke. Da geht's lang …» Ich gehe vor, und Sofia folgt mir. Irgendwie umgibt sie eine Leichtigkeit, die mich einschüchtert. Sie ist wie eine offene Tür zu einer Welt, vor der ich mich bisher immer erfolgreich hier in meiner kleinen Wohnung verrammelt habe. Natürlich weiß ich, dass all meine gehässigen Gedanken nur Ausdruck meiner Armseligkeit sind, und ich sehe sehr genau, dass Sofia eine nette Person ist, die sich ausgesprochen viel Mühe gibt. Okay, vielleicht ist sie außerdem auch noch eine Person, die gerne mit Ratko schlafen will, aber selbst das kann ich ja nachvollziehen, und ohne Beweise darf ich ihr das auch nicht einfach unterstellen, nur weil sie hübscher ist als ich.

In der Küche steht schon Ratko und zieht mehrere Edelstahlbehälter aus dem Baumwollbeutel, den die beiden mitgebracht haben. «Sofia sagt, das sind die besten Falafel Hamburgs.» Er strahlt begeistert, und plötzliche Eifersucht kneift mein Herz. Seine Bewegungen sind noch aufgedrehter und hektischer als sonst. Fast stößt er die Colaflasche um, die auf dem Tisch steht. Blitzschnell fängt er sie im Fall auf. «Woah!»

«Gut reagiert! Das war knapp!» Sofia lacht amüsiert.

Ich versuche auch zu lächeln, aber im Grunde kann ich mir das sparen, denn die beiden beachten mich gar nicht. Mir hängt der Anruf meiner Mutter immer noch nach, und ich kann nicht verhindern, dass sich hin und wieder Gedanken über meinen Vater an die Oberfläche schleichen. Ich wäre heute Abend gern mit Ratko allein gewesen. Wir könnten die Falafel aufessen und *Cabin in the Woods* gucken. Das wäre jetzt das, was ich gerne machen würde. Essen und abstumpfen.

«Ratko hat erzählt, du bist Drehbuchautorin?» Sofia schaut mich interessiert an. Sie kann ja nicht wissen, dass ich in den wenigen Momenten, in denen ich nicht arbeite, eben genau über diese Arbeit nicht sprechen möchte.

«Ja, das stimmt. Möchtest du was trinken? Ich hab aber nur Cola oder Leitungswasser.»

«Leitungswasser finde ich gut. Gerne lauwarm, wenn es geht.»

«Kein Problem.» Ich lächle freundlich und hole drei Gläser aus dem Schrank. *Ob mein Vater an Schläuche angeschlossen ist? Liegt er da jetzt allein?*

«Wofür schreibst du denn?» Sofia hat sich auf einen Stuhl

gesetzt, schlägt ihre Beine übereinander und überprüft die Haarspitzen einer Locke, die sie sich vor die Nase gezogen hat, auf Spliss.

Ich drehe den Wasserhahn auf und fülle zwei Gläser. «Ach, nur für *Wache Mitte.* Eine Krimi-Serie.»

«Das kenne ich leider nicht. Ich habe seit zwei Jahren keinen Fernseher mehr ... Danke.» Sofia nimmt das Glas, das ich ihr reiche, und trinkt einen Schluck. «Und ich vermisse den übrigens auch überhaupt nicht.»

«Das glaube ich sofort. Läuft ja auch nur Mist. Das Absurde ist ja, dass Katja selbst nicht mal die Serie guckt, für die sie schreibt.» Ratko schmunzelt und schnipst doof mit den Fingern beider Hände, weil er irgendwie diese ganze überschüssige Energie loswerden muss. Es wird immer deutlicher, wie toll er seinen Besuch findet, und es ist verletzend, dass er sich nicht einmal bemüht, es vor mir zu verbergen.

«Echt, du magst die Serie nicht?» Sofia guckt mich an, und damit ihr beklopptes Mitgefühl an mir abprallt, drehe ich mich weg und öffne die Tür zum Tiefkühlfach, um die Eiswürfel rauszuholen. Ich brauche jetzt dringend eine kalte Cola, ich muss mich löschen, sonst implodiere ich. «Nein, eher nicht.»

Sofia gerät ins Sinnieren: «Das ist traurig. Ich meine, wenn man so hört, da schreibt jemand, dann denkt man doch, dass das etwas ist, was diese Person glücklich macht, oder?»

Ratko pflichtet ihr bei: «Eben. Ich sag Katja auch immer, sie soll ihr Talent nicht an Leute vergeuden, die sie nur ausnutzen.» Also wenn er weiterhin so übertrieben zustimmend nickt, dann kommt gleich die Gallertmasse zwischen seinen Halswirbeln hervorgequollen, und er hat einen Bandscheibenvorfall. Das mit dem Talent ist sicherlich nett gemeint, aber auch ein bisschen aus der Luft gegriffen, denn Ratko hat ja noch nie etwas von mir gelesen. Ich gehe mit der Eiswürfelform zum Spülbecken und wende den beiden Weltbetrachtern wieder den Rücken zu.

Sofia bringt noch mal alle Überlegungen auf den Punkt: «Die Skandinavier sind uns da ja weit voraus. Ich war neulich in Kopenhagen, und da sind ehrlich alle deutlich entspannter. Hygge halt. Und die machen ja auch richtig gutes Fernsehen. *Die Brücke, Kommissarin Lund* und *Borgen,* kennt ihr bestimmt, oder?»

Bitte aufhören! Ich knalle die Form etwas zu heftig auf die Ablage neben der Spüle, und ein paar Eiswürfel fliegen durch die Gegend. Einer schlittert über den Boden unter den Kühlschrank. Das passiert, wenn man sich nicht im Griff hat. Ich ärgere mich und gehe schnell in die Knie, um sie wieder aufzuheben.

«Komm, ich helf dir!» Sofia springt auf und rutscht mit mir zusammen auf dem Boden herum.

«Danke, ich mach das schon …»

Aber Ratko ist auch sofort zur Stelle, und wir sammeln gemeinsam die Eiswürfel wieder ein. Danach haben wir alle nasse Hände und trocknen sie uns reihum mit dem Geschirrtuch ab. Ich weiß, dass ich eine ziemlich explosive Anspannung ausstrahle und dass Sofia und Ratko davon ein bisschen eingeschüchtert sind. Manchmal bin ich meinem Vater so ähnlich. Über diese Feststellung werde ich noch wütender.

Sofia schaut mich verlegen an und sagt: «Entschuldige, falls ich dich verärgert habe. Natürlich habe ich keine Ahnung von deinem Job. Das ist leider eine Schwäche von mir: Wenn ich sehe, dass jemand unglücklich ist, will ich immer sofort helfen.»

Okay, das ist ihr bisher dümmster Spruch, aber es tut ihr offensichtlich leid. Ich beschließe, dass ich mir ab jetzt auch mehr Mühe gebe. «Ach, alles gut. Lasst uns einfach essen, ja?»

«Ja, los!» Ratko macht mit geballten Fäusten eine Marschmusik-Bewegung, um den Aufbruch in den schöneren Teil des Abends zu signalisieren.

Wir setzen uns an den Tisch, und ich lasse einfach alles geschehen. Sofia beginnt sogleich, uns die Geschichte zu erzählen, wie sie in Australien mal fast von einer Rotrückenspinne gebissen wurde. Das war echt lebensbedrohlich, und danach wusste sie das Leben nämlich viel mehr zu schätzen. Ich imitiere Aufmerksamkeit und konzentriere mich einfach nur darauf, dass das Essen gut schmeckt. Als Sofia so richtig ins Philosophieren kommt und irgendetwas von den sieben Geheimnissen einer Schildkröte namens Kurkuma oder so ähnlich zu erzählen beginnt, klingelt es an der Tür.

Ich gucke Sofia und Ratko überrascht an. «Wer ist das denn?»

Ratko hebt abwehrend die Hände: «Keine Ahnung. Ist doch deine Wohnung.»

Ich sitze immer noch da, Messer und Gabel in der Hand, und rühre mich nicht. «Aber wer klingelt denn jetzt hier?»

Es klingelt ein weiteres Mal.

«Vielleicht gehst du einfach mal gucken, wie wär's?» Ratko wird langsam ungeduldig.

Ich stehe auf und verlasse die Küche. Vielleicht die Kinder aus der Wohnung über mir, überlege ich, während ich durch den Flur gehe. Die fragen manchmal nach Eiern, wenn sie Waffeln backen wollen.

Als ich die Wohnungstür öffne, steht da ein blondes, x-beiniges Mädchen in Jeans, Turnschuhen und *Frozen*-T-

Shirt. Sie trägt einen Rucksack und starrt mich mit großen Augen überrascht an, als hätte ich bei ihr geklingelt und nicht umgekehrt. Irgendetwas hat ihr die Sprache verschlagen. Um das hier möglichst schnell abzuwickeln, komme ich ihr zuvor: «Lass mich raten: Du brauchst Eier?»

«Eier?» Ihre Augen werden noch größer. Wenn sie so weitermacht, sieht sie bald aus wie eines dieser Glubschi-Stofftiere.

«Für den Waffelteig?»

«Welchen Waffelteig?»

Langsam dämmert mir, dass dieses Mädchen vielleicht gar nicht hier im Haus wohnt. «Du willst keine Waffeln backen?»

Das Mädchen schüttelt heftig den Kopf, sodass ihr Pferdeschwanz hin und her geschleudert wird. Ich schätze sie auf kurz vor der Pubertät.

Vorsichtig fragt sie: «Bist du Katja?»

«Ja, wieso?»

«Ich bin nämlich Jella.» Sie gibt sich einen Ruck und hält mir ihre Hand hin. In der Küche höre ich fröhliches Gelächter. Ratko und Sofia unterhalten sich auch ohne mich bestens. Das macht mich nervös, und ich wäre froh, wenn dieses Mädchen hier jetzt mal zur Sache käme. Ich nehme ihre Hand, drücke sie kurz und lasse sie sofort wieder los. Ich möchte schnell zurück in die Küche, bevor Ratko womöglich noch auf die Idee kommt, Sofia zu fragen, ob sie mit ihm nach Hawaii geht.

«Freut mich. Ich habe allerdings Besuch. Meine Falafel wird kalt.»

«Weißt du nicht, wer ich bin?» Sie guckt enttäuscht.

«Nein.»

«Meine Mutter ist Susanne.» Als wäre das eine Information, die mir auf die Sprünge helfen müsste.

«Susanne?» Die einzige Susanne, die ich kenne, war vorletzte Staffel Kostümassistentin bei *Wache Mitte,* und unter Berücksichtigung ihres Alters käme es einem medizinischen Wunder gleich, wenn diese Jella ihre Tochter wäre.

«Susanne Balke.»

Das sagt mir jetzt auch nichts. Es kann sich nur um eine Verwechslung handeln.

Jella verliert langsam die Geduld mit mir: «Mann! Meine Mutter ist mit deinem Vater verheiratet! Ich bin deine Halbschwester!»

Halbschwester?

Ich halte mich am Türrahmen fest. Weiche Knie, auf einmal. Das kann nicht sein. Wieso jetzt plötzlich eine Halbschwester? Das macht ja gar keinen Sinn. Wahrscheinlich habe ich das falsch verstanden. Eine akustische Sinnestäuschung. Gibt's ja, so was. Aber was klingt so ähnlich wie das Wort Halbschwester? Halbsemester – *Ich bin deine Halbsemester.* Nein, das macht keinen Sinn. Ich suche weiter, aber schwierig, so aus dem Stegreif. Als ich nichts sage, sondern bloß dastehe und verstummt in meinem Wortschatz herumkrame, fragt das Mädchen vorsichtig: «Hast du verstanden?»

«Äh, ja, das heißt, nein.» Jetzt noch mal ganz ruhig, das klärt sich bestimmt sofort: «*Wer* bist du?»

«Deine. Halb. Schwester.»

Doch nicht verhört. In der Küche wird jetzt laute Musik gestartet. Justin Timberlake singt *Can't Stop the Feeling.* Schweigend stehen dieses Mädchen und ich voreinander und gucken uns an, während die Gute-Laune-Musik zu uns an die Tür schwappt.

Halbschwester also. Meine.

«Ich wusste nicht … dass es dich gibt.»

Jella zuckt unbekümmert mit den Achseln. «Wusste

bis gestern Abend auch nichts von dir. Kann ich reinkommen?»

Meine Antwort kommt sofort rausgeschossen: «Ganz bestimmt nicht!»

«Aber … ich bin extra aus Bremen gekommen.»

«Was willst du denn hier?»

«Dich fragen, ob du Papa im Krankenhaus besuchst.»

«Ha!» Ich lache empört auf. «Nein.»

«Aber warum nicht?»

«Weil …» Wie soll man das jetzt so auf die Schnelle zusammenfassen? «Weil er schon ganz lange nicht mehr richtig mein Vater ist.»

«Verstehe ich nicht.»

«Ja, ist kompliziert.»

«Dann erklär doch mal.»

«Manches kann man nicht erklären.»

«Das sagen Erwachsene immer, wenn sie was nicht erklären wollen.»

Meine Güte, diese Hartnäckigkeit. Das schreit ja geradezu nach einer Karriere im Telefonmarketing. Wünschen würde ich es ihr allerdings nicht, und wenn sie erwachsen ist, wird wahrscheinlich sowieso längst alles über Social Bots geregelt. Aber zurück zum Thema. «Kann sein. Ich werde jedenfalls nicht ins Krankenhaus gehen. Tut mir leid, dass du deswegen extra gekommen bist.»

Es ist herzlos, aber ich möchte jetzt, dass sie einfach geht. Ich habe so viele Jahre dafür gekämpft, mich und mein Leben irgendwie auszuhalten. Ich bestehe einen Tag nach dem anderen und mache einfach immer weiter. Das geht, weil ich große Gefühle meide, denn extreme Ausschläge schleudern mich geradewegs in Joss Whedons Höllenschlund. Deswegen ist für so etwas wie das hier kein Spielraum. Dabei muss ich zugeben, dass ich *Frozen* immer noch nicht gesehen habe, obwohl es so ein guter Film sein soll. Aber ist das Mädchen nicht eigentlich eine Spur zu alt für diesen Film?

«Ich dachte, wenn er deine Stimme hört, vielleicht wacht er dann wieder aus dem Koma auf.» Jella schaut mich an.

Ihre bittenden Augen zoomen in eine Großaufnahme. Da sammeln sich Tränen. Der Kater aus *Shrek* könnte hier noch was dazulernen. Pure Herzschmelze, ganz ehrlich. Distanz nicht mehr möglich. Da müsste man schon einfach die Tür zuknallen, aber auch dann – dieser wunde Blick würde mich verfolgen, das weiß ich jetzt schon.

Schnitt auf mich. Wie ich dastehe. Absolut unwillig, aber schon sichtlich zweifelnd. Ein klassischer Cliffhanger. Wie wird die Heldin sich entscheiden?

Also, ich wüsste schon, was die Dramaturgie für eine nächste Serienfolge vorsehen würde, aber was macht man im echten Leben? Wo bleibt da eigentlich der Abspann, wenn man ihn braucht?

8.

Mein zwölfter Geburtstag fiel wie immer in die Sommerferien, und dieses Mal fuhren wir nach Italien. Mein Vater wollte uns die Laurenzius-Tränen am Himmel zeigen, den berühmten Meteorregen, der aus dem Sternbild des Perseus stammt und jedes Jahr in klaren Augustnächten am toskanischen Himmel zu beobachten ist. Es war das Jahr 1999, und nachdem eine Woche zuvor in Hamburg die Sicht auf die totale Sonnenfinsternis wegen einer dicken Wolkendecke unmöglich gewesen war, freute ich mich auf einen Himmel voller verglühender Sterne.

An diesem Abend saßen wir zu viert auf der großen Picknickdecke. Während wir warteten, dass es endlich dunkel wurde, aßen wir meinen Geburtstagskuchen und ein paar belegte Brote, die wir in einer großen Tasche mitgebracht hatten. Lina überreichte mir eine Geburtstagskarte, auf die sie in bunter Schönschrift geschrieben hatte: «Die Welt ist schön, weil du drauf bist!» Darüber habe ich mich sehr gefreut.

Aber die Idylle war endlich. Die Dämmerung zog sich für Lina und mich unerträglich lange hin, und nachdem wir zunächst noch begeistert Fledermäuse gezählt hatten, begannen wir bald, uns erst zu langweilen und dann zu streiten. Meine Wahrnehmung war, dass der Unfrieden von Lina ausging, aber rückblickend muss ich wohl vermuten, dass ich auch meinen Anteil daran hatte. Lina fand es zumindest besonders komisch, mir Heuschrecken hinten ins T-Shirt zu stecken, und sie hörte auch nicht damit auf, als ich sie anschrie, dass heute mein Geburtstag sei und sie gefälligst nett zu mir zu sein habe. Ich hätte natürlich nicht ausflippen sollen, denn erfahrungsgemäß wollte Lina genau das erreichen. Je größer die Blöße, die man sich gab, desto mehr wuchs in meiner Schwester das Machtgefühl und die Freude darüber, als jüngstes Familienmitglied endlich auch einmal etwas im Griff zu haben – und sei es nur den Joystick, mit dem sie die Hysterie ihrer älteren Schwester steuern konnte. Lina war eben ein Kind wie jedes andere. Sie kicherte in sich hinein und verschwand im Gebüsch mit der infamen Lüge, ein paar Blumen pflücken zu wollen, wenngleich doch allen völlig klar war, dass sie nur wieder neues Krabbelgetier mit viel zu vielen Beinen suchen wollte. Für mein damaliges Empfinden ließen sich unsere Eltern auch ziemlich viel Zeit damit, diese ekelhaften Heuschrecken-Streiche zu unterbinden. Während ich kreischend aufsprang und dabei wie von Sinnen mein T-Shirt lupfte, lagen mein Vater und meine Mutter ausgestreckt auf der Decke, aßen Oliven, tranken Wein, glotzten in den von der untergehenden Sonne magisch rot eingefärbten Himmel und blendeten unseren Streit demonstrativ aus. Unsere Mutter ließ sich lediglich zu der ironischen Bemerkung hinreißen: «Ach, ist diese Ruhe nicht herrlich?» Worauf unser Vater mit einem zustimmenden Grunzen antwortete, das sie wiederum zum Lachen brachte. Die waren sich einig. Sie hatten einfach beschlossen, dass es jetzt mal gut war und wir selber mit der Situation klarkommen mussten. Ihre keifenden, insektenquälenden Töchter, denen die Schönheit des Moments völlig entging, waren ihnen einfach zu doof. Es ärgerte mich, dass sie mir nicht mal an so einem besonderen Tag, also *meinem* Tag, meine bescheuerte Schwester vom Hals halten konnten, die *sie* zu einer Plage erzogen hatten. Scheiß Toskana, scheiß Lina, scheiß alles.

Dabei war Lina nur so, weil ich mich veränderte. Meine Schwester war neun Jahre alt und konnte es nicht gut aushalten, dass ich in letzter Zeit ständig verwirrt und leicht reizbar war. Ich selbst hielt es auch nicht gut aus, und die tröstenden Erklärungen meiner Mutter, das sei alles der Pubertät zuzuschreiben, halfen mir nicht weiter. Nur weil man wusste, wie man etwas nennt, wurde es ja nicht erträglicher. Es war auch nicht so, dass ich nur mir selbst fremd geworden wäre. Nein, mit einem Mal hatte sich auch das Bild verändert, welches ich seit jeher von meinen Eltern gehabt hatte. Sie waren seit einiger Zeit nicht mehr nur noch die beiden liebsten Menschen, die immer für mich da waren und deren scheinbar unendliches Wissen mein Weltverständnis formte. Sie hatten bisher immer unantastbar außerhalb irgendwelcher Maßstäbe von Intelligenz, Stärke, Schönheit und Alter existiert, waren einfach meine Eltern gewesen, an die nichts heranreichte, trotz aller Unstimmigkeiten, die es natürlich auch immer mal wieder zwischen uns gab. Ich wusste nicht, wann es passiert war, aber plötzlich roch ich morgens den Kopfgeruch meines Vaters, empfand ihn immer häufiger als ungerecht, sah manchmal Traurigkeit in den Augen meiner Mutter, wenn sie sich unbeobachtet fühlte, und hatte ein untrügliches Gespür dafür entwickelt, wann sie absoluten Mist redeten. Zu meinem Erschrecken war das sogar ziemlich oft der Fall. Sie waren für mich nicht mehr perfekt, hatten von vielen Dingen nicht den Hauch einer Ahnung, und das nahm ich ihnen zutiefst übel. Und mir selbst nahm ich übel, dass ich das alles zuvor nicht gesehen hatte, und Lina nahm ich übel, dass sie das alles noch nicht sah. Sie war in meinen Augen komplett ahnungslos, und ihre Bereitschaft, unsere Eltern anzuhimmeln und sich bei ihnen lieb Kind zu machen, ging mir wahnsinnig auf die Nerven. Dass ich ihr diesen Zustand eigentlich neidete, verstand ich damals nicht. Selbstverständlich fühlte ich mich auch immer schlecht, wenn ich unfreundlich zu ihr war. Lina spürte, dass ich mich von ihr abwandte und meistens in meiner hormonerschütterten Welt gefangen war, und sie wusste sich nicht anders zu helfen, als sich mit kleinen bis mittleren Gemeinheiten dafür zu rächen. Als hätte ich mir das alles selbst ausgesucht und mit Absicht im Sportunterricht zum ersten Mal meine Tage bekommen, weil es einfach schön ist, wenn alle über einen lachen.

Aber schließlich war die hitzige Sonne untergegangen, die Temperatur sank, und die Dunkelheit kühlte unsere aufgebrachten Kindergemüter. Vielleicht waren wir auch einfach schon ein bisschen müde. Jedenfalls waren die Heuschrecken vergessen, und Lina und ich saßen nebeneinander, umgeben von einer Wolke aus Zitronenöl, das wir gegen die Mücken aufgetragen hatten. Zur Feier des Tages durften wir echte Cola trinken, damit wir lange wach blieben und möglichst viele Sternschnuppen sehen konnten. Unsere Mutter hatte schon ein bisschen zu viel Wein getrunken, das fiel mir auf, weil sie lauter sprach als sonst und ständig lachte, obwohl es eigentlich ein ruhiger Moment war und es gar nicht so viel zu lachen gab. Ich erinnere mich, dass ich in dieser Nacht zum ersten Mal merkte, wie meine Mutter unter dem Einfluss des Alkohols verändert war. Sie war natürlich noch dieselbe, aber in ihr Gesicht, den Klang ihrer Stimme und in ihre Bewegungen hatte sich etwas Fremdes geschlichen, das mich irritierte. Was mir auch nicht entging, war, dass unser Vater sie jetzt weitestgehend ignorierte. Die Eintracht, mit der sie zuvor noch zusammen den Sonnenuntergang genossen und sich von uns nervigen Kindern abgegrenzt hatten, schien gestört. Unser Vater saß zwischen Lina und mir und schaute mit uns in den toskanischen Himmel, wo jetzt die ersten Sternschnuppen Richtung Erde flitzten.

«Und die kommen alle von nur *einem* Kometen?» Ich wusste es, konnte es mir aber einfach nicht vorstellen.

Unser Vater lachte und erklärte mit ruhiger Stimme: «Ja, jedes Jahr kreuzt Swift-Tuttle die Umlaufbahn der Erde, und durch die Erwärmung der Sonne verliert er ständig ein paar Bruchstücke …»

«Boah, da! Wie eine Feuerkugel!» Lina zeigte mit dem Finger auf eine besonders große Schnuppe, die einen hellen Strich durch den schwarzblauen Himmel zog.

«Wow …» Während ich noch das Erlöschen des Funkelns

bedauerte, suchten meine Augen schon nach dem nächsten. «Und hier! Noch eine!»

«Diese Kometenbrocken donnern mit einem Riesentempo in die Erdatmosphäre … ihr wisst, was das ist, oder?»

Natürlich wussten wir das, wir waren schließlich seine Töchter. Lina war fast empört. «Papa! Das ist die Gashülle um die Erde rum!»

Hinter uns ploppte es. Ich drehte mich um und sah, dass unsere Mutter eine neue Weinflasche geöffnet hatte. Als sie merkte, dass ich zu ihr schaute, verzog sie gespielt zerknirscht das Gesicht und flüsterte etwas albern: «Leiser ging's nicht.»

Ich wandte mich wieder ab. Lina hatte es gar nicht mitbekommen, zu gebannt verfolgte sie das Leuchten in der Nacht, aber ich spürte, dass der Rücken meines Vaters sich neben mir verhärtet hatte, als wollte er sich selbst zwingen, seine Frau nicht weiter zu beachten. Plötzlich hatte ich Mitleid mit meiner Mutter. Wir drei saßen hier wie eine Wand, und niemandem war aufgefallen, dass sie fehlte. Aber da sprach mein Vater schon weiter: «Ganz genau, Lina. Jedenfalls dringen die Brocken in die Erdatmosphäre ein, und weil die Luft nicht so schnell entweichen kann, wird sie zusammengepresst und sehr heiß …»

«Komprimiert», sagte ich, weil ich zeigen wollte, dass ich auch was wusste.

«Kati kackt wieder Klugwürste!» Lina stöhnte übertrieben.

«Hey, hey, hey.» Endlich sagte er mal was gegen sie und für mich. Das fühlte sich gut an. Ich grinste schadenfroh zu Lina rüber. Unbeirrt sprach unser Vater weiter: «Richtig. Die komprimierte Luft wird also, etwas vereinfacht gesagt, sehr heiß und zum Glühen gebracht. Deswegen leuchtet es so toll.»

«Und kann uns jetzt so ein Brocken auf den Kopf fallen, oder was?» Lina zog ihren Nacken ein, als sie sich dieser möglichen Gefahr bewusst wurde.

«Mann, bist du doof! Die verglühen doch vorher!» Die Heuschrecken wirkten doch noch nach.

Klatsch. Lina hatte sich vorgebeugt und mir, an unserem Vater vorbei, blitzschnell aufs nackte Knie geschlagen.

«Aua!»

«Meine Güte, jetzt hört doch mal auf und guckt euch das an. Das ist ja nicht auszuhalten mit euch.» Nun war er generv t und ich überzeugt, dass Lina alles kaputtgemacht hatte.

«Habt ihr euch denn eigentlich schon was gewünscht?» Unsere Mutter drückte ihr Knie zwischen die Schultern meines Vaters und mich und sagte in seine Richtung: «Mach doch mal Platz.» Er rückte wortlos ein Stück, und sie quetschte sich in die kleine Lücke. Mit einer ausladenden Bewegung legte sie mir den Arm um die Schulter und küsste mich. Ihr Atem roch nach Wein, stank wie muffiger Keller und feuchtes Holz.

«Aber das sind doch ganz viele, hat man dann auch ganz viele Wünsche?» Lina gefiel der Gedanke. Typisch. Mehr, mehr, mehr.

«Nein, nur einen.» Unsere Mutter lachte. «Ihr müsst die Augen zumachen und an das denken, was ihr euch am meisten wünscht.»

Da musste ich nicht lange überlegen, denn ich hatte seit sieben Jahren eine einzige Sehnsucht. Ich schloss die Augen und wünschte mir so innig, wie ich nur konnte, einen Hund. Egal, wie groß, egal, welche Farbe, er konnte auch ruhig so hässlich sein, dass ihn niemand anderes haben wollte, Hauptsache Hund. Ob dieser Wunsch irgendwo da oben erhört wurde? Gab es eine kosmische Kraft, die mir einen echten Hund zum Geschenk machen konnte?

Lina rief: «Ich hab uns einen Hund gewünscht!»

Oh nein. «Das darfst du doch nicht laut sagen! Dann geht es nicht in Erfüllung!»

Lina schaute erst mich erschrocken an, dann unsere Eltern. «Stimmt das? Geht das jetzt nicht in Erfüllung, weil ich es laut gesagt habe?»

Bevor unsere Eltern antworten konnten, sprang ich auf:
 «Was genau hast du bei deinem Wunsch gedacht? Ein Hund für *dich* oder für *uns*?»

«Ich habe gedacht, ich wünsche mir, dass *wir* einen Hund haben.»

«Du bist so doof, Mann! Jetzt hast du den Wunsch für mich auch gleich mit kaputtgemacht!»

«Es stimmt, eigentlich sollte man es sich still wünschen.» Unsere Mutter schaute unsicher zu unserem Vater. Das Thema Hund war schon so oft aufgekommen und von ihm immer abgeschmettert worden. Sie lächelte geheimnisvoll. «Allerdings … Man weiß ja nie, oder?» Wieder schaute sie fragend zu unserem Vater. Ihm passte überhaupt nicht, welche Wendung das Gespräch nahm, und er entgegnete brüsk: «Hunde machen zu viel Dreck und Arbeit. Ist mir nur recht, wenn der Wunsch nicht in Erfüllung geht.»

Meine Schwester begann zu weinen, und auch ich musste mich sehr beherrschen, um nicht loszuheulen. Meine blöde Schwester. Die Sterne waren unsere letzte Chance gewesen. Da oben malten sie Lichtstreifen, und jeder einzelne hätte ein Hund sein können.

9.

«Welche Halbschwester?» Ratko hat einen dicken Klecks Hummus im Mundwinkel und guckt erst mich und dann Sofia verständnislos an. Sie hebt kauend die Schultern, denn sie kennt zwar die sieben Geheimnisse irgendeiner Schildkröte, ist aber natürlich nicht die richtige Adresse für diese spezielle Frage. Das bin nämlich ich. Also erkläre ich es noch einmal ganz langsam für diejenigen unter uns, die ihre Begriffsstutzigkeit als Aufmerksamkeitsdefizitsyndrom verkaufen: «Wenn ich sage: *Meine Halbschwester ist hier,* dann meine ich wohl: *meine.*»

Ratko wischt sich nervös den Mund mit dem Handrücken ab und erwidert: «Ja, okay. Aber ich wusste nicht, dass du eine hast.»

Leicht gereizt entgegne ich: «Ich bis jetzt ja auch nicht.»

Sofia fragt: «Und wo ist sie jetzt?»

«Im Wohnzimmer. Sie wollte zu Hause anrufen und Bescheid sagen, dass sie hier ist.»

Sie schaut mich an und erkennt mitfühlend, dass ich von der Situation überfordert bin. Ratko hingegen beißt wieder in seine Falafel und isst weiter. «Krass. Das ist ja mal eine Überraschung.»

Ich erwidere trocken: «Sozusagen.»

Sofia steht auf. «Okay, dann gehe ich jetzt mal. Ihr habt ja bestimmt einiges zu besprechen.» Sie ist echt in Ordnung.

«Danke.»

Sofia sagt zu Ratko: «Wir telefonieren, ja?» Er hebt zur Bestätigung die Hand, dann verlässt sie meine Wohnung, und endlich ist wenigstens eine Person weniger hier, für dich ich mich verantwortlich fühlen muss.

Ratko schaut mich an. «Alles klar?»

Ich bin kurz versucht, in Tränen auszubrechen. Aber da ich nicht vor Ratko weinen will, antworte ich nur: «Bisschen viel alles.»

«Das glaub ich dir.» Ratko schluckt seinen Bissen runter, sein linkes Bein zuckt unter dem Tisch auf und ab. «Man rechnet ja nicht damit, was? Erst so voll Einzelkind und dann plötzlich: Bäm! Halbschwester.»

Natürlich weiß er nichts von Lina, deswegen sagt er Einzelkind und verfehlt das Thema. Nicht seine Schuld, aber ich merke, dass ich Ratko nicht so gut aushalten kann, wenn er versucht, empathisch zu sein. «Ich geh dann jetzt mal zu ihr, um das zu klären.»

Ratko murmelt mit vollem Mund: «Ich verzieh mich dann auch, wenn ich hier aufgegessen habe.»

Einen Moment bleibt mein Blick an ihm hängen. Wer ist dieser Typ eigentlich? Sitzt da und isst, während mir nicht alles, aber ziemlich viel um die Ohren fliegt. Er fühlt sich beobachtet und wischt sich mit der Hand noch einmal über den Mundwinkel, wo vorhin das Hummus klebte. «Was? Hab ich da was? Oder sind es meine Haare?»

Ich antworte: «Nein, dein Dutt ist toll.»

«Ich weiß, dass du ihn blöd findest. Aber er ist Ausdruck meiner Persönlichkeit.» Er grinst ironisch, meint es aber insgeheim ernst.

Ja, das ist schon deprimierend, wenn ich ehrlich bin. Aber man darf sich eben auch nicht ein Toastbrot in die Wohnung holen und dann wütend werden, wenn es nur labbriges Zeug redet.

Im Wohnzimmer steht Jella am Fenster und telefoniert mit ihrem Handy. «… jetzt sei doch nicht sauer … Aber ich hab doch einen Zettel auf den Tisch gelegt!» Sie hat gemerkt, dass ich ins Zimmer gekommen bin, und dreht sich zu mir um. Mit pubertärer Dramatik hebt sie die freie Hand und verdreht genervt die Augen. Offensichtlich bekommt sie gehörig die Meinung gesagt. Immer wieder setzt sie an und versucht, zu Wort zu kommen. «Ja … nein, ich hatte noch Geld in meiner … Jetzt lass mich doch mal ausreden! … Wie? Ja, sie war zu Hause … Ja … Keine Ahnung … Ich glaube schon, dass ich hier schlafen kann …» Jella guckt mich fragend an. «Geht doch, oder?»

Ich bin völlig entgeistert. Das wird ja immer verrückter hier. «Äh? Mit wem sprichst du denn da überhaupt?»

«Mit meinem großen Bruder. Willst du ihn mal?» Sie hält mir das Handy hin, als wäre es eine neue Eissorte, die ich mal probieren soll. Widerwillig nehme ich das Telefon und melde mich: «Hallo? Hier ist Katja.»

«Ja, hallo. Ich bin Joost.» Der große Bruder ist ziemlich geladen, geradezu stinksauer, das hört man sofort. Er atmet einmal tief durch und spricht dann bemüht ruhig weiter. «Es tut mir leid, dass Jella einfach bei Ihnen … dir …» Der Typ unterbricht sich selbst ungeduldig. «Also, ich weiß jetzt auch nicht, ob ich Sie duzen oder dich siezen soll. Oder wie oder was.»

Ich helfe weiter: «Duzen. Allein schon wegen der gemeinsamen Schwester.»

«Gib noch mal eben …» Ehe ich mich versehe, hat Jella mir wieder das Handy aus der Hand genommen. «Ich mach dir nur die Kamera an.» Sie drückt auf das Display und ruft ins Telefon: «Joost! Mach mal mit Kamera!»

Ich höre ihn antworten: «Das ist doch völlig unnötig jetzt …»

«Los!» Jella kennt kein Erbarmen. Sie wartet, bis sich auf dem Display ein neues Fenster öffnet, und gibt mir das Handy zurück.

Da Jellas Bruder sein Handy ungünstig hält, sehe ich sein Gesicht zunächst aus der Froschperspektive. Viel Kinn, große Nasenlöcher und darüber eine Brille mit schwarzem Rahmen.

«So, dann also noch mal hallo.» Er korrigiert den Winkel, und nun kann ich ihn besser erkennen. Blond, kurze Haare, etwa mein Alter. Erst mal nicht unsympathisch. Ein bisschen wie Jesse Eisenberg in *Now You See Me*, nur eben mit Brille und hoffentlich ohne Zaubertricks. Im Hintergrund sehe ich eine Küchenzeile, die Wand darüber ist petrolfarben gestrichen. Er trägt ein schwarzes T-Shirt, und irgendetwas an ihm finde ich gut. Es ist nicht das T-Shirt und auch nicht die Ähnlichkeit mit Jesse Eisenberg, beides wäre ja albern. Obwohl er einer meiner Lieblingsschauspieler ist. Aber irgendwie zieht es in meiner Magengegend. Oder ist das Hunger? Ich bin nicht dazu gekommen, meine Falafel zu essen, und müsste mein Handy vielleicht auch mal anders halten, so vielleicht.

«Also jedenfalls, dass Jella bei dir aufgetaucht ist, das tut mir leid.» Er holt einmal keuchend Luft, wie jemand, der nach einem Atemstillstand wiederbelebt wurde. Er fährt fort: «Ich hatte eigentlich mit ihr besprochen, dass wir dich nicht weiter kontaktieren, nachdem deine Mutter sagte, dass du nicht ins Krankenhaus kommen möchtest. Jella ist einfach abgehauen und war dann stundenlang nicht erreichbar. Wir wollten schon die Polizei anrufen.»

Ich gucke zu Jella hinüber, die sich mit verschränkten Armen aufs Sofa gesetzt hat und mir mit Augenrollen zu verstehen gibt, dass ihr Bruder sich völlig unangemessen aufregt. Sie geht ganz selbstverständlich davon aus, dass ich in dieser Sache ihre Verbündete bin, was eigentlich ganz niedlich ist.

Joost ruft: «Jella, dir ist klar, dass ich das sehe, oder?»

Sie macht ein Geräusch aus der Kategorie Was-du-nicht-sagst. Ich wende mich wieder Joost auf dem Display zu. «Also, sie ist hier heil angekommen, soweit ich das beurteilen kann.»

«Zum Glück ist nichts passiert.»

«Ja. Und immerhin weiß ich jetzt, dass ich eine Halbschwester habe.» Ich spreche das jetzt einfach noch mal laut aus, in der Hoffnung, dass sich die Neuigkeit durch die ständige Wiederholung bald in ein eindeutiges Gefühl übersetzen lässt. Ich gucke über die Schulter, wo Jella jetzt triumphierend ruft: «Genau! Das wusste sie nämlich auch gar nicht!»

«Das wusstest du nicht?» Der große Bruder hat es gehört und ist ehrlich überrascht.

«Nein.»

«Ach.»

«Ja.»

Louis de Funès lässt grüßen. Aber halt, da muss ich mal eben noch was klären: «Also, verstehe ich das richtig? Jella ist unsere gemeinsame Halbschwester, aber du und ich sind nicht verwandt, oder wie?»

«Nein. Meine Mutter war mit mir alleinerziehend, als sie deinen Vater kennenlernte.»

Na, das sagt der einfach so dahin. Dabei war seine blöde Mutter ja der Grund, weswegen mein Vater sich aus unserem Leben verzogen hat.

«Also, *meine* Mutter war mit mir *nicht* alleinerziehend, als *deine* Mutter *meinen* Vater kennenlernte.» Ich mache eine kurze Pause und setze noch hinterher: «Danach dann aber schon.»

Joost sitzt still da und rührt sich nicht. Ich sehe aus den

Augenwinkeln, dass sich Jella in meinem Sofa aufrichtet und abwartet, was passiert. Ich beiße mir auf die Unterlippe. Hätte ich bloß nichts gesagt.

Joost setzt sich auf seinem Stuhl zurecht und räuspert sich leise. «Vielleicht besprechen wir das ein anderes Mal.»

«Oder gerne lieber gar nicht.»

In diesem Moment höre ich die Wohnungstür zuklappen. Ratko ist also echt einfach gegangen, ohne noch mal ins Zimmer zu kommen. Ich beschließe, dass das nun nichts sein sollte, was mich ablenkt, und sage zu Joost: «Es ist schon spät. Meinetwegen kann Jella gerne heute Nacht hier schlafen. Ich bringe sie dann morgen Vormittag zum Bahnhof und setze sie in den Zug nach Bremen.»

«Okay, das ist nett, danke. Unsere Mutter muss allerdings morgen den ganzen Tag in der Buchhandlung arbeiten. Schickst du mir die Ankunftszeit, dann hole ich Jella vom Bahnhof ab?»

«Mach ich.» Ich drehe mich um. Jella hat das Zimmer verlassen. In der Küche klappert Besteck, und ein Stuhl wird über die Fliesen gezogen. Da scheint sich jemand bereits zu Hause zu fühlen.

«Falls irgendetwas ist, ruf mich jederzeit an. Und noch mal Entschuldigung für die Aufregung.»

«Kein Problem.» Ich will aber nicht auflegen. Wenn das Gespräch zu Ende ist, muss ich in die Küche gehen und mich um das *Frozen*-Mädchen kümmern. Was braucht so ein Kind? Und überhaupt: «Wie alt ist sie eigentlich?»

«Jella? Zwölf.»

Ich rechne zurück. Meine Halbschwester ist also drei Jahre nach Linas Tod geboren. Was für eine Vorstellung: In einer Zeit, in der ich meine Mutter regelmäßig in ihrer eigenen Kotze liegend fand, hat mein Vater einfach eine neue Familie gegründet. Sich eine neue Tochter gemacht.

«Sein Zustand ist übrigens unverändert. Nur, falls du es wissen willst.»

«Wenn, hätte ich gefragt.» Ich höre selbst, wie kalt das klingt.

«Alles klar, verstanden.» Er verzieht verlegen den Mund, und sein Gesicht rutscht doch wieder leicht ins Eisenberg'sche, was unheimlich und anziehend zugleich ist. Ich glaube, ich muss mal wieder *Adventureland* gucken, wenn diese ganze Sache hier vorbei ist.

«Ich bringe Jella dann morgen zum Zug.»

«Danke. Und …» Er sucht nach etwas Freundlichem, um das Gespräch zu einem angenehmen Abschluss zu bringen, aber ihm fällt nichts ein.

Ich helfe aus mit: «Schön, dich kennengelernt zu haben.» Was absoluter Schwachsinn ist, denn Kennenlernen und schön geht eigentlich anders, und immerhin liegt der Mann, der mal ein paar Jahre mein Vater war, in irgendeinem Krankenhausbett im Koma.

Joost nimmt die Vorlage dankbar an und sagt: «Wollte ich auch sagen.» Er lächelt wissend, und nachdem wir aufgelegt haben, muss ich die Erkenntnis verdrängen, dass das Magenziehen wieder da ist. Hunger fühlt sich anders an.

Als ich über den Flur gehe, höre ich, dass der elektrische Mixer angeschaltet wird. Was macht die denn da? Ich beschleunige meinen Schritt, und als ich in die Küche komme, grinst Jella mich stolz an. Vor ihr steht meine große Teigschüssel, und sie zieht mit dem Handmixer auf Hochtouren Kreise durch eine hellgelbe, klumpige Masse, die zu allen Seiten spritzt. Auf dem Tisch liegen halbe Eierschalen, und ein umgekipptes Paket Mehl hängt über die Kante. Der Boden ist weiß bepudert und mit Fußspuren gemustert. Der Kühlschrank steht offen, ein paar Schränke auch. Der Dreck ist mir egal, aber das hat sie ungewöhnlich schnell hingekriegt. Es sieht aus, als wären die *Gremlins* durch meine Küche getobt.

«Äh?»

Jella schaltet den Mixer aus, taucht den Finger in die Schüssel, probiert und scheint mit dem Ergebnis zufrieden.

«Voll lecker!»

Ich gebe der Kühlschranktür einen Schubs, damit sie zufällt, und frage: «Was soll das denn werden?»

Sie antwortet völlig selbstverständlich: «Du hast eben so viel von Waffeln geredet, da dachte ich, du willst vielleicht welche.»

Ich unterdrücke den Seufzer, der aus meiner Brust flüchten möchte. Sie ist wirklich süß, dem kann ich mich nur schwer entziehen. Ich habe den Film nie gesehen, aber ich glaube, das hier könnte eine Szene aus *Kokowäh* sein. Til Schweiger würde dann mich spielen. Plötzlich steht da ein Kind in der Küche und macht alleine Waffelteig. Herzerweichend, fast Erpressung, da muss ich aufpassen, sonst sieht sie ihre Chance und zieht gleich wieder das Thema Vater aus dem Ärmel.

«Oah, iih, nee!» Jella hat bemerkt, dass ihr T-Shirt total bekleckst ist. Verärgert zupft sie daran herum und versucht, die Flecken mit einem Geschirrtuch wegzuwischen.

Und dann ist da plötzlich Ähnlichkeit. Nicht so minimal und egal wie bei Joost und Jesse Eisenberg, sondern echt, verwandt und wie kopiert. Die Art, wie Jella nun die Nase rümpft, den Kopf schieflegt und unwillig mit der Zunge schnalzt, habe ich schon einmal gesehen, erinnert mich so sehr an Lina, dass ich schlagartig sowohl die Gegenwart als auch die Abwesenheit meiner toten Schwester spüre. Wie ein Geist haucht Lina einmal kalt durch mich hindurch und zieht mich mit sich. Ein Flüstern ermahnt mich, sie nicht zu verraten. Ich erstarre vor Schreck, und sofort steigen mir Tränen in die Augen.

«Stell dir mal vor, wir beide da oben. Du wärst Rosetta und ich Philae. Die sind Schwestern, genau wie wir …»

«Hast du eigentlich ein Waffeleisen?»

«Mmh?» Schnell tauche ich in einem der Unterschränke ab. «Irgendwo hier, glaube ich. …»

Im Schutz meines kleinen Verstecks harre ich aus, bis es mir im Rhythmus eines sehr, sehr flachen Atems gelungen ist, die Traurigkeit wieder Stück für Stück zusammenzufalten und unter all den anderen aufgewühlten Gefühlen zu begraben.

10.

Lina stieß neben mir einen kleinen Schrei aus, und ihre linke Hand griff nach meinem Arm. Es tat weh, wie sich ihre Fingernägel in meine Haut krallten, aber es machte mir nichts, denn der Schmerz vergewisserte mir zugleich, dass ich nicht träumte. Wahrscheinlich blinzelte ich zur Sicherheit noch einmal, um sicherzugehen, dass sich nicht verflüchtigte, was dort im Wohnzimmer auf uns gewartet hatte. Es blieb. Irgendwo in meiner Brust öffnete sich eine kleine Schatztruhe, aus der die Freude herausströmte wie sonnige Lichtstrahlen. Der Deckel hob sich zögernd und vorsichtig, denn so richtig konnte ich es trotzdem nicht glauben: Unter unserem Weihnachtsbaum saß der niedlichste Hund der Welt, eine große zerknitterte Schleife um den Hals, und kaute versessen auf einem dicken Stück Tau herum. Er hatte ein schwarz-weiß geflecktes Fell, drei seiner Pfoten waren weiß, die linke vordere schwarz, und da war ein weißer Klecks über dem einen Auge, der mit etwas wohlwollender Phantasie wie ein kleiner Stern aussah. Die Kerzen spiegelten sich in den Kugeln. Ich kann dieses Bild jederzeit wieder vor meinem inneren Auge entstehen lassen, wie unsere Eltern da nebeneinander standen: Mein Vater in der verwaschenen NASA-Trainingsjacke, die es bisher noch immer geschafft hatte, sich houdinihaft aus jedem Altkleidersack zu befreien, und Mama in Jeans und Norwegerpulli, die Haare zu einem Zopf gebunden, eine Kamera vor dem Gesicht, um diesen Moment in einem Foto festzuhalten. Ihre beiden Töchter nebeneinander im Türrahmen, in der Überraschung eingefroren, ein Standbild. Dieses Foto, das damals entstanden ist, muss es irgendwo noch in einem Album geben, aber ich habe es nie zu Gesicht bekommen.

«Freut ihr euch?» Die Kamera sank nach unten, und unsere Mutter strahlte.

«Ein Hund, ein Hund, ein Hund!» Meine kleine Schwester ließ meinen Arm los und stürzte auf den schwarz-weiß gefleckten Welpen zu, dessen Schwanz sofort auf den Teppich zu klopfen begann. Er vergaß das Tau und sprang Lina entgegen, die sich zu ihm auf den Boden kniete. Kichernd versuchte sie, die freudige Hundeschnauze irgendwie von ihrem Gesicht fernzuhalten, gab dann auf und überschüttete das Tier mit liebevollen Worten.

Ich stand immer noch wie erstarrt an der Tür und schaute mit offenem Mund zu, wie der Welpe sich immer wieder unbändig aus Linas Armen befreite, nur um dann sofort wieder in ihren Schoß zu springen.

«Okay, wir geben ihn zurück.» Unser Vater machte ein ernstes Gesicht. «Kati freut sich gar nicht.»

«Waaaaas?!» Lina fiel drauf rein und schaute mit großen Augen entsetzt erst unseren Vater und dann mich an. Egal, wie oft man mit ihr diese Art von Elternwitze machte, sie lernte einfach nicht dazu. Diese Unschuld löste bei mir manchmal einen Beschützerinstinkt aus, aber meistens nervte sie mich. Lina war mit ihren zehn Jahren ein so unbeschreiblich süßes Mädchen, das anstrengungslos und begriffsstutzig nahezu alle Herzen in unserer Welt öffnete, sodass mir nur blieb, diese Tatsache auszuhalten. An diesem Heiligabend, unserem letzten zu viert, musste ich aber einfach nur lachen. Das Glück über den Hund machte alles andere unwichtig. Eine große Kraft hatte die Ungültigkeit von Linas rausposauntem Sternschnuppen-Wunsch übertrumpft: die Liebe unserer Eltern. Und jetzt war da eine kleine, zappelige, neugierige Hündin mit einem Stern auf der Stirn. Wir nannten sie natürlich Laika.

11.

Wir stehen zusammen auf dem Bahnsteig und warten, dass endlich der Zug einfährt. Unruhig gucke ich immer wieder auf die Anzeigetafel. Bisher ist keine Verspätung angekündigt. Jella ist mit dem Franzbrötchen beschäftigt, das ich ihr eben noch zum Frühstück gekauft habe, und auch sonst heute Morgen recht wortkarg. Im Gegensatz zum Vortag ist sie in sich zurückgezogen, eventuell aber auch nur müde. Das alte *Jaws*-T-Shirt, das ich Jella geliehen habe, da ihres ja voller Teigspritzer war, ist ihr natürlich viel zu groß und hat unterm Arm ein Loch, aber sie wollte es unbedingt anziehen. Das Waffelessen gestern Abend hat ziemlich abrupt geendet, denn noch bevor das Eisen heiß genug war, sind Jella am Küchentisch die Augen zugefallen. Behutsam habe ich sie zum Gästesofa geführt. Sie schlief ein, sobald ich die Decke über sie gelegt hatte.

Ich dagegen kam nicht zur Ruhe. Nachdem ich mich zwei Stunden unruhig hin und her gewälzt hatte, habe ich mir um zwei Uhr nachts meinen Laptop ins Bett geholt und weiter an der Familienserie gearbeitet. Stichwort: starke Liebesgeschichte. Denn meine Hauptfigur Larissa, die in der Großstadt eigentlich kurz vor der Hochzeit mit dem sympathischen, aber etwas egoistischen Architekten Rafael steht, gerät in ein gewaltiges *Gefühlschaos* – und ich habe mich nicht gescheut, genau dieses Wort zu benutzen –, als sie den attraktiven und bodenständigen Agraringenieur Tim kennenlernt, der auf dem Hof ihrer Eltern an der Züchtung einer neuen Apfelsorte für Allergiker arbeitet. Dabei dachte sie, es gäbe für sie nur Rafael! Die große Frage, die sich durch die gesamte erste Staffel ziehen wird: Für wen soll sie sich verflixt noch mal entscheiden? Das ist jedenfalls schon einmal eine Basis, aber abschicken kann ich das so noch nicht. Der Konflikt in Larissas Familie ist noch nicht so gut ausgearbeitet, und wieso genau ihr Vater jetzt im Krankenhaus liegt, habe ich auch noch nicht entschieden.

Endlich fährt der ICE ein, und alles um uns herum gerät in Unruhe. Leute schieben ihre Rollkoffer an die weiße Linie, andere laufen neben dem immer langsamer werdenden Zug her, und im Nu liegt diese Reiseaggression in der Luft. Unzählige Interessen – Fensterplatz, Fahrtrichtung, Bordrestaurant, Ruhebereich –, für die angespannte Körper miteinander rangeln. Ich hasse das, und obwohl ich für Jella einen Sitzplatz reserviert habe und selbst ja gar keinen brauche, werde ich ebenfalls latent streitlustig. Der bevorstehende Abschied, zu dem ich noch gar keine richtige Haltung gesucht und gefunden habe, setzt mich auch irgendwie unter Druck. Zum Glück ist es gleich geschafft, dann ist Jella weg, ich kann nach Hause und in Ruhe arbeiten.

Während der Zug zum Stehen kommt, stehen Jella und ich nebeneinander. Da ich dem Alter nach die Erwachsenere von uns beiden bin, übernehme ich die Moderation: «Tja, dann … tschüs.»

Umarmen? Fühlt sich nicht richtig an, und Jella ist auch nicht darauf aus. Sie huckepackt ihren Rucksack und knüllt die leere Brötchentüte zusammen. In meinen Augen sieht sie reisebereit aus, aber dann sagt sie plötzlich sehr unmissverständlich: «Nein.»

«Was, nein?»

«Ich steig da nur ein, wenn du mitkommst.»

Die Zugtüren öffnen sich, Leute kommen mit ihrem Gepäck heraus und drängeln sich durch die wartenden Menschentrauben. Wir stehen mitten in einer solchen und werden nun ständig irgendwie angerempelt. Es ist schwierig, an derselben Stelle stehen zu bleiben und nicht getrennt zu werden.

«Wie bitte?»

Sie nickt in Richtung Zug. «Wenn du willst, dass ich damit zurück nach Bremen fahre, musst du mitkommen. Sonst bleibe ich hier.»

«Spinnst du? Ich hab dir ein Ticket gekauft, und jetzt steigst du da ein.»

«Nicht ohne dich.» Wie angewurzelt, trotzige Pippilotta-Miene.

Was soll ich machen? Sie hochheben und über die Köpfe der Leute in den Zug werfen? Es spricht grundsätzlich vieles gegen Handgreiflichkeiten, aber gerade jetzt erscheinen sie mir wie eine naheliegende Maßnahme. Dennoch versuche ich es noch einmal mit Vernunft. «Jella, ich weiß, du möchtest, dass ich deinen Vater …»

«*Unseren*!»

«Dass ich ihn im Krankenhaus besuche. Aber wie ich dir schon gestern gesagt habe: Die Situation ist kompliziert. Ich will einfach nicht.»

«Dann warte ich so lange, bis du willst.»

«Da kannst du lange warten.»

«Ja, dann mach ich das eben.»

«Es wird nie dazu kommen.»

«Man soll niemals nie sagen. Sagt auch Secrets of the Turtle.»

«Wer?»

«Kennst du nicht die YouTuberin? Sie postet Videos übers Leben und all so was. Über vier Millionen Follower.»

«Du meine Güte, steig jetzt in diesen Scheiß-Zug!» Meine Stimme ist etwas laut geworden. Was ist das plötzlich mit diesen Schildkröten überall?

Jella verschränkt die Arme vor der Brust wie ein Kiez-Türsteher.

So komme ich bei ihr offensichtlich nicht weiter. Also noch mal ganz einfühlsam, gefasst und geduldig: «Pass auf, ich muss heute den ganzen Tag arbeiten. Selbst wenn ich wollte, könnte ich nicht mitkommen.»

Hoffnung schaltet sich in Jellas Augen an. «Aber sonst würdest du?»

«Nein. Ich hab das nur gesagt, damit du verstehst, dass es sowieso nicht gehen würde.»

«Erwachsene schieben es immer auf die Arbeit, wenn sie was nicht machen wollen.»

«Nein. Es ist so: Erwachsene müssen leider fast immer arbeiten.»

Diese traurige Wahrheit perlt an Jella ab. Verstehe ich sogar. Anders wäre es schöner. Aber auch dann würde ich nicht diesen Zug betreten.

Der Bahnsteig hat sich geleert. Alle Leute sind schon eingestiegen. Eine Frau kommt die Rolltreppe heruntergehastet, um den Zug noch zu erwischen. Langsam wird es knapp. Jella steht vor mir und rührt sich nicht.

Ein Zugbegleiter ruft uns zu: «Steigen Sie bitte ein!»

Ich berufe mich auf seine Autorität: «Siehst du, er sagt auch, dass du einsteigen sollst!»

«Er hat uns beide gemeint.»

«Steig! Ein!»

«Nö.»

Die Trillerpfeife schrillt, das Signal an den Türen beginnt zu piepen, und ich muss schnell handeln. Wichtig ist jetzt erst einmal, das Kind in den Zug zu kriegen, dann springe ich einfach wieder raus.

«Okay, komm, schnell!»

Ich klettere in den Zug, Jella hinterher. Die Türen lösen sich aus der Warteposition und beginnen sich zu schließen. Raus hier! Ich versuche, an Jella vorbeizukommen, aber sie hat es natürlich schon geahnt und stellt sich mir in den Weg. Ich versuche es auf der anderen Seite, sie reagiert und macht wieder einen Schritt.

Ich werde wütend: «Weg da!»

Sie ruft: «Denkst du, ich bin blöd?»

Die Tür schließt sich. Ich schreie auf: «Nein, nein! Verdammte Scheiße!» Wie wahnsinnig drücke ich auf den grünen Knopf, damit sie sich wieder öffnet. Zu spät. Mit einem Ruck fährt der Zug los. Ich kann nicht fassen, dass ich nicht rechtzeitig rausgekommen bin. Wutentbrannt drehe ich mich zu Jella um.

Sie grinst. «Upsi.»

Ich bin so sauer, dass ich während der Zugfahrt kein Wort mit Jella spreche. Das stört sie nicht im Geringsten, denn sie fummelt die ganze Zeit nur auf ihrem Handy herum, und auch, als ich beim Schaffner nachträglich eine Fahrkarte kaufen muss, hebt sie nicht mal den Kopf. Als hätte sie nichts damit zu tun. Unglaublich.

Wie soll ich jetzt das Konzept bis morgen fertigschreiben? Ich weiß ja noch nicht einmal, worin der große Familienkonflikt besteht und wieso Larissa zurück auf den Apfelhof muss. Wenn ich wenigstens meinen Laptop dabeihätte, dann könnte ich hier im Zug ein bisschen daran arbeiten. Aber so bleibt nicht viel zu tun außer … ja, keine Ahnung. Hunger und Durst habe ich nicht. Allerdings bin ich unendlich müde, was kein Wunder ist nach nur vier Stunden Schlaf. Ich knülle meine Jacke zwischen Kopf und Fensterscheibe, schließe die Augen und … schlafe tatsächlich ein.

12.

Ich weiß noch genau, dieser Tag nach Linas Tod. Es ist egal, wie viele Jahre seitdem vergangen sind, ich kann sofort meine damalige Perspektive einnehmen, wie ich in meinem

Kinderzimmer auf dem Boden unter dem Fenster saß, den Rücken an den kalten Heizkörper gelehnt, was weh tat, aber ich änderte nichts daran. Ich kauerte dort, mein Mund trocken vom Weinen, die Kehle wund vom Schluchzen, mit brennenden Augen, die keine Tränen mehr hatten. Ich war versteinert, und die Stimmen, die ich dumpf durch meine verschlossene Zimmertür hörte, kamen aus einem Paralleluniversum.

Unten war die Frau vom Beerdigungsinstitut und hatte einen Katalog mit Fotos von Kindersärgen mitgebracht.
Meine Mutter war beim Anblick der kleinen Kisten mit einem gequälten Laut in Tränen ausgebrochen, und ich hatte dagesessen, meine rote Mütze in der Hand, *die* rote Mütze, und hatte die Beerdigungsfrau gefragt: «Können Sie die bitte meiner Schwester geben?» Meine Mutter gab daraufhin noch lautere Wehklagen von sich, weswegen niemand auf meine Bitte reagierte und mein Vater mir schließlich leise zuraunte: «Vielleicht gehst du lieber in dein Zimmer, hm?» Daraufhin legte ich die rote Mütze vor die Beerdigungsfrau auf den Tisch, stand auf und schloss die Wohnzimmertür leise hinter mir.

Im Flur sprang Laika freudig auf und begrüßte mich schwanzwedelnd. Ich ignorierte sie. Auch noch, als sie mir die Treppe hinauf und in mein Zimmer folgte, wo ich die Tür zumachte. Nachdem Laika mehrmals versucht hatte, mich zum Spielen zu animieren, ich sie aber mit Nichtbeachtung gestraft hatte, begann sie nun, an der Tür zu kratzen. Ich saß wie eingefroren an der Heizung und sah ausdruckslos zu, wie der Hund immer wieder mit seinen Krallen gegen die Tür schrammte. Zwischendurch schnüffelte Laika aufgeregt durch den kleinen Spalt zwischen Rahmen und Tür, nur um dann erneut am Holz zu schaben. Sie wollte raus.

Sie hasste es, hier eingeschlossen zu sein. Mich ließ die Verzweiflung des Hundes völlig kalt. Ich verspürte sogar eine gewisse Genugtuung, die sich langsam mit Hass vollsog. Es geschah ihr recht, fand ich. Wenn Laika nie unser Hund geworden wäre, würde Lina noch leben. Laika war schuld. Das hatte ich auch meinen Eltern erzählt, als sie mich gestern gefragt hatten, wie denn das schreckliche Unglück überhaupt hatte passieren können. Sie waren auf der verzweifelten Suche nach dem Warum, ihre Gesichter voller Schmerz und Fassungslosigkeit, und ich hatte ohne auch nur eine Sekunde zu zögern geantwortet: «Laika hat sich einfach losgerissen.» Mein Vater hatte meine Mutter angesehen und zwischen den fest zusammengebissenen Zähnen geknirscht: «Dieser verdammte Hund.» Und dann war ich in Tränen ausgebrochen, weil ich so schamlos meine eigene Schuld auf Laika geschoben hatte und wusste, dass es falsch, falsch, falsch war, denn man musste die Wahrheit sagen, wenn es um so etwas Schlimmes wie den Tod der eigenen Schwester ging. Warum hatte ich die Hundeleine nicht festgehalten? Und jetzt zeigte ich auf den Welpen, um mich selbst zu schützen? Ich war entsetzt von meiner eigenen Feigheit. Aber vor allem weinte ich, weil es keine Möglichkeit gab, alles rückgängig zu machen und Lina zurückzuholen.

Die Stille in Linas verlassenem Zimmer nebenan war lauter als Laikas beständiges Kratzen. Als wir beide gemeinsam mit Laika zum Spaziergang aufgebrochen waren, hatte es keine Anzeichen dafür gegeben, dass Lina nicht wieder mit uns zusammen nach Hause kommen würde. Nun war das, was ich gekannt hatte, zu einem Vorher geworden. Alles würde anders werden. Ich lauschte über Laikas Lärm hinweg und versuchte zu begreifen, wie ein Leben ohne meine Schwester sein würde. Es war unvorstellbar für mich, dass ich sie nie wiedersehen würde. Gestern war sie noch da gewesen, hatte beim Frühstück in der Nase gepopelt und über meine Witze gelacht, jetzt nicht mehr. Eine achtlose Sekunde, und meine Schwester war weg, ihr Leben zu Ende. Wie sollte ich das verstehen? Wer konnte das erklären?

Laika hatte inzwischen zu winseln begonnen. Ihr Protest war heftiger geworden, ihre Krallen hatten schon tiefe Kratzer in den Lack gezogen. Ich schaute einfach zu und wartete ab, was sie als Nächstes tun würde. Was wollte sie denn überhaupt? War es so schlimm, mit mir in einem Zimmer zu sein? Wusste sie, dass ich alle Schuld auf sie geschoben hatte? Ich schämte mich. Das hatte sie nicht verdient. Auf einmal wollte ich, dass sie zu mir kam. Nähe, ihr weiches, warmes Fell, Trost.

Ich rief leise: «Laika.»

Aber sie reagierte gar nicht, sondern schabte nun mit den Zähnen am Holz.

Noch einmal lauter: «Laika!»

Jetzt drehte sie sich zu mir um und sah mich an.

«Komm her!» Ich klopfte mit den Handflächen auf meine eingeschlafenen Beine. Schließlich musste ich mich jetzt um den Hund kümmern. Die Verantwortung lag nun allein bei mir. Ich würde immer für Laika da sein, und deswegen wollte ich sie jetzt streicheln. Doch Laika dachte gar nicht daran, zu mir zu kommen. Sie schaute zur Tür, dann wieder zu mir und bellte laut, sie konnte nicht fassen, dass ich sie nicht endlich rausließ.

«Pscht! Laika!»

Ungeduldig bellte der Hund weiter. Ein paarmal hintereinander, es hallte durch das ganze Haus.

Scharf zischte ich: «Schschschschttt!»

Laika bellte erneut und ging zu einem hysterischen

Kläffen über, in das sie sich nun richtig hineinsteigerte. Das war zu viel Lärm. Meine Eltern waren unten, suchten einen Sarg aus. Es musste still sein. Ich sprang auf, um den Hund irgendwie zur Ruhe zu bringen, aber da hörte ich schon die schweren Schritte die Treppe heraufkommen. Die Tür wurde aufgestoßen und traf den Hund mit voller Kraft an der Schulter. Mit einem quiekenden Winseln sprang Laika erschrocken zur Seite.

Ich war ebenso schockiert und rief: «Papa!»

Mein Vater stand aufgebracht in der Tür, das Gesicht rot vor Wut. Er machte zwei Schritte auf Laika zu. Sie duckte sich ängstlich und zog den Schwanz ein. Mein Vater packte sie brutal am Halsband und zerrte sie aus meinem Zimmer. Die Tür knallte zu, und ich sprang auf, um sie sofort wieder aufzureißen: «Papa! Was machst du mit ihr?»

Aber mein Vater antwortete nicht, sondern zerrte die winselnde Laika hinter sich die Stufen hinunter. Ich stand oben an der Treppe, viel zu erschrocken, um etwas zu sagen. Meine Mutter betrat unten den Flur und empfing ihn mit einem überforderten: «Was wird denn das jetzt?»

Ohne ein Wort verließ mein Vater mit Laika das Haus, und als ich in meinem Zimmer zum Fenster rannte, sah ich, wie er mit dem Auto rückwärts auf die Straße setzte. Als er mit Vollgas losfuhr, konnte ich Laika hinten im Kofferraum sehen. Und dann war auch sie für immer weg.

13.

Ich schrecke auf, als direkt unter meinem Ohr das Handy in der Jackentasche klingelt. Verwirrt orientiere ich mich. Zug. Ein Hai geifert mich mit gefletschten Zähnen von einem T-Shirt aus an. Ach ja, Halbschwester. Jella würdigt mich immer noch keines Blickes. Einige Leute drehen sich bereits zu mir um, weil es immer noch klingelt. Schnell krame ich das Handy hervor und sehe im Display den Namen des *Wache-Mitte*-Producers, Philipp. Was will der denn nun noch?
Das Drehbuch ist längst abgegeben. Das kann nur bedeuten, dass die gipsarmige Hauptdarstellerin inzwischen meine Änderungen gelesen und daran herumgenörgelt hat. Dorit Wagenfels hat die Angewohnheit, sich regelmäßig in die Drehbücher einzumischen. Natürlich sind wir Drehbuchautoren weit davon entfernt, perfekte Bücher zu schreiben, aber ihre Kritik findet auf der Ebene statt, dass sich immerzu irgendjemand oder irgendetwas verzweifelt in sie verlieben soll, egal ob Männer, Frauen oder Bleistiftanspitzer, alle müssen von ihr hin und weg sein, möglichst in jeder Folge. Was sie nun wohl wieder will? Ich bin jetzt schon genervt. «Ja?»

«Wir haben ein kleines Problem, Katja.»

«Lass mich raten: Dorit hat Änderungswünsche?»

«Ja, leider.»

«Aber der eine Einbrecher schätzt sie doch nur auf Anfang dreißig!»

Philipp lacht, wird aber schnell wieder ernst: «Sie sagt, Evelyn Lichter würde sich niemals in den Innendienst versetzen lassen. Das passe nicht zur Figur.»

Ich stehe auf, gebe Jella ein stummes Zeichen, dass ich gleich wieder zurück sein werde – nicht, dass sie darauf irgendwie reagieren würde. Dann gehe ich aus dem Abteil. «Mit einem Gips kann man sie nicht auf Streife schicken! Das ist doch völlig unrealistisch.»

«Vielleicht finden wir eine andere Lösung?» Philipp verleiht seiner Stimme einen Schmeichel-Schleier.

Mit *wir* bin natürlich ich gemeint. Ich stelle mich vor die Toiletten, wo es lauter ist als im Abteil, und halte mir das freie Ohr zu. «Aber das war doch alles abgesprochen.»

«Ich weiß, tut mir auch total leid. Aber was bringt uns
80 das, wenn unsere Hauptdarstellerin am Set nur rumstresst?»

Mir doch egal, denke ich, wenn ich jetzt das Drehbuch noch mal umschreiben muss, bin ich geliefert. Dann kann ich die Familienserie vergessen.

«Katja? Bist du noch da?»

«Ja.» In Gedanken durchstreife ich das Drehbuch wie ein Daumenkino und überlege, wie das alles funktionieren könnte. Die ganze Geschichte zerfällt, wenn die dumme Nuss trotz Gips auf Streife fahren will. Laut überlege ich weiter: «Da bleibt ja nur eine Geiselnahme. Die beiden Typen mit dem Tresor fesseln sie und ziehen ihr einen Sack über den Kopf. Die Kollegen von der Wache müssen sie befreien oder so was in der Art …»

«Ja! Das ist es doch!» Philipp jubelt. «Du bist genial, Katja!»

Genial? Also, Marie Curie war genial, David Bowie war genial, die Person, die Helene Fischer erfunden hat, ist auch ziemlich genial, aber ich bin das ganz bestimmt nicht. Ich unterdrücke den Wunsch, diese Tatsache zu thematisieren, denn meine Geiselnahmen-Idee zieht natürlich einen unattraktiven Rattenschwanz an Komplikationen mit sich.

«Ihr müsst sie dann aber bis zur Hälfte doubeln, damit man den Gips nicht sieht.»

Philipp ist vor Erleichterung ganz aus dem Häuschen: «Kein Problem, ich rede mit der Regie! Vielleicht kann man da auch was mit dem Kostüm machen. Schaffst du es denn bis morgen Abend?»

Ich lache höhnisch auf: «Was? Da muss mindestens die Hälfte umgeschrieben werden!»

«Wir drehen nächste Woche. Ist eh alles mal wieder total knapp.»

«Ich versuch's.»

«Prima. Dann kannst du ja auch zur Party kommen. Wäre schade, wenn du die verpasst.»

«Welche Party?» Keine Ahnung, wovon er spricht.

«Äh, die Jubiläumsparty? Morgen auf dem Kiez! Du hast doch zugesagt!»

Ach ja, *Wache Mitte* feiert ihr 25-jähriges Jubiläum. Steht bestimmt auch in meinem Kalender, aber ich habe es total vergessen. «Ich komme, wenn ich das Drehbuch rechtzeitig schaffe.»

«Fein! Und, Katja?»

«Ja?»

«Wenn Evelyn Lichter von den Kollegen befreit wird, kannst du es bitte so schreiben, dass die entscheidende Idee zu ihrer eigenen Befreiung von ihr selbst kommt? Sie ist immerhin unsere Hauptfigur ...»

«Wie soll das denn funktionieren? Soll sie gefesselt unter dem Sack mit ihrer Nasenspitze eine SMS schreiben?»

Philipp lacht: «Dir fällt bestimmt noch was Besseres ein!»

«Mmh.»

Als wir in Bremen aus dem Zug steigen, kann ich Joost nirgendwo entdecken. In zwanzig Minuten fährt ein ICE zurück nach Hamburg, und den würde ich sehr gerne nehmen.

«Siehst du ihn?» Ich wende mich an Jella, die neben mir steht und, wie ich jetzt erst sehe, auf ihre Füße guckt. Ich stupse sie in die Seite. «Such mal mit. Dein Bruder muss hier doch irgendwo sein.»

Jella schaut auf, und irgendetwas in ihren Augen deutet auf ein schlechtes Gewissen hin. Davon lasse ich mich aber gar nicht aus der Ruhe bringen, denn ich habe es ja schriftlich auf meinem iPhone: «Er hat mir eine Nachricht geschickt, dass er dich abholt.»

«Ja, aber …» Jella druckst herum. «Dann habe ich ihm geschrieben, dass du doch in Bremen bleibst und wir zusammen zu ihm kommen.»

«Das ist jetzt nicht dein Ernst!» Verunsichert ziehe ich mein Handy aus der Tasche und sehe, dass Joost mir vorhin eine SMS geschickt hat: «Danke, dass du es dir anders überlegt hast. Bis gleich!»

Also, das gerät hier doch langsam außer Kontrolle.

«Weißt du was? Das geht so nicht! Du kannst nicht einfach bei mir auftauchen und alles aus den Angeln heben! Ich habe Verpflichtungen! Und ich habe … Ich habe auch noch …» Was soll ich zuerst aufzählen? Es gibt tausend Gründe, wieso ich nicht hier sein kann, will und sollte, aber sie drängeln um die Wette, und ich weiß nicht, welcher der überzeugendste ist. Ich fasse wütend zusammen: «Ich habe auch noch andere Sachen!» Das muss doch wohl reichen, um dem Kind klarzumachen, dass mit diesen Tricks jetzt mal Schluss ist.

Jella baut sich vor mir auf und schnauzt mich an: «Na, dann hau doch ab!» Sie dreht sich um und geht einfach los.

«Hey, aber wo willst du denn jetzt hin?» Ich beeile mich, mit ihr Schritt zu halten.

«Zu Joost …» Sie geht schneller. Ich auch.

«Wohnst du bei ihm?»

«Nein, aber Mama ist entweder im Laden oder bei Papa im Krankenhaus.»

«Und wie kommst du da jetzt hin?»

«Kann dir doch egal sein.»

«Jetzt warte doch mal. Stopp!» Ich halte sie am Tragegurt ihres Rucksacks fest, sodass er ihr vom Rücken rutscht. Nun hängt er an meiner Hand in der Luft.

Jella dreht sich wütend um. «Gib den sofort wieder her!» Sie reißt ihn mir aus der Hand und verheddert sich beim Einfädeln mit einem Arm in den Schlaufen. Ihre Stimme kippt, sie ist kurz vorm Weinen. «Manno, wieso … was ist denn das jetzt hier … ?»

«Warte, da durch …» Ich helfe ihr mit dem Gurt, und sobald sie den Rucksack auf dem Rücken hat, tritt sie demonstrativ ein Stück von mir weg. Ich soll nicht denken, dass das reicht, um sie zu beruhigen.

«Lass uns Joost anrufen, dann holt er dich bestimmt ab.»

«Nein, ich suche mir einen Bus.»

Jella läuft wieder los, und ich finde nicht, dass ich sie alleine losziehen lassen sollte. Wer weiß, wie weit es zu ihrem Bruder ist. Außerdem tut sie mir leid. Sie kann ja überhaupt nichts dafür, dass sich alles in mir gegen diese Situation hier wehrt. Das hat alles gar nichts mit ihr zu tun. Oder doch? Und wenn, dann ist das ja eigentlich auch nicht ihre Schuld.

Ich renne los und hole sie ein. «Wir nehmen ein Taxi.»

Jella bleibt überrascht stehen, noch traut sie mir nicht. «Wir?»

Ich nicke: «Ja, komm.»

Schweigend gehen wir zusammen zum Taxistand. Mit einem kleinen Lächeln auf den Lippen läuft Jella neben mir her und macht keinen Hehl aus ihrem Triumph. Ich nehme es ihr nicht übel.

Aber wenn ich da jetzt hinfahre, heißt das nicht, dass ich meinen Vater im Krankenhaus besuchen muss. Das kann niemand erwarten. Na ja, erwarten schon, aber ich muss diese Erwartung nicht erfüllen. Ich muss gar nichts. Nur das Mädchen abliefern. Das schaffe ich.

Nach zwanzig Minuten Fahrt kommen wir an. Das Ziel ist Joosts Tischlerei in einem alten Backsteingebäude, welches sich direkt an einem Hafenbecken befindet. Schilder an den

Gebäuden ringsum weisen auf Agenturen und Architekturbüros hin, aber auch auf alteingesessene Handwerksbetriebe.

Als wir aus dem Auto steigen, hören wir schon das Kreischen einer Kreissäge. Unter einem großen Vordach liegen gestapelte Balken, Bretter und ganze Baumstämme, sortiert nach irgendeinem System, das sich mir auf den ersten Blick nicht erschließt. Es riecht nach heißem Metall und Sägespänen.

«Warten Sie bitte, ich muss gleich wieder zurück zum Bahnhof. Dauert nur ein paar Minuten, okay?»

Der Fahrer nickt, greift zum Schlüssel und stellt den Motor ab. Im selben Moment verstummt auch die widerlich laute Säge, was mich kurz an einen kosmischen Zusammenhang denken lässt. Andere nennen so etwas Zufall, ich meistens auch, aber manchmal bin ich anfällig für magische Momente. Irgendwo muss man ja mit der Sehnsucht hin, die sich immer wieder nach oben bohrt, da verpacke ich sie eben in schnell verpuffende Luftgespinste oder in Drehbücher, was nicht selten Hand in Hand geht, da kann sie nicht so viel Schaden anrichten.

Plötzlich ist alles ruhig. Nur Windhauch weht vom Wasser zu uns herüber. Jella schaut mich verwundert von der Seite an, weil ich mich nicht rühre. In der breiten Eingangstür erscheint jetzt ein Typ, den ich als Joost erkenne, und bleibt dort stehen. Wir gucken uns an. Wieder dieses Ziehen im Bauch. Was soll das eigentlich? Mein Körper denkt, sein Auftritt gehöre auch noch zum magischen Moment, aber man darf es ihm nicht übelnehmen, denn im Film wäre das so. Doch hier haben wir jetzt keine Zeitlupe und keine Source-Musik, und Joost trägt außerdem eine ziemlich hässliche Arbeitshose mit kleinen aufgenähten Taschen hier und da. Seine Lärmschutz-Kopfhörer hängen ihm DJ-mäßig um den Hals, und er ist größer, als ich ihn mir vorgestellt habe, so Richtung zwei Meter, und schlaksiger. Sein oberer Rücken ist ein bisschen gebeugt, die Schultern hochgezogen zu der typischen Haltung großer Menschen, die sich zu oft den Kopf an zu niedrigen Durchgängen gestoßen haben. Er hat zwar breite Schultern, aber irgendwie marionettenhafte Proportionen und eine ebensolche Körperspannung.

Sein Blick ist von mir zu Jella gewandert, die nun mit langsamen Schritten auf ihn zugeht. Man sieht, dass sie nicht einschätzen kann, wie viel Ärger sie zu erwarten hat. Aber Joost breitet nur die Arme aus, und dankbar lässt sie sich hineinfallen. Er drückt sie fest, plötzlich gar nicht mehr Holzfigur an Fäden, und flüstert ihr etwas ins Ohr. Sie nickt, bleibt aber noch engumschlungen an ihm kleben. Ich stehe daneben und weiß nicht so recht, was ich machen soll. Über Jellas Kopf hinweg schaut Joost nun wieder zu mir herüber und sagt sehr nett: «Hey.»

«Ja, hey.» Ich hebe die Hand und bewege den Unterarm vor und zurück, wie eine Winke-Katze. Schnell lasse ich meinen Arm wieder sinken.

Er sagt zu seiner Schwester: «Du sollst sofort Mama anrufen.»

Jella guckt zerknirscht. «Ich krieg Ärger, oder?»
«Ich glaube, es wird nicht so schlimm.»
«Was Neues von Papa?»
Joost schüttelt bedauernd den Kopf und streichelt ihr einmal über die Wange.
Jella dreht sich zu mir um: «Bist du gleich noch da?»
Ich zögere, gucke erst zum Taxi und dann auf meine Uhr. Der nächste Zug wird eh knapp. «Ich hätte noch etwas Zeit …»

«Super!» Jella verschwindet im Haus.
Joost verschränkt seine langen Arme vor der Brust und klemmt sich die Hände unter die Achseln. Ich glaube, er ist so einer, der nie weiß, wohin mit ihnen.
«Ich sage dem Taxifahrer eben, dass er doch nicht warten soll. Ich ruf mir dann ein neues.»
Joost zieht sich die Ohrenschützer vom Hals und wirft sie auf einen Tisch, der neben dem Eingang steht. «Gut. Dann können wir mal kurz in Ruhe sprechen.»
«Okay.»
Ich laufe schnell zum Taxi, bezahle die Fahrt, und als ich zurückkomme, wartet Joost schon mit zwei Wasserflaschen. Wir gehen zusammen einen Trampelpfad neben dem Gebäude entlang und setzen uns auf den schmalen Grünstreifen am Wasser. Joost öffnet mir eine Flasche an einer Steinkante und reicht sie mir rüber.
«Danke.» Ich nehme einen Schluck. Das Zeug ist eiskalt, also perfekt.
Während Joost seine Flasche öffnet, sagt er: «Gut, dass du doch mitgekommen bist.»
Nicht ganz freiwillig, denke ich und würde das Missverständnis gerne klarstellen, allerdings ohne Jella zu verraten. Deswegen antworte ich nur: «Dass ich hier bin, heißt aber auf keinen Fall, dass ich ins Krankenhaus komme.»

«Okay.» Joost blickt aufs Wasser, und zumindest von der Seite sieht es aus, als fände er das in Ordnung. Ich betrachte sein Profil aus der Nähe und suche nach Ähnlichkeiten mit Jella. Er spürt den Blick und hebt fragend die Augenbrauen: «Was guckst du?»

Ich beeile mich zu sagen: «Entschuldigung, ich wollte dich nicht anstarren …» Mehr fällt mir nicht ein, aber ich kann nicht aufhören, ihn anzusehen. Hinter den Brillengläsern entdecke ich dieselben grünen Augen wie bei Jella. Vielleicht kommt er mir deswegen so vertraut vor? Die Augenfarbe muss jedenfalls von der Mutter kommen, denn mein Vater hat braune Augen, so wie ich.

Er sagt: «Jella und du, ihr habt denselben Mund, glaube ich.»

Aus Reflex hebe ich meine Hand zum Mund und bedecke ihn. «Ja?»

Joost nickt. «Du hast Ähnlichkeit mit eurem Vater.»

Ich wende den Blick ab und starre aufs Wasser. «Keine Ahnung, wie er mittlerweile aussieht.»

Er zögert einen Augenblick und sagt dann: «Also, ich weiß eigentlich nicht, was bei euch damals passiert ist. Deswegen kann ich mich dazu jetzt auch nicht verhalten.»

«So richtig weiß ich es auch nicht.» Ich gucke Joost an und dann schnell wieder weg. Vorsichtig frage ich: «Wusstest du denn, dass es mich gibt?»

Joost stellt seine leere Flasche zwischen uns ab und schaut mich überrascht an. Er scheint an irgendetwas zu denken, was ihn leicht amüsiert. Ich kann mit dieser Reaktion nichts anfangen.

«Was ist so witzig?»

«Nichts.» Er scheint den Gedanken zu verwerfen, stützt die Arme auf seine angezogenen Beine und antwortet. «Ja, ich wusste, dass es dich gibt. Aber man durfte Robert nicht darauf ansprechen. Und er wollte nicht, dass Jella es weiß.»

Eine Hand nimmt meinen Magen und drückt ihn wie einen Schwamm zusammen. Mir wird mit einem Schlag übel. Mein Vater hatte es abgelehnt, dass über mich gesprochen wurde. Er wollte nicht, dass meine Halbschwester von mir erfährt.

Ich entgegne gereizt: «Na, dann war der Schlaganfall ja doppelt Pech für ihn. Jetzt ist alles rausgekommen.»

Joost guckt mich an, ein bisschen verprellt von meiner Härte, aber auch ehrlich überrascht. «Aber du wolltest doch nichts mehr mit ihm zu tun haben.»

Ich halte die Luft an. So geht also die Erzählung? *Ich* habe angeblich den Kontakt abgebrochen? Diese Lüge schwappt über mich, sickert in meine Haut, breitet sich wie ein Gift aus, und dann passiert etwas in mir. Eine Naht platzt auf, darunter reißt eine tiefe Wunde auf, klaffend und roh.

Ich springe auf. «Wie bitte? Ich glaube, ich spinne! Dieses blöde Arschloch hat mich mit meiner saufenden Mutter allein gelassen, nachdem meine Schwester gestorben ist!» Zittrig hole ich Luft und merke erst jetzt, dass ich weine. Hier und jetzt vor diesem Typen, den ich nicht kenne und der nun ziemlich erschrocken dasitzt. Peinlich berührt und aufgewühlt drehe ich mich weg und wische mir die Tränen ab. Aber das ist nicht so einfach, weil immer neue kommen.

Eine Hand legt sich auf meine Schulter, und Joosts Stimme ist direkt neben mir: «Das wusste ich nicht. Entschuldigung.»

Ich nicke zum Zeichen, dass ich seine Entschuldigung annehme. Wann hört das Schluchzen endlich auf? Ich erinnere mich an meine eigene Mutter und finde das ganz grauenhaft. Joost zieht seine Hand zurück, was mir einen weiteren

Stich versetzt, aber dann sehe ich, dass er das nur gemacht hat, weil er ein Taschentuch aus einer seiner zahlreichen Hosentaschen ziehen wollte. Er hält es mir hin, und ich nehme es dankbar. Es duftet nach Holz.

«Hier seid ihr!»

Wir drehen uns um und sehen Jella auf uns zukommen. Erst bemerke ich ihn gar nicht, den wohl sehr alten Hund, der mit schleppenden Schritten hinter ihr hertrottet. Als Jella vor uns stehenbleibt, lässt er sich sofort neben sie ins Gras fallen und legt müde den Kopf auf den Boden. Mein Blick bleibt an ihm hängen, und dann …

… ist das Bild eingefroren.

Schwarz-weiß geflecktes Fell, drei Pfoten weiß, die linke vordere schwarz. Der weiße Klecks über dem einen Auge, der wie ein kleiner Stern aussieht. Eine vom Alter graue Nase, aber ich erkenne sie trotzdem wieder.

«Mama holt mich gleich ab, und dann fahren wir ins Krankenhaus. Willst du nicht vielleicht doch …?»

Ich falle ihr ins Wort: «Wie heißt der?» Meine Stimme kratzt im Hals.

«Was?» Jellas Augen folgen meinem Blick zu dem Hund neben sich. «Ach so, das ist Laika.»

Ich habe nur noch einen Gedanken: Ich muss hier weg. Sofort.

Ich renne los, so schnell ich kann.

Hinter mir höre ich Joost rufen: «Katja? Was ist denn jetzt?»

Nichts muss ich erklären, gar nichts! Weiter und weiter, an der Werkstatthalle vorbei. Ich halte erst an, als ich außer Atem die Hauptstraße erreicht habe. Mit flattrigen Händen und brennender Lunge rufe ich mir ein Taxi. Sie sind mir nicht gefolgt, wenigstens das. Wenn ich doch nur schon zu Hause wäre.

14.

Alexa wartet auf dem Bahnsteig, als ich in Hamburg-Dammtor aus dem Zug steige. Sie steht zwischen all den Menschen, und als sie mich erblickt, kommt sie auf mich zu. Obwohl ich ihr die sich überstürzenden Ereignisse der letzten 24 Stunden bereits am Telefon erzählt habe, scheint sie sich noch nicht davon erholt zu haben. Sie empfängt mich mit fassungsloser Miene. «Katja. Das ist alles so, so verrückt

... Erst dein Vater im Koma, dann eine Halbschwester, und jetzt der Hund?»

«Wieso? Wenn man das auf dreizehn Folgen streckt, hat man schon genug Stoff für eine ganze Serienstaffel.»

Alexa lacht kurz auf. «Bin gespannt, wer dich spielt.»

Ich finde ihre Antwort auch lustig, aber mir steigen schon wieder Tränen in die Augen.

Meine Freundin legt den Arm um mich und fragt: «Planten un Blomen?»

Zusammen gehen wir die Treppen runter. «Wie lange hast du Zeit?»

Alexa dreht sich zur Bahnhofsuhr um und antwortet: «Noch eine Stunde, dann muss ich wieder in die Schule. Gut, dass heute Zeugniskonferenz ist, sonst hätte ich gar nicht kommen können.»

«Vielleicht ist das mein heutiges Quäntchen Glück.»

«Das reicht dann aber auch, ja?»

«Klar, ich will ja nicht gierig werden.»

Schweigend gehen wir durch den Ausgang zum Park. Alexa wartet, dass ich anfange, aber ich weiß nicht womit.

Schließlich stelle ich die Frage laut, die mir die ganze Zeit im Kopf herumspukt: «Was macht man in so einer Situation?»

«Was willst du denn machen?»

Das kann ich sofort beantworten: «Alles vergessen, natürlich.»

«Auch die Kleine?» Alexa kennt mich gut genug, um zu wissen, dass ich mir nicht die Gelegenheit gebe, ehrlich zu sein.

Ich sehe Jella vor mir, wie sie im vollgekleckerten T-Shirt in meiner Küche steht, und werde unsicher. «Jella allein geht nicht. Da hängt alles andere mit dran.»

Alexa regt sich ein bisschen über meinen Fatalismus auf:
«Aber du musst doch wissen wollen, wie es dazu gekommen ist, dass die den Hund haben.»

«Falls das der Vorschlag sein soll, meinen Vater zu fragen, geht nicht, weil Koma.»

«Ja, sein Glück. Sonst müsste man dem mal …» Alexa bremst sich selbst. Sie holt Luft und stößt dann hervor: «Ich meine, was für ein abgefuckter Scheiß!»

Ich nicke stumm, denn besser hätte ich es auch nicht zusammenfassen können.

«Meinst du, deine Mutter wusste davon?»

Ich bleibe abrupt stehen, denn dieser Gedanke war mir noch gar nicht gekommen. «Glaubst *du*?»

Alexa hebt ratlos die Hände. «Also, mittlerweile würde mich gar nichts mehr wundern.»

Wir gehen weiter, und ich versuche zu beschreiben, was der Tag mit mir gemacht hat. «Ich glaube, mein Vater hat damals einfach die Galaxie gewechselt. Sich eine neue Welt gesucht. Meine Mutter und ich sind der Schrott, der nach einer missglückten Mission übriggeblieben ist und jetzt irgendwo versprengt im All rumfliegt.»

«Du bist kein Schrott.»

«Ich fühl mich aber so.»

15.

An dem Tag, an dem ich Alexa zum ersten Mal in der Jugendpsychiatrie begegnete, kam ich vom Ausdrucksmalen zurück. Ich sehnte mich quälend nach irgendetwas Spitzem oder Scharfem, was den inneren Druck nach außen abgelassen hätte, und stellte überrascht fest, dass ich eine neue Zimmernachbarin bekommen hatte. Bisher war das zweite Bett freigeblieben und ich froh gewesen, meine Ruhe zu haben. Die anderen Jugendlichen in der Klinik strengten mich an, Vollmeisen, wohin man guckte, natürlich auch im Spiegel. Sooft es ging, zog ich mich in mein Zimmer zurück. Das wurde nicht unbedingt positiv aufgenommen, aber ich war nicht hier, um Freunde zu finden, und im Gegensatz zu den meisten hier wollte ich ja auch gar nicht, dass es mir bald besserging. Das heißt, doch, gewünscht habe ich es mir insgeheim, aber das war nur ein weiterer Grund, mich zu hassen, denn verdient hatte ich es nicht, daran gab es immer noch keinen Zweifel.

Das Mädchen, das dort plötzlich vor dem Kleiderschrank stand und seinen Koffer auspackte, hatte lange blonde Haare und glossig glänzende Lippen. Sie sah aus wie ein amerikanischer Kinderstar, der zu viel mit Barbies gespielt hatte, alles an ihr war rosa und glitzerte. Mir graute jetzt schon davor, was sie in der Gruppentherapie alles erzählen würde.

«Ach. Hallo.» Das Mädchen musterte mich kurz von oben bis unten und verzog geringschätzig den Mund.

«Hallo.» Ich bemühte mich, meine Stimme so kühl wie möglich klingen zu lassen. Was machte die hier einen auf besser? Wenn sie keinen Schaden hätte, wäre sie wohl kaum hier. Wahrscheinlich magersüchtig oder so was.

«Fresssucht?»

Ich dachte, ich höre nicht richtig. «Was?»

«Bist du wegen Fresssucht hier?» Das Mädchen nickte mit dem Kopf in Richtung meines dicken Bauchs, der unter dem T-Shirt spannte. Angefangen in Amerika, hatte ich in den letzten Monaten sehr viel gegessen, aber vor allem seit ich hier versuchte, mit dem Ritzen aufzuhören. Aber das ging die doch nichts an.

«Nein.» Eigentlich hätte ich es dabei belassen sollen, aber ich wollte auch was Gemeines sagen, deswegen setzte ich hinterher: «Und du? Bulimie oder Anorexie?»

«Weder noch.» Sie lächelte schmallippig und fuhr fort, ihre bescheuerten Funkel-Klamotten auszupacken.

Ich legte mich aufs Bett und nahm mir Brian Greenes *Das elegante Universum* vom Nachttisch, ein Buch, das sicherlich nicht für Zwölfjährige ohne Physikstudium geschrieben worden war. Ich hoffte einfach immer noch, dass ich die Kapitel nur so oft wie möglich lesen müsste und sich das Verständnis dann schon irgendwann einstellen würde.

Aber jetzt in diesem Moment las ich natürlich nicht, sondern beobachtete das neue Mädchen heimlich über den Rand des Buches hinweg. Ich sah, dass sie sich um lässige, selbstbewusste Bewegungen bemühte und dabei immer wieder ins Affektierte rutschte. Wäre sie mir sympathischer gewesen, hätte ich die Unsicherheit dahinter erkannt, aber so war ihr Verhalten in meinen Augen einfach nur albern. Irgendwann hielt sie mitten im Pullover-Falten inne und drehte den Kopf genervt zu mir um. «Was glotzt du so?»

Ich zog mich schnell hinter das Buch zurück und sagte höhnisch: «Pff. Als ob du so schön wärst, Schmink-Zicke.»

Plötzlich veränderte sich etwas. So schnell, dass ich es gar nicht mitbekam, bis mir das Buch aus der Hand gerissen und in die Ecke geschmissen wurde. Wie hatte sie das gemacht?

Eben hatte sie noch da drüben gestanden, und jetzt hielt sie schon mein T-Shirt gepackt.

«Hey!» Empört versuchte ich, ihre Hände von meinem Latz zu schlagen, aber sie dachte gar nicht daran loszulassen. Mit zusammengekniffenem Mund riss sie mich vom Bett, wobei meine Beine sich in der Bettdecke verhedderten, sodass ich irgendwie unglücklich mit den Knien aufschlug und nun in ziemlich erniedrigender Position vor ihr hockte.

«Wenn du Ärger willst, brauchst du's nur zu sagen, Schwabbel-Schwein!»

Schwabbel-Schwein? Na, die hatte sie ja wohl auch nicht mehr alle! Aus der Hocke gab ich ihr mit voller Wucht eine Kopfnuss in den Bauch. Sie bekam zu spüren, dass man ohne Schwabbel-Speck gar keinen Schutzpanzer hat und der Wumms direkt in den Magen donnert. Meine Gegnerin schrie auf und ließ mich vor Schreck los. Ich rappelte mich auf, aber nur eine Sekunde später trat Barbie mir mit voller Wucht gegen den Oberschenkel. Ich musste ein paarmal nach Luft schnappen, um den Schmerz versickern zu lassen, dann war ich bereit zum Gegenangriff: Mit Anlauf bulldozerte ich auf sie zu und rammte sie einfach um. Zusammen gingen wir zu Boden, und dann lag ich auf ihr.

Sie zappelte und kreischte, als säße eine Tarantel auf ihrem Bauch. «Weg! Weg! Weg!»

Ich machte mich noch schwerer, klemmte ihre Arme unter meine Oberschenkel und hielt sie mit meinem Gewicht gefangen: «Wie hast du mich genannt?»

«Schwabbel-Schwein!»

Ich gab ihr eine kräftige Ohrfeige.

Ihre Wange färbte sich knallrot.

«Fettbacke!»

Okay, dann eben noch eine. Dieses Mal wurde die andere

Gesichtshälfte rot. Ich lachte hämisch. «Das hässliche Rouge hättest du dir heute Morgen sparen können!»

«Ich krieg keine Luft mehr, du Buckelwal!» Sie machte ein gurgelndes Geräusch, ganz und gar nicht barbiehaft, und rotzte mir dann zäh direkt in die Augen.

Angewidert brüllte ich los und rollte von ihr herunter. So was Widerliches! Panisch wischte ihr mir ihre Spucke weg, und als ich wieder gucken konnte, sah ich, wie sie mit einem völlig veränderten Gesichtsausdruck blitzschnell versuchte, ihren hochgerutschten Rock runterzuziehen. Doch sie war nicht schnell genug, ich hatte schon gesehen, was sie damit vor mir verbergen wollte. Eine weiße Unterhose mit lila Pünktchen und vorne im Schritt – eine verräterische Beule.

«Äh …» Mir klappte das Kinn runter, und ich starrte sie überrascht an. Sie war kreidebleich geworden. Mit angstgeweiteten Augen wartete sie, wie ich gleich reagieren würde. Aber wie reagiert man, wenn man gesehen hat, dass die Zimmernachbarin einen Penis in ihrem Slip hat? Ich wusste es nicht, und deswegen fragte ich: «Wie heißt du?»

Sie antwortete trotzig: «Alexa.»

Das ist ein Mädchenname, dachte ich.

«Frag jetzt bloß nicht, ob ich in Wirklichkeit Alexander heiße, sonst hau ich dir eine rein.»

Hätte ich fast getan, aber jetzt kam es mir zu blöd vor. Schnell behauptete ich: «Mach ich doch gar nicht.»

«Gut, sonst hätte ich dir echt aufs Maul gegeben.»

«Das hab ich schon verstanden, *Alexa.*»

Alexa musste gegen ihren Willen lächeln, weil ich ihren Namen so überdeutlich betont hatte, und fragte in einem etwas netteren Ton: «Wie heißt du?»

«Katja.»

Alexa nickte kurz, als hätte der Name jetzt ihre Genehmigung, dann schwiegen wir wieder.

Wir saßen nebeneinander, und ich konnte sehen, dass Alexa überlegte, was sie nun tun sollte. Sie wirkte sehr verunsichert, ihre Hände hielten immer noch den Rock fest. Natürlich hatte ich schon davon gehört, dass es Menschen gab, die im falschen Körper auf die Welt kommen. Mehr wusste ich darüber aber nicht. All das Rosa und der Glitzer waren zwar immer noch nicht mein Geschmack, aber sie hatten mit einem Mal eine gewisse Berechtigung bekommen.

Wir schauten uns prüfend an, versuchten, uns in die Herzen und Köpfe zu gucken, was selbstverständlich nicht ging, und fragten uns, ob wir es riskieren konnten, uns zu zeigen. Wobei Alexa hier einen unfreiwillig großen Vorsprung hatte, denn ich wusste im Moment mehr über sie als sie über mich. Klar war, dass ich jetzt dran war mit Zeigen.

Ich schob meine Ärmel hoch und legte meine Narben frei. «Darum bin ich hier.»

Alexa schaute einen Moment andächtig auf die vielen weißen Striemen und schnalzte mitfühlend mit der Zunge. Dann deutete sie mit dem Kinn fast unmerklich in Richtung ihres Schoßes und sagte bemüht sachlich: «Ich hab versucht, ihn abzuschneiden.»

Erschrocken fragte ich: «Wie denn?»

Alexa zuckte mit den Achseln. «Obstmesser. Ging aber nicht. Tat zu doll weh und hat geblutet wie Sau.»

«Und jetzt?»

«Bleibt er noch vier Jahre dran, bis ich achtzehn bin. Dann kommt er sofort ab.»

«Das geht?»

Alexa nickte. «Nicht so einfach, aber ja. Ich *bin* ein Mädchen. Nur der Körper noch nicht.»

Ich atmete einmal tief durch, um ansatzweise zu verstehen, was das eigentlich bedeutete. «Stelle ich mir … sehr schwierig vor.»

Alexa lächelte schief und wollte das Thema offensichtlich beenden, denn sie ließ ihren Blick über mein Buch schweifen, das neben uns auf dem Boden lag. Sie las den Untertitel laut vor: «Superstrings, verborgene Dimensionen und die Suche nach der Weltformel …?»

«Quantenphysik.» Ich lächelte entschuldigend.

Sie schaute mich skeptisch an: «Bist du ein Genie oder so was?»

Die Vorstellung fand ich so abwegig, dass ich sie nur mit großen Augen anstarrte. «Äh … was?»

Ein neuer Gedanke erhellte Alexas Gesicht. «Verletzt du dich absichtlich, weil du es scheiße findest, schlauer zu sein als alle anderen?»

Ich musste lachen und schüttelte den Kopf: «Nein, ich bin nur mittelschlau.»

«Was soll das dann?»

«Also …» Du meine Güte, wie sollte ich etwas erklären, was ich selbst nicht verstanden hatte? «Die Quantenphysik sagt, dass es *nicht* nichts gibt … Das heißt, glaube ich, wenn man stirbt, wird zwar der Körper abgelegt, aber das Bewusstsein lebt wohl irgendwie weiter. Jetzt nicht von wegen Gott und so, sondern physikalisch erklärt. Es gibt in der Stringtheorie neun Dimensionen, und dann muss man ja auch noch die Zeit dazurechnen … Also nicht nur Länge, Breite und Höhe, sondern noch sechs andere Dimensionen, die aufgerollt sind. Klitzeklein, sodass wir sie nicht mehr wahrnehmen können. Die Strings nehmen diese Dimensionen aber wahr und nutzen sie aus …»

Ich stockte, holte Luft und hoffte, dass Alexa das reichen würde, aber sie entgegnete trocken: «Kapier ich nicht.»

«Ich auch nicht.»

Alexa überlegte kurz und schaute mir dann direkt in die Augen. «Du bist hier, weil jemand gestorben ist, oder?»

Sie war wirklich ganz und gar nicht blöd. Ich schluckte und zögerte. Bisher hatte ich noch mit niemandem darüber gesprochen. Aber Alexa kannte ganz offensichtlich auch dieses Gefühl, dass etwas völlig falsch und unbegreiflich war. Das hatten wir auf jeden Fall gemeinsam. Natürlich war ihre Geschichte gar nicht mit meiner zu vergleichen, das glaubte ich nicht eine Sekunde, doch ich hatte den Hauch einer Hoffnung, sie würde mich verstehen. Ich fühlte ein Bündnis zwischen uns wachsen, obwohl es Quatsch war, denn wir hatten uns eben noch beleidigt, geprügelt und bespuckt. Das durfte man vielleicht nicht so einfach vergessen, haderte ich. Doch mein Wunsch, ihre Frage zu beantworten, war plötzlich so stark, dass ich gar nicht anders konnte. Also gab ich dem Namen, der mir auf der Zunge lag, einen Schubs, und er fiel ins Zimmer: «Lina.»

16.

Als ich nach Hause komme, riecht es nach Essen. In der Küche steht Ratko am Herd und kocht. «Ah, du kommst genau richtig!» Ratko rührt in einem großen Topf herum, in dem ein vegetarisches Chili blubbert. Und der Tisch ist auch schon gedeckt. Wie nett von ihm. Ich bin ganz gerührt, aber ich müsste eigentlich sofort an den Schreibtisch.

«Wieso bist du denn nicht in der Agentur?»

«Ich habe Lennard gesagt, dass ich keine weiteren Aufträge mehr für ihn mache.» Ratko füllt die Teller auf und stellt sie auf den Tisch.

«Nee, oder?»

«Doch, natürlich. Das war doch der Plan.» Er setzt sich

und macht eine einladende Geste in Richtung des Stuhls ihm gegenüber.

Ich nehme auch Platz, bin aber noch etwas vor den Kopf gestoßen. «Ja, aber du hast doch das Geld für die Reise noch gar nicht zusammen, oder habe ich da was nicht mitgekriegt?»

Ratko schlürft das knallheiße Chili röchelnd vom Löffel, was klingt wie Darth Vader mit Pseudokrupp. Hechelnd kaut er die heißen Bohnen mit offenem Mund und versucht dabei auch gleich noch zu sprechen. «Nee, das stimmt schon. Aber irgendwie muss ich ja den Absprung schaffen und den Kopf freikriegen. Meine Möbel werd ich über Ebay verkaufen.»

Das möchte ich sehen, wie Ratko seine Sachen fotografiert und dann Stück für Stück zum Verkauf anbietet. Spätestens beim Lattenrost wird er die Lust verlieren, weil man dafür die Matratze hochstemmen muss.

«Außerdem meinte Sofia, ich könnte ihr bei ihrem Blog helfen.»

«Ah, Sofia.» Da ist ein sarkastischer Unterton, und der soll auch so.

Ratko kommentiert das mit einem Lächeln und sagt beschwichtigend: «Ich mach ihr eine ganz neue Seite. Sie hat einen fetten Werbekunden an Land gezogen und möchte das alles noch viel professioneller und größer aufziehen.»

«Das heißt, sie bezahlt dich dafür?»

«Ja, natürlich. Zur Not mit Flugmeilen.» Ratko isst weiter, und ausnahmsweise wippelt er unter dem Tisch mal nicht mit seinem Bein. Er scheint mit sich und seiner Welt zufrieden. Fragend guckt er mich an. «Und? Wie war dein Tag?»

Ich bin etwas überrumpelt: «Meinst du das ernst?»

Ratko hat heruntergeschluckt und gönnt sich eine Chili-Pause. «Ja, klar. Möchte ich doch wissen, wie es dir so geht.»

«Ich habe meine Halbschwester zurück nach Bremen gebracht.»

«Cool. Und erzählst du mir jetzt die ganze Geschichte?»

«Was meinst du?»

Ratko lacht überrascht auf. «Was ist das denn für eine Frage? Da taucht eine Halbschwester auf, und du willst nicht darüber reden?»

«Seit wann reden wir über so was?»

Ratkos Gesicht wird weich, und er sagt ganz ernst: «Na ja, sollten wir vielleicht mal. Sonst kommen wir ja nicht weiter mit uns, oder?»

Nun bin ich verwirrt: «Weiter? Wohin denn weiter?»

Ratko steht auf, geht um den Tisch herum und hockt sich vor meinen Stuhl. Er greift nach meinen Händen und schaut mir tief in die Augen. «Ich wüsste gerne mehr über dich, als du mir bisher von dir erzählt hast.»

«Ja?» Wahrscheinlich hat er recht. Ich finde das ja auch merkwürdig, wie wir zusammen sind und irgendwie dann auch wieder nicht. Ratko nickt, setzt sich auf den Boden und zieht mich zu sich runter. Ich sitze auf seinem Schoß, und er umschlingt mich von hinten. Eine feste, innige Umarmung, die dazu einlädt, sich ihr hinzugeben. Das würde ich gern, aber ich bin noch ein bisschen überrumpelt. Wahrscheinlich haben wir die ganze Zeit schon eine Beziehung und hatten beide einfach nicht den Mut, es zuzugeben.

«Und das hier.» Vorsichtig schiebt Ratko meinen Ärmel hoch und fährt sanft mit dem Finger über die dünnen weißen Narben auf meinem Unterarm, die aussehen wie Kerben in einer Knastwand. «Das sehe ich doch auch jeden Tag und weiß nichts darüber.»

Ich widerstehe dem Impuls, meinen Arm wegzuziehen, und zwinge mich, die Berührung auszuhalten. Aber ich wüsste nicht, wie ich die Narben erklären soll. Lieber drehe ich mich zu ihm um, und wir küssen uns kurz, aber sehr zärtlich. Wir bleiben engumschlungen sitzen, und ich lege meinen Kopf an seine Schulter. Ein schönes Schweigen, in dem ich mich einigermaßen sicher fühle. Vielleicht liebe ich Ratko, kann doch sein. Das hier ist mein Leben, und es hat nichts mit meinem Vater, Jella, Joost und Laika zu tun. Ich muss aufpassen, dass es mir nicht zwischen den Fingern zerbröselt.

«Eigentlich könnte ich ja auch jetzt schon meine Wohnung kündigen.»

Ich richte mich überrascht auf. «Und dann?»

Ratko lächelt. «Dann wohne ich hier, bis ich das Geld für meine Reise zusammenhabe.»

«Oh … Okay.» Zwischendurch vergesse ich immer, dass er wegwill. Aber der Food-Truck wurde ja auch nie in die Tat umgesetzt. Und all die anderen Projekte vorher ebenfalls nicht. Ich lehne mich wieder an ihn und hoffe heimlich: Diese Reise, das wird ja eh nix.

17.

Unsere Eltern hatten die Sache mit dem Welpen ein bisschen unterschätzt. Eigentlich muss man sagen: unsere Mutter. Vielleicht war es die Wirkung der Sternschnuppe, vielleicht auch nicht, aber nach unserem Urlaub nahm sie unseren Vater in den Überredungs-Schwitzkasten und malte ihm aus, wie glücklich ein Hund unsere Familie machen würde. Sie versprach ihm hoch und heilig, dass sie und wir Kinder all die Arbeit übernehmen würden und er nur Freude mit dem Tier haben werde. Irgendwann vor Weihnachten muss er dann eingeknickt sein, und unsere Mutter fand den süßen Welpen über eine Tierrettungsorganisation in Rumänien.

Doch Laika fügte sich nicht so einfach in den Alltag. Sie war verspielt, dickköpfig und voller Energie, die sich auch durch den regelmäßigen Besuch einer Welpen-Schule nicht so richtig bündeln ließ. Nach zwei Monaten hatte sie die Bei-

ne unseres Esstischs zernagt und sämtliche Türen zerkratzt, und wenn man mit ihr schimpfte, ging sie mit den Hinterbeinen in die Knie und pinkelte aus Protest auf den Teppich. Unsere Mutter klagte überfordert: «Das ist ja, als hätte ich ein drittes Kind!» Unser Vater entzog sich mit dem Argument «*Ihr* wolltet ja den Hund» der Zuständigkeit. Es war klar, dass sie beide längst bereuten, Laika angeschafft zu haben, aber Lina und ich liebten sie heiß und innig.

Der 26. Februar des neuen Jahrtausends, der Tag, an dem es passierte, war ein Samstag. Es hatte in der Nacht zuvor wieder geschneit, und meine Schwester und ich freuten uns auf den Spaziergang nach dem Frühstück. Laika liebte es, wenn wir Schneebälle warfen, dann sprang sie begeistert hoch, um sie im Flug zu fangen. Wir zogen unsere dicken Stiefel an und stritten uns, weil Lina einfach ohne zu fragen meine rote Mütze aufsetzte.

Ich riss sie ihr vom Kopf. «Nimm deine eigene Mütze!»

«Die ist aber lila, und ich mag kein Lila!»

«Na und? Ich mag auch kein Lila!» Ich stülpte Lina ihre lila Mütze auf, und sie schleuderte sie wütend in die Ecke. «Die setze ich nicht auf!» Laika sprang sofort der Mütze nach, nahm sie zwischen die Zähne und schleuderte sie in einem gespielten Kampf kopfschüttelnd hin und her.

«Draußen ist es voll kalt. Dann frierst du.» Ich griff Laika am Halsband, zog ihr die Mütze aus dem Maul und nahm sie an die Leine.

«Mir doch egal. Ich hab 'ne Kapuze.» Lina knöpfte beleidigt ihre Jacke zu und suchte in der Schublade ihre Handschuhe. Laika sprang abwechselnd an Lina und mir hoch, denn sie wollte endlich los. Ich legte den Kopf in den Nacken und rief laut: «Tschü-hüs, wir gehen jetzt!» Die Antwort unserer Mutter kam aus dem Keller: «Ja-ha! Viel Spa-aß!»

Lina rief: «Tschüs, Mami!»

Und unsere Mutter antwortete Lina mit den Worten, die für immer die letzten an ihr Kind bleiben würden: «Bis gleich!»

Kaum waren wir draußen, hatten wir den Streit um die blöde Mütze vergessen und stapften frische Fußspuren in den Neuschnee. Es gab eine klare Absprache: Eine von uns durfte die Leine auf dem Hinweg zum Park halten, die andere auf dem Rückweg. Trotzdem gab es immer Diskussionen darüber, wer wann dran war. Wohl auch, weil wir für uns selbst noch nicht herausgefunden hatten, was eigentlich besser war. Beides hatte seine Vorteile, und die wurden dann auch stets der jeweils anderen unter die Nase gerieben. Wenn eine von uns auf dem Hinweg die Leine hielt, sagte die andere: «Ach, ich freu mich so, ich habe das Schönste noch vor mir.» Die andere rächte sich dann mit: «Nachher ist Laika müde und merkt gar nicht, wer sie an der Leine hält.» Aber an diesem Morgen überließ ich Lina die Hundeleine ohne Widerspruch, denn ich wollte nicht schon wieder streiten. Eine Hundeleine zu halten, ist ein bisschen so, als wäre man erwachsen. Deswegen ging Lina auch ganz aufrecht und hatte immer ein Auge darauf, dass Laika nichts vom Boden fraß. Wir hatten die Verantwortung für den kleinen Welpen und wollten alles richtig machen.

An der Ampel überquerten wir die Straße und folgten dem Weg in den Park, der an der Seite eines schmalen Alsterkanals lag. Hier fuhren keine Autos, und es gab eine Wiese, auf der wir unseren Hund auch mal von der Leine lassen konnten. Wir warfen Schneebälle, denen Laika hinterherjagte, rollten uns mit ihr über die unberührte Schneedecke, die unter unserem Gewicht knackend nachgab, und seiften

uns gegenseitig ein, bis unsere Gesichter vor Kälte brannten. Lachend lagen wir nebeneinander im Schnee, während Laika auf uns herumkletterte und an unserer Kleidung zerrte, damit wir endlich wieder aufstanden.

Lina setzte sich auf und sagte zu mir: «Weißt du, was komisch ist?»

Ich schüttelte den Kopf. «Nein.»

«Wenn die bei Sputnik 2 nicht Laika ausgesucht hätten, sondern einen von den anderen beiden Hunden, dann würde unsere Laika jetzt doch Albina oder Muschka heißen, oder?»

«Ja, stimmt.» Ich schaute meine kleine Schwester überrascht an, denn auf diesen Gedanken wäre ich wahrscheinlich nie gekommen. Die russischen Weltraumforscher hatten neben Laika noch zwei andere Hunde für den Flug ins All getestet. Ich erklärte meiner Schwester: «Aber sie haben Laika genommen, weil sie die Tests in den Zentrifugen und den Lärm und den wenigen Platz in der Kapsel am besten ausgehalten hat.»

Lina nahm etwas Schnee auf und drückte ihn zu einem festen Ball zusammen. «Wenn sie nicht die Beste gewesen wäre, hätte sie nicht sterben müssen.»

Ich versuchte sie aufzuheitern und sagte: «Aber vielleicht sind ja Atome von allen dreien in unserer Laika wiedergeboren.»

Lina machte große Augen und guckte erst unseren Hund und dann mich an. Der Gedanke gefiel ihr. «Glaubst du?»

Ich nickte: «Das kann ja sein! Wenn sowieso alles auf unserer Erde aus Atomen von toten oder explodierten Sternen ist und alles sich immer wieder neu zusammensetzt, so wie Papa sagt, dann besteht sie …», ich zeigte auf Laika, die vor uns im Schnee lag und sich die Schneeklumpen von den Pfoten abknabberte, «… vielleicht aus Teilchen, aus denen auch schon Laika, Muschka oder Albina waren.»

Lina blieb vor Staunen der Mund offen stehen. «Ehrlich? Ist Laika denn wieder zurückgekommen aus dem All?»

Ich schüttelte den Kopf: «Nein, die Kabine mit ihr drin ist ja beim Wiedereintritt in die Atmosphäre verglüht. Ihre Atome sind weit weg.»

«Ach ja, stimmt.» Lina schaute zu unserem Hund und rief: «Muschka?»

Laika sprang auf und wedelte mit dem Schwanz.

Ich rief: «Albina?»

Laika bellte als Antwort und hüpfte auf der Stelle. Ihr waren alle Namen recht. Lina und ich guckten uns an und mussten lachen.

Auf dem Rückweg führte ich den Hund an der Leine, und Lina begann zu quengeln, dass ihre Haare nass seien. Ihre Ohren waren rot, und sie verlangte: «Gib mir jetzt deine Mütze.»

Ich sah es aber überhaupt nicht ein und entgegnete: «Hättest ja deine aufsetzen können.»

«Du bist so blöd!» Sie haute mir gegen den Unterarm.

«Selber.»

«Guck mal, wie müde Laika schon ist. Die merkt das gar nicht, dass du sie an der Leine hast.»

«Jawohl merkt sie das.»

«Nee.»

«Doch.»

Und was dann passierte, war schneller, als ich erfassen konnte. Laika erspähte einen Hund auf der anderen Straßenseite und wollte loslaufen. Ich war nicht vorbereitet, und die Leine rutschte mir zwischen den Fingern hindurch. Laika, die keinen Widerstand spürte, rannte los, einfach über die Straße. Lina rief: «Laika!» Und schneller, als ich reagieren konnte, stürmte sie ansatzlos hinterher. Ich sah von links das Auto kommen, schrie «Nein!» und schlug die Hände mit den nassen Handschuhen vors Gesicht. Blind hörte ich das knirschende, schlitternde Bremsen und das dumpfe Aufeinanderprallen von Körper und Metall direkt vor mir. Ohne es zu sehen, wusste ich, dass es Lina war und nicht Laika. Eine Autotür wurde geöffnet, und eine Frau kreischte panisch nach einem Krankenwagen. Ich dachte: *Du musst wissen, was passiert ist! Guck hin! Guck hin! Guck jetzt endlich hin!* Ich zwang mich, die Hände von den Augen zu ziehen, und sah meine Schwester in dem Schneematsch auf der Straße liegen. Halb auf dem Bauch, den Hals unnatürlich verdreht, die Augen in einem leeren Blick erstarrt. Ich wusste sofort, dass sie tot war.

18.

Alle Muskeln meines Körpers ziehen sich wie bei einem Stromschlag zusammen. Ich japse nach Luft und reiße die Augen auf. Der Unfall. Nicht verzerrt, sondern genau so, wie er damals stattgefunden hat. Früher wiederholte sich dieses Szenario fast jede Nacht im Schlaf, mit den Jahren wurde es seltener, und mittlerweile liegt das letzte Mal so lange zurück, dass ich mich nicht erinnere, wann der Traum zuletzt kam. Ich bin schweißgebadet, und meine Beine kleben in der klammen Hose. Ich drehe mich auf den Rücken. Es ist dunkel, aber die Straßenlaterne vor meinem Fenster zeigt mir die Umrisse der Gegenstände in meinem Zimmer. Ein vorsichtiger Blick zur Seite. Ratko schläft tief und fest und liegt mit dem Rücken zu mir. Ich streiche mit der Hand über das Laken und bin erleichtert, dass zumindest er im Trockenen liegt.

Ich rieche nach Angstschweiß und muss duschen. Behutsam rolle ich mich aus dem Bett, bedecke die nasse Stelle mit der Decke, mache einen großen Schritt über die knarzende Diele und gehe auf Zehenspitzen ins Bad. Mit spitzen Fingern ziehe ich die Hose herunter und werfe sie sofort in die Waschmaschine. Das Top gleich hinterher. Gänsehaut zieht sich über meinen Körper. Ich fühle mich ekelhaft. Das Wasser knallt laut gegen die Plastikverkleidung der engen Kabine. Es ist ein bisschen zu heiß eingestellt, aber das ist in dieser Situation fast angenehm, und deswegen lasse ich es so. Wasserdampf vernebelt die Scheibe, und ich muss kurz an diesen Joost aus der Froschperspektive denken. Aber das will ich nicht, eher sollte mich beschäftigen, dass der Traum vom Unfall wieder zurück ist. Schnell seife ich mich ein, jetzt riecht alles nach Eisenkraut, und dann dusche ich hastig den Schaum von meinem Körper.

«Katja?»

Ich sehe einen Schatten durch die beschlagene Kabinenwand. «Ja?»

Ratko öffnet die Schiebetür einen kleinen Spalt und guckt verschlafen hindurch. «Duschst du?»

Nein, ich backe Muffins. Wonach sieht es denn aus? Das ist auch so eine von Ratkos Eigenschaften: Das Offensichtliche in eine Frage zu verpacken, dabei bräuchte er nur mal kurz genau hinzugucken. Ich drehe ihm schnell den Rücken zu und spreche über meine Schulter. «Ich dusche nur schnell mal. Hab irgendwie total geschwitzt im Schlaf.»

«Ja, das habe ich gemerkt, deine Decke ist ganz nass.» Ratko steht da und guckt mir beim Duschen zu.

«Tut mir leid, dass ich dich geweckt habe. Ich beziehe

das Bett gleich neu.» Ich hoffe, dass er weggeht. Aber als ich mich wieder umdrehe, ist er immer noch da. Er grinst ein- oder zweideutig, jedenfalls irgendwie vielsagend, und ich kann damit nichts anfangen. Wieso grinst der jetzt?

Etwas zu pampig frage ich: «Was ist?»

Ratko antwortet nicht und zieht sich das T-Shirt aus. Zwei Sekunden später liegt die Unterhose um seine Füße gekringelt auf der Badematte. Nackt schiebt er die Tür weiter auf und kommt immer noch lächelnd zu mir in die Dusche. Überrumpelt mache ich einen Schritt zurück. Jetzt stehe ich außerhalb des Duschstrahls mit dem Rücken an den kalten Fliesen, und Ratko lässt das heiße Wasser über seinen zurückgelegten Kopf laufen.

«Woah, ist das heiß! Willst du uns kochen?» Er reguliert lachend die Temperatur, und ich mache eine wegwerfende Handbewegung. «Ja, na ja, ich wollte auch nur kurz …» Ich breche ab, er hört unter dem Strahl wahrscheinlich sowieso nichts.

Ratko streicht sich die nassen Haare zurück und guckt wieder so, grinst etwas dreist. Jetzt kapiere ich den Blick. Aber das Ansinnen überfordert mich. Ich gucke auf meine Füße, die im Wasser stehen. Er streicht mir eine nasse Strähne aus dem Gesicht, umschlingt mich mit seinen Armen und küsst mich. Ich versuche, ein bisschen mitzumachen, aber der Moment könnte nicht unpassender sein. Ich unterbreche den Kuss und mache einfach das Wasser aus: «Nicht unter der Dusche …»

Ratko geht überrascht auf Abstand: «Warum nicht?»

«Weiß nicht. Finde ich irgendwie nicht so toll. Sei nicht sauer, ja?» Ich wringe meine Haare aus und halte ihn mir mit meinen hochgestellten Ellbogen vom Hals.

«Sauer? Denkst du, ich bin ein Arsch?» Ratko lacht und hat die Hoffnung noch nicht ganz aufgegeben. Er legt all die ihm zur Verfügung stehende Zärtlichkeit in seinen Blick, und auch, wenn das im Vergleich zur durchschnittlichen Pro-Kopf-Zärtlichkeit nicht besonders viel ist, spüre ich mein Herz schlingern. Er fährt mit dem Zeigefinger meinen Nacken entlang und flüstert in mein Ohr: «Was spricht gegen Unter-der-Dusche?»

«Keine Ahnung. Fand ich schon immer blöd.»

«Blöd?» Ratko senkt den Blick auf seine unentschiedene Erektion und hebt ihn dann wieder zu mir. «Das warst jetzt aber du.»

Ich ignoriere den Vorwurf, drängle mich an ihm vorbei, nehme mir ein Handtuch und trete schnell aus der Dusche. «Geht dir das nicht so, dass du bei Sex unter der Dusche immer an all die Filme denken musst, in denen es so aussieht, als wäre es das absolut Tollste auf der Welt?»

Ratko steht ratlos in der Kabine und sieht aus, als würde er auf seine Teleportation warten. «Äh, nein?»

«Nicht? Aber du weißt, was ich meine, oder? Diese vollgedampften Glaswände und dann Kameraschuss von außen, wenn sich wie aus dem Nichts so leidenschaftlich eine Hand an die Scheibe presst und quietschend da entlangschmiert? Irgendwelche Regisseurphantasien, die dann alle nachmachen, weil sie denken, so muss es sein.»

«Ich glaube, die Leute haben einfach Lust dazu.» Ratkos Gesichtsausdruck zeigt die Essenz reiner Verständnislosigkeit. Ich will das nicht sehen, beuge mich deswegen runter, trockne geschäftig meine Unterschenkel ab und spreche einfach weiter: «Anders als im Film ist die normale Duschkabine viel zu klein für Sex. Vor allem für Menschen mit meiner Figur. Und dann das Wasser, was die ganze Zeit durchläuft. Völlige Verschwendung, eigentlich.»

Ratko hat sich inzwischen ein Handtuch um seine schmalen Hüften geschlungen und den Ort der Zurückweisung verlassen. «Manchmal bist du echt seltsam.» Resigniert hebt er sein Shirt vom Boden auf und geht aus dem Badezimmer. Seine Unterhose bleibt wie eine fallen gelassene Brezel liegen, und einen Moment stehe ich da und gucke zu, wie Ratkos weißer Hintern im dunklen Flur verschwindet. Ich trockne mich ab und binde mir das Handtuch um. Als ich zurück ins Zimmer komme, hat Ratko schon meine Bettdecke abgezogen und sucht im Kleiderschrank nach einem neuen Bezug. Ich schiebe ihn mit meiner Hüfte zur Seite: «Danke, aber lass ruhig. Ich mach das schon.»

«Ich kann doch eben mal mit …»

«Ist aber *mein* Schweiß.» Und es ist nicht irgendein beliebiger Schweiß, sondern ein Zeugnis dessen, dass ich nicht auf meine kleine Schwester aufgepasst habe.

Ratko stöhnt genervt auf, nimmt sich seine Decke und lässt sich in den Sessel neben dem Fenster fallen: «Okay, dann gucke ich dir eben bei der Hausarbeit zu. Obwohl das völlig konträr zu meinem feministischen Selbstverständnis steht.»

«Du schaffst das schon.» Ich gucke einfach nicht hin und mache weiter mit dem Bett. Draußen dämmert es inzwischen, und ich mag gar nicht darüber nachdenken, wie ich mich nach dieser Nacht aufs Schreiben konzentrieren soll. Ich kämpfe mit dem Spannbettlaken, immer wieder flutscht es von der Matratze, und ich warte nur darauf, dass Ratko das kommentiert. Als er nichts sagt, schaue ich zu ihm rüber und sehe, dass er eingeschlafen ist. Wie eine Promenadenmischung aus zugedecktem Opa und englischem König hat er die Arme auf die Lehnen gestützt, der Kopf ist zur Seite gesunken. Ich möchte ihn jetzt nicht wecken, er sieht so zufrieden und entspannt aus. Es ist zwei Uhr morgens, und die Dusche hat mich ziemlich aufgeputscht. Schlafen kann ich jetzt bestimmt nicht. Stattdessen gehe ich leise ins Wohnzimmer, hole mir Cola, Eiswürfel und meinen Laptop zum Sofa und bin fest entschlossen, jetzt in einem Rutsch das Konzept zu Ende zu schreiben. Ich denke die nächsten fünf Stunden nicht an meine eigene Familie, nicht an Jella, Joost und Laika, sondern tauche in meine neue Serienwelt ab. Das ziehe ich jetzt durch, schlafe morgen aus, dann wird mein Leben wieder so, wie es war, bevor meine Mutter anrief und mir vom Schlaganfall meines Vaters erzählte. Das soll alles nichts mehr mit mir zu tun haben. Um diese Haltung zu bekräftigen und mir meine neugewonnene Distanz zu bestätigen, habe ich auch Larissas Vater, dem Apfel-Patriarchen, einen Schlaganfall an den Hals geschrieben. Das ist der Grund, wieso Larissa zurück auf den Hof ihrer Eltern muss, und es ist im Übrigen überhaupt nicht zu nah an meiner eigenen Geschichte, denn im Gegensatz zu meinem Vater liegt Larissas Vater nicht im Koma, er muss nur wieder alles neu lernen. «Nur» ist hier das falsche Wort, ich weiß, denn am Ende soll es natürlich darauf hinauslaufen, dass der steinige Genesungsweg über alle 13 Folgen erzählt wird und Vater und Tochter nach und nach wieder zusammenbringt. Klar, es ist nicht die Revolution der deutschen Familienserie, aber ich glaube, ich habe jetzt alles, was ich brauche. Und das Beste an der Sache ist: Ich habe Lust, diese Serie zu erzählen. Ich glaube, es könnte gut werden. Ich mag die Heldin, sie ist nicht so gefällig, wie man es sonst oft sieht, und außerdem ist es zwischendurch lustig. Um sieben Uhr morgens bin ich fertig, lese alles noch einmal Korrektur und schicke es an Nicole. Draußen ist es längst hell, und ich habe es geschafft.

Als ich ins Schlafzimmer komme, schläft Ratko gar nicht mehr im Sessel, sondern mittlerweile wieder im Bett. Ich lege mich leise dazu. Sofort schlafe ich ein.

19.

Ich schrecke auf, als die Wohnungstür laut zuschlägt. Kurz darauf wird sie noch einmal aufgeschlossen, und ich höre Ratko rufen: «Entschuldigung, Luftzug!»

Ich antworte: «Macht nichts. Muss eh aufstehen!»

Ratko ruft: «Tschüs!» Und dann schließt er die Wohnungstür wieder, dieses Mal leise.

Ich habe nicht einmal vier Stunden geschlafen, aber die Aussicht, bis heute Abend das *Wache-Mitte*-Drehbuch umschreiben zu müssen, treibt mich sofort aus dem Bett. Ich gehe in die Küche, schmiere mir drei Toasts mit Schokocreme und gieße mir ein großes Glas eisgekühlte Cola ein. Beides nehme ich mit zum Schreibtisch, wo ich sofort den Laptop aufklappe und loslegen will. Doch ich komme überhaupt nicht in die Gänge. Die erste Stunde bin ich ausschließlich damit beschäftigt, meine Aggressionen gegen Dorit Wagenfels mit drei Gläsern Cola und zwei weiteren Toasts runterzuschlucken. Ihr allein habe ich es zu verdanken, dass ich jetzt überhaupt hier sitze und ein Drehbuch überarbeite, das eigentlich schon fertig war. Außerdem fällt es mir schwer, direkt vom Apfelhof in die Polizeiwache umzuschalten. Letzte Nacht habe ich mich mit Larissas Familiengeschichte beschäftigt, über den Konflikt mit ihren Eltern nachgedacht und ihre Dreiecks-Liebesbeziehung mit Jan und Rafael ausgeschmückt, und jetzt muss ich mir überlegen, wie Evelyn Lichter aus dem bescheuerten Tresor wieder freikommt, in den zwei trottelige Bankräuber sie eingeschlossen haben. Die zweite Stunde verbringe ich auf Homepages von Onlineshops, die Tresore verkaufen, und lese mich sehr gründlich in das Thema ein, nur um dann während eines Recherche-Telefonats mit einem Kundenservice festzustellen, dass das alles für meine Geschichte völlig unwichtig ist. Ab der dritten Stunde reiße ich mich zusammen und schreibe einfach drauflos. In der vierten Stunde läuft es, und ich schaffe in einem erstaunlichen Tempo die erste Hälfte, allerdings hakt es dann am Scheitelpunkt der Geschichte. Zur Entspannung gucke ich mir eine halbe Stunde Kinotrailer auf YouTube an. In der fünften Stunde weine ich, weil ich das alles nicht hinkriegen werde und Dorit Wagenfels so sehr hasse, dass es mich blockiert. Außerdem muss ich ständig an meinen Vater denken, habe Hunger und esse deswegen noch einmal drei Toasts mit Schokocreme. Am späten Nachmittag habe ich dann eine sehr unoriginelle Lösung, die eigentlich die schlechte Kopie einer sehr gewitzten Idee aus *Ocean's Eleven* ist, und murkse das Drehbuch irgendwie zu Ende, sodass ich es um halb neun abends mit einem sehr schlechten Gewissen an Philipp mailen kann.

Jetzt muss ich schnell duschen, damit ich es noch einigermaßen rechtzeitig zur Jubiläums-Party schaffe. Allein der Gedanke, gleich in irgendeiner urig ausstaffierten Kiezkneipe zwischen Schauspielern und Teammitgliedern herumzustehen, weckt in mir die Sehnsucht nach Sofa, Chips und Netflix. Allerdings habe ich Philipp zugesagt, und nun fällt mir keine glaubwürdige Ausrede ein, außer Grippe, aber das hebe ich mir auf, für wenn ich wirklich mal Grippe habe. Ich schleppe mich mit steif gesessenen und schlecht durchbluteten Gliedern ins Badezimmer. Körperpflege wäre eh mal gut, denn ich trage immer noch meine Schlafanzughose.

114 Als ich meine Haare föhne, kommt Ratko mit lautem Gepolter zur Wohnungstür herein. Er hat eine große Reisetasche sowie einen prall gefüllten Rucksack dabei und lässt alles donnernd zu Boden fallen. Er winkt mir zu und lächelt.

Ich schalte den Föhn aus: «Was ist das denn alles?»

«Meine Sachen. Jedenfalls das Nötigste. Dann kann ich gleich mal gucken, was ich minimal brauche.»

Ich bin etwas irritiert, denn das geht schneller, als ich erwartet hatte. «Aber was ist denn mit deiner Wohnung?»

«Haben wir doch besprochen, dass ich die kündige.»

«Ja, aber du hast doch eine Kündigungsfrist, oder nicht?»

«Klar, aber voll gut, ich hab gleich einen Untermieter gefunden.» Ratko strahlt über die glückliche Fügung. Er kommt auf mich zu, umarmt mich überschwänglich und gibt mir einen knallenden Kuss auf den Mund. So, wie Verliebte das manchmal machen, wenn sie sich gemeinsam über etwas freuen. Es ist so normal und unverhofft, dass sich mein Herz an einem zaghaft glücklichen Flattern versucht. Jetzt wohne ich also mit meinem Freund zusammen?

Ratko schaut mich zufrieden an: «Was ich da an Miete spare, Katja!»

«Ja, echt praktisch.» Ich versuche, mir meine Enttäuschung nicht anmerken zu lassen, und schalte den Föhn wieder an. Meine langen Haare peitschen Ratko ins Gesicht, sodass er auf Abstand geht.

Ich rufe: «Ich muss gleich noch mal los. Wird spät.»

«Okay.» Ratko lächelt und wendet sich seinen Taschen zu. «Ich pack dann mal aus …»

Ich trockne weiter meine Haare. Im Spiegel sieht es aus, als sei der Föhn eine Waffe, die ich im Wirbelsturm auf mich selbst richte.

Die Leute stehen schon dichtgedrängt am Eingang. Ich setze ein freundliches Lächeln auf und drängle mich zwischen den Rücken durch, auf der Suche nach einem bekannten Gesicht. Als Drehbuchautorin hat man mit den ganzen Menschen, die am Set arbeiten, so gut wie nichts zu tun und kennt deswegen eigentlich niemanden. Fast bin ich schon am Ende des Raums angekommen, ohne jemanden zu treffen, da sehe ich Imke und Reinhard in einer dunklen Ecke an einem Stehtisch herumlungern. Ich atme innerlich auf, denn ich mag die beiden sehr.

Ich gehe zu ihnen hinüber. «Hey!» Wir umarmen uns.

Imke ist wie immer stark erkältet, denn ihre vierjährigen Zwillinge bringen ständig irgendwelche Viren aus dem Kindergarten mit nach Hause, die sich dann in den Nebenhöhlen ihrer Mutter einnisten. Sie ist alleinerziehend und schreibt ihre Drehbücher in den knappen Vormittags-Zeitfenstern oder eben nachts. Keine Ahnung, wie sie das schafft. Reinhard ist Mitte fünfzig und schreibt seit der ersten Staffel für *Wache Mitte*. Ich glaube, er hat ein Drittel aller bisher entstandenen 452 Folgen verfasst und müsste eigentlich reich sein. Andererseits hat er fünf Töchter und einen Sohn mit drei unterschiedlichen Frauen, was wiederum der Grund dafür sein könnte, dass er sich nicht einfach in den Süden verkrümelt, sondern weiter schreibt und schreibt und schreibt. Außerdem denkt er vielleicht, jede Stunde, die er am Schreibtisch sitzt, ist eine Stunde weniger, in der er weitere unterhaltspflichtige Kinder zeugen kann.

Ich stelle mich zu den beiden und erkundige mich, wie es ihnen geht und an welchen Projekten sie derzeit arbeiten. Imke erzählt, dass sie für die Verfilmung eines Kinderbuch-Bestsellers angefragt wurde und parallel an der Überarbeitung einer Sonntagabend-Schmonzette sitzt, die in drei

Wochen in Cornwall gedreht werden soll. Sie verdreht seufzend die Augen. «Meine Hauptfigur heißt Cecily Summers und ist Modedesignerin. Der neue Chef ist ein neoliberales Arschloch, und obwohl sie gar nicht will, verliebt sie sich in ihn.»

Reinhard und ich gucken Imke voller Mitgefühl an. Da muss sie wohl durch, da helfen auch keine tröstenden Worte.

Ich frage Reinhard: «Und du?»

«Ich bin wegen einer Thriller-Serie in Kontakt mit Netflix.»

Ich sage voller Hochachtung: «Wow. Ich drücke dir die Daumen, dass das klappt.» Imke nickt bekräftigend, und Reinhard klopft mit ironischem Aberglauben auf den Holztisch. Dann fragt er mich: «Und was ist bei dir so los, Katja?»

Neben seinem Projekt nimmt sich meins so mickrig aus, dass es mir ein bisschen peinlich ist, aber irgendwie auch wieder nicht, denn alles ist besser als *Wache Mitte*. «Ich habe ein Familienserienkonzept für TeleFix geschrieben.»

Reinhard runzelt die Stirn: «Ui, die TeleFix. Mit denen habe ich auch so meine Erfahrungen gemacht.»

Ich horche auf: «Ja?»

Reinhard trinkt einen Schluck. «Na ja, die zahlen ja nicht so gern, was? Hast du denn schon einen Vertrag?»

Imke und er gucken mich an, und ich bin nicht schnell genug, sodass mein Gesicht alles verrät. Natürlich habe ich noch keinen Vertrag ausgehandelt, geschweige denn Geld verlangt.

Imke putzt sich die Nase. «Katja! Das kannst du doch nicht machen!»

«Ich weiß, aber es waren ja nur ein paar Seiten …» Ich winke ab und versuche, selbstbewusst auszusehen.

«Verkauf dich nicht unter Wert, Katja.» Reinhard lächelt nett und legt den Kopf schief. «Weibliche Hauptfigur?»

Ich nicke. «Was sonst?»

Imke steigt auf das Ratespiel ein, bei dem die Antworten schon von vornherein klar sind. «Familienunternehmen?»

Ich muss lachen. «Aber sicher!»

Reinhard legt gespielt die Stirn in Falten. «Warte, ich hab's: Weingut?»

Ich schüttle den Kopf und triumphiere: «Falsch! Ein Apfelhof! Im Alten Land!»

Reinhard wiegt anerkennend den Kopf . «Nicht schlecht. Wahrscheinlich stößt Papa Pomologe am Anfang irgendetwas zu, oder?»

Ich entgegne empört: «Woher weißt du das?»

Wir drei brechen in schallendes Gelächter aus. Aber dann verstummt Imke neben mir und raunt uns leise zu: «Achtung. Dorit. Sie kommt direkt auf uns zu.»

Ich flüstere: «Oh nein.»

Und dann höre ich schon hinter mir: «Na, wenn das nicht meine beiden Lieblingsautoren sind!»

Es ist davon auszugehen, dass sie Imke und Reinhard meint. Als ich mich umdrehe, sehe ich unsere Hauptdarstellerin mit ausgebreiteten Armen dastehen. Den einen Arm in Gips, wohlgemerkt. Aber sie trägt ihn so selbstverständlich wie ein großes Schmuckstück. Ich erschrecke immer wieder, wenn ich Schauspieler in ihrer Privatkleidung sehe. Das Gesicht ist ungefähr gleich, aber alles drumherum sieht völlig anders aus. Statt Polizeiuniform trägt Dorit Wagenfels heute Abend ein weißes Trägertop und darüber eine hellblaue Lederweste mit Echtpelzgefussel an den Nähten. Ein Nietengürtel hält die fetzig-löchrige Jeans auf den dünnen Hüften, und ihre Füße stecken in Fransen-Ankle-Boots. Sie sieht aus, als hätte man ihren Kopf auf den Feierabend- Körper einer zwanzigjährigen Zahnarzthelferin fotomontiert. Ihre nackten Oberarme sind Hilary-Swank-*Million-Dollar-Baby*-mäßig durchtrainiert, und als sie mich nun fest umarmt, ist mir die Weichheit meines eigenen Körpers peinlich. Ich rieche irgendeine Wellness-Creme unter dem Dunst einer dichtgewebten Alkoholfahne, sodass ich aufpassen muss, sie nicht mit «Mama» anzusprechen. Nacheinander stehen auch Imke und Reinhard auf und umarmen unseren Serienstar. Bei Reinhard sieht es am selbstverständlichsten aus, aber das ist kein Wunder, denn er kennt Dorit ja schon seit zwanzig Jahren. Imke erwähnte kürzlich, dass die beiden sogar einmal etwas miteinander hatten. Eine Kellnerin geht mit einem vollen Tablett an uns vorbei, und Dorit ruft fingerschnipsend: «Hey, Süße, lass uns mal was hier!»

Die Kellnerin bleibt artig stehen und stellt lächelnd vier Gin Tonic auf unseren Tisch. Obwohl ich aus bekannten Gründen Alkohol meide, nehme auch ich ein Glas entgegen. Ich werde einfach nur so tun, als ob.

«Yeah! Das sieht doch gleich viel besser aus.» Dorit hebt kurz ihr Glas zum Prost, und es ist frappierend, wie schnell sich die Energie geändert hat. Während wir bis eben noch zu dritt freundschaftlich und defätistisch in unserem Autorenschicksal geplanscht haben, hat sich Dorit auf einem aufblasbaren Gummithron zu uns herübertreiben lassen. Weil sie es kann. Da sitzt sie jetzt, den Drink in der Hand, aber meistens am Mund, und psalmodiert auf uns herab. Sie redet ununterbrochen. Oder spielt sie nur jemanden, der ununterbrochen redet? Ich kann das nicht auseinanderhalten, und ich fürchte fast, sie auch nicht. Vermutlich denkt sie, sie muss auch vor uns performen, weil sie die Hauptdarstellerin unserer Serie ist. Wir dümpeln zu ihren Füßen und hören zu, wie sie von ihrem Engagement für Obdachlose erzählt. Die Art und Weise, wie sie darüber spricht, entblößt ihre Eitelkeit so schonungslos, dass ich gerne irgendetwas tun würde, damit sie endlich aufhört zu sprechen. Aber mir fällt nichts ein. Dorit macht zwischen den Sätzen keine Pausen, außer um schnell einen Schluck zu trinken, sodass man selbst keinen Satz dazwischenbekommt. Wenn ich sie mittendrin unterbreche, ist das unhöflich. Ich nippe an meinem Getränk, und beim vierten Schluck schmeckt es mir langsam. Inzwischen hat Dorit das Thema gewechselt und beschwert sich über die Drehbedingungen. Überall werde gespart, ständig diese Überstunden, ein Stress sei das, für alle aus dem Team, nicht nur für sie. Wir Autoren wissen aus sicherer Quelle, dass ein Teil der Überstunden auch daherrühren, dass sie unvorbereitet und angeschickert am Set erscheint, aber wir ermuntern sie durch Bestätigungssignale wie Kopfnicken und Erstaunensbekundigungen, immer weiterzureden. Es ist kaum auszuhalten, und deswegen starre ich nur noch auf ihre dramatisch grimassierenden Lippen und höre nicht mehr auf die Wörter, die dazwischen rauskommen. Mit einem kurzen Seitenblick zu Imke, deren Gesicht in einer Art Joker-Lächeln eingefroren ist, sehe ich, dass es ihr genauso geht. Reinhard hingegen hat sich mit halbgeschlossenen Augen auf eine andere Bewusstseinsebene zurückgezogen und sortiert dort vermutlich die herausragenden Ideen für seine Weingut-Familienserie. Ohne es zu merken, habe ich meinen Gin Tonic ausgetrunken, und mir ist ein bisschen schwindelig. Artig höre ich Dorit weiter zu und wehre mich nicht, als die Kellnerin eine neue Runde verteilt. Dorit kippt das zweite Glas mit einem Zug weg, und plötzlich wird die Musik lauter gedreht. Ein DJ ist ans Pult getreten und scheint gewillt, die Stimmung ein bisschen zu heben. Er beginnt mit Rihanna, und sofort tänzeln drei hübsche Frauen aus dem Team, vielleicht Continuity, Kostüm und Maske, auf die Tanzfläche und bewegen sich halb ironisch, halb sexy zum Rhythmus. Ein Schauspieler, den ich nur unter seinem Rollennamen Kommissar Ole Hansen kenne, ein gutaussehender, aber nur mittelbegabter Darsteller, sieht sofort seine Chance gekommen und tanzt breitbeinig und mit den Eiern voraus von hinten an die Frauengruppe heran, was mit angeekeltem Abwenden quittiert wird. Ole Hansen rafft es nicht und groovt einmal um die Frauen herum, um sich von der anderen Seite noch einmal im Limbo-Schritt zu nähern. Schnell gucke ich weg, denn das beschämt mich alles zu sehr.

Die Musik hat auch Dorits Stimmung verbessert, denn jetzt macht sie mit den Armen im Takt Dampflok-Bewegungen und reckt das Kinn taubenhaft vor und zurück. Sie ist gut drauf. Das ist ungefähr der Promille-Bereich, in dem meine Mutter immer mit leuchtenden Augen Urlaubspläne schmiedete und meine Mathelehrerin anrief, um sich zu beschweren, dass ich mündlich nur eine Vier bekommen hatte. *Ob sie wirklich nicht mehr trinkt?* Von Nicht-Trinken kann bei mir selber ja nicht unbedingt die Rede sein, stelle ich fest, und halte mich schwankend am Stehtisch fest.

«Alles okay?» Imke schaut mich an und tupft sich die Nase mit dem schon völlig durchweichten Taschentuch ab. Sie ist krank. Warum geht sie nicht nach Hause und legt sich ins Bett? Andererseits, ich verstehe sie auch, denn so schlecht ist es hier gar nicht.

«Ja, alles gut.» Ich nicke und lege den Arm um sie. Ich bin betrunken, glaube ich. Pass auf, das du keinen Mist redest, sage ich im Stillen zu mir und gleich darauf laut zu Imke: «Willst du mal was Witziges hören? Mein Vater hat meinen Hund gar nicht erschlagen, sondern einfach nur woandershin gebracht! Der lebte all die Jahre bei seiner neuen Familie!» Ich lache laut und höre selbst, wie durchgedreht ich klinge. Imke macht große Augen, und in diesem Moment tönt lautes Flötengedudel aus den Boxen. Wir alle sind irritiert, denn jeder kennt es, aber keiner kann es zuordnen. Die Tanzenden in der Raummitte sind schneller und jubeln. Dorit weiß es jetzt auch: «*Jambalaya*! Das sind die Carpenters!» Sie wirbelt zu mir herum und ruft: «Und dir ziehen wir jetzt mal den Stock aus dem Arsch!»

Bevor ich verstehe, wie mir geschieht, packt sie mich am Handgelenk und zerrt mich auf die Tanzfläche, wo es inzwischen schon richtig voll geworden ist und wir mit lautem Hallo begrüßt werden.

Dorit und ich tanzen und tanzen. Sie kennt den Text auswendig und singt lauthals mit. «*Pick guitar, fill fruit jar and be gayo, son of a gun, we'll have big fun on the bayou …*» Irgendwie cool. Nach zwei Strophen kann ich die Reimwörter meistens erraten und schreie sie den anderen Tanzenden entgegen: «Gambo! … Amio! …Oh my oh! … On the bayou!» Es wird immer heißer in der kleinen Kneipe, und schnell bin ich völlig durchgeschwitzt. Was ich bisher noch gar nicht wusste: Dorit hat eine Tanzausbildung! Sie bringt mir eine ziemlich komplizierte, aber auch ganz schön sexy Choreographie bei, und die drei anderen Frauen aus dem

Team machen auch mit. Ein Riesenspaß. In meiner jetzigen Verfassung würde ich sogar so weit gehen und sagen, dass ich noch nie in meinem Leben so viel Spaß hatte wie heute hier. Aber eigentlich kann ich schon gar nicht mehr. Nach jedem Lied japse ich: «Ich glaube, ich muss mich mal kurz hinsetzen.» Und Dorit drückt mir irgendetwas Bitteres in kleinen Gläsern in die Hand und ruft: «Komm her, du Lusche, nicht nachlassen! Weiter geht's!»

Und das geht es auch. Aber irgendwann haut mir Dorit

beim Tanzen ihren Gipsarm gegen den Kopf, und ich stürze zu Boden. Auf dem Rücken liegend sehe ich, dass alle erschrocken zu mir runtergucken. Das ist so ein lustiges Bild! Wie wenn die Kamera bei einer Beerdigungsszene aus dem Grab heraus die Trauergäste filmt, die Erde ins Loch schaufeln – ich muss total lachen und rufe: «Hat nicht weh getan! Ich spüre nichts!»

Dann, tausend Songs später, es sind echt schon viele Leute nach Hause gegangen, der DJ legt nur noch Rausschmeißer auf, sitzen Dorit und ich an der Bar und führen ein, das muss ich jetzt mal zugeben, tiefsinniges Gespräch. Diese Frau steckt voller Lebenserfahrung. Das bekommt man erst mit, wenn man sie mal richtig kennenlernt, so wie ich heute. Vor allem ist sie eine einfühlsame Zuhörerin. Sie hat irgendetwas an sich, das mich reden lässt. Ich erzähle ihr alles, die ganze Geschichte. Nicht die Details des Unfalls, so betrunken bin ich nun auch wieder nicht, aber alles andere. Vielleicht ist es der Alkohol, vielleicht ist Dorit mittlerweile auch einfach müde, aber ihr Gesicht wirkt kubistisch verrutscht. Sie nickt verständnisvoll, fast nach jedem meiner Sätze, was mich zum Weitersprechen ermuntert, und als meine Geschichte damit endet, dass Laika in Bremen vor mir im Gras liegt, schweigt sie einen langen Moment.

Dann sagt sie: «Das mussman erssmal sackn lassn.»

Ich bin ganz ihrer Meinung und warte gespannt, ob ihr noch was anderes Kluges dazu einfällt. Dorit trinkt noch einen Kurzen, stößt auf und hebt den Zeigefinger, weil jetzt etwas Wichtiges kommt. Ganz nah lehnt sie sich zu mir rüber. Sie lallt ein bisschen, das ist aber nicht schlimm, denn so ist das eben nach einer tollen Nacht. «Passma auf, Katscha. Du wirss nie im Lebn glllücklich werdn, bevoa du dichnich mit deina Vagangnheit ausgesöhnt hasd. Du musst mit deinm Papi über das sprechn, wass damals passierd is.»

«Aber!» Jetzt hebe ich den Zeigefinger. «Er liegt doch im Koma.»

Dorit ruckt mit dem Kinn zurück, fast fällt sie vom Barhocker, hält sich aber noch am Tresen fest, und guckt mich entgeistert an: «Ja! Du mussihn vorher natüarlich wachkriegn!»

Ich staune. Diese Frau ist der Wahnsinn. Ich könnte in dem ganzen Drama auch eine Chance sehen, mich mit meiner Vergangenheit auszusöhnen. Manche Sachen sind so einfach, da kommt man selbst gar nicht drauf.

Die Luft ist lau, es dämmert bereits, und die ersten Vögel melden sich zwitschernd, als ich konzentriert einen Fuß vor den anderen setzend aus der Kneipe stakse. Ich bin zum ersten Mal in meinem Leben sternhagelvoll und überrascht, wie gut es mir dabei geht. Ein ganz neuer Gedanke: Nur, weil die Mutter eine Trinkerin war oder immer noch ist, heißt das ja nicht, dass man nicht auch mal Spaß haben kann. Meine Beule am Kopf ist spürbar angeschwollen, schmerzt aber gar nicht. Was für ein toller Abend das war! Wer hätte gedacht, dass ich einmal auf so einer Party tanzen würde? Dorit und all die anderen und ausgerechnet ich mittendrin. Leicht schwankend suche ich in meiner Tasche nach dem Fahrradschlüssel. Dabei rutscht mir mein Handy in die Finger, und ich sehe, dass ich eine neue Nachricht bekommen habe. Gestern Abend um 22.03 Uhr. Auf mein Fahrrad gestützt höre ich sie ab, und weil die Erdrotation plötzlich ihre Geschwindigkeit beschleunigt hat und allen physikalischen Regeln zum Trotz ständig die Richtung wechselt, versuche ich währenddessen, meinen Blick auf ein geparktes Auto zu fixieren. Alles schwankt und dreht sich. Mein Magen wirkt nicht glücklich. Die Nachricht ist von Joost, der sich erkundigt, ob alles in Ordnung sei. Er klingt besorgt und richtet mir Grüße von Jella aus. Ich schließe kurz die Augen und muss lächeln, weil mich das freut. Nach dem, was Dorit vorhin gesagt hat, ist mir klar geworden, dass ich nicht hätte weglaufen sollen. Vielleicht wäre es gut, wenn ich mich der Vergangenheit stelle? So wie Larissa in *Der Apfelhof*? Ich meine, vielleicht war ja auch alles ganz anders, als es jetzt aussieht? Ich beschließe, Joost anzurufen. Es ist zwar erst vier Uhr morgens, aber als Handwerker muss er ja eh immer früh aufstehen, und wenn die Erde sich weiterhin so schnell dreht wie jetzt, hat der Tag heute ohnehin weniger Stunden.

Joost meldet sich mit ziemlich rauer Schlafstimme: «Hallo?»

«Hey, ich bin's! Katja.» Ich muss über meine eigene Spontaneität lachen. Rufe ich den einfach an, also echt. Was ist heute nur mit mir los? Ich bin doch sonst nicht so. Das ist alles ganz schön komisch, finde ich.

«Ist was passiert?» Er klingt plötzlich hellwach und gleichzeitig besorgt.

«Nein, überhaupt nicht. Ich wollte nur sagen, dass ich noch mal viel über die ganze Sache nachgedacht … also, ich meine, es ist immerhin mein Vater.»

«Okay …?» Joost klingt irritiert und wartet, ob noch etwas kommt. Das ist ja auch ein ziemlicher Umschwung, den ich ihm hier zumute. Das letzte Mal, als wir uns gesehen haben, bin ich ohne Erklärung heulend weggerannt, und jetzt plötzlich Kehrtwende. Vorsichtig erkundigt er sich: «Du siehst es jetzt also anders?»

«Na ja, mir hat eben jemand mit dem Gipsarm auf den Kopf geschlagen, vielleicht liegt es auch daran.» Ich muss kichern.

«Ernsthaft?»

«Ja, ohne Quatsch. Dicke Beule!»

«Solltest du nicht vielleicht mal zum Arzt damit?»

«Ach was. Alles gut!» Ich lache beschwichtigend. Joost ist so nett. Und schön grün. Also seine Augen. Er selbst ist natürlich nicht grün. Das würde echt lustig aussehen. Wie ein B-Movie-Marsmännchen. Bei Mars fällt mir ein, dass ich da mal hinwollte, wenn ich groß bin. Jetzt bin ich groß und schreibe Drehbücher für *Wache Mitte.* Lächerlich. Ich pruste los. «Entschuldigung. Weiß gar nicht, wieso ich so lachen muss …» Ich schlucke das Lachen runter und lasse es in einem Räuspern ausklingen. Die Hysterie rumort in meinem Hals, und ich schlucke sie runter, spüre aber schon, dass sie sich wie eine hungrige Ratte einen anderen Weg suchen wird.

Er fragt: «Bist du betrunken?»

Jetzt klingt er gar nicht mehr besorgt. Da ist eher so ein amüsierter Klang in seiner Stimme. Aber nachher täusche ich mich, und er meint die Frage ganz ernst. Mit großer Mühe kann ich mich zusammenreißen. «Hört man das? Ja, ich komme von einer Party von *Wache Mitte.* Die Fernsehserie, für die ich arbeite. Kennst du bestimmt.»

«Schon mal gehört, aber nie gesehen.»

«Da hast du nichts verpasst. Ehrlich gesagt, sie ist ziemlich scheiße. Aber die Party war toll.»

«Ja, klingt so.»

Ich habe eine Idee: «Weißt du was? Nächstes Mal nehm ich dich und deine schönen grünen Augen einfach mit!»

Was? Ich halte erschrocken die Luft an. Das ist mir so rausgerutscht. Bin ich wahnsinnig geworden? Kann man das noch irgendwie wieder zurücknehmen? Ich versuche es mit: «Also, das mit den Augen war … äh, ein Filmzitat. Hast

du nicht erkannt, oder?»

«Nee, hab ich nicht.» Schwer zu sagen, ob er mir glaubt.

«Na ja, macht ja nichts.» Ich schaue mich hilflos nach einem Ziegelstein um, mit dem ich mir den Schädel einschlagen kann. Aber da liegt nur ein leeres H-Milch-Tetrapak neben dem Fahrradständer, das mich auf der Stelle traurig macht, denn: Lieblosigkeit, wohin man sieht. Alles schlimm. Aber längst nicht so schlimm wie ich.

Eine kurze Pause entsteht, dann sagt er: «Also, wenn du wieder nüchtern bist und dann immer noch nach Bremen kommen möchtest, kannst du dich ja noch mal melden, okay?»

«Ja, das werde ich.»

«Katja?»

«Ja?»

«Gibt es jemanden, der bei dir ist?»

«Wieso?»

«Du klingst so, als wäre es gut, wenn du jetzt nicht alleine bist.»

Ich schlucke den Kloß runter, der mir plötzlich im Hals hängt, und lüge: «Nein, ich bin nicht allein.»

«Okay, dann bis dann.» Joost hat aufgelegt.

Ich finde auch, dass ich jetzt nicht allein sein sollte.

20.

«Ja?» Alexas Stimme klingt gleichzeitig zerknittert und blechern durch die Gegensprechanlage.

«Ich bin's.»

Der Öffner summt, und ich drücke die Tür mit der Schulter auf. Dabei reißt mir die Brötchentüte an der einen Seite auf, und ich muss aufpassen, dass nichts herausfällt. Mit müden Schritten schleppe ich mich in den vierten Stock hinauf. Als ich endlich oben ankomme, bin ich völlig fertig
und habe juckende Schweißperlen auf der Nase.

Alexa hat sich Christians roten, glänzenden Boxermantel übergeworfen, den sie mit verschränkten Armen zusammenhält. Als sie mich sieht, sagt sie mit einem belustigten Lächeln: «Guten Morgen.»

Ich gehe an ihr vorbei in die Wohnung und sage: «Ich habe euch geweckt, oder?»

Bevor Alexa antworten kann, ruft Christian mit übertriebener Fröhlichkeit aus dem Schlafzimmer: «Nein, wir stehen immer um halb fünf auf, Katja!»

Ich rufe zurück: «Tut mir leid! Dafür habe ich Brötchen von der Tanke mitgebracht!»

Als Antwort kommt nur ein resigniertes Stöhnen.

Ich gucke Alexa zerknirscht an: «Ist er jetzt sauer?»

Alexa macht eine wegwerfende Handbewegung: «Quatsch.» Meine Freundin schließt leise die Tür zum Schlafzimmer, ich lege die Brötchentüte auf die Kommode im Flur, und wir gehen zusammen ins Wohnzimmer.

«Was ist passiert?» Alexa guckt besorgt und verknotet den Gürtel des Boxermantels, denn sie bereitet sich auf ein längeres Gespräch vor. Das ist sehr freundschaftlich von ihr, aber dafür bin ich eigentlich viel zu kaputt. Ich lasse mich seufzend aufs Sofa fallen und rolle mich mit angezogenen Beinen auf die Seite. Die Müdigkeit krabbelt mit kleinen Käferbeinchen von den Füßen aus über meinen Rücken, huscht durch die Haare bis zur Stirn und zieht dann an meinen Lidern. «Ich bin betrunken.»

«Das sehe und rieche ich. Was ist das da an deinem Kopf?»

«Dorit Wagenfels hat mich beim Tanzen mit ihrem Gipsarm geschlagen.»

«Mit Absicht?»

«Nein, dazu ist sie viel zu nett. Viel netter, als ich dachte.»

«Ich meinte eigentlich, ob du absichtlich getanzt hast.»

«Ach so. Ja.» Ich atme einmal tief durch. Zu liegen ist gut.

Alexa reißt ungläubig die Augen auf. «So richtig mit Bewegungen zur Musik?» Sie wiegt exemplarisch ihre Hüften und schwingt die Arme, als müsste sie ein Missverständnis ausschließen.

«Na, bei mir sah es sicher anders aus, aber ja, so ungefähr.»

«Das hätte ich gern gesehen. Wieso tanzt du nie, wenn wir zusammen unterwegs sind?»

«Weil du meine Freundin bist.»

«Das ist eine Antwort wie aus einem schlechten Indie-Film und ergibt keinen Sinn.»

«Du darfst halt nicht in die bedeutungsvolle Pause reinquatschen.»

Alexa setzt sich auf die Sofalehne und lächelt. «Okay. Und sonst so?»

«Kann ich hier auf eurem Sofa schlafen?»

«Natürlich, aber was ist mit deinem Bett?»

«Da liegt Ratko.»

«Aber der ist da doch ständig drin. Ich dachte, das soll so.»

«Ja, aber seit gestern *wohnt* er bei mir.»

Alexa schaut mich an und runzelt die Stirn. «Dir ist klar, dass du ihn auch rausschmeißen kannst, oder?»

«Ja.» Ich nicke ziemlich oft hintereinander und untergrabe damit meine eigene Glaubwürdigkeit. «Aber vielleicht will ich das ja gar nicht. Das muss ich erst rausfinden.»

Alexa schüttelt etwas unwillig mit dem Kopf, und ich sehe untätig zu, wie sie mir ein paar Kissen und eine Decke zusammensucht.

Aus meiner Embryonalhaltung heraus gestehe ich: «Ich habe übrigens Joost angerufen und ihm gesagt, dass ich meinen Vater im Krankenhaus besuchen werde.»

Alexa dreht sich überrascht zu mir um. «Hast du?»

«Ja.»

«Das ist sehr mutig von dir.» Alexa ist stolz auf mich. «Ich glaube, dass das gut ist.»

«Ich will mich nicht mehr verkriechen. Dorit sagt auch: Ich werde nie im Leben glücklich, wenn ich mich nicht mit meiner Vergangenheit aussöhne.»

Alexa lächelt über mein betrunkenes Gerede. «Nicht nur eine der besten Schauspielerinnen Deutschlands, sondern auch noch sehr weise.»

«Traut man ihr gar nicht zu, oder?»

«Nein.»

Wo wir schon so offen reden, spreche ich auch noch das andere Thema an: «Es besteht übrigens die Möglichkeit, dass ich etwas Albernes über Joosts Augen gesagt habe.»

«Aha. Was denn?»

Ich bekomme es fast nicht über die Lippen. «Dass sie schön grün sind.»

Alexa versucht sich ein Lachen zu verkneifen und entgegnet: «Sind sie denn schön grün?»

Ich schlage die Hände vors Gesicht und ersticke fast an meiner eigenen Alkoholfahne. «Ja! Grün mit so kleinen dunklen Punkten.»

Alexa schlägt die Decke auf: «Jetzt mach kein Drama draus und schlaf erst mal.»

Sie hat recht. Gehorsam lege ich meinen Kopf auf dem Kissen zurecht.

Alexa deckt mich zu. «Kohlroulade?»

«Ja, bitte.»

Meine Freundin stopft die Decke an den Seiten gewissenhaft unter meinen Körper, genau, wie ich es ihr damals in der Klapse beigebracht habe.

Ich nuschle müde: «Gute Nacht, Schminkzicke.»

Alexa antwortet liebevoll: «Gute Nacht, Schwabbelschwein.» Als sie so über mich gebeugt steht, wird sie plötzlich ernst: «Alles okay?»

Ich schließe die Augen und nicke stumm. Sollte ich jemals irgendwie in die Nähe von Okay kommen, dann wäre das wahrscheinlich so ein Moment wie dieser.

21.

Ich war zwölf Jahre alt, und die Schuld folgte mir überallhin, wie ein feindlicher Schatten. Sie war ein Gewicht auf meinen Schultern, ein Dröhnen in meinem Kopf und ein Splitter in meinem Herzen. Wenn ich abends im Bett lag, saß sie schwer auf meiner Brust und flüsterte mir leise zu, dass alles meinetwegen passiert war. In den Träumen ließ sie Lina wieder lebendig werden, nur damit sie mir dann mit voller Kraft in den Magen treten oder mir Mund und Nase zuhalten konnte und ich mit einem lauten Keuchen aus dem Schlaf schreckte. Sie war unheimlich und rachsüchtig, spukte giftig durch meinen Körper und um ihn herum, und ich wusste, dass ich es hinnehmen musste, weil ich es nicht anders verdient hatte. Wie ein Wesen aus einer anderen Dimension konnte sie unterschiedliche Temperaturen und Gestalten annehmen, kommunizierte über Töne, Farben und Gerüche. Ich hörte sie in Liedern, die mir ein gutes Gefühl liehen und dann plötzlich zu etwas wurden, was mit quälend heiterer Melodie jede Leichtigkeit in die Knie zwang. In den ersten Wochen nach Linas Tod hatte sich meine Schuld in der Farbe Rot versteckt und fiel mich an, wann immer ich etwas Rotes sah. Manchmal kroch sie eisig kalt von den Füßen die Beine hinauf, dann durch meine Haut bis tief in die Knochen und ließ mich zittern. Manchmal konnte ich sie riechen. Sie stank so widerlich, wie ich mich fühlte. Meistens brannte sie jedoch lavaheiß irgendwo zwischen Brust und Magen und drohte mich zu zersprengen.

Meine Eltern waren in ihrer Trauer abgetaucht, nicht zusammen, sondern jeder für sich. Mein Vater hatte keinen Zutritt zur Trauer meiner Mutter und umgekehrt. Der Schmerz hatte sie überrollt, und jetzt waren sie zerfallen. Ich spürte, wie sehr sie litten. Mein Vater schleppte sich zur Arbeit und kam abends sehr spät wieder nach Hause, meine Mutter ließ sich krankschreiben und lag eigentlich nur noch im Gästezimmer, in dem sie neuerdings auch nachts schlief. Keiner dachte daran einzukaufen, sodass ich es irgendwann übernahm. Nach der Schule besorgte ich Cornflakes, Milch, Nudeln, Pizza, Schokolade, Cola und Ketchup von dem Geld, das mein Vater auf dem Küchentisch hatte liegen lassen. Ich kochte und brachte meiner Mutter Essen ins abgedunkelte Gästezimmer, aber meistens rührte sie es nicht an. Jeden Tag versprach sie: «Nur noch heute. Morgen stehe ich wieder auf, mein Schatz.» Aber sie schaffte es nicht, sie musste liegen bleiben.

Irgendwann merkte ich, dass sie vormittags wohl doch rausging, denn anders war nicht zu erklären, wie die Wodkaflaschen in unser Haus kamen. Sie hatte zu trinken begonnen, und eines Nachts wachte ich auf, weil meine Eltern unten laut miteinander stritten. Meine Mutter weinte und schrie, dass sie ohne Lina nicht mehr leben wolle, und mein Vater brüllte zurück: «Glaubst du, du bist die Einzige, die um Lina trauert?»

Ich lag im Bett und wünschte, alles wäre anders verlaufen. Warum hatte ich die Leine nicht fester im Griff gehabt? Und warum hatte ich Lina nicht festgehalten? Ich war selbst zu ablenkt gewesen, hatte entsetzt Laika hinterhergeschaut und war dann zu langsam gewesen, um meine Schwester aufzuhalten. Eben hatte sie noch neben mir gestanden, dann war sie losgerannt, so schnell war es gegangen. Dabei hätte ich nur die Hand ausstrecken müssen. Ich stellte mir vor, wie ich Lina hinten an der Jacke packte. Sie hätte mich wahrscheinlich angeschrien, dass Laika in Gefahr sei, und ich hätte zurückgeschrien: «Willst *du* überfahren werden?» In der Zwischenzeit wäre Laika sicher auf der anderen Straßenseite angekommen und das Auto an uns vorbeigerauscht …

Unten hörte ich meinen Vater aufgebracht rufen: «Katja ist schließlich auch noch da!»

Schluchzend wimmerte meine Mutter: «Ich … kann … nicht …»

Danach wurde es ruhig. Aber Stille war seit Linas Tod das Schlimmste.

Am nächsten Morgen war etwas anders. Es lagen eine unbestimmte Spannung und frischer Kaffeeduft in der Luft. Als ich die Treppe herunterkam, saßen meine Eltern beide in der Küche. Auf dem Tisch standen drei Müsli-Schalen mit Löffeln und die Packung mit den Cornflakes. Meine Mutter hatte geduscht und trank einen Kaffee, während mein Vater am offenen Kühlschrank stehend an der Milch roch, um zu prüfen, ob sie noch genießbar war.

«Guten Morgen, mein Schatz.» Die Augen meiner Mutter waren verquollen, aber sie gab sich sehr viel Mühe, mich offen anzulächeln.

«Komm, setz dich.» Mein Vater schloss den Kühlschrank und stellte die Milch auf den Tisch. Er hatte, wie oft, beim Gürtel-Einfädeln hinten eine Schlaufe ausgelassen. Früher hatte unsere Mutter immer den Kopf geschüttelt und darüber gelacht. «Promovierter Physiker, aber nicht in der Lage, bis sieben zu zählen.» Aber an diesem Tag sagten weder sie noch ich etwas dazu. Wir lebten jetzt in einer Welt, in der man Gürtelschlaufen ausließ und Post nicht mehr öffnete, weil die Gefahr bestand, dass sich Trauerkarten mit Beileidssprüchen darin befanden.

Ich setzte mich, und weil es von mir erwartet wurde, ließ ich Cornflakes in die Schüssel rieseln. Meine Mutter beugte sich vor und öffnete die Milchflasche für mich. Ich nahm sie entgegen und goss mir etwas Milch über die Flakes. Mein Vater saß mir nun gegenüber und schaute mich an.

«Katja, wir wollten etwas mit dir besprechen. Auf keinen Fall sollst du es falsch verstehen …»

Meine Mutter rutschte auf ihrem Stuhl hin und her und hielt sich an der Kaffeetasse fest. «Die letzten Wochen waren sehr, sehr schwierig für uns drei …» Meine Mutter musste kurz innehalten, weil ihr die Stimme versagte. «Wir alle vermissen Lina ganz schrecklich, und …» Jetzt kamen die Tränen, und ihre Nasenlöcher bebten. Ich biss mir auf die Lippe und schaute auf meine Cornflakes.

«Erinnerst du dich, dass wir das Space Camp für die Ferien gebucht hatten?» Mein Vater schluckte, es gluckste in seiner Kehle.

Ich nickte, denn jetzt fiel es mir wieder ein. Ein Camp irgendwo in Amerika, in dem Kinder Astronautentraining machen konnten.

«In zwei Wochen sind Sommerferien, und wir haben uns gedacht, dass es vielleicht ganz gut für dich wäre, da trotzdem hinzufliegen.»

«Ohne Lina?» Die Vorstellung war furchtbar, denn eigentlich hatten wir zusammen dorthinfliegen wollen. Wie stellten sie sich das vor?

Meine Eltern wechselten einen Blick, und meine Mutter sagte: «Du musst natürlich nicht, wenn du nicht willst. Wir hatten nur gedacht, dass es für dich … gut sein könnte. All die anderen Kinder, die tollen Sachen, die ihr da machen könnt, und … es wäre vielleicht eine Ablenkung von alldem hier.»

«Und du lernst ein bisschen Englisch …» Mein Vater stockte, weil er selbst begriffen hatte, dass das ein unpassendes Argument war.

Ich wusste nicht, was ich dazu sagen sollte. Auf keinen Fall wollte ich allein nach Amerika und Astronautenübungen für Kinder machen.

Meine Mutter atmete einmal tief und erschöpft ein und wieder aus, weil sie merkte, dass ich mich innerlich gegen die Idee wehrte und bloß zu schockiert war, um das Nein laut auszusprechen. «Du *musst* nicht.»

Ein *Aber* hing über dem Tisch, und ich wollte nicht hingucken. Wenn ich es ansah, dann würde ich fliegen müssen. Wenn ich es mied, würde es sich vielleicht in Luft auflösen.

Mein Vater unternahm noch einen Versuch. «Es ist nur so, dass ich die nächsten Wochen sehr viel arbeiten muss und es deiner Mutter nicht so gut geht … Weißt du?» Er sah mich flehend an und nickte unmerklich in Richtung meiner Mutter, die jetzt auf die Tischplatte starrte.

In mir begann es zu toben. Sie wollten mich loswerden. Ich war ihnen zu viel. Immer, wenn sie mich ansahen, mussten sie an ihr anderes Kind denken. Deswegen musste ich weg.

Meine Mutter sah mich nicht an, als sie leise sagte: «Wir haben dich sehr lieb, mein Schatz. Das musst du uns glauben.»

Und wieder dieses *Aber* zwischen uns. *Aber* du hast nicht auf deine Schwester aufgepasst. In diesem *Aber* steckte es wieder, das bohrende Schuldgefühl. Hatte sich heimlich in das Wort geschlichen und blähte sich auf, sodass es mich an die Wand quetschte.

Meine Mutter beugte sich vor und griff nach meiner Hand. Ihre Finger waren vom Kaffeebecher warm. «Vielleicht bist du dort weniger traurig.»

Irritiert schaute ich sie an. Traurig? War ich das? Ich horchte in mich hinein und stellte mit Entsetzen fest, dass da keine Trauer in greifbarer Nähe war. Das war falsch. Was stimmte nicht mit mir? Ich musste doch traurig sein, schließlich war meine Schwester tot.

So jemand hatte kein Recht hierzubleiben.

Ich ließ die Hand meiner Mutter los und sagte: «Ja. Dann mache ich das.»

22.

Mir ist übel. Joost ist der schlechteste Autofahrer, der mir je begegnet ist. Er fährt extrem langsam, beschleunigt dann grundlos und bremst abrupt wieder ab. Dabei verzieht er keine Miene, als hätte er mit alldem gar nichts zu tun. Ich bereite mich schon mal darauf vor, dass sich beim nächsten Spurwechsel die Airbags öffnen. Zweimal wurden wir schon angehupt, und eben hat uns eine ältere Frau mit erhobenem Mittelfinger überholt und irgendetwas geschrien, was, wenn ich richtig von ihren Lippen abgelesen habe, das Wort «Arschloch» enthielt. Joost scheint das alles gar nicht aus der Ruhe zu bringen. Er nimmt das von ihm selbst verursachte Ruck-and-go mit sanftmütiger Genügsamkeit als gegeben hin, so wie andere Menschen eine Hafenrundfahrt über sich ergehen lassen.

Ich rülpse leise hinter vorgehaltener Hand und lasse das Fenster noch ein bisschen tiefer runterfahren. «Wie weit ist es denn noch?»

«Sind gleich da.»

«Okay.» Ich halte meine Nase aus dem Fenster und bitte die Laugenbrezel mit Schnittlauch-Frischkäse inständig, in meinem Bauch zu bleiben. Joost hat mich vom Bahnhof abgeholt, um mit mir zusammen ins Krankenhaus zu fahren. Vielleicht, um sicherzugehen, dass ich mein Versprechen auch halte und nicht im letzten Moment wieder umdrehe. Jella wird heute nicht da sein, denn nachdem sie in letzter Zeit täglich im Krankenhaus war, hat ihre Mutter entschieden, dass sie heute eine Pause und etwas Ablenkung braucht. In meiner Tasche steckt eine kleine Karte, die Joost mir von Jella gegeben hat, auf der mit glitzernden Gel-Stiften «Danke!» geschrieben steht. Der Punkt unter dem Ausrufungszeichen ist ein kleines Herz. Ich war gerührt, aber gleichzeitig spüre ich seitdem ein unangenehmes Gewicht auf mir lasten. Was denken die denn? Dass ich da gleich mit einem Blumenstrauß ins Krankenhauszimmer komme, «Hallo Papa» sage und er die Augen aufschlägt? Wohl kaum. Blumen habe ich nicht, und wahrscheinlich sage ich kein Wort zu ihm. Ehrlich gesagt hoffe ich, dass er nicht aufwacht, weil ich dann nämlich gar nicht weiß, was ich machen soll. Vielleicht aus dem Fenster springen.

«Bist du nervös?» Joost guckt zu mir herüber und versucht, meinen Gesichtsausdruck zu lesen.

«Ja.»

Joost sagt nichts weiter und fährt ein paar Minuten später auf den Krankenhausparkplatz. An der Schranke steht ein Ticket-Automat, aber er bleibt mit dem Auto viel zu weit davon entfernt stehen, sodass er sich abschnallen, seinen langen Körper wie eine Ziehharmonika auseinanderfalten und zur Hälfte aus dem Fenster strecken muss, um den Knopf zu erreichen. Wenn man ihn so unpraktisch erlebt, ist es kaum zu glauben, dass er Handwerker sein soll und sich nicht schon sämtliche Finger abgesägt hat. Andererseits ist seine Umständlichkeit auch eine Lektion in Demut für mich. Verglichen mit Ratko, der die Aufmerksamkeitsspanne eines Eichhörnchens hat, strahlt Joost eine Gelassenheit aus, die mich offensichtlich sowohl auf- als auch abregen kann.

Nachdem wir einen Parkplatz gefunden haben, auf dem Joost den Wagen dann auch nach dreimaligem Vor und Zurück einigermaßen mittig abgestellt hat, betreten wir zusammen das Krankenhaus. Joost kennt den Weg schon und steuert gezielt den Aufzug an, mit dem wir in den fünften Stock fahren. Die ganze Zeit sprechen wir nicht, und um mich davon abzulenken, dass ich gleich meinem im Koma liegenden Vater, den ich seit fünfzehn Jahren nicht gesehen habe, begegnen werde, erinnere ich mich daran, wie ich einmal zur Recherche für eine *Wache-Mitte*-Folge mit einem Monteur gesprochen und dabei unbedarft das Wort *Fahrstuhl* verwendet habe. Daraufhin hielt mir der Mann einen zwanzigminütigen Vortrag darüber, dass die Dinger *Aufzugsanlagen*, kurz *Aufzüge* oder *Lifts* heißen und nicht *Fahrstühle*, und dass das, was er tagtäglich repariere und von dem ich einen Kriminalfall zu erzählen gedächte – Evelyn Lichter wird durch einen Stromausfall mit einem kriminellen Krabbenfischer in der *Aufzugsanlage* des alten Elbtunnels eingeschlossen –, eben nur so und nicht anders genannt werden dürfe. *Fahrstühle* seien *Rollstühle*, schloss er seinen Monolog ab, und ich tat so, als würde ich es mir in mein kleines Heft notieren. Dabei war schon damals klar, dass ich diese Belehrung sowieso mein Leben lang nicht mehr vergessen und von nun an jedes Mal, wenn ich einen Fahrstuhl, nein: *Lift*, beträte, daran denken würde. So auch jetzt.

Die Tür zur Station öffnet sich automatisch und mit einem schnurrenden Geräusch. Ich folge Joost in kurzem Abstand, bleibe als zögerlicher Schatten ein paar Schritte hinter ihm, wie ein Kleinkind, das Angst vor einer Spritze hat. Dabei wäre das genau das, was ich jetzt bräuchte. Einen Piks, einen Schnitt, irgendeine Öffnung in meiner Haut, die den Druck nach außen entlässt. Einen Schmerz, der die Ungerechtigkeit, dass ich überhaupt noch da bin, ausgleicht und mir die Berechtigung gibt, ein schlagendes Herz zu haben. Hier rumzulaufen, eine Freundin wie Alexa zu haben, ein Leben. Lina hat das nicht mehr. Genau deswegen wird das jetzt von mir verlangt, denke ich. All das muss ich mir verdienen, indem ich diesem Mann, der mich zwar gezeugt, aber dann zurückgelassen hat, nun gegenübertrete. Strafe muss sein.

Joost dreht sich zu mir um. «Es ist das letzte Zimmer auf der linken Seite.»

Ich nicke stumm, und das Kribbeln meiner Haut wird mit jedem Schritt fordernder. Ich ertappe mich dabei, wie ich rechts und links Ausschau nach etwas Scharfem halte, doch da stehen nur rundgeschliffene Stühle und ebensolche Tische mit zerlesenen Zeitschriften darauf. Nicht mal ein Kugelschreiber liegt hier rum. Ich brauche einen Ausweg.

«Einen Moment noch.» Ich verschwinde Hals über Kopf in der Besuchertoilette, die Tür kracht laut hinter mir ins Schloss, und ich gehe aufgescheucht vor dem Waschbecken auf und ab.

Was jetzt? Was jetzt? Was jetzt?

Meine Schuhe knirschen auf dem Boden, und es riecht nach Klostein. Aber da. Neben dem Spiegel hängt ein Handtuchspender, und es könnte sein, dass ... Ich stürze hin, und meine Hände flattern vor Aufregung, denn es ist eins von diesen Dingern, die unten eine scharfkantige Schiene zum Abreißen haben. Meine Rettung! Ich schicke einen stummen Dank an ich weiß nicht wen, schiebe ohne zu zögern meinen Ärmel hoch und ratsche mit dem Unterarm einmal fest an der gezackten Metallleiste entlang. Geräuschlos, aber wirkungsvoll. Sofort quillt das Blut aus dem feinen Schnitt,und ich reiße mir schnell ein Papierhandtuch ab, um zu verhindern, dass es auf meine Hose tropft. Der Schmerz kommt leicht verzögert und befreit mich von dem unerträglichen Tumult, der in mir tobt und nun puckernd herausströmt. Mein Atem beruhigt sich, und mein Kopf wird wieder klarer. Aber wie immer ist es nur eine kurze, schmutzige Erlösung, denn während die einen Gefühle entweichen, bäumen sich die anderen in mir auf: Schuld und Versagen. Seit zehn Jahren habe ich mich nicht mehr selbst verletzt – von dem einen Ausrutscher am Abend vor meiner Abschlussprüfung an der Filmhochschule mal abgesehen. Befürchtungen packen zu und schütteln mich durch. Das war falsch! Was hast du dir dabei gedacht? Was, wenn das nun so weitergeht und du nicht mehr aufhören kannst? Verdient hättest du es, du Stück Scheiße. Meine Selbstverachtung stampft mich in den Boden, zermalmt mich mit dem Absatz und hinterlässt eine schmierige Spur auf den Fliesen. Ich breche leise wimmernd in Tränen aus und drücke dabei das Handtuch auf den Schnitt in meinem Arm.

Draußen höre ich Stimmen auf dem Flur, und das zieht mich wieder zurück ins Hier und Jetzt. Joost spricht mit einer Ärztin oder Krankenschwester. Ich kann sie nicht verstehen, aber es ist das Signal für mich, dass ich mich zusammenreißen muss. Ich habe Jella und Joost mein Versprechen gegeben, und ich werde es halten. Mit einer Lage Papierhandtücher verbinde ich so stramm wie möglich meine Wunde und ziehe meinen Ärmel darüber. Man sieht den Wulst unter dem T-Shirt-Stoff, aber vielleicht achtet Joost ja gar nicht auf so was. Im Spiegel streiche ich meine Haare zurecht, wische mir die roten Augen trocken und spüle mir den Mund mit kaltem Wasser aus, um den zähen Speichel nicht runterschlucken zu müssen.

Als ich auf den Flur trete, wartet Joost auf mich. Er steht an die Wand gelehnt und hat wieder seine langen Arme vor der Brust gekreuzt und die Hände unter die Achseln geklemmt. Als er mich sieht, löst er sich mit Schwung von der Mauer und kommt auf mich zu.

«Bin so weit.» Ich setze ein Lächeln auf, von dem ich hoffe, dass es ganz entspannt und selbstverständlich aussieht.

Doch das misslingt wohl, denn Joost beugt sich ein bisschen zu mir herunter und guckt mir direkt ins Gesicht. Ich sehe die Skepsis in seinen Augen und spüre die Schwellungen vom Heulen in meinen Lidern. Künstlich schmunzle ich gegen beides an.

Joost bleibt ernst und sagt: «Wenn du doch nicht willst oder kannst oder es dir nicht gut damit geht, dann musst du nicht. Das weißt du, oder?»

Ich sehe Jella vor mir und finde, dass er unrecht hat. Es gibt jetzt kein Zurück mehr, denn ich bin ihretwegen hier.

«Nein, alles gut. Ich habe gesagt, dass ich ihn besuche, also mache ich das auch.» Und etwas leiser murmele ich hinterher: «Danke trotzdem.»

Wir gehen los, und als wir vor der Zimmertür stehen, sage ich: «Ich würde gerne alleine da rein, wenn das okay ist.»

Joost nickt. «Natürlich. Ich warte, so lange du brauchst …» Er nimmt sich eine der Zeitschriften und hält sie hoch. «… und informiere mich darüber, was sonst so los ist.»

Vom Cover grinst mich eine gephotoshoppte Dorit Wagenfels an, und unter ihrem Konterfei steht in großen, gelben Buchstaben: «Drama um die TV-Schauspielerin! Was ist nur mit unserer Dorit los?»

Ich hätte die Antwort auf diese brennende Frage parat. Ein Lächeln für Joost, einmal Luftholen für mich, und dann öffne ich die Tür.

Ein einzelnes, breites Bett steht im Raum. Das Kopfteil ist umringt von Technik-Türmen mit blinkenden Anzeigen, Kabeln und Schläuchen, die in die Wand oder in wirren Schlingen zum Bett führen. Es riecht nach Schlaf, Körper und Medikamenten. Dort liegt ein Mensch. Unter dem weißen Laken, all den Schnüren und Klebebändern eigentlich nicht zu erkennen. Ich will nicht, aber ich muss näher herangehen, um ihn sehen zu können. Zaghaft mache ich zwei, drei Schritte, bleibe in sicherem Abstand stehen und halte mich an meinem verbundenen Unterarm fest. Das gleichmäßige Pochen des Schnitts ist das Einzige, was mir in diesem Moment Sicherheit gibt. Ich versuche, meinen Atem diesem Rhythmus anzupassen, damit mir nicht die Knie wegsacken, und wage einen Blick in Richtung Kopfkissen.

Graue Haare hat er jetzt. Ich trete noch näher heran und sehe die Falten, die neben seinen geschlossenen Augen in Richtung Schläfe feine Linien ziehen. Alter, Arbeit, Kummer und Lachen haben sie gemacht, in all den Jahren ohne mich. Eingefallene Wangen, wahrscheinlich hat er seit dem Schlaganfall abgenommen. Die Nase hatte ich anders in Erinnerung. Nicht so großporig, irgendwie insgesamt kleiner. Aber der Verstand vervollständigt so eine vage Erinnerung wahrscheinlich über die Zeit zu einem ganz anderen Bild, um überhaupt eines zu haben. Seine Lippen sind leicht geöffnet, und im Mundwinkel ist der Beatmungsschlauch festgeklebt. Die Apparaturen strahlen eine elektrische Wärme aus, halten ihn brummend und piepend am Leben.

Es zerreißt mich innerlich, denn ich kann mich nicht entscheiden, was ich fühlen soll. Da ist so viel Wut, die mich hart und aggressiv sein lässt. Ich denke: Tja, jetzt siehst du mal. Und weiß überhaupt nicht, was und wen ich damit eigentlich meine. Als ob er keinen Schlaganfall bekommen hätte, wenn er damals bei uns geblieben wäre. Eine kindliche Vorstellung. Der Mann, der mich abends durch die Galaxie ins Bett hat fliegen lassen, der mich mit dem Satz «Das ist doch alles total logisch, wieso verstehst du das nicht?» bei den Mathe-Hausaufgaben in Rage gebracht und der mich kein einziges Mal in der Klapse besucht hat, liegt hier völlig hilflos und ausgeliefert vor mir. Vermutlich weiß er nicht, dass ich ihn anstarre. Ich fühle mich wie ein Eindringling, der etwas an sich nimmt, was ihm nicht gehört. Der Sauerstoff rauscht durch den Schlauch in seinen Körper und kümmert sich darum, dass das, was noch in seinem Gehirn gespeichert ist, nicht verlorengeht. Da sind auch die Erinnerungen an Lina und mich. Aber wie viel davon ist noch da? Was weiß er noch? Wer ist er jetzt?

Meine Hand lockert die Umklammerung meines Unterarms, und ich stelle mich direkt neben das Bett. Darf ich ihn anfassen? Soll ich? Ich möchte es. Vorsichtig strecke ich die Hand aus und berühre seine, die kraftlos auf der Matratze liegt. Nur mit den Fingerspitzen, ganz sachte, bereit, meine Hand sofort wieder zurückzuziehen, falls ich mich an der Intimität verbrenne. Das ist mein Papa, denke ich, und weil sein Anblick und die Berührung gleichzeitig zu viel für mich sind, schließe ich die Augen.

Philae hat sich gemeldet, weißt du das?

Ich lausche, ob er mir Antwort gibt. Auf irgendein kleines Zeichen, das mir sagt, dass er mich hört. Vielleicht ein Zucken in der Hand? Oder ein Gedanke, den er mir schickt? Aber nein, alles still. Da ist nur unsere Berührung. Langsam streiche ich mit meinen Fingern einen kleinen Kreis. Seine Haut ist trocken, ich taste die Adern, Sehnen und Knochen darunter. Dann umschließe ich seine ganze Hand und halte sie sanft, während ich spüre, wie sein pochender Puls den Takt des Monitorgeräuschs bestimmt. Heimlich bin ich seine Tochter. Dieses Mal kann er nicht weglaufen.

23.

Fünf Wochen nach Linas Beerdigung saß ich auf der Reise zum *Space Camp* in Alabama im Flugzeug. Ich hatte keine Ahnung, wo genau das in Amerika war, und es interessierte mich auch nicht. Meine Eltern hatten die Reise schon vor Wochen für Lina und mich gebucht, und deswegen war der Platz, den meine Schwester jetzt nicht mehr brauchte, neben mir frei.

Die Stewardessen hatten mich schon mit Malblock, Süßigkeiten und Kissen bedacht, und ich versuchte, zufrieden auszusehen. Jede Art von Aufmerksamkeit war eine Qual für mich. Ich wollte unsichtbar sein, und wenn das schon nicht möglich war, zumindest wie ein Chamäleon mit meinem Hintergrund verschmelzen. Aber nichts stimmte, alles fühlte sich falsch an. Lina fehlte, und ich wusste nicht, was ich malen sollte, außerdem waren die billigen Buntstifte zu hart. Die Schokolade war in Wirklichkeit Eiskonfekt, und das Kissen mit dem aufgedruckten Logo der Fluggesellschaft roch nach bissigen Chemikalien. Ich legte es vor mir auf den ausgeklappten Tisch und beugte mich dicht darüber. Ob es giftig war? Wenn ich diese Dämpfe ganz, ganz tief einatmete, würde ich dann vielleicht sterben und bald bei Lina sein? Ich vergrub meine Nase in das Kissen und tauchte in den knusprig harten Stoff, der auf meiner Haut kratzte. Ich wartete und starb nicht. Trotzdem blieb ich so sitzen, denn mir fehlte die Kraft, um den Kopf wieder zu heben. Ich wollte den ganzen langen Flug nach Amerika so bleiben, denn dann musste ich den leeren Platz neben mir nicht sehen.

«Hast du Lust auf Kniffel?»

Ich richtete mich auf und blinzelte den Jungen im Fußballtrikot an, der da im Gang stand, einen Würfelbecher in der Hand. Er war etwas jünger als ich und lächelte unsicher. Aus der Reihe schräg vor mir drehte sich eine Frau um, wahrscheinlich seine Mutter, und nickte aufmunternd. So wie er guckte, hatte er sich zuerst nicht getraut, mich anzusprechen, und jetzt war sie ganz stolz auf ihn.

Ich sagte: «Okay.»

Der Junge freute sich, zwängte sich in meine Reihe, wobei die Würfel im Becher klöterten, und setzte sich auf den Platz neben mich. «Ich hab auch die Blöcke dabei.»

Ich starrte ihn an, wie er da auf einmal neben mir saß, und war schockiert. Moment. Das ging nicht. Das war Linas Platz.

Schnell sagte ich: «Nein. Doch nicht.»

Der Junge guckte mich verständnislos an.

Ich wurde ungeduldig: «Steh wieder auf!»

«Aber …?»

«Verpiss dich mit deinem Scheiß-Kniffel!»

Vor Schreck fiel ihm ein Würfel runter, und obwohl er ihn eigentlich aufheben wollte, sprang er lieber auf und verzog sich im eiligen Krebsgang aus meiner Sitzreihe. Er hatte Angst vor mir.

Ich trat mit dem Fuß nach dem Würfel und kickte ihn zu ihm auf den Gang. Dann tauchte ich wieder im Kissen ab.

Gedämpft hörte ich die Stimme seiner Mutter, die sich überrascht erkundigte: «Was war denn los?»

«Die ist voll gemein», lautete die weinerliche Antwort des Jungen.

Gemein? Was für eine Untertreibung. Wenn der wüsste, dachte ich.

Als ich viele erschöpfende Stunden später zusammen mit vierzig anderen Kindern und Jugendlichen aus dem buntbemalten Reisebus stieg, beschlich mich das Gefühl, am Set einer Sci-Fi-Soap gelandet zu sein. Überall standen Nachbauten von Shuttle-Elementen, Satelliten und Raumstationen herum. Das Personal, das ausschließlich dafür da war, uns Kinder davon zu überzeugen, dass wir an einem realen Astronautentraining teilnahmen, wirkte übermotiviert und auf hysterische Weise begeistert. Die aufgeplusterte Ernsthaftigkeit der Coaches, mit der sie uns beim Check-in unsere Schlüsselkarten, die blauen Trainingsoveralls mit Space-Aufnähern und den Zehn-Prozent-Rabatt-Coupon für den Souvenir-Shop überreichten, erfüllte mich mit Scham. Ein Gefühl, wie wenn der Zauberer dich auf die Bühne holt und du nicht mehr zurückkannst. Nur, dass diese Vorführung die kommenden sieben Tage andauern würde. Mein Schulenglisch war bescheiden, ich verstand nur ungefähr jedes zweite Wort, Wiederholungen miteingerechnet, und klammerte mich an «yes», «thanks» und «please». Die Unterkünfte befanden sich in einem großen, röhrenförmigen Container. Im Erdgeschoss gab es einen Aufenthaltsbereich, das Krankenzimmer und die Räume der Betreuer. Im ersten Stock lagen die Mädchenkabinen, darüber die der Jungs. Um die Space-Illusion zu wahren, waren alle Räume fensterlos und genau so groß wie das Shuttle-Deck, in dem die echten Astronauten im All auch schlafen müssen. Mein Zimmer war winzig und beklemmend. Drei Stockbetten, eine sehr niedrige Decke und trotz des eisigen Windes, den die Klimaanlage aus einer Öffnung in der Wand ins Zimmer blies, war die Luft muffig, und es stank nach Käsefüßen. Ich schwitzte und fror gleichzeitig.

Die anderen fünf Mädchen in meiner Kabine waren Amerikanerinnen und bildeten sofort eine aufgeregt kichernde, schrille Einheit. Ich beschloss, wieder so nah wie möglich an die Grenze zur Unsichtbarkeit zu kommen, und verzog mich oben auf mein Bett, aber eine von ihnen gab mir freundlich die Hand und sagte: «Mädchen». Sie sprach es aus wie *Mädschen*. Nach mehrmaligem «What?» und «Yes, I'm a girl» verstand ich endlich, dass das ihr Vorname und die Idee ihrer deutschen Oma gewesen war. Aber als das geklärt war, waren wir von den Verständigungsschwierigkeiten so erschöpft, dass wir es bei diesem einen Versuch beließen. Damit sie mich nicht für eingebildet hielt, lächelte ich von nun an jedes Mal sehr freundlich, wenn sich versehentlich unsere Blicke trafen, und guckte dann schnell wieder weg, bevor sie etwas sagen konnte. Das erforderte eine ungeheure Wachsamkeit und war sehr anstrengend, aber immer noch besser, als zu sprechen. Meine neue Strategie war nun, so zu tun, als würde ich eigentlich überhaupt kein Englisch sprechen. Bereits am ersten Abend hatte ich den Spitznamen «The shy German» bekommen, und die anderen kommunizierten, wenn überhaupt, über stumme Handzeichen mit mir. War in Ordnung für mich. Zur feierlichen Begrüßungsrede trugen wir unsere Raumfahrt-Overalls und saßen aufgereiht in der *Assembly Hall*. Jeder Erwachsene war ein *Head of* irgendwas, und die Ankündigung, dass wir in den kommenden Tagen unglaubliche Sachen über das Universum und vor allem über uns selbst lernen würden, klang für mich wie eine Drohung.

Die Betreuer teilten uns in Kleingruppen auf, und ich wurde dem *Team Discovery* zugeteilt. Wir bekamen blaue Helme, und es war vorgesehen, dass wir die Woche über in diversen Übungen gegen die anderen Teams antraten und um Auszeichnungen kämpften. Besonders hoch angesehen war offensichtlich der Top Gun Award bei der *Aviator Challenge*, irgendeine Mini-Rakete, die wir selbst bauen und starten lassen würden. Unermüdlich wurde über *Teamwork* und *Leadership Skills* gefaselt. Man scherzte und lachte viel, alles *nice and easy*, dann aber wieder kippte die Stimmung in kunstvoll platzierten Momenten, und die Luft wurde angedickt mit Pathos und Kriegsmetaphern. Es war wie die spielerische Vorauswahl für eine Space Invasion. Nicht nur einmal quälte mich die Befürchtung, dass ich meine Eltern nie wiedersehen würde. Vielleicht wurden wir heimlich verschleppt und für Experimente eingesetzt, oder – viel schlimmer noch – meine Eltern hatten mich willentlich an ein geheimes Forschungsprojekt verkauft, weil sie mir die Schuld an Lina Tod gaben. Sie wollten mich zum Mond schießen lassen. Einmal rief ich zu Hause an, um mich zu vergewissern, aber es ging niemand ans Telefon.

Die Tage waren vollgestopft mit Programm. Wir erklommen Kletterwände, fuhren auf einem künstlich angelegten See Schlauchboot und sanken in einer U-Boot-Attrappe halb unter Wasser und befreiten uns daraus.

Alles wurde mit Applaus und Schulterklopfen quittiert. Ein ständiges Feiern unserer Leistungen. Es war für mich kaum erträglich. Ich wollte weder gut sein noch irgendwelche Höchstleistung abrufen. Den Trainern fiel meine Zurückhaltung auf, und sie reagierten, indem sie mich besonders lobten und die Aufmerksamkeit der anderen auf mich lenkten: «Look, how brave she is!» Dabei klammerte ich mich auf halber Höhe der Kletterwand fest, kam nicht vor und nicht zurück und musste mich schließlich abseilen lassen. Alle klatschten und gratulierten mir, als ich wie ein nasser Sack auf den Boden platschte. Zwischendurch fragte ich mich, wie das alles zusammen mit Lina gewesen wäre. Die Begeisterung für das Universum hatte uns immer zusammengeschweißt, und ich erinnerte mich an die Herbstferien vor drei Jahren, als zu Hause innerhalb von zwei Wochen zuerst der Kühlschrank und dann die Waschmaschine ihren Geist aufgegeben hatten.

Unsere Eltern fluchten und kauften zähneknirschend beides neu, und meine Schwester und ich bauten uns aus den großen Kartons, in denen die Geräte geliefert wurden, ein eigenes Shuttle. Wir nannten es *Clever*, selbstredend mit weiblichem Artikel wie alle Spaceshuttles der NASA. Nun gab es die Columbia, die Challenger, die Discovery, die Atlantis, die Endeavour und die Clever.

Die Clever war eng, und man durfte sich nicht an die Wände lehnen, sonst drohte sie auseinanderzukrachen. Ins Cockpit hatten wir mit einem Teppichmesser ein Sichtfenster geschnitten, und zwei Kissen markierten die Plätze für uns Astronautinnen. Nachts, wenn die Clever auf Autopilot gestellt war, wollten wir diese dann als Kopfkissen nutzen. Wir planten eine Mission zum Mars und bereiteten sie einen halben Tag lang vor. Mittags wurde der Start angemeldet, und unsere Eltern setzten sich auf Linas Bett, das die Zuschauertribüne war. Vorher umarmten wir uns zum Abschied, und unser Vater gab uns ein paar wertvolle Tipps: «Start und Landung sind das Gefährlichste. Und unterwegs: Augen auf. Da fliegt jede Menge Weltraumschrott rum!» Lina und ich nickten und verdrehten ein bisschen die Augen, denn schließlich wussten wir das doch alles längst. Unsere Mutter legte uns Armbänder aus Alufolie um die Handgelenke zum Schutz vor der kosmischen Strahlung. Dann ging es los. Das heißt, es kam wegen Unstimmigkeiten im Cockpit zu einer Startverzögerung. Eigentlich hatten wir abgesprochen, dass ich den Countdown zähle, aber plötzlich konnte Lina sich an diese Absprache nicht mehr erinnern und bestand darauf, dass sie dran sei. Die Mission wäre fast geplatzt, denn es entstand ein Handgemenge unter uns Astronautinnen, doch unsere Mutter hatte den guten Einfall, dass wir doch gemeinsam den Countdown runterzählen könnten. Lina nörgelte noch ein bisschen, war dann aber einverstanden, und nun ging es los. Ohne weitere Zwischenfälle hoben wir ab und ließen die Erde hinter uns, nicht wissend, was uns da draußen, jenseits der Erdatmosphäre, erwarten würde.

Vor uns lagen 210 Tage. So lange würde es dauern, bis wir den Mars erreichten. Wir pinkelten in eine Tupperdose, aßen Cracker, Gummibärchen und Joghurt. Am anderen Ende des Pappkarton-Shuttles führten wir Experimente durch. Wir säten Kresse in leere Eiskartons und wollten das Wachstum in kleinen Schreibheften dokumentieren. Auf der Erde würde die Kresse nach etwa einem Tag keimen. Wir waren gespannt, wie sich die Schwerelosigkeit auf unsere Pflanzen auswirken würde.

Es war allerdings ein bisschen langweilig in unserem Shuttle. Lina bekam irgendwann Angst, dass unsere eingepackten Schneejacken, Mützen und Handschuhe nicht der Kälte von minus 133 Grad auf dem Zielplaneten standhalten würden. Erst hielt ich sehr überzeugt dagegen, aber irgendwann wuchsen auch in mir die Zweifel. Da wir uns in der engen Clever nicht ausstrecken konnten, schliefen uns abwechselnd die Arme und Beine ein. Bald waren wir mit den Nerven runter und stritten über jede Kleinigkeit. Die Psyche war ein Aspekt, den wir deutlich unterschätzt hatten. Unsere Expedition dauerte somit nur einen Nachmittag und eine Nacht lang, denn am nächsten Morgen mussten wir richtig aufs Klo, und keine von uns wollte in die Tupperdose kacken, und außerdem hatten wir mehr Lust fernzugucken. Die Marsmission wurde abgebrochen, wir flogen zurück.

Etwas frustriert saßen wir später nebeneinander auf dem Sofa und kämpften gegen das Gefühl an, als Raumfahrtpilotinnen versagt zu haben.

Irgendwann sagte Lina in die Stille hinein: «Mit einem richtigen Shuttle wären wir nicht umgedreht. Da hätten wir durchgehalten.»

Ich fand, dass sie recht hatte. «Wir machen das, wenn wir groß sind, und dann richtig in echt.»

Lina nickte und grinste. Wir hatten ja noch Zeit.

Im Space Camp war auch nichts echt, aber es war natürlich viel professioneller als unser Karton-Shuttle, und immer wieder ertappte ich mich bei dem Gedanken: Das hätte Lina Spaß gemacht. Eigentlich dachte ich ununterbrochen an sie. Als ich im Multi-Axis-Trainer durchgedreht wurde, als ich in einem Astronautenanzug an einem Seil von der Decke baumelte und am nachgebauten Shuttlemodell die Ammoniak-Tanks reparierte, als ich im 1/6-Stuhl durch eine Halle hüpfte und so annähernd die geringere Anziehungskraft des Mondes erlebte: Immer dachte ich, dass Lina mit mir zusammen hier sein müsste, und wenn das schon nicht ging, dann wenigstens an meiner Stelle. Beides war ausgeschlossen, und alles hatte seinen Sinn verloren.

Ich wollte nach Hause. Aber dort war es nicht mehr so wie früher, und deswegen wollte ich es bei näherer Betrachtung dann doch nicht mehr. Im nächsten Moment meldete sich wieder die Sehnsucht nach Mama und Papa. Ich bekämpfte sie mit dem Gedanken an Linas leeres Zimmer. Und dann machte ich weiter, passte mich dem vollgestopften Tagesablauf an und zog das Ferienprogramm durch wie eine freundlich lächelnde Attrappe. Ich fühlte mich wie ein Astronauten-Dummy, innen gefüllt mit Stroh und

Watte, mit aufgemaltem Grinsegesicht. Strebsam arbeitete ich die einzelnen Stationen ab, ließ mich motivieren und loben, marschierte am Ende des Tages zusammen mit den anderen Kindern zum Essen und danach in die Kabine zum Schlafen. Die Zeit verging nur langsam. Alle waren nett zu mir, und niemand konnte etwas dafür, dass bei jedem Schritt in mir eine zerstörerische Mischung aus Kummer, Schuldgefühlen und Zweifeln am Sinn des Ganzen an die Außenwände schwappte. Mit jedem Tag stieg der innere Druck, und während ich immer noch lächelnd meine Meatballs zum Mittagessen kaute, spürte ich, wie sich in mir eine Explosion zusammenbraute, die mir Angst machte. Was würde passieren? Würde ich plötzlich losschreien? Mir vor den Augen der anderen die Haare ausreißen? Brabbeln und sabbern? Alles war möglich, und es würde fürchterlich werden. Argwöhnisch beobachtete ich mich selbst. Es war, als würde ich am Schaltpult einer Bodenkontrollstation sitzen und auf dem Monitor meine eigene Flugbahn überwachen. Noch war ich eine fest versiegelte Raumkapsel auf Kurs, doch bald würde sie den Erschütterungen des Meteoritenschauers nicht mehr standhalten können.

Aber es kam anders. Es gab keine Explosion, sondern nur einen winzig kleinen Unfall bei der *Aviator Challenge*. Am vorletzten Tag bauten wir im Team eine kleine Modell-Rakete, die mit einem Fernzünder ausgestattet war und gestartet werden konnte. Ich war damit beschäftigt, mit einem Cutter Pappstreifen zuzuschneiden, als ich abrutschte und mir einen kleinen Schnitt in den Fingern zufügte. Ich ließ das Messer sinken und schaute zu, wie sich eine winzige Blutblase bildete, die immer weiter anschwoll und schließlich auf den Tisch tropfte. Alle arbeiteten, niemand beachtete mich. Ich wunderte mich, dass es gar nicht weh tat, und spürte den Drang, dies zu korrigieren, indem ich den Schnitt vergrößerte. Ich sah mich um, ob auch niemand guckte, und dann setzte ich das Messer an den äußeren Rand der Wunde. Ich hielt die Luft an und ratschte mit der Klinge einmal durch die Fingerkuppe. Der Schmerz kam sofort und so stark, dass ich erschrocken aufsprang. Das Blut lief in einem Rinnsal auf die Pappstreifen, obwohl ich versuchte, es mit der anderen Hand aufzufangen. Die anderen Kinder aus meinem Discovery-Team schrien laut los, und es entstand eine kleine Paniksituation, wie sie sich manchmal unter Kindern entwickelt, wenn Blut fließt. Stühle scharrten über den Boden, es wurde nach Erwachsenen gerufen, zwei Mädchen fingen sogar an zu heulen. Ob aus Mitgefühl oder Angst, dass unsere Rakete zerstört war, blieb etwas unklar. Ich hingegen stand regungslos da und sah zu, wie das Blut aus meiner Haut quoll, sich in der hohlen Hand darunter sammelte und dann zwischen die Finger hindurch auf den Tisch pladderte. Aber die eigentliche Beobachtung machte ich in mir selbst, denn ich merkte mit einer ungläubigen Faszination, wie sich der unerträgliche Druck entlud. Wie durch das geöffnete Ventil einer Luftmatratze zischten Schuld und Selbsthass in die Atmosphäre hinaus und verpufften im Nichts. Es war schier unglaublich: Ein kleiner Schnitt hatte so eine große Wirkung. Alles strömte aus mir heraus, und weil es mit diesem scharfen, brennenden Schmerz verbunden war, brauchte ich wegen der wohligen Erleichterung kein schlechtes Gewissen zu haben. Es war erlaubt, denn es tat weh. Für einen kurzen Moment war ich befreit.

24.

«Möchtest du ein Bier?» Joost steht vor seinem geöffneten Kühlschrank und dreht sich zu mir um.

Allein die Erwähnung eines alkoholischen Getränks erinnert mich sogleich an meinen betrunkenen Anruf bei Joost vorgestern Nacht. Schöne grüne Augen. Oder anders gesagt: schön bescheuert. In stiller Übereinkunft haben weder Joost noch ich bisher wieder ein Wort darüber verloren.

«Nein, danke. Lieber Wasser oder so was.» Ich setze mich an den Küchentisch.

Während Joost Gläser aus dem Schrank holt, schaue ich mich um. Es sieht aus wie in einer besonders gelungenen Fotostrecke irgendeines Design-Magazins, nur eben belebt und ohne dieses ganze skandinavische Deko-Zeug. Joost scheint mir allerdings auch nicht der Typ zu sein, der sich besonders viel aus Vasen und wie zufällig arrangierten Flohmarktschätzen macht. Ich ertappe mich bei dem erfreuten Gedanken, dass seine Wohnung so wirkt, als hätte er keine Freundin. Oder, korrigiere ich mich schnell, er *hat* eine Freundin, und die macht sich auch nicht viel aus Wohnaccessoires, denn schließlich hat nicht jede Frau diesen Verzierungstrieb, siehe ich. Aber das sind ja ohnehin völlig schwachsinnige Überlegungen, denn erstens sind das Nichtigkeiten, die nicht darüber entscheiden, ob man gut zusammenpasst, und zweitens geht es mich nichts an, ob Joost eine Frau liebt, die sich was aus hübschem oder weniger hübschem Nippes macht. Er ist nur der Sohn der Frau, für die mein Vater meine Mutter verlassen hat, und infolgedessen der Halbbruder meiner Halbschwester. Also nur ein entfernter Bekannter. Quasi.

Alle Küchenmöbel sind maßgebaut. Irgendein dunkles

Holz mit wolkigen Adern, in dem schummrigen Licht der Küchenlampe schimmert es je nach Lichteinfall ganz leicht violett. Ich hätte nie gedacht, dass mich ein Küchentisch einschüchtern könnte, aber wenn ich mir vorstelle, wie viel Arbeit und Sorgfalt es gekostet haben muss, die Oberfläche so weich und glatt zu bekommen, traue ich mich gar nicht, das Wasserglas darauf abzustellen, welches Joost mir nun reicht. Bestimmt macht das doch Ränder. Zum ersten Mal verstehe ich den Sinn von Untersetzern. Aber Joost scheint sich darüber keine Gedanken zu machen, denn er faltet seinen langen Körper wie ein Origami-Tier auf dem Stuhl gegenüber zusammen und stellt sein Glas ab. Ich muss mich darauf konzentrieren, ihn nicht anzustarren. Sein Shirt hängt ausgeleiert über seinen Kleiderbügel-Schultern. Da, wo der Hals in die Brust übergeht, dieser ganze Bereich, der bei Frauen Dekolleté heißt und bei Männern vielleicht auch – das jedenfalls sieht bei ihm glatt und gut aus. Von den Augen will ich gar nicht wieder anfangen. Es ist ja gar nicht nur das Grün mit den Punkten, sondern das Dahinter. Fenster zur Seele und der ganze Schnulz. Ein Blick, und ich weiß plötzlich, was damit gemeint ist, und weil ich mir so was nie erlaube, habe ich jetzt auch keine schöneren Wörter dafür. Aber alles, was ich in Joosts Augen sehe, gefällt mir. Am besten gucke ich gar nicht mehr hin.

«Was ist das eigentlich?» Ich streiche mit der Hand über die Tischplatte.

«Walnuss.» Joost grinst ein bisschen, weil er natürlich merkt, wie sich das Gesprächsthema und die Hölzernheit unseres Dialogs sehr passend ergänzen. Wenn er jetzt noch wüsste, dass ich immer an Pinocchio denken muss, wenn ich seine staksigen Bewegungen sehe, dann würde er vielleicht sogar lachen. Er wirkt auf mich wie jemand, der die tröstende Wirkung von Scherzen auf eigene Kosten zu schätzen weiß. Es kann nicht sein, dass so ein Typ keine Freundin hat.

«Du hast das hier alles selbst gebaut, oder?»

«Ja, all das, was aus Holz ist. Die Arbeitsplatte hat ein Freund von mir aus Beton gegossen.»

«Sieht toll aus.» Ich denke darüber nach, dass Joost Freunde hat, die so Sachen machen wie Arbeitsplatten aus Beton zu gießen. Das ist sehr weit weg von meinem Leben. Alles, was ich mache, hat mit Bildschirmen zu tun. Entweder ich

schreibe Geschichten auf meinem Laptop, oder ich gucke mir Geschichten auf meinem Laptop an. Manchmal gehe ich ins Kino, dann ist es kein Bildschirm, sondern eine Leinwand. Meine Hände machen nichts anderes als zu tippen.

Ich versuche mein Interesse hinter einem kurzen Räuspern zu verstecken und frage: «Wie kam es, dass du Tischler geworden bist?»

Joost trinkt einen Schluck und lehnt sich in seinem Stuhl zurück. «Mein Opa war Förster, und ich war in den Ferien oft bei ihm. Nachdem ich durchs Abi geflogen bin, habe ich ein Jahr bei ihm gewohnt, und wir haben angefangen, Sachen aus Holz zu bauen. Irgendwie konnte ich das, und dann habe ich mich für eine Lehre beworben.»

Kein Abi, Opa, Förster, Bauen, Lehre. Mir gefällt seine Antwort. Kurz hatte ich befürchtet, er würde mir einen schwülstigen Vortrag über Holz-Haptik halten, toller Werkstoff, so natürlich, Eigenleben, blablabla, aber wir sind hier ja nicht in einem meiner Drehbücher, und Joost will außerdem über etwas anderes sprechen: «Wie war es für dich, ihn heute zu sehen?»

Ich weiche seinem Blick aus, weil ich mich nicht konzentrieren kann, wenn er mich ansieht. Wenn er so guckt, wie es offensichtlich seine Art ist zu gucken, muss ich aufpassen, dass ich ihm nicht aus Versehen alles erzähle. Ohne dass ich jetzt wüsste, was «alles» eigentlich sein soll. Allerdings bin ich mir sicher, es würde über einige Umwege zu diesem Wintertag Anfang des neuen Jahrtausends führen und dazu, wie ich im Schnee stehe und Linas Leben zu Ende ist.

Ich antworte: «Kann ich noch nicht sagen. Ich habe das noch nicht sortiert.»

Joost und ich schauen uns kurz in die Augen, dann gleitet sein Blick von mir ab in Richtung Tischplatte und bleibt dort hängen. «Was ist das?»

Wasserränder? Ich schaue auch auf den Tisch und stelle dann fest, dass er nicht dorthin, sondern auf meinen Unterarm guckt. Mein T-Shirt-Ärmel ist an einer Stelle blutdurchtränkt. Ich erschrecke. Wie kann es sein, dass ich den Schnitt vergessen habe? Jetzt, da ich sehe, dass er wieder zu bluten begonnen hat, spüre ich sofort wieder das scharfe Brennen.

«Oh, ich ...» Flucht! Ich springe auf und gehe schnell zur Tür. Auf dem Weg dahin fällt mir auf, dass ich noch nie hier war.

Joost hilft weiter: «Zweite Tür links.»

Schnell verlasse ich die Küche und verschwinde im Badezimmer. Ich setze mich auf einen Hocker neben der Badewanne und drücke immer noch meine Hand auf den durchgebluteten Ärmel. Mein Herz klopft den Hals hinauf. Was mache ich denn jetzt? Wieso bin ich überhaupt hierhergekommen? Warum habe ich nicht gesagt, dass ich sofort wieder zurück nach Hamburg muss, als Joost mich gefragt hat? Es wäre ja nicht einmal gelogen gewesen, denn ich muss dringend mal die Steuer machen. Was sitze ich hier also in Pinocchios Design-Stube rum und blute mein T-Shirt voll?

«Katja?» Joost vor der Tür.

«Ja?»

«Im Schrank über dem Waschbecken ist Verbandszeug.»

«Danke!»

Ich lausche und warte darauf, dass sich seine Schritte entfernen. Aber er bleibt offensichtlich vor der Tür stehen. Darf er ja auch, ist seine Wohnung. «Brauchst du Hilfe?»

«Nein!» Das fehlte noch, dass er mir meinen Arm verbindet und dabei all die alten Narben sieht.

«Okay, falls doch, sag Bescheid.»

«Ja, danke!»

Jetzt höre ich, wie er weggeht. Im Schrank finde ich eine Mullbinde und Desinfektionsspray. Vorsichtig ziehe ich den Ärmel zurück, und sofort fällt das Papierhandtuch wie eine blutige Manschette ins Waschbecken. Der Schnitt ist rot und sehr viel tiefer, als ich beabsichtigt hatte. Verdammt. Das ist mir noch nie passiert. Muss das genäht werden? Ich beschließe, dass ich es jetzt erst einmal verbinde und dann morgen sehe, ob ich damit zum Arzt muss. Ich säubere die Wunde und umwickle den Arm mit dem Verband. Das Papierhandtuch spüle ich die Toilette runter, und den blutigen Ärmel krempele ich einfach hoch. So müsste es vorerst gehen. Ich schaue in den Spiegel an der Wand und sehe mein verstörtes Gesicht. Seit ich Drehbuchautorin bin, kann ich nicht mehr in Badezimmerspiegel gucken, ohne das Gefühl zu haben, ich hätte mich selbst in eine Filmszene geschrieben. Es ist ein Klassiker des Drehbuchhandwerks: Wie erklärt man dem Zuschauer, wie sich die Heldin fühlt, wenn sie alleine im Badezimmer ist und weit und breit keine andere Figur, der sie es erklären kann? Genau, man stellt sie vor den Spiegel und lässt sie sich selbst angucken. Wahlweise führt sie jetzt ein Selbstgespräch, wäscht sich das Gesicht mit kaltem Wasser ab oder schlägt wütend mit der Faust in den Spiegel. Selbstgespräche führe ich aus Prinzip nicht, weil ich dann immer denke, mich gibt es in Wirklichkeit gar nicht, und irgendwo sitzt ein Autor, der nicht weiß, wie er meine Gefühle anders darstellen soll. Einen Spiegel habe ich noch nie zerschlagen, obwohl ich jetzt eigentlich größte Lust dazu hätte, denn die Person, die ich da im Spiegel sehe, macht mich unglaublich wütend. Aber da es sich nicht um meinen eigenen Spiegel handelt, versuche ich lieber das mit dem kalten Wasser. Vielleicht bringt es etwas. Im Film führt es oft dazu, dass die Leute wieder etwas klarer im Kopf werden. Das kann ich jetzt für meinen Teil nicht bestätigen, aber zumindest fühle ich mich nicht mehr ganz so schmutzig wie eben noch.

Als ich mein Gesicht abgetrocknet habe und das Badezimmer gerade verlassen will, bekomme ich eine SMS. Ich ziehe das Handy aus der Hosentasche und sehe eine mir völlig unbekannte Nummer. Der Text lautet:

«Moin, moin, Katja! Hoffe, man sieht die Beule an Deinem Kopf nicht mehr (Zwinker-Smiley)! Die Nacht war mega (Flamencotänzerin-Emoji)! Ich wollte noch mal Danke (Namasté-Hände-Emoji) sagen, für deinen Rat. Niemand hat sich das bisher getraut, und das habe ich gebraucht. Ich werde ihn beherzigen und wünsche Dir und Deinem Vater alles (Rotes-Herz-Emoji). Ganz liebe Grüße, Dorit.»

Ich lasse das Handy sinken und suche in meiner Erinnerung nach dem Rat, auf den sie sich bezieht. Was meint sie damit? Ich habe ihr doch gar keinen Rat gegeben. Es war andersherum: *Sie* hat *mir* gesagt, dass ich meinen Vater besuchen soll. Sonst wäre ich ja heute gar nicht ins Krankenhaus gefahren und jetzt nicht in Joosts Badezimmer. Habe ich im Gegenzug auch etwas zu ihr gesagt? Ich kann mir das gar nicht vorstellen. Was sollte ich gesagt haben? So was wie: *Pelzwesten-Tragen ist eine Gewissensfrage?* Oder: *Deine Kommentare zu unseren Drehbüchern sind nur sehr selten hilfreich?* Stimmt ja beides, aber ich kann mir nicht vorstellen, dass ich das irgendwann in unser Gespräch eingestreut habe. Was ich ihr allerdings sehr gerne gesagt hätte, mich aber sicherlich nicht getraut habe, ist: *Findest du nicht, Evelyn Lichter hätte für eine einzige blöde Serienfolge auch einfach mal im Innendienst bleiben können, verdammt noch mal?* Ein paar Sekunden stehe ich noch da und überlege, ob mir noch irgendetwas einfällt, erinnere mich an einzelne Gesprächsfetzen, aber vor allem daran, dass wir die meiste Zeit auf der Tanzfläche herumgezappelt haben. Dann entscheide ich mich für ein mentales Achselzucken, denn Dorit Wagenfels ist heute eigentlich nicht so wichtig. Ich habe meinen Vater nach fünfzehn Jahren wiedergesehen, und er liegt im Koma. Vorher habe ich mich geritzt, obwohl ich eigentlich längst damit aufgehört habe, und jetzt stehe ich hier in diesem grün gefliesten Badezimmer und muss gleich in Joosts selbstgetischlerte Küche zurück und eine Person sein, die in ganzen Sätzen spricht. Ich habe andere Sorgen. Deswegen tippe ich sehr schnell eine Antwort in mein Handy:

«*Liebe Dorit! Beule ist okay, danke. Der Abend hat mir auch Spaß gemacht. Freut mich, dass ich helfen konnte. Danke für die guten Wünsche! Liebe Grüße, Katja*»

Und damit es nicht so kahl aussieht, hänge ich noch das Polizeiauto-Emoji hintendran, als Anspielung auf *Wache Mitte*. Nach dem Absenden bin ich mir nicht sicher, ob man das eigentlich versteht, aber dann ist es mir auch egal.

Als ich zurück in die Küche komme, steht Joost mit verschränkten Armen an die Arbeitsplatte gelehnt. Er wartet. Vielleicht auf eine Erklärung. Vielleicht darauf, dass ich jetzt gehe, weil er genug von mir hat. Irgendwann ist seine Gelassenheit vermutlich auch mal ausgereizt. Beim ersten Mal, als wir uns gesehen haben, bin ich erst in Tränen ausgebrochen und dann wortlos weggerannt, dann habe ich ihn nachts betrunken angerufen und ihm hirnverbrannte Augen-Komplimente gemacht, und jetzt diese kleine Splatter-Einlage. Wahrscheinlich war es gar nicht so dumm von meinem Vater, sich über mich auszuschweigen. Ich bin wie eine Dose voller Würmer, die man – einmal geöffnet – nicht mehr schließen kann.

Neben dem Tisch bleibe ich stehen, weil ich es unpassend finde, mich wieder zu setzen, jetzt, da Joost ja auch aufgestanden ist.

Joost entfaltet seine Armverschränkung und stützt sich mit den Händen hinten auf der Arbeitsplatte ab. «Hast du übermorgen Abend schon was vor?»

Ich bin überrascht und kann die Frage nicht richtig einordnen. «Nein. Eigentlich nicht.» Stimmt auch, denn wenn ich ehrlich bin, habe ich keinen Auftrag. Das Drehbuch für *Wache Mitte* ist abgegeben, und das Familienserien-Konzept liegt bei Nicole. Ich muss nur auf ihre Rückmeldung warten.

«Ich weiß nicht, ob du möchtest, aber meine Mutter hat mich gebeten, dich zu fragen, ob du mal zum Abendessen kommen möchtest.»

Ich sage nichts und starre Joost an. Ein Abendessen im Familienkreis?

Er fügt eilig hinzu: «Natürlich nur, wenn sich Roberts Zustand nicht verschlechtert. Aber sie würde sich freuen, dich kennenzulernen. Jella wäre natürlich auch da.»

Ich zaudere. Wieder einmal. Da ist der Impuls, sofort abzusagen, der im selben Moment von dem Wunsch ausgebremst wird, endlich einmal wieder ein Teil von etwas zu sein. «Darf ich es mir in Ruhe überlegen?»

«Klar. Hast du eigentlich auch Hunger?»

«Und wie.»

Die Tatsache, dass Joost bisher noch nie eine Erklärung für mein merkwürdiges Verhalten eingefordert hat, deute ich

nicht als Desinteresse, sondern als diskrete Zurückhaltung. Ich spüre, dass er einige Fragen hätte, sie aber nicht stellt, weil er mir nicht zu nahe treten will. Ich muss an Ratko denken, der bisher auch nie gefragt hat, aber wahrscheinlich aus anderen Gründen. Ratko ist jemand, der froh ist, wenn er nicht auf die Probe gestellt wird. Ein Problem, das zu groß für ihn sein könnte, ignoriert er lieber und hofft, dass es sich wie ein schlechter Geruch einfach verflüchtigt, wenn man auf Durchzug stellt.

Joosts Fragen an mich, wie auch immer sie lauten mögen, hängen in der Luft. Aber nicht drohend, sondern wie etwas, um das wir uns später kümmern können. Joost lässt mich einfach hier sein, und wenn wir uns beim Kochen zufällig berühren, möchte ich es gerne absichtlich wiederholen. Da ist etwas Vertrautes zwischen uns, was ich mir nicht erklären kann und auch noch nie zuvor bei irgendeinem anderen Menschen empfunden habe. Ich mag es, dass er ungefähr vier Meter größer ist als ich, dass seine Bewegungen umständlich sind und trotzdem so eine Ruhe darin liegt.

Als das Essen fertig ist und wir uns wieder an den Tisch gesetzt haben, wage ich eine der Fragen, die mich seit Jahren beschäftigen: «Weißt du, wie deine Mutter und mein Vater sich kennengelernt haben?»

Joost füllt meinen Teller mit Pasta und reicht ihn mir. «Ich war sogar dabei.»

«Wirklich?»

«Ja.» Joost nimmt sich ebenfalls Nudeln aus dem großen Topf und reicht mir den Parmesan.

«Danke.»

Joost beginnt zu essen und erzählt dabei. «Meine Mutter und ich hatten das Wochenende bei meiner Tante in Hamburg verbracht und waren auf dem Rückweg. Vor der Autobahn haben wir noch an einer Tankstelle gehalten, und als meine Mutter im Shop war, um zu bezahlen, hielt plötzlich dieser Kombi neben mir. Ich saß vorne auf dem Beifahrersitz, natürlich, ich war ja fünfzehn oder so, und als ich zur Seite gucke, sitzt da dieser Mann über das Steuer gebeugt. Er hatte keine Jacke an, obwohl es so kalt war, und man konnte sein Gesicht nicht sehen. Es sah aus, als würde ihn jemand durchschütteln, und erst habe ich gar nicht verstanden, was los ist. Bis ich dann begriffen habe, dass er heult.»

Ich kann mir die Szene vorstellen, die Joost beschreibt. Unser dunkelblauer Kombi. «Und dann?»

«Es war mir peinlich. Ich hatte noch nie einen erwachsenen Mann so weinen sehen. Und dann habe ich erst bemerkt, dass hinten im Kofferraum ein Hund saß.»

Joost macht eine Pause und schaut mich an. Stumm darauf Bezug nehmend, wie ich letztes Mal überstürzt weggerannt bin, als ich Jella mit Laika auf mich zukommen sah.

«Sie gehörte meiner Schwester und mir.»

«Ich weiß. Es tut mir leid, dass ich dich nicht vorgewarnt habe, neulich. Ich hatte es in dem Moment vergessen.»

Ich schlucke. «Ich bin ja froh, dass es sie noch gibt. All die Jahre habe ich gedacht, mein Vater hätte sie ausgesetzt oder vielleicht sogar erschlagen.»

Joost sagt nichts, und ich bin überrascht, dass er nicht entsetzt darüber ist, dass ich meinem Vater so etwas zutraue. Aber wieso bin ich eigentlich überrascht? Schließlich kennt Joost ihn seit dem eben beschriebenen Tag und weiß also selbst, was ihm zuzutrauen ist und was nicht. Mein Vater konnte – wie viele andere Menschen auch – mühelos einer Fliege etwas zuleide tun, und wenn die Verzweiflung groß genug gewesen wäre, was sie an diesem Tag im Winter kurz nach Linas Tod unbenommen war, dann hätte es auch
 sein können, dass ein ungehorsamer Hund sterben musste. Erst recht, wenn dieser Hund zuvor von mir zu Unrecht beschuldigt worden war, schuld am Tod seiner Tochter zu sein.

«Und dann?»

«Dann kam meine Mutter zurück zum Wagen. Ich habe ihr gesagt: ‹*Guck mal, der Typ da*›, und sie meinte: ‹*Was machen wir denn jetzt?*› Dann ist sie hin und hat vorsichtig an die Scheibe geklopft.»

Ich stelle es mir wieder szenisch vor. Eine fremde Frau klopft an die Autoscheibe, mein Vater schaut auf, das Gesicht voller Tränen, ihre Blicke treffen sich und verfangen sich ineinander. *Boy meets girl.* War das der Moment, in dem er sich in Joosts Mutter verliebte? Oder sie sich in ihn? Ihrer beider Anfang? Während meine Mutter zu Hause über den Katalog mit den Kindersärgen gebeugt saß und stark sein musste, weil ihr Mann soeben aus dem Haus gestürmt war? Als Joost zusah, wie sich seine Mutter und mein Vater an der Tankstelle begegneten, stand ich oben in Linas verlassenem Zimmer und berührte die Dinge, von denen ich glaubte, dass meine Schwester sie zuletzt angefasst hatte. Die Gleichzeitigkeit der Ereignisse lässt mich spöttisch schnauben. Oder vielleicht gar nicht spöttisch, sondern eher enttäuscht.

«Was?» Joost schaut mich an.

«Ich weiß nicht …» Ich suche nach passenden Worten. «Ich verstehe nicht, wie sein Herz so frei sein konnte.»

«Das war es gar nicht.» Joost winkt eilig ab. «Es ging zunächst nur um den Hund. Robert wusste nicht, wohin mit ihm. Das Tierheim hatte keinen Platz frei, und er wollte Laika nicht wieder mit nach Hause nehmen.»

«Und dann habt ihr sie einfach genommen?» Eine verrückte Vorstellung. Man hält an, um zu tanken, und fährt dann mit einem fremden Hund im Auto weiter nach Hause.

«Ja. Meine Mutter dachte erst, vielleicht überlegt er es sich noch einmal und holt sie wieder ab. Sie haben Telefonnummern ausgetauscht.»

«Er hat sie aber nicht wieder abgeholt.» Eine sarkastische Feststellung.

«Nein. Aber er hat sich gemeldet und gefragt, wie es ihr geht. Irgendwann kam er dann auch einmal vorbei, und … dann haben sie sich wohl häufiger gesehen. Ich habe das am Anfang gar nicht mitbekommen, weil ich meine eigenen … also … na ja.» Joost stockt, weil er das Gefühl hat, zu viel gesagt zu haben.

Ich warte, ob er weiterspricht, aber Joost nimmt nur sein Glas und trinkt fahrig einen Schluck, meidet Blickkontakt. Und dann fällt mir erschrocken ein, dass ich so mit mir selbst beschäftigt war, dass ich eine sehr wichtige Frage bisher noch gar nicht gestellt habe. Sie ist mir nicht einmal in den Sinn gekommen.

«Wo war denn dein Vater eigentlich zu dem Zeitpunkt?»

Joost schaut mich an und sofort wieder weg. Vielleicht ärgert er sich, dass ich die Spur aufnehme, die er versehentlich ausgelegt hat. Jetzt ist es zu spät, meine Frage zurückzuziehen. Ich bereue, sie gestellt zu haben, obwohl ich die Antwort gerne wissen möchte.

«Schon etwa ein Jahr tot. Er hat sich vor einen Zug geworfen.»

Ich schlucke, und in meiner Brust schmilzt etwas. Joost sitzt vor mir, und ich sehe in seiner erwachsenen Gestalt den Fünfzehnjährigen, der er an dem Tag damals gewesen sein muss. Breite, knochige Schultern, die Arme und Beine viel zu schnell und viel zu lang gewachsen, uncoole Brille, Ärger in der Schule, noch ahnungslos, was seine Talente betrifft, wahrscheinlich wenig Glück bei den Mädchen, und hinter all diesem üblichen Mist also der Selbstmord des Vaters. Sofort bekommt die Szene an der Tankstelle einen anderen Filter. Da saß nicht nur ein Jugendlicher, dessen Mutter erst meinen Hund und dann meinen Vater an sich genommen hat, sondern ein Junge, der unlängst seinen Vater verloren hatte. Ich möchte an das Auto treten, mich zwischen meinen weinenden Vater und ihn stellen und vorsichtig an seine Scheibe klopfen.

Darf ich weiter fragen? Muss ich jetzt das Thema wechseln?

Während ich noch mit mir ringe, schaut Joost mich nun an, und ich stolpere in seine Augen. Alle Gedanken stoppen, und ich will nicht mehr weggucken. Die Zeit steht still und läuft doch lautlos weiter wie in einer Sanduhr. Kein Widerspruch, wenn man bedenkt, dass es so etwas wie Zeit vielleicht gar nicht gibt. Das ist auch so etwas, was ich mir gerne einmal von meinem Physiker-Vater hätte erklären lassen, aber das gehört jetzt nicht hierher. Kaum traue ich mich zu atmen, um den Moment nicht kaputtzumachen. Mich hält die Energie gefangen, die den Raum zwischen uns unter Spannung setzt. Sie zieht mich mit aller Kraft in Joosts Richtung und hält mich zugleich fest auf meinen Stuhl gedrückt. Ich kann mich nicht bewegen, will es auch gar nicht, und fühle mich, als sei ich zum ersten Mal seit einer unüberschaubaren Ewigkeit im richtigen Moment und an dem für mich vorgesehenen Platz. Aber so vieles spricht dagegen, eigentlich alles. Es darf nicht sein, dass mir so etwas passiert. Das ist gegen die Abmachung mit mir selbst.

Ein schrilles Türklingeln durchbricht den Moment.

«Das ist Jella.» Joost verlässt die Küche, um unserer kleinen Schwester die Tür zu öffnen.

Ich merke, dass ich zittere. Was passiert hier mit mir? Die helle Aufregung, die eindeutig mit Joost zusammenhängt, verdunkelt sich sofort. Der Schnitt in meinem Unterarm pocht mahnend. Pass bloß auf, Katja. Das darfst du alles nicht haben. Nimm deine dreckigen Hände weg.

25.

Meine Eltern hatten meine Zeit im Space Camp dazu genutzt, sich weiter voneinander zu entfernen. Als ich zurückkam, war meine Mutter vom Gästezimmer in Linas Zimmer umgezogen und schlief zusammengekrümmt in dem für sie viel zu kleinem Kinderbett. Sie hatte dort alles für sich und ihre Trauer in Beschlag genommen. Die Tatsache, dass das Zimmer nun wieder bewohnt war, führte mich mehr als einmal in eine albtraumhafte Irre. Wenn ich abends im Dunkeln die Treppe hinaufging, vorbei an den Bildern von Laika, Ham und den Astronauten, die wie die Requisiten einer anderen Familie dort hingen, bemerkte ich einen Lichtschein unter Linas Tür und glaubte kurz, alles sei wie früher. Ich sah Lina hinter der geschlossenen Tür in ihrem Bett liegen, in einem Buch blättern, in ihren Malblock kritzeln, oder vielleicht war sie auch über den Seiten eingeschlafen. Auf dem Bauch liegend, den Kopf mit wirren Haaren seitlich aufs Kissen gelegt, den Mund leicht geöffnet. Morgen würde sie aufwachen, in mein Zimmer kommen, an meiner Bettdecke ziehen und dann steif und fest behaupten, sie habe mich nicht geweckt. Wenn ich einen Gedankensprung später verstand, dass es nur meine Mutter war, die dort still hauste, starb Lina jedes Mal von Neuem.

Mein Vater war bemüht und versuchte, sich um mich zu kümmern. Sein Ziel war, dass ich nicht verhungerte. Alles Weitere fiel hintenüber. Es ist eben ein Unterschied, ob du zwischendurch einmal einen Kuss auf eine vom Toben schwitzige Kinderstirn drückst und erklärst, dass Lichtjahre in Entfernung und nicht in Zeit gemessen werden, oder ob du für alles zuständig bist, weil deine Frau sich in ihrem Kummer auflöst. Er und ich lebten nebeneinanderher, kaum kreuzten sich unsere Wege. Wenn wir uns unverhofft in einem der Räume unseres Zuhauses begegneten, blieb er wie vom Donner gerührt stehen, schaute mich traurig an, strich mir mit immer derselben Geste über den Kopf und fragte: «Hast du genug gegessen?» Dann nickte ich, denn ich aß ständig und wusste, dass ihn diese Antwort beruhigte. Mein Vater nickte dann ebenfalls, ging an mir vorbei und tappte mir im Weggehen wie zum Abschied unbeholfen auf den Rücken. Ich verstand nicht, warum er nicht richtig mit mir sprach, aber ich wusste selbst auch nicht, was ich hätte sagen können.

Jeden Morgen stand er früh auf und deckte für mich den Frühstückstisch, bevor er zur Arbeit fuhr. Wenn ich nach dem Weckerklingeln in die Küche kam, standen dort ein Becher, ein Teller, ein Messer, eine Packung Toast und ein Glas Schokocreme. Ich setzte mich und verließ den Tisch nicht eher, bis ich sechs dick beschmierte Scheiben verdrückt hatte. Zum Runterspülen trank ich Cola, die ich mir aus dem Kühlschrank nahm. Mit schmerzhaft aufgeblähtem Bauch machte ich mich dann für die Schule fertig und verließ das Haus, ohne meine Mutter gesehen zu haben. Sie kam gar nicht mehr raus, wenn ich zu Hause war. Einmal lugte ich durch den geöffneten Türspalt und sah, dass meine Mutter sich unter Linas unzähligen Stofftieren begraben hatte – ein bizarrer Berg aus Plüschwesen. Seitlich hing ihr schlaffer Arm über die Bettkante. Wie tot. Nichts bewegte sich. Ich hatte Angst, dass sie erstickt sein könnte, und riss die Tür auf. Aufgeregt stürmte ich auf sie zu und packte ihre Hand. «Mama!»

Meine Mutter setzte sich mit einem Ruck auf. Teddys, Hunde, Hasen und alle anderen Tierchen flogen durch die Luft und kullerten um meine Füße. Aus dem Schreck heraus blaffte sie mich an: «Was ist denn?»

Sie hat nur geschlafen, dachte ich erleichtert. Sie lebt noch, zum Glück. Aber meine Mutter war nicht in der Lage, die Störung zu verzeihen. «Wieso weckst du mich denn?»

Ich merkte, dass es ihr unangenehm war, dass ich sie so gesehen hatte, und versuchte mich zu verteidigen: «Ich dachte, du kriegst keine Luft mehr.»

«Ach, das ist doch Blödsinn.» Ungehalten schwang sie ihre Beine aus dem Bett und stand auf. Mit einem Stöhnen fasste sie sich an den Kopf, wartete ein paar Sekunden und verließ dann mit schleppenden Barfuß-Schritten das Zimmer, um nebenan im Bad zu verschwinden. Dass sie immer noch sauer war, hörte ich an dem wütenden Knall beim Hochklappen des Klodeckels. Ich bückte mich und hob Linas Plüschhasen auf. Als ich mein Gesicht fest in sein Fell drückte und auf der

Suche nach einer kleinen Spur meiner Schwester tief einatmete, roch ich nur Alkohol.

Ich musste wieder zur Schule, wo meine Freundinnen mich nervös und unsicher erwarteten. Zuletzt hatte ich sie mit ihren Eltern auf Linas Beerdigung gesehen, danach nicht mehr. Dahinter steckte keine böse Absicht. Die Erwachsenen wollten ihre Kinder nur von dem Thema Tod fernhalten. Außerdem hatte ich mich sehr verändert, und meine Freundinnen konnten mit mir nichts mehr anfangen. Ich war dick geworden, schweigsam und hielt mich nach wie vor streng an das mir selbstauferlegte Lachverbot. Wenn mich jemand ansprach, antwortete ich nicht und guckte auf den Boden. Die anderen machten es mir leicht, mich ihnen zu entziehen, denn nach drei, vier freundlichen Versuchen gaben sie auf und ließen mich in Ruhe.

Meine Klassenlehrerin war allerdings nicht so einfach abzuschütteln. Frau Rogge beobachtete mich besorgt. Ständig fiel ihr Blick auf mich und blieb an mir kleben, im Unterricht, auf den Fluren, auf dem Schulhof und an den Fahrradständern. Meistens spürte ich es, bevor ich sie sah. Dann kribbelte es auf meinem Rücken oder meinem Gesicht, und wenn ich mich umdrehte, stand sie da irgendwo und sah zu mir herüber. Sie lächelte mir freundlich aufmunternd zu, und ich wandte mich schroff ab, um sie loszuwerden.

Nach ein paar Tagen sprach sie mich an. «Katja? Ist alles in Ordnung?»

Ich nickte stumm und verzerrte meine Lippen zu einer Art Lächeln, doch sie glaubte mir nicht. «Wenn du jemanden zum Reden brauchst, dann bin ich jederzeit für dich da. Du bist nicht allein, okay?»

Ich antwortete: «Danke.»

Natürlich war ich allein. Was hätte sie denn schon groß gesagt, wenn ich ihr alles erzählt hätte? Wahrscheinlich hätte sie versucht, mich davon zu überzeugen, dass es nicht meine Schuld gewesen war, dass Lina sterben musste. Das war das Letzte, was ich hören und glauben wollte. Niemand außer mir war dabei gewesen und wusste, wie und warum es passiert war. Mir konnte keiner helfen.

Das Einzige, was mich vorübergehend erleichterte – das hatte ich im Space Camp gelernt –, waren Schnitte in die Haut. Es war die perfekte Kombination von Schmerz, Be-
strafung und Vernichtung. Ich konnte nicht mehr damit aufhören und dachte ständig darüber nach, wann ich die nächste Gelegenheit haben würde, mich zu verstümmeln. In der Schule ging ich während des Unterrichts zur Toilette, um mir mit der Zirkelnadel blutige Striemen zu ritzen, und nachmittags probierte ich zu Hause alle spitzen Gegenstände durch. Messer, Korkenzieher, die Anstecknadel einer Brosche – ich nahm Gegenstände plötzlich nur noch wahr nach dem Kriterium: Könnte man damit eigentlich auch …?

Erst beschränkte ich mich auf den rechten Unterarm. Als Linkshänderin war das nur logisch. Doch bald reichte der Platz nicht mehr, und ich musste auf den rechten Unterarm ausweichen. Ich hatte immer ein kleines Täschchen dabei, um Pflaster und Verband zur Hand zur haben. In der Apotheke hatte ich mir ein Desinfektions-Pumpspray gekauft, damit sich nichts entzündete. Nicht, weil ich Angst vor einer Blutvergiftung gehabt hätte, sondern weil ich befürchtete, dass jemand mein Geheimnis bemerken würde, sollte mein Arm anschwellen, ich Fieber bekommen oder sich unter meiner Haut eine schwarze Linie in Richtung Herz schlängeln. Ich wollte nicht, dass mir jemand das Ritzen wegnahm, denn von allem, was mir geblieben war, war es das Einzige, was Sinn ergab.

Doch ich war zwölf Jahre alt und hatte weniger Überblick und Geschick, als ich dachte. Frau Rogge, die auch meine Sportlehrerin war, kam mir auf die Schliche. Nachdem ich mich mehrere Wochen vor dem Schwimmunterricht gedrückt hatte, was an sich schon auffällig war, hatte ich mich eines Tages in die Umkleidekabine zurückgezogen, um nur einmal ganz, ganz kurz an einer frischen Kruste zu kratzen. Nicht doll, ehrlich nicht, gleich wollte ich wieder zurück in die Halle und weiter beim Schwimmen zugucken, aber da stand plötzlich meine Lehrerin vor mir. Ich saß da, den Ärmel hochgeschoben und den Fingernagel in der frisch aufgepulten Wunde, die umringt war von roten Narben. Den Schreck auf Frau Rogges Gesicht habe ich nie vergessen. Sie starrte, als hätte sie noch nie so etwas Fürchterliches gesehen.

Mein Gesicht wurde heiß, und ich beteuerte eilig: «Das war meine Katze.» Die Lächerlichkeit dieser Lüge war mir sofort bewusst, denn mein Arm sah aus, als hätte ich mit Wolverine *Schere, Stein, Papier* gespielt.

Frau Rogge setzte sich neben mich, nahm meine Hände und drückte sie sachte. «Du brauchst Hilfe, Liebes.»

Einen Anruf und mehrere Heulkrämpfe meiner Mutter später kam ich in die Klapse, wo ein ganzes Team aus Psychologen versuchte, mich davon zu überzeugen, dass ich keine Schuld am Tod meiner Schwester hatte. Aber die hatten gut reden, sie hatten ja auch nicht einfach die Leine losgelassen.

26.

Als Jella in die Küche stürmt, schaffe ich es noch, mir den Ärmel über den Verband zu ziehen, bevor sie mich mit Fragen bewirft. «Und? Wie war es? Hat er reagiert? Ist er aufgewacht? Hat er nach mir gefragt?»

Ich habe den Impuls, mich zu ducken, damit alles an mir vorbeifliegt. Sie steht in freudiger Anspannung vor mir, die Füße etwas gespreizt und fest in den Boden gestemmt, den Rücken gerade. Ich schaue sie an, und ehe ich mich versehe, erwischt es mich wieder. Ein Phantom huscht über Jellas Gesicht, und schneller, als ich seiner Spur folgen kann, hat es sich wieder in ihren Zügen aufgelöst. Das war Lina. Schon wieder weg, bevor ich sie fassen konnte. Ich spüre, wie sich die kleinen Härchen in meinem Nacken aufstellen. Kleine Antennen, mehr als bereit, jedes übernatürliche Signal zu empfangen, aber nicht in der Lage dazu.

Das versetzt mir einen Stich. Aber auch, dass ich Jella enttäuschen muss. «Leider nein. Er liegt immer noch im Koma.»

Jella will sich nicht damit zufriedengeben. «Aber was hast du zu ihm gesagt?»

«Ich … ich habe gar nichts gesagt.» Nur in Gedanken habe ich mit ihm gesprochen, füge ich still hinzu.

Philae hat sich gemeldet, weißt du das?

«Wieso denn nicht? Darum ging es doch! Papa sollte doch deine Stimme hören! Dann ist es doch kein Wunder, dass er nicht aufgewacht ist! So bringt das doch nichts! Wir müssen sofort noch mal hin!» Jella wendet sich schon zum Gehen und guckt Joost und mich auffordernd an. «Los. Kommt ihr?»

«Jella, jetzt warte mal. Wir fahren heute nicht noch mal ins Krankenhaus.» Joosts Versuch, ruhig dazwischenzugehen, hat keine Wirkung, denn Jella ist ziemlich aufgebracht und den Tränen nahe. Sie hatte so gehofft. «Aber er muss doch aufwachen!»

Mir hat es die Sprache verschlagen. Ich bin so viel Gefühl und so ein Tempo nicht gewöhnt. Aber ich bin erwachsen und sollte mich vielleicht zur Abwechslung auch mal so verhalten. Ich gehe auf Jella zu. «Ich werde bald wieder hinfahren.»

«Wann?»

Ich seufze. Darüber habe ich doch selbst noch gar nicht nachgedacht. «Keine Ahnung. Bald.»

Jella stampft mit dem Fuß auf. «Wann, bald?»

Ich will mich nicht festlegen lassen: «Bald *bald*. Ich werde deinen Vater sehr bald besuchen, fest versprochen.»

«*Unseren* Vater. Wieso sagst du das immer so, als wäre er nur mein Vater?» Sie bohrt und bohrt und bohrt. Sind Kinder immer so?

Ich ringe hilflos mit den Händen: «Mann, Jella! Ich … Für mich ist das … ich …» Schnell beiße ich mir auf die Unterlippe. Um nichts in der Welt will ich jetzt losheulen.

Joost kommt mir zu Hilfe. «Katja hat ihre eigene Geschichte mit ihm, okay?»

Unsere Schwester guckt mich an, und ich versuche, so wenig gequält wie möglich auszusehen. So ganz gelingt es mir wohl nicht, denn mein Anblick bremst Jella augenblicklich. Sie lässt die Arme hängen, schlurft langsam zum Tisch und setzt sich auf den Stuhl mir gegenüber. Sie schaut zwischen Joost und mir hin und her. «Was hat er denn Schlimmes gemacht?» Und dann direkt zu mir: «Sag doch mal.»

Ich winke ab: «Nichts. Er hat nichts Schlimmes gemacht.»

«Aber irgendwas ist ja früher passiert, und niemand sagt

mir, was.» Jella stützt die Ellbogen mit einem lauten Knall auf den Tisch und legt das Kinn auf ihre geballten Fäuste. «Gab es Streit?»

«Nein, Streit ist nicht das richtige Wort. Ich möchte nicht darüber sprechen, okay?»

«Okay.» Aber Jella sieht nicht aus, als wäre es okay.

Ich verstehe, dass sie frustriert ist. So gerne würde ich ihr erklären, warum ich diese Wut auf *unseren* Vater mit mir herumtrage. Aber ich müsste dann auch von Lina erzählen, und dafür ist jetzt nicht der geeignete Zeitpunkt. Dank *unseres* Vaters weiß Jella nicht, dass es Lina jemals gab, und das ist übrigens ein weiterer Grund, unglaublich wütend auf ihn zu sein. Wie konnte er sie nur verheimlichen? Wie konnte er sie totschweigen? Und hinter dieser Ungeheuerlichkeit schlummert meine eigene Schuld. Somit bin ich die Letzte, die sich hier moralisch aufspielen darf, und natürlich auch nicht die richtige Person, Jella dieses wichtige Puzzleteil unserer gemeinsamen Geschichte in die Hand zu geben. Nicht, wenn das Bild am Ende doch unvollständig bleibt.

Ich kann ihr keine Antworten geben, habe aber das dringende Bedürfnis, sie aufzuheitern. Irgendetwas Nettes oder Fürsorgliches zu tun. Mir fällt das *Frozen*-T-Shirt ein, das in meiner Tasche steckt. Ich habe es heute mitgebracht, nachdem Jella es neulich teigverschmiert bei mir gelassen hat. Ein kläglicher Versuch. Ich stehe auf und hole es aus meiner Tasche. «Hier. Ich habe es frisch gewaschen.»

Die Ablenkung funktioniert.«Oh, danke!» Jella nimmt das Shirt erfreut entgegen und faltet es auseinander. «Der Fleck ist ja ganz rausgegangen!»

Ich nicke. «Kein Waffelteig mehr auf Schneewittchen.»

Sie guckt mich entgeistert an. «Schneewittchen? Das ist doch nicht Schneewittchen! Elsa ist die *Eiskönigin*!» Jella schaut Joost an und schüttelt noch einmal fassungslos den Kopf. «Hast du gehört? *Schneewittchen*!»

Joost unterdrückt ein Grinsen und sieht mich vorwurfsvoll an. «Ts. Das darf man doch nicht verwechseln.»

«Ah, okay. Entschuldigung. Wusste ich nicht.»

Aus Jella platzt es heraus: «Sag bloß, du kennst den Film nicht?»

Ich schüttle den Kopf. «Ich hatte noch keine Gelegenheit.»

«Aber das ist mein Lieblingsfilm!» Sie sagt es vorwurfsvoll.

«Ich dachte, es sei ein Film für kleine Mädchen. Also, eigentlich auch kleinere als dich.»

Jella stöhnt auf. «Jaja, das sagen meine Freundinnen auch. Ist mir aber egal. Ich mag, wie das alles gezeichnet ist, und die Geschichte sowieso. Du musst ihn gucken!»

«Okay. Mach ich demnächst mal.»

«Nein! Jetzt! Komm!»

Joost lacht los, weil Jella aufgesprungen ist und Richtung Tür läuft. Dort bleibt sie stehen und wartet auf mich.

«Äh, was?» Ich bleibe sitzen, denn noch habe ich überhaupt nicht verstanden, wohin Jella jetzt eigentlich will. «Ins Kino?»

«Ins Wohnzimmer!» Ungeduldig federt Jella auf den Fußballen und sieht dann Joost an. «Wir dürfen doch, oder? Katja *muss* den Film einfach sehen. Bitte!»

Joost antwortet mit einem Lächeln: «Meinetwegen. Hast du denn noch Zeit?»

Ich gucke auf mein Handydisplay. Mittlerweile ist schon Abend, aber nachher wird auch noch ein Zug fahren. Soll ich Ratko anrufen und ihm sagen, dass es später wird? Ich verwerfe die Überlegung, denn nur, weil er jetzt bei mir wohnt, muss ich mich ja nicht bei ihm abmelden. Er kommt und geht ja auch, wann er möchte. Das ist vielleicht auch das Schöne an der Sache. Oder na ja, *schön* ist etwas überschwänglich ausgedrückt, aber so funktioniert es eben bei uns. Bisher. Halbwegs.

Jella und ich gucken also den Film, während Joost die Küche aufräumt und mit seiner Mutter telefoniert. Anfangs habe ich Schwierigkeiten, mich auf die etwas umständliche Exposition der Geschichte zu konzentrieren, was nicht dadurch erleichtert wird, dass Jella andauernd erklärend dazwischenquatscht. Neben Jella auf dem Sofa zu sitzen und den Film anzuschauen ist, als würde jemand unablässig den Spoiler-Knopf drücken. Sie nimmt ständig vorweg, was gleich passiert: «Das ist Anna, die kleinere Schwester … Ihre ältere Schwester Elsa kann Eis zaubern. Das ist eine Gabe, aber sie nennt es Fluch … Siehst du? So wie Spiderman, nur dass dann alles zu Eis wird … Jetzt sind sie noch Kinder, aber bald sind sie älter, aber erst vereist Elsa im Spiel total aus Versehen Anna … Sie ist nur ohnmächtig, gleich wacht sie wieder auf, aber die weiße Haarsträhne bleibt … Elsa wollte das nicht, sie kann ja nichts dafür … Die Eltern entscheiden jetzt, dass Elsa und Anna getrennt aufwachsen müssen, weil Anna sonst in Gefahr ist … Guck mal, und Anna versucht immer wieder, mit Elsa zu spielen, aber Elsa hat Angst, dass sie ihrer kleinen Schwester weh tut … Jetzt sterben gleich noch die Eltern … da, sie steigen ins Boot, und dann kommt der Sturm, und dass die Eltern tot sind, sieht man daran, dass sie das Gemälde mit einem schwarzen Tuch verhängen …»

«Jella?»

«Ja?»

«Kannst du vielleicht etwas weniger reden? Ich krieg gar nicht so viel von dem Film mit, wenn du die ganze Zeit …»

«Oh, ja. Klar!»

Jella verstummt. Aber ich merke, dass sie innerlich ganz kribbelig ist. Aus den Augenwinkeln sehe ich, dass sie oft zu mir herüberschaut und prüft, wie ich auf die eine oder andere Szene reagiere. Ob ich über einen Dialog lache, weil ich ihn hoffentlich genauso lustig finde wie sie. Jella hat Angst, dass mir der Film nicht gefallen könnte. Ich weiß genau, wie sie sich fühlt. Wenn du jemandem einen Film vorführst, ein Lied anmachst oder ein Buch ausleihst, gibst du etwas von dir preis. Dass Jella mir diesen Film zeigt, auch auf die Gefahr hin, dass ich ihn bescheuert finde, ist mutig von ihr, und ich kann nicht anders, als davon berührt zu sein. Dabei muss sich Jella keine Sorgen machen, denn ich mag den Film. Mich beschleicht der Eindruck, dass es recht viele Parallelen zwischen den beiden Disney-Schwestern auf dem Bildschirm und Jella und mir auf dem Sofa gibt, und ich verwende jede Menge Konzentration darauf, es mit der Identifikation nicht zu bunt zu treiben.

Aber irgendwann höre ich auf, mich dagegen zu wehren, und fiebere mit, wie die ungestüme Anna um ihre eisig-einsame Schwester Elsa kämpft. Natürlich weiß ich, dass ich im vollen Tempo die Kitsch-Rutsche des Films hinunterschlittere, aber ich kann mich nicht entziehen. Der Tag hat so an mir gezehrt. Meinen Vater wiederzusehen, mir aus Angst davor den Arm aufzuritzen und nun hier zu sitzen, mit einem Mädchen, das meine Halbschwester ist, auf dem Sofa eines Typen, der mir seit seinem froschperspektivischen Auftritt auf dem Handydisplay nicht mehr aus dem Kopf geht, obwohl er da nichts zu suchen hat – ehrlich, für Widerstand habe ich keine Kraft mehr. Der zuckersüße Film hat leichtes Spiel mit mir, und in mir kocht blubbernd puddingdicke Ergriffenheit hoch.

Bei Elsas Lied «Ich lass jetzt los», einem schamlos kalkulierten Musical-Hit, kann ich nicht mehr an mich halten und fange mit zusammengekniffenen Lippen an zu heulen. Elsa wirbelt in Streicher-Eleganz durch alle Blautöne ihres Eispalasts, ihre langen Haare lösen sich, und sie singt:

«Ich geh nie mehr zurück, das ist Vergangenheit!»

Und dann kommt mit Pauken, Pathos und ganz, ganz, ganz viel Refrain-Gewalt:

«Ich bin frei, endlich frei!
Was war, ist jetzt vorbei!
Hier bin ich in dem hellen Licht
und ein Sturm zieht auf!
Die Kälte, sie ist nun ein Teil von mir!»

Die Tränen fließen mir das Gesicht runter, meine Nase läuft, und ich traue mich nicht, mich zu bewegen, weil ich damit Jellas Aufmerksamkeit erregen könnte.

Aber sie hat es längst gesehen und schaut mich mit ihren großen Augen an, in denen so viel Unschuld steckt, dass es mich völlig fertigmacht und ich noch mehr weinen muss. «Schön, oder?»

Ich nicke, wische mir schniefend die Tränen und die Rotze aus dem Gesicht und antworte mit glucksender Stimme: «Ja. Wirklich schön.»

27.

Als ich spätabends mit dem letzten Zug aus Bremen zurückkomme, ist Ratko gar nicht da. Die Wohnung ist dunkel, die Luft abgestanden, und in der Waschmaschine steckt noch das gewaschene Bettzeug von vorvorgestern. Missmutig gehe ich durch meine Räume. Eigentlich habe ich mich hier immer ganz wohl gefühlt, aber heute Abend nervt mich mein Zuhause. Warum bringe ich eigentlich nie das Altpapier weg? Wieso habe ich nur drei Gabeln? Welcher Idiot außer mir lässt seit zwei Jahren eine tote Topfpflanze auf der Fensterbank kompostieren? Abgesehen von meiner DVD-Sammlung könnte man alles getrost wegschmeißen. Hier ist nichts schön. Ich ärgere mich, dass ich ernsthaft darüber nachgedacht hatte, Ratko Bescheid zu sagen, dass es bei mir später werden würde. Es interessiert ihn nicht.

Ich putze mir die Zähne, tupfe etwas Jodsalbe auf den Schnitt im Unterarm und verbinde ihn noch einmal neu. Er scheint zu verheilen und muss wohl nicht genäht werden, immerhin. Ich lege mich ins Bett, und weil ich überhaupt und gar nicht einschlafen kann, schaue ich zwei Folgen *Downton Abbey*. Doch danach komme ich immer noch nicht zur Ruhe. Die Dunkelheit im Zimmer ist mir unheimlich, und wenn ich die Augen schließe, um sie nicht mehr sehen zu müssen, drängt sich diese eine Frage zwischen den Schlaf und mich: Und jetzt?

Ja, keine Ahnung.

Jetzt habe ich meinen Vater wiedergesehen und er mich nicht, weil er im Koma liegt. Ein Teil von mir wünscht sich, ich hätte das Krankenhauszimmer nicht betreten, denn nun liege ich hier und muss Gefühle sortieren, ohne dass ich sie zu fassen kriege. Alles ist durcheinandergeraten. Ich versuche es mit dem, was ich in ähnlichen Situationen immer mache: Ich stelle meinen inneren Schalter auf *stumpf*. Aber er rastet nicht ein. Immer wieder schnappt er zurück, und es tobt in mir. Ich muss an Lina denken, und alles tut weh. Ich sehe uns nach der abgebrochenen Mars-Mission in unserem Pappkarton-Shuttle auf dem Sofa sitzen, habe genau vor Augen, wie Lina sich zu mir dreht und sagt: *«Mit einem richtigen Shuttle wären wir nicht umgedreht. Da hätten wir durchgehalten.»* Und ich weiß, dass ich daraufhin versprochen habe: *«Wir machen das, wenn wir groß sind, und dann richtig in echt.»*

Es fühlt sich an wie Verrat. Natürlich fliege ich nicht mit Jella zum Mars, aber heute saß ich neben ihr auf einem anderen Sofa, und wir haben zusammen einen Film angeschaut. Wie Geschwister.

Durfte ich das? Jeder, den ich frage könnte, würde sagen: *natürlich.*

Aber ich glaube nicht.

Ich wache auf, weil die Wohnungstür aufgeschlossen wird. Draußen ist es hell. Ein Blick zum Wecker. Es ist halb elf Uhr morgens. Wo war Ratko denn die ganze Nacht? Moment mal, halb elf? In einer halben Stunde bin ich bei Alexa und Christian zum Frühstück eingeladen. Ich stehe schnell auf und treffe auf dem Weg ins Bad Ratko, der ziemlich übernächtigt aussieht und rot verkiffte Augen hat.

«Hey! Wie war's in Bremen?» Er kommt zu mir und umarmt mich.

«Hallo. Ganz gut eigentlich.» Ich winde mich schnell wieder los, denn ich muss mich beeilen.

«Wie geht's deinem Vater denn?»

«Unverändert. Erzähl ich später mal. Ich fahr zu Alexa und Christian, frühstücken.» Ich verschwinde im Badezimmer, setze mich aufs Klo, um zu pinkeln, lasse die Tür aber nur angelehnt, damit es nicht zu abweisend wirkt.

Ratko zieht sie auch gleich wieder auf und guckt rein: «Meinst du, ich kann mitkommen?»

Mit dieser Frage habe ich nicht gerechnet, denn Ratko hat eigentlich Angst vor Alexa. Sie mag ihn nicht besonders, zeigt es auch recht deutlich, und ich kann mir ungefähr ihr Gesicht vorstellen, wenn ich mit ihm im Schlepptau bei ihr ankomme. Andererseits sitze ich hier auf der Toilette und fühle mich nicht in der Position, ihn souverän auszuschließen.

Ratko bemerkt mein Zögern und grinst. «Ich werde mir Mühe geben und Alexas Herz mit all meinem Charme erweichen.»

Oh, okay. Die Joints haben ihn wohl vergessen lassen, dass Alexa ihn nicht ernst nehmen kann oder will, aber was soll's. Vielleicht ist es gut, wenn die beiden sich mal etwas besser kennenlernen und mein Leben hier in Hamburg stabiler wird, um all den Erschütterungen aus Bremen standzuhalten. Ich habe nämlich ein Leben hier, auch wenn es sich manchmal nicht so anfühlt. Es kostet mich zwar viel Kraft, es zu führen, aber ich halte mich jetzt daran fest. Auch an Ratko.

«Meinetwegen. Und mach mal jetzt bitte die Tür zu.»

Alexas Gesichtsausdruck ist genau so, wie ich erwartet habe. «Ah. Ihr kommt zu zweit?»

Ich sage: «Ja, hat sich spontan so ergeben.»

«Wir waren beim Bäcker.» Ratko tritt auf die Fußmatte und beginnt, seine Schuhsohlen sehr gründlich abzustreifen. Immer wieder. Alexa und ich beobachten ihn schweigend. Er hört gar nicht mehr damit auf.

Alexa fragt: «Willst du dich elektrisch aufladen, oder was soll das?»

«Hehehe, nee.» Er lacht amüsiert und macht trotzdem weiter. Jemand muss etwas tun, sonst stehen wir in zwei Stunden noch hier.

«Wie ich sehe, hast du deine Hochbegabung ganz gut im Griff.» Alexa schüttelt leicht den Kopf, dreht sich um und verschwindet in Richtung Küche. Ratko guckt Alexa verwundert hinterher und versucht zu verstehen, wie die Bemerkung wohl gemeint war.

«Jetzt geh schon rein.» Ich schiebe ihn in die Wohnung.

Ratko hat darauf bestanden, Schoko-Croissants zu kaufen, damit er auch etwas zum Frühstück beiträgt. Er ist nach wie vor reichlich bekifft, und ich fürchte, es bahnt sich ein Fressflash an. Auf dem Weg hierher hat er bereits drei der Croissants gegessen, und hätte ich ihm nicht die Tüte weggenommen, hätte es kein einziges hier über die Türschwelle geschafft.

Wir folgen Alexa in die Küche, wo Christian Kaffee kocht. Er begrüßt uns herzlich. Er ist einer der nettesten Menschen auf der Welt, sieht aus wie der Sohn von Thor und Captain America (mit Black Widow als Eizellenspenderin und Leihmutter) und ist seit zehn Jahren mit meiner Freundin zusammen. Sie haben sich im Internet kennengelernt und ineinander verliebt, noch bevor Alexa ihre Operation hatte. Selbstverständlich haben sie Konflikte wie jedes andere Paar auch, aber wenn jemand den Glauben an die Liebe verliert, sollte er sich die beiden anschauen. Er wird dann garantiert wieder neue Hoffnung schöpfen.

Christian schenkt drei Kaffee ein und gibt mir eine kalte Cola aus dem Kühlschrank. Gemeinsam setzen wir uns an den Tisch, und es läuft eigentlich ganz gut. Alexa, Christian und ich unterhalten uns, während Ratko restbenebelt ein Brötchen und ein weiteres Croissant verdrückt.

«Wie groß sind die Chancen, dass dein Vater wieder aufwacht?», fragt Christian irgendwann.

«Also Joost sagt …» Alexa blickt bei der Erwähnung seines Namens auf und grinst mich verschwörerisch an. Schnell gucke ich weg, denn das irritiert mich. «Joost sagt, die Ärzte meinen, dass wir abwarten müssen. Aber die Voraussetzungen sind wohl recht gut. Die Untersuchungen lassen erst mal

keine Hirnschäden vermuten.»

«Dann kann man ja noch hoffen.» Ratko hält sich stöhnend den vollgefressenen Bauch. «Aber wer ist Joost?»

«Jellas Halbbruder. Der Sohn der neuen Frau meines Vaters.» Ich antworte kurz und knapp, damit das Thema sich nicht weiter in die Länge zieht.

Ratko öffnet den oberen Knopf seiner Jeans, und ich denke schon, er ist nicht weiter interessiert, aber da täusche ich mich leider. «Und wie bist du mit dem verwandt?»

«Gar nicht.» Ich wende mich wieder an Alexa und Christian, um abzulenken. «Habt ihr eigentlich auch Schokocreme da?»

«Klar.» Alexa steht auf und holt ein Glas aus dem Schrank. Sie reicht es mir und setzt sich wieder. «Sag mal, ich habe in der Zeitung was über diese Kometen-Mission gelesen. Ist das nicht das, woran dein Vater mitarbeitet?»

«Ja, ist es.» Ich schmiere mir ein Brötchen.

«Ach, der hat was damit zu tun? Das ist ja im Moment dauernd in den Nachrichten.» Ratko ist überrascht, dann wird seine Stimme vorwurfsvoll. Nicht nur ein bisschen, sondern sogar mit etwas Wut untermischt. «Wieder was, das ich nicht über dich wusste. Aber bisher war ja sowieso alles, was mit deiner Kindheit zu tun hat, tabu.»

Ich hätte nicht gedacht, dass ihm das aufgefallen wäre. Und seit wann steuert Ratko eigentlich so direkt in einen Konflikt? «Ach, das stimmt doch nicht.»

«Natürlich. Du könntest genauso gut ein Alien sein, den ein Ufo irgendwann in Hamburg abgesetzt hat.»

Alexa lacht los, und auch Christian gelingt es nicht, sein Schmunzeln zu unterdrücken. Ich gucke sie beide irritiert an. «Äh ...?»

Meine Freundin zuckt entschuldigend mit der Schulter. «Das ist eine ziemlich bescheuerte Vorstellung.»

Nun muss auch Ratko gegen seinen Willen grinsen, und weil das eine Chance ist, die Stimmung wieder etwas zu entspannen, tue ich so, als fände ich die Vorstellung auch witzig.

Ratko springt zum nächsten Gedanken. «Was das da aber auch immer soll, im All. Ich verstehe das nicht. Was wollen die denn da rauskriegen?»

Ich habe jetzt keine Lust, mit Ratko über den Sinn und Nutzen der Raumfahrt zu diskutieren. Überhaupt finde ich, wir sollten mal das Thema wechseln. Weg vom Universum hin zu übersichtlicheren Themen. Deswegen antworte ich stark verkürzt. «Es könnte sein, dass bei den Untersuchungen herauskommt, dass Kometen zur Entstehung des Lebens auf der Erde beigetragen haben.»

Ratko reicht das nicht. «Okay. Und dann?»

«Dann wissen wir es, und es erweitert unseren Horizont.»

Ratko ist weiter auf Provokation aus. «Aber was bringt das? Können wir damit irgendetwas auf der Erde verändern? Zum Beispiel aufhalten, dass unser Planet immer weiter kaputtgeht?»

Ich bemühe mich, ruhig zu bleiben. «Vermutlich nicht.»

Alexa und Christian gucken besorgt zwischen Ratko und mir hin und her. Sie merken auch, dass sich hier etwas zusammenbraut.

«Was soll das dann? Was interessiert mich irgendein Steinbrocken da oben?»

«Kometen bestehen nicht aus Stein, sondern aus Eis und Staub. Sie fliegen seit 4,6 Milliarden Jahren auf ihren Umlaufbahnen. Ich glaube, sie kommen ganz gut ohne dein Interesse klar.»

«Da kenne ich noch jemanden.» Ratko trinkt seinen Kaffee in einem Zug aus, stellt den Becher ab und vermeidet es, mich anzusehen.

Langsam geht er mir auf die Nerven. «Was soll das denn heute?»

«Frag doch nicht, wenn du es gar nicht wissen willst, Katja.»

«Gut. Dann ziehe ich die Frage zurück.»

Er verzieht seinen Mund spöttisch, und weil das kein schöner Anblick ist, gucke ich weg. Warum greift Ratko mich auf einmal an? Monatelang wollte er nie etwas über mich wissen, und jetzt macht er mir meine Verschwiegenheit zum Vorwurf?

«Hey, hey. Was ist denn hier los?» Alexa versucht zu vermitteln.

Ratko reagiert nicht darauf und wendet sich stattdessen an Christian. «Kommst du mit, eine rauchen?»

«Okay.» Christian steht auf und nimmt sich seine Zigaretten vom Regal über der Spüle.

Als die beiden durch dic Balkontür nach draußen verschwunden sind, hebt Alexa ihre Augenbrauen zu zwei erstaunten Bögen. «Ich denke, bei euch ist alles immer so locker?»

«Keine Ahnung. Irgendetwas ist plötzlich anders.» Ich schraube ein Honigglas zu und stelle die Teller aufeinander. «Neulich hat er meine Narben angesprochen.»

«Und was hast du gesagt?»

Ich stutze selber über die Antwort, die ich jetzt geben muss. «Eigentlich nichts.» Ratko hat einen Schritt auf mich zu gemacht, und ich habe einfach so getan, als hätte ich es nicht gemerkt.

«Ich glaube, er ist gekränkt.» Alexa sieht sich noch einmal zu Ratko um und macht ein mitfühlendes Gesicht.

«Ja, aber wieso auf einmal?» Ich hebe ratlos die Hände.

Wir stehen auf und fangen an, den Tisch abzuräumen. Eher beiläufig fragt mich Alexa nach einer Weile: «Hat Ratko dich auch darauf angesprochen, warum dein rechter Unterarm heute eigentlich dicker ist als der linke?»

Verdammt. Hat Alexa den Verband gesehen?

«Das ist nur das Hemd. Die Ärmel sind so komisch unterschiedlich …»

«Willst du mich verarschen?» Alexa packt mich am Handgelenk und schiebt den besagten Ärmel hoch. Sie sieht den Verband und schaut mich ernst an. «Seit wann ritzt du wieder?»

Ich befreie meine Hand aus ihrem Griff und ziehe den Ärmel wieder runter. «Was soll denn gleich diese Unterstellung? Vielleicht bin ich ja auch nur hingefallen?»

Alexa schnaubt. «Genau. Mit deinem Skateboard, oder? Direkt in einen Nato-Zaun.»

Ich sacke innerlich zusammen. Wem will ich hier eigentlich was vormachen? Sie glaubt mir sowieso kein Wort. Niemand kennt mich so gut wie sie. Wahrscheinlich kennt sie mich sogar besser als ich mich selbst. Ich fühle mich ertappt und beschämt.

«Jetzt guck nicht so. Das war gestern, bevor ich meinen Vater besucht habe. Ein Ausrutscher. Ich war so angestrengt und aufgeregt … und ich ärgere mich selbst am meisten. Das passiert nicht noch mal.»

Alexa gibt sich damit nicht zufrieden. Sie ist besorgt. «Warum kommst du nicht zu mir, wenn es dir schlechtgeht?»

«Weil ich gar nicht sagen kann, wie es mir geht. Seit meine Mutter angerufen hat, ist alles nur noch …!» Ich ringe mit den Händen. «Ich bin völlig neben der Spur, betrinke mich zusammen mit einer Alkoholikerin, ritze wieder und habe eine Scheißangst!»

«Das ist doch völlig klar, dass das etwas mit dir macht, wenn eure ganze Familiengeschichte wieder hochkommt. Die Kehrseite ist aber, dass du deinen Vater wiedersehen *wolltest.*»

Es stimmt. Ich wollte meinen Vater sehen, aber das ändert nichts daran, dass ich nun nicht weiß, wie es weitergehen soll. Ich atme einmal tief durch. «Und dann ist da noch Jella. Ich habe sie nur ein paarmal gesehen, und schon hab ich sie ins Herz geschlossen, als wären wir …» Ich stocke.

Alexa lächelt. «Schwestern?»

«Ich habe ihr versprochen, dass ich unseren Vater noch einmal besuche. Aber ich weiß nicht, ob ich das packe.» Ich hebe meinen verbundenen Arm wie ein Beweisstück.

«Ich weiß …» Alexa nickt besorgt, macht einen Schritt auf mich zu und nimmt mich fest in den Arm.

Ich halte inne, denn da ist noch etwas. «Der liegt da wie tot, Alexa!»

Jetzt ist es endlich raus. Ich fürchte, dass mein Vater nie wieder aufwacht. Dass er jetzt immer so ausgelöscht da liegen wird und irgendwann der Stecker gezogen werden muss, weil keine Hoffnung mehr besteht. Dabei war ich ihm gestern so nah wie seit Jahren nicht mehr. Die Vorstellung, dass er mir wieder zwischen den Fingern zerrinnt, bevor ich ihn überhaupt zu fassen bekomme, lässt mich verzweifeln. Ich halte mir mit den Händen den Mund zu, weil ich so vielleicht das aufkommende Schluchzen ersticken kann, aber darin war ich noch nie gut. Alexa greift zur Küchenrolle, reißt ein Papier ab und gibt es mir. Eine Weile schaut sie mir beim Heulen zu, dann sagt sie: «Er ist aber nicht tot, Katja.»

28.

Eines Tages rief mein Vater plötzlich an. Das war unge-
wöhnlich, denn er telefonierte nicht gern, und ich hatte seit zwei Wochen nicht mit ihm gesprochen. Ich saß mit Alexa und den anderen im Fernsehraum, und wir guckten *Buffy im Bann der Dämonen*. Die Folge hatte den Titel «Ein verfluchter Geburtstag» und handelte davon, dass sich Buffys kleine Schwester Dawn vernachlässigt fühlte. Sie warf Buffy vor, sich nur um ihren Job zu kümmern, damit der Höllenschlund sich nicht öffnete und Sunnydale nicht von Dämonen überrollt wurde, dass es ihr aber völlig egal sei, ob sich ihre kleine Schwester einsam fühle oder nicht. Natürlich war es Buffy nicht egal, und in einer rührenden Szene sagte sie zu Dawn: «Der wichtigste Job, den ich habe, ist, auf dich aufzupassen.» Ich starrte auf den Fernseher, und etwas Spitzes pfählte mein Herz. Das war auch mein Job gewesen, und ich hatte komplett versagt.

«Katja? Telefon für dich.»

Hinter mir stand die Psychologiestudentin von der Nachtschicht, die immer Sudokus löste.

«Ich kann jetzt nicht.» Lieber wollte ich weiter fernglucken, als mir die gelallten Schwüre meiner Mutter anzuhören, dass sie ganz bald mit dem Trinken aufhören würde. Die Therapeuten hatten sie schon mehrfach ausdrücklich aufgefordert, mich nicht ständig unter Alkoholeinfluss anzurufen. Sie hielt sich mehr oder weniger daran.

«Es ist dein Vater.»

Sofort sprang ich auf. Endlich meldete er sich mal! Schnell ging ich auf den Flur, wo das altmodische Stationstelefon neben dem Schwarzen Brett an der Wand befestigt war.

«Hallo, Kati.» Seine Stimme klang so zugewandt, als hätten wir erst gestern miteinander gesprochen.

«Hallo, Papa.» Ich freute mich sehr.

«Was machst du?»

«Ferngucken. Eine Vampirserie.»

«Klingt ja spannend.» Fand er nicht, das hörte man.

«Es ist auch lustig.»

«Lustig? Ah, na ja …» Er wirkte jetzt fahrig und wollte das Thema wechseln. «Isst du genug?»

«Ja, es gibt hier Frühstück, Mittagessen und Abendbrot.»

«Vollverpflegung, was?» Mein Vater lachte verlegen.

«Mmh.»

Eine Pause, die sich unangenehm in die Länge zog und in der ich fieberhaft überlegte, was ich ihm Lustiges erzählen könnte. Ich wollte ihn aufheitern, denn wenn ich ihn zum Lachen brachte, würde er mich vielleicht häufiger anrufen. «Neulich hat unsere Tanzlehrerin bei einer Übung aus Versehen ganz laut gepupst.»

«Das ist ja witzig.» Er lachte ein bisschen, aber nur kurz. «Ich wollte eigentlich was anderes mit dir besprechen, Kati.»

Ich war sofort aufgeregt. Vielleicht wollte er mich … *abholen*? War dies der Moment, in dem alles besser werden würde? Unverdient, natürlich, aber besser?

Ich fragte vorsichtig: «Bist du zu Hause?»

«Nein, noch in Bremen. Viel zu tun hier. Sitze immer noch im Büro.»

Er würde mich nicht abholen. Er arbeitete. Die Enttäuschung sackte in meine Knie, zog an mir, machte mich schwer, mutlos. Irgendetwas drückte unnachgiebig auf die Tränendrüse, und ich versuchte, kein verräterisches Geräusch zu machen.

Mein Vater hustete einmal nervös. «Hast du das von der Ariane gehört? Kam in den Nachrichten.»

Er meinte *Ariane 5*, die Trägerrakete, die in ein paar Wochen die Rosetta-Sonde ins All befördern sollte.

«Nein, was ist mir ihr?» Meine Stimme klang ganz normal, aber ich merkte, dass meine Augen brannten.

«Heute sollte ein Testflug stattfinden, und sie musste knapp drei Minuten nach dem Start gesprengt werden.»

«Oh.» Seit ich in der Klinik war, hatte ich mich nicht mehr für das Vorankommen der Rosetta-Mission interessiert. Ohnehin würde ich später nicht zum Mars fliegen. Nicht ohne Lina.

«Ja, wahrscheinlich eine Düse im Vulcain-Triebwerk. Genaues wissen wir erst in den nächsten Tagen.»

«Und jetzt?»

«Wird der Start der Mission verschoben. Einen neuen Termin gibt es noch nicht.»

«Das ist ja blöd.» Mir fiel nichts Passenderes ein. Aber wie auch? Was war die perfekte Antwort, wenn man mit dem Telefon in der Hand auf dem Psychiatrieflur stand, im Hintergrund die Buffy-Kampfgeräusche aus dem Aufenthaltsraum, und sich dazu äußern sollte, dass der heutige Tag einen Tiefschlag für die Kometenforschung gebracht hatte?

«Das kannst du wohl laut sagen.» Mein Vater lachte ein bisschen ratlos.

Und dann schwiegen wir. Ich schaute durch die Glasscheibe in den Fernsehraum und sah, dass Buffy mit einem Dämon kämpfte, der wie ein Stier mit Verbrennungen vierten Grades aussah und einen explodierten Lipizzanerschweif auf dem Kopf trug. Das war derselbe Dämon, den Buffy zu Beginn der Folge auf dem Friedhof vermöbelt hatte und der dann in einem Schwert gefangen worden war. Wie war er da wieder rausgekommen?

«Jedenfalls werde ich die nächste Zeit sehr viel zu tun haben. Durch die Startverschiebung können wir 46P/Wirtanen nicht mehr nehmen. Es muss ein neuer Komet gefunden werden, der für Rosetta geeignet ist.»

«Oh, okay. Und wisst ihr schon, welchen?»

«Mal gucken. Im Moment denken wir über 67P/Tschurjumow-Gerassimenko nach. Er gehört auch zur Jupiter-Familie.»

Das waren große Neuigkeiten. Die ganze Mission sollte sich nun nach Jahren der Vorbereitungen und so kurz vor dem geplanten Start auf einen anderen Kometen konzentrieren. Klar, dass er da viel arbeiten musste. Ich dachte an Lina, die in dem Glauben gestorben war, Philae würde auf 46P landen. Jetzt sollte es ein ganz anderer Komet werden.

«Und weil das so ist, werde ich erst mal in Bremen wohnen. Ich habe das alles mit Mama besprochen, und sie hält es auch für eine gute Lösung.»

«Aber wann kommst du denn dann zurück nach Hause?»

«Das müssen wir mal sehen. Für dich ändert sich erst mal nichts, du bist ja sowieso noch ein bisschen in der Klinik.»

Er gab sich Mühe, aber ich hörte den Unterton. Mein Vater verheimlichte mir etwas. «Lasst ihr euch scheiden?»

«Was? Nein.» Es klang nicht überzeugend, und somit hatte ich meine Antwort.

Ich hatte unsere Familie kaputtgemacht. Meine Schwester war gestorben, und nun war die Ehe meiner Eltern am Ende.

«Ist Mama jetzt allein zu Hause?»

«Ja. Sie wollte es so. Aber mach dir keine Sorgen. Sie war beim Arzt. Darum wird sich jetzt gekümmert.»

Das war der Augenblick, in dem sich mir die Feigheit meines Vaters offenbarte. Die Art, wie er es vermied, die Wörter «Trinken» und «Alkohol» auszusprechen. Das fand ich abstoßend.

Plötzlich war die Stimme meines Vaters lauter, vielleicht,
weil er den Hörer jetzt anders hielt, den Mund näher an die Sprechmuschel. «Kati, helfen die dir denn da?»

Die ehrliche Antwort wäre gewesen: «Nein, denn ich lasse sie nicht», und: «Bitte hol mich hier raus», aber ich sagte: «Ja, es geht mir schon etwas besser.» Alles andere war auch nicht drin, denn da oben flog ein Komet, um den mein Papa sich kümmern musste. Wichtige Forschung, das konnte nicht jeder.

«Und hast du … Freunde gefunden?»

Ich schaute durch die Scheibe zu Alexa, die mit dem Rücken zu mir saß und auf den Fernseher blickte. Sie hatte die letzte Nacht mit Lockenwicklern geschlafen, weswegen sich ihre Haare wie überlange Spirelli auf ihren Rücken hinunterkringelten. «Ja, vielleicht.»

«Das ist gut. Freunde sind wichtig im Leben.» Er musste es ja wissen, denn soweit mir bewusst war, hatte er keine.

«Ja.»

«Kati, ich muss dann jetzt mal weiterarbeiten …»

«Okay.»

«Pass gut auf dich auf und iss genug, ja?»

«Ja.»

«Und dann kommst du mich mal in Bremen besuchen, wenn es dir bessergeht?»

«Mmh.»

«Weißt du, wie lieb ich dich hab?» Die Stimme meines Vaters zitterte plötzlich.

Ich fragte: «Bis zum Himmel und zurück?»

«Vergiss das nie, ja?»

«Nein.»

Er legte auf, ohne Tschüs zu sagen, und ich ging zurück in den Aufenthaltsraum.

Nachts erwischte Alex mich dabei, wie ich heimlich mit der Schnalle meines Schuhs in meinen Oberschenkel ritzte. Wütend riss sie mir den Latschen aus der Hand, kam ganz nah an mich heran und flüsterte eindringlich: «Hör auf damit! Willst du mich hier alleine hängenlassen, oder was?»

Ich schüttelte stumm den Kopf und brach in Tränen aus. Wir legten uns in Alexas Bett, weinten abwechselnd und zeitgleich, und irgendwann schliefen wir ein. Die ganze Nacht hielten wir uns fest im Arm.

Mein Vater hatte recht gehabt: Freunde sind wichtig im Leben, und von diesem Moment an wurde alles ein wenig besser. Nicht gut oder so, denn das war für mich nicht vorgesehen, aber ich kam in einen Zustand, in dem die Therapeuten mir den Alltag wieder zutrauten. Ich reduzierte das Frühstück auf vier Toasts und machte bei einigen Trauerbewältigungsritualen mit. Letztere halfen nur bedingt, aber ich tat so, als ob, damit ich endlich wieder nach Hause konnte. Ich hatte Angst, dass meine Mutter es ohne mich nicht schaffen würde.

Vier Wochen später durfte ich wieder zurück, und sie hatte mit dem Trinken aufgehört. Sie ging regelmäßig zu den Anonymen Alkoholikern. Rosetta startete mit vier Monaten Verspätung. Mein Vater rief allerdings nicht wieder an, und ich habe ihn nie in Bremen besucht.

29.

Die SMS am nächsten Morgen verspricht nichts Gutes: «Heute 10 Uhr Produktionsbüro. Krisensitzung. Gruß Philipp.» Mehrmals versuche ich Philipp telefonisch zu erreichen, um weitere Details über die besagte Krise zu erfahren, aber immer lande ich gleich in der Mailbox. Ratko steht kurz nach mir auf und verabschiedet sich mit der recht einsilbigen Erklärung, dass sich mehrere Interessenten auf die Kleinanzeigen gemeldet hätten, in denen er seinen gesamten Hausstand zum Verkauf anbietet.

Ich frage: «Auch den Lattenrost?»

Ratko guckt mich an, als würde ich ihm wohl gar nichts zutrauen, was ja in gewisser Hinsicht auch stimmt. «Natürlich. Den kann ich nicht mitnehmen. Was soll die blöde Frage?» An einer Antwort nicht weiter interessiert, verschwindet er mit einem kurzen Winken zur Tür hinaus.

Er macht also ernst. Mal sehen, wie lange noch.

Wache Mitte wird in Hammerbrook gedreht, einem staubigen Industriegebiet, das im Sommer an den Händen kleben bleibt und in dir das Verlangen nach einer kalten Dusche weckt. Hier findet man kaum Gebäude aus der Vorkriegszeit, allerdings gibt es einen alten, flachen Bau aus rotem Backstein, versteckt in einem Hinterhof. Dort werden sämtliche Szenen gedreht, die auf der Wache spielen. Ein dauerhaft eingerichtetes Polizeirevier, von dem in der Serie behauptet wird, dass es auf St. Pauli liegt.

Als ich mit meinem Fahrrad vorfahre, ist alles ruhig. Keine Kabel, keine Lampen, keine Leute aus dem Team. Nichts deutet darauf hin, dass heute gedreht wird. Soweit ich weiß, hätten sie seit gestern mit den Arbeiten zu meiner Geiselnahmen-Folge beginnen müssen. Nichts und niemand ist zu sehen, aber das muss nichts heißen, vielleicht stehen heute Außendrehs irgendwo in der Stadt an. Andererseits: *Krisensitzung*.

Ich schließe mein Rad ab und gehe durch den Haupteingang in das Gebäude. Im Foyer stehen diverse Requisiten herum, und ich mache den Nachbau des riesigen Tresors aus, der in meiner aktuellen Folge eine wichtige Rolle spielt. Evelyn Lichter wird darin eingeschlossen und kann mittels

ihrer schnellen Auffassungsgabe die Zahlenkombination anhand der Piepsgeräusche an ihre Kollegen weitergeben, sodass sie im letzten Moment vor dem Erstickungstod gerettet werden kann. Ich schaue mir den Tresor etwas genauer an und bin beeindruckt. Normalerweise wird nicht so ein Aufwand betrieben, denn es muss an allen Ecken und Enden gespart werden. Aber was tut man nicht alles, um den Gipsarm der Hauptdarstellerin zu kaschieren?

Ich gehe durch die Tür, die direkt ins Hauptmotiv der Serie führt, vorbei am Empfangstresen und den Büros der Kommissare, in den hinteren Bereich, wo sich die richtigen Büros der Leute befinden, die für die Produktion arbeiten. Philipps Zimmer ist gleich das erste auf der rechten Seite. Ich klopfe an und höre ein knappes: «Ja?»

Als ich die Tür öffne, bin ich überrascht. Dort sitzt das ganze Herrengedeck: Philipp, der Producer, Mohammed, der Produktionsleiter, Jörn, der Herstellungsleiter, und sogar, und jetzt werde ich doch ein bisschen unruhig, Teetje van den Herik, der Produzent, der sonst eigentlich nie in Erscheinung tritt. Alle schauen mich ernst an.

«Hallo.» Ich bleibe zögernd in der Tür stehen.

«Komm rein, Katja.» Philipp winkt mich in den Raum und zeigt auf einen freien Stuhl in ihrer Runde. Ich gebe den

Männern nacheinander die Hand, versuche dabei schon einmal, ihre Blicke zu interpretieren, was mir nicht gelingt, und nehme Platz. Teetje van den Herik, dessen niedlich-niederländischer Akzent zwar blumig und lecker nach Klokjes und Poffertjes duftet, der aber in Wahrheit ein eiskalter Psychopath ist, stiert mich an, als würde er mich gerne beim nächsten Wirbelsturm an die Flügel einer Windmühle fesseln.

Ich beschließe, einfach abzuwarten. Vielleicht täusche ich mich auch, und niemand ist gegen mich. Eventuell ist etwas Schlimmes passiert. Wenn ich mich so umgucke, sind das Beerdigungsgesichter hier am Tisch. Eine Befürchtung drängt sich auf … Oh nein. Das war's. Sie ist tot. Betrunken irgendwo runtergefallen. Oder einfach Leberversagen.

Auf einmal ist es unmöglich, den Mund zu halten, und ich platze heraus: «Ist etwas mit Dorit?»

«Das kann man wohl sagen.» Philipp nickt betont langsam, und irgendwie ist da etwas sehr Aggressives in dieser Bewegung versteckt. «Wie dir vielleicht aufgefallen ist, drehen wir nicht.»

«Ja.» Einfach warten, nicht sprechen. «Um es kurz zu machen, Katja: Wir haben absoluten Produktionsstopp. Bis auf weiteres.» Philipp wartet ab, bis mir überrascht das Kinn runtergeklappt ist, und setzt dann hinzu: «Dank dir.»

«Dank mir?» Ich zeige mit der Hand auf meine Brust, als könnte ich damit eine Verwechslung aufdecken. Aber natürlich bin ich gemeint.

«Wie hat Dorit es formuliert? Der Rat ihrer *sehr guten Freundin Katja …*», Philipp zeigt auch auf mich, «… hat ihr die Augen geöffnet.»

Schon wieder ist die Rede von diesem ominösen Rat, den ich Dorit gegeben haben soll. *Sehr gute Freundin Katja* finde ich übrigens etwas übertrieben, aber das scheint nebensächlich. Auch wenn ich mich absolut nicht erinnere, beschleicht mich jetzt das deutliche Gefühl, dass es *kein* guter Rat gewesen sein könnte.

Plötzlich schlägt Teetje van den Herik laut mit beiden Händen auf den Tisch und brüllt los, als gelte es, mich mit einem Herzinfarkt auszuschalten: «BEN JE GEK?»

Nach dem ersten Schock schauen die anderen zu mir. Ich weiß aber immer noch nicht, wovon eigentlich die Rede ist, und davon ganz abgesehen habe ich die Frage auch nicht

verstanden. Ich spreche kein Niederländisch und finde auch nicht, dass man das voraussetzen kann. «Gek» klingt nach Karneval und könnte demnach vielleicht so was wie «durchgedreht» bedeuten. So wie der Typ hier mit hervortretender *Hulk*-Ader auf der Stirn abgeht, scheint er mir selbst ziemlich gek zu sein.

«Also, ich war an dem Abend … ich trinke sonst eigentlich nie etwas, aber … äh, ich kann mich jetzt nicht so richtig erinnern, was …» Ich stocke. Alles, was ich sage, macht es schlimmer, fürchte ich.

«Sie erinnert sich nicht.» Mohammed, der Produktionsleiter, der eigentlich mit Worten genauso sparsam ist wie bei der Erstellung von Drehplänen, schüttelt fassungslos den Kopf. «Großartig.»

Philipp beugt sich über den Tisch in meine Richtung. «Soll ich dir ein bisschen auf die Sprünge helfen?»

Ich nicke vorsichtig. Eigentlich soll er das nicht, aber es scheint mir eine rhetorische Frage zu sein, die keine ehrliche Antwort verlangt.

«Du hast unserer Hauptdarstellerin gesagt, dass sie Alkoholikerin ist und dringend einen Entzug machen muss.»

Ah.

Jetzt, wo er es sagt, dämmert mir ganz dumpf, dass ich

auf der Tanzfläche etwas in der Art in ihr Ohr gerufen haben könnte. Das war nach etwa sieben von diesen kleinen bitteren Getränken und kurz vor dem Schlag gegen den Kopf.

Philipp reißt mich aus meinen Gedanken. «Dorit ist seit gestern in einer Klinik in Bayern, und ihre Agentin sagt, dass sie sich nun ganz auf ihre Gesundheit konzentrieren will. Kannst du dir eigentlich vorstellen, was das bedeutet?»

Das hat viele Bedeutungen, und ich weiß nicht, auf welche davon er sich bezieht. Er müsste schon etwas konkreter werden. Auf dem Tisch steht heute übrigens gar kein Keksteller. Das hätte mir gleich eine Warnung sein sollen.

«Sie sitzt da und sagt nichts!» Philipp ringt die Hände. Mohammed befindet sich schon in einem Zustand völliger Resignation. Jörn schnaubt verächtlich durch die Nase und wischt sie sich dann schnell mit dem Handrücken ab, weil sich dabei wohl was gelöst hat. Teetje van den Herik knetet seine Finger. Vielleicht, um den Impuls zu unterdrücken, mich zu schlagen.

Ich räuspere mich. «Es tut mir leid, dass es so gekommen ist.» Ich mache eine kurze Pause. «Aber wenn wir mal ehrlich sind, dann war es dringend notwendig, dass sie …»

«KOP DICHT!» Teetje van den Herik springt auf, und Stuhlbeine knallen gegeneinander.

Schnell bin ich still. Van den Herik dreht sich um und stellt sich ans Fenster. Er hat ein breites Fitnessstudio-Kreuz, und sein albern glänzender Anzug reflektiert die Sonnenstrahlen wie die Haut der Vampire in *Twilight*. Wir schauen zu, wie er seinen Rücken einmal durchruckelt, um den Stress abzuschütteln, und dann betont kontemplativ in die Ferne schaut. Er ist ein Feldherr, der mal eben über eine wichtige Kriegsentscheidung sinnieren muss. Ein lächerliches Bild, wenn man bedenkt, dass da draußen nur ein leerer

Parkplatz und ein Gastank zu sehen sind. Wir, seine Untergebenen, warten ehrfürchtig. Nach wenigen Sekunden nickt er Philipp wortlos zu. Das Gespräch kann weitergehen.

Philipp holt tief Luft. Er steht ja auch unter Druck. Sein Chef beobachtet mit Argusaugen, wie er versucht, die Situation wieder in den Griff zu bekommen. Es tut mir leid, dass ich ihn in Schwierigkeiten gebracht habe. Philipp ist eigentlich ein einigermaßen netter Mensch, und wenn ihm endlich ein Freund mal sagen würde, dass sich im Verlauf längerer Gespräche in seinen Mundwinkeln immer diese weißen Speichelkrümel bilden, würde er sich die in Zukunft bestimmt zwischendurch mal wegwischen.

«Katja.» Philipps Stimme ist sehr leise und ruhig geworden. «Sicherlich hattest du gute Absichten, aber Dorit ist eine Schauspielerseele. Sie sagt selbst immer, *Wache Mitte* ist ihr Zuhause.»

«Ja, ich weiß. Das erzählt sie jedem. Vor allem der Presse.»

«Weil es so ist. Du kannst dir sicher sein, dass wir alle hier …», und Philipp zeigt auf die anderen Herren, «… uns nichts mehr wünschen, als dass es Dorit bessergeht …»

Einvernehmliches Nicken. So sehr wünschen sie sich das alle.

«Aber …», Philipp fährt fort, «…du kannst Dorit das Drehen nicht wegnehmen. Sie ist *Schauspielerin.* Das ist eine andere Sorte Mensch. Die ticken anders. Ein Entzug würde sie umbringen.»

«Meinst du das ernst?»

«Natürlich, und du solltest die Sache auch ernster nehmen. Wenn Menschen so lange trinken wie Dorit, dann ist ein Entzug eine gefährliche Sache. Im Sinne von tödlich.»

«Ich gehe davon aus, dass sie medizinisch betreut wird.»

Philipp zuckt mit den Schultern, als wollte er sagen: Ja,

klar. Aber na ja, du weißt schon: Ärzte. Und dann wartet er darauf, dass sein vielsagendes Schulterzucken bei mir irgendeine Wirkung entfaltet. Was es auch tut, denn so langsam verstehe ich, worauf das hier hinauslaufen soll.

«Wollt ihr etwa, dass ich Dorit dazu bringe, den Entzug abzubrechen?»

Nun gerät die Gruppe in Bewegung, alle rutschen auf ihren Stühlen herum, wechseln leicht empörte Blicke und murmeln Abwehrgeräusche.

Teetje van den Herik hebt den Zeigefinger in meine Richtung und sagt: «Na, na, na. Vorsischt.»

Mohammed echauffiert sich: «Also, das hat ja wohl keiner gesagt!»

Jörn ergänzt: «Das wäre doch unverantwortlich.»

Philipp rundet ab mit: «Das wirst du auch nie von uns hören. Es ist nur so, dass das Team jetzt natürlich arbeitslos ist und es nicht nur um Dorit geht.»

«Aber ihr seid doch versichert, oder nicht?» Die können mich hier nicht allein verantwortlich machen. Ich weiß, dass Schauspieler für genau solche Ausfälle versichert werden. Die Herren gucken sich einmal kurz an und schütteln über meine Naivität den Kopf.

Mohammed erklärt es mir: «Dorit ist seit zwei Staffeln nicht mehr versicherbar. Es ist zu viel vorgefallen. Wir haben keine Versicherung gefunden und drehen auf eigenes Risiko.»

Jetzt ist mir das Ausmaß der Aufregung klar. Dorits Entzug bedeutet eine finanzielle Katastrophe für die Produktionsfirma. Trotzdem wage ich einen Widerspruch: «Es war doch klar, dass das nicht ewig so weitergehen kann. Dorit ist krank.»

Der Feldherr zischt über den Tisch: «Das interessiert

doch die Kikjers niet!» Dieses Mal hatte er sich im Griff. Verstanden habe ich es trotzdem nicht.

«Wen?»

«Die *Zuschauer*!» Jörn, der anscheinend im Gegensatz zu mir des Niederländischen mächtig ist, verliert die Geduld mit mir. «Die wollen ihre Evelyn Lichter sehen, *jeden* Mittwochabend!»

Da fehlen mir die Gegenargumente, denn ich weiß natürlich nicht, wie die Menschen sich ihren Mittwochabend vor-

stellen. Ich persönlich gucke ja nicht *Wache Mitte*, aber wenn nicht gedreht wird, bekomme ich auch nicht die letzte Rate für das Drehbuch gezahlt. Das wiederum ist ein Problem, denn irgendwann brauche ich mal wieder Geld. Es wäre also in meinem eigenen Interesse, wenn Dorit wieder nach Hamburg käme und der Dreh beginnen könnte. Aber, widerspreche ich dieser Überlegung, das ist ja alles völlig krank.

«Ich werde das, was ihr von mir erwartet, aber nicht laut aussprecht, nicht machen.»

«Wie bitte?»

«Ich werde Dorit nicht überreden, den Entzug abzubrechen.» Ich höre, wie meine Stimme zittert, und ärgere mich darüber.

Philipp lächelt milde und spricht zu mir wie zu einem Kind, das nicht versteht, dass Weihnachten nur im Dezember stattfindet. «Katja, in einem halben Jahr haben wir zwei Monate Drehpause, dann kann sie doch immer noch in die Klinik. Sie trinkt seit fünfzehn Jahren. Das halbe Jahr schafft sie auch noch.»

Könnte sein, dass er recht hat. Aber vielleicht auch nicht. Diese Spekulationen kommen mir übrigens sehr bekannt vor. Ich habe sechs Jahre bei der Sauferei meiner Mutter zusehen müssen, bevor ich endlich ausgezogen bin. Es ist sowieso schon pervers genug, dass ich in meinem Job seit Jahren dieses Muster wiederhole. Ich schüttle den Kopf über mich selbst und wiederhole dann: «Ich mache das auf keinen Fall.»

Alle schweigen. Das halte ich nun auch nicht so gut aus, deswegen fange ich an, sehr schnell zu sprechen. Dabei versuche ich, konstruktiv zu sein: «Wir könnten doch erzählen, dass Evelyn Lichter eine Fortbildung macht, und ein paar Folgen mit einer anderen Schauspielerin drehen. Das wäre ja vielleicht sogar ganz interessant …»

Ich werde von Jörn unterbrochen. «Glaubst du, die Idee hatten wir noch nicht? Die Bedingung des Senders lautet: Ohne Dorit kein *Wache Mitte*.»

Mmh. Dann habe ich auch keine Lösung.

Philipp spricht Klartext: «Lass es mich anders formulieren. Wenn du bei deiner Haltung bleibst, wirst du nicht mehr für *Wache Mitte* schreiben.»

Obwohl mir diese Drohung auf der Stelle Angst einjagt, würde ich diesen vier Idioten jetzt am liebsten ins Gesicht lachen. Dieser erbärmliche Haufen, der sich in völlige Abhängigkeit von einer Alkoholikerin begeben hat und mich nun erpresst.

«Dann schreibe ich wohl nicht mehr für euch.» Ich stehe auf, und meine Knie sind so weich, dass ich wie durch Sirup zur Tür wate. Ich spüre die Blicke der Männer in meinem Rücken, und meine Hand zittert, als ich die Türklinke runterdrücke. Dann verlasse ich das Büro, und niemand versucht, mich aufzuhalten. Mit schleppenden Schritten gehe ich durch das leere Serien-Set und denke: Jetzt bin ich arbeitslos. Aber ich denke auch: Sollen die ihren Scheiß doch alleine machen. Schlimm genug, dass ich hier überhaupt so lange mitgemacht habe. Ich will damit nichts mehr zu tun haben.

Was für ein verrückter Laden. Ich gehe an dem Tresor im Eingangsbereich vorbei und stoße mit Schwung die schwere Tür auf. Als ich nach draußen trete, blendet mich die Sonne, sodass ich meine Augen mit der Hand abschirmen muss. Ich schließe mein Fahrrad auf und mache mich auf den Weg nach Hause. Während ich die Straßen entlangfahre, überlege ich, dass mein gespartes Geld etwa für ein halbes Jahr reichen wird. Dass gerade niemand auf irgendeinen Text von mir wartet, macht mir keine Angst, sondern im Gegenteil, ich fühle mich von Sekunde zu Sekunde besser. Als hätte jemand in meinem Kopf die Fenster aufgerissen. Ich rufe mir noch einmal die entgeisterten Gesichter von eben in Erinnerung, als ich einfach Nein gesagt habe, und meine Mundwinkel ziehen sich wie von alleine nach oben. Ich glaube, ich bin zum ersten Mal in meinem Leben stolz auf mich. Wie ungewohnt. Und plötzlich muss ich an meinen Vater denken. Vielleicht hat mein Wiedersehen mit ihm nicht nur neue alte Wunden aufgerissen, sondern auch etwas anderes mit mir gemacht? Etwas, was gut und richtig ist?

30.

Dieses Mal betrete ich den Krankenhausflur der Intensivstation allein, ziehe mir einen Schutzkittel über und desinfiziere meine Hände. Als ich am Tresen des Pflegepersonals vorbeikomme, begegne ich einer gestressten Krankenschwester. Zu viele Menschen zwischen Leben und Tod hier.

Ich sage ihr, wer ich bin, und frage: «Wie geht es ihm?»

Sie antwortet: «Unverändert.»

«Ist er allein?»

«Ja. Soweit ich weiß, waren Ihre Mutter und Ihre Schwester heute Morgen hier.»

Ich spare es mir, die Krankenschwester über unsere etwas komplizierte Familienkonstellation aufzuklären. «Darf ich ihn besuchen?»

«Natürlich. Aber bitte nicht zu lang.» Und dann geht sie weiter, weil sie irgendwo gebraucht wird.

Er liegt genauso da wie letztes Mal. Derselbe Anblick, derselbe Geruch, dieselben Geräte mit denselben Geräuschen um ihn herum. Das hat etwas Beruhigendes. Keine Überraschungen.

Ich nehme mir den Besucherstuhl und ziehe ihn an seine Bettseite. Dann setze ich mich und schaue ihn an. Seit ich ihn das letzte Mal gesehen habe, ist in meinem Leben so viel passiert, und er lag die ganze Zeit hier in diesem Bett. Sein Gesicht lässt nichts erkennen, weder Kampf noch Frieden. Es ist schwierig zu sagen, ob mein Vater sich in diesem Schlaf gefangen fühlt. Mir scheint, es ist ein anderer Schlaf als der, den ich kenne und der für mich immer ein Hineinkriechen in mich selbst ist, eine Pause zum Kraftsammeln für das, was als Nächstes kommt, aber – wenn traumlos – auch eine Ahnung davon, wie es ist, wenn nichts mehr ist. Falls mein Vater irgendetwas von dem hier bewusst mitbekommt, dann kann es sich nicht wie Schlaf anfühlen. Dann ist es das schlichte Grauen.

Ich nehme wieder seine Hand und taste eine Weile über seine papierne Haut. Dabei fühle ich mich von mir selbst beobachtet und bin entsetzlich gehemmt. Die Vorstellung, dass meine Stimme die Stille durchbrechen und sich hier ausbreiten könnte, lähmt mich. Dabei kann mich ja niemand hören. Außer meinem Vater, vielleicht. Hoffentlich.

Ich rutsche mit dem Stuhl noch ein Stückchen näher und frage leise: «Kannst du mich hören?»

Nein, so ist das falsch. Keine Ja-Nein-Fragen. Denn *falls* er mich hört, macht es ihn sicherlich wahnsinnig, dass es ihm unmöglich ist zu antworten. Ich kann mir vorstellen, wie wütend ihn das machen würde.

«Was fragst du denn so blöd? Siehst du nicht, dass ich im Koma liege?»

«Entschuldigung, ich weiß nicht, wie das geht. Es ist das

erste Mal, dass ich mit jemandem spreche, der im Koma liegt.»

«Ja, für mich ist es auch das erste Mal Koma, Kati.»

So was in der Art würde er antworten, wenn er noch so ist, wie ich ihn in Erinnerung habe.

«Du weiß, dass Philae sich gemeldet hat, oder?»

«Natürlich. Was glaubst du, wieso ich einen Schlaganfall hatte? Die Nachricht hat mich aus den Schuhen gehauen.»

Ich höre sein dröhnendes Lachen und schaue mich erschrocken im Zimmer um. Wir sind immer noch allein.

Ich sage zu ihm: «Das glaube ich nicht.»

«Und ob du das glaubst. Sonst würdest du dir nicht dieses Gespräch zwischen uns ausdenken.»

«Du hast recht. Wahrscheinlich gab es keinen Zusammenhang zwischen deinem Schlaganfall und Philae. Aber in einem Drehbuch würde ich den sicherlich herstellen.»

Mir fällt ein, dass mein Vater ja gar nicht weiß, dass ich Autorin geworden bin. Zumindest nicht, wenn er mich nicht zwischenzeitlich gegoogelt hat.

«Drehbücher also, mh? Du hattest schon immer sehr viel Phantasie. Eigentlich überrascht es mich nicht. Ich habe nie wirklich geglaubt, dass es dich ins All hinaus zieht.»

Das verletzt mich. Hat er es mir nicht zugetraut? Aber stopp. Das bin alles ich.

Für uns beide sage ich laut: «Ich weiß, dass du nicht mit mir sprichst. Aber egal, was ich hier zu dir sage, immer glaube ich zu wissen, was du antworten würdest.»

«Wir haben fünfzehn Jahre nicht miteinander gesprochen. Wie kannst du wissen, was ich sagen würde?»

Ja, er hat recht. *Ich* habe recht. Natürlich weiß ich es nicht.

Fünfzehn Jahre sind eine sehr lange Zeit. Menschen ändern sich. Vielleicht ist er überhaupt nicht mehr so wie früher.

«Papa?»

«Ja?»

Ich zögere und traue mich nicht.

«Was? Nun sag schon.» Ungeduld in seiner Stimme. Er ist kein Freund der Rumdruckserei.

«Warum hast du dich nie wieder gemeldet?»

Stille. Er liegt da, ein Paralleluniversum hat ihn verschluckt. Die Maschinen pumpen und piepen Leben in ihn hinein, aber nichts deutet darauf hin, dass er hier ist.

«Hast du mich gehört?»

Vielleicht. Aber ich weiß nicht, was er jetzt sagen würde.

Diese Frage kann nur er selbst beantworten. Oder vielleicht die Person, die die letzten Jahre mit ihm verbracht hat.

31.

Ich habe mich oft gefragt, wie mein Vater das gemacht hat. Mich für sich abzuhaken, meine ich. Sich zu sagen: Ich hatte mal zwei Töchter. Die jüngere ist leider tödlich verunglückt, und danach habe ich gemerkt, dass ich die ältere auch nicht mehr haben will. So oder so ähnlich muss es ja gewesen sein.

Natürlich passiert so etwas: Eltern verlassen ihre Kinder. Und es gibt leider noch sehr viel schlimmere Dinge, die Kindern angetan werden, das weiß ich auch. Aber selbst wenn ich meine Geschichte mit anderen vergleiche und dabei noch verhältnismäßig glimpflich davonkomme, bleibt mir sein Verhalten völlig unverständlich. Davon ganz abgesehen finde ich es seltsam, auf das größere Unglück anderer Menschen zu schielen und sich zu sagen, dass man es ja noch ganz gut getroffen hat. Das ist so, wie wenn einem jemand erzählt, dass er an einer schlimmen Krankheit leidet, und man dann nach Hause geht und für fünf Minuten das eigene Leben wieder mehr zu schätzen weiß. Irgendjemandem geht es immer schlechter, und ich finde es schäbig, mich auf Kosten ihrer miesen Lage besser zu fühlen.

Seinen Humor vermisse ich am meisten. Ich erinnere mich an sein laut dröhnendes Lachen. So eins, nach dem andere Leute sich in Restaurants umdrehen, um dann entweder den Kopf zu schütteln oder lächelnd wieder wegzusehen. Lina war das immer peinlich. Sie zog dann den Kopf ein und sagte: «Papa, die gucken wieder alle.» Und er sagte dann in Durchsage-Lautstärke: «Na und? Lass die doch gucken.»

Es war ihm vollkommen egal, was andere von ihm dachten. An besonders achtlosen Tagen konnte man ihn für einen Obdachlosen halten. Es ist nicht gelogen, dass ihm einmal jemand einen Euro in seinen Kaffeebecher geworfen hat, als er vor einem Kaufhaus auf meine Mutter, Lina und mich gewartet hat. Er hatte meistens irgendwelche Flecken auf seinen Hemden, die er mit sehr alten und unmodernen Anzughosen kombinierte, und duschte nur einmal die Woche. Seine Fingernägel waren immer zu lang, und seine Haare ließ er einfach wachsen, bis unsere Mutter es nicht mehr aushielt und sie ihm abrasierte. Im Alltag hatte sie es aufgegeben, ihn zur Körperpflege zu ermuntern. Es hatte keinen Sinn, denn es interessierte ihn einfach nicht. Ich weiß nicht, ob es das Klischee des versponnenen Naturwissenschaftlers erfüllt, wenn jemand so völlig auf die Meinung anderer pfeift, die der eigenen Frau eingeschlossen, aber auch das wäre ihm zumindest vollkommen gleichgültig gewesen. Vielleicht, weil er in größeren Dimensionen dachte. Welche Bedeutung haben schon ungewaschene Haare gemessen an den noch zu erforschenden Weiten des Universums?

Rückblickend fällt mir auf, wie kindisch er war und wie sich ständig alles um ihn drehen musste, denn sobald er schlechte Laune hatte, war ganz schnell gar nichts mehr lustig. Dann wurde aus seinem dröhnenden Lachen eine brummende Druckwelle, die einen jederzeit zu Boden drücken konnte. Wenn etwas nicht so lief, wie er es sich wünschte, das Essen ihm nicht schmeckte oder irgendetwas bei der Arbeit nicht funktioniert hatte, dann verwandelte er sich in einen angespannten Griesgram, dessen fünf Sinne bis aufs Äußerste gereizt waren. In solchen Zeiten musste man Rücksicht nehmen, leise sein, Gerüche und Zugluft vermeiden, sämtliche Lebensäußerungen runterfahren und ausharren, bis die düstere Wolke sich verzogen hatte. Das leise Rascheln eines Bonbonpapiers oder Laikas Bellen konnten Auslöser für einen unbeherrschten Wutausbruch sein.

Nachdem er ausgezogen war und meine betrunkene Mutter tagsüber nur noch schlief, war ich sehr allein. Das Haus war so ruhig, wie mein Vater es sich in seinen schlechtesten Launen immer gewünscht hatte. Alle schienen tot, zu schlafen oder verschwunden zu sein. Diese Stille war bedrückend und monumental, man musste sich ihr unterordnen. Ich ging nur noch auf Zehenspitzen, traute mich kaum mehr, das Licht anzuschalten, und wenn ich Essen in der Mikrowelle aufwärmte und der helle Signalton plingte, war es, als hätte jemand in einem Schweigekloster eine Stadiontröte gedrückt. Das Einzige, was dagegen half, war die Rasierklinge, die mein Vater im Badezimmerschrank zurückgelassen hatte.

Aber damit sollte und wollte ich ja aufhören. Um mich vom Ritzen abzuhalten, kramte ich sämtliche schlechten Erinnerungen an meinen Vater hervor. Ich legte ein mentales Album an, in dem alles Unschöne abgelegt wurde, was ich mit ihm in Verbindung brachte. Wie abwertend er manchmal mit unserer Mutter gesprochen hatte, wie er immer sofort rumschnauzte, wenn man aus Versehen eine Tür knallte, und dass er manchmal einfach aus dem Zimmer ging, obwohl man gerade mit ihm sprach. Und diese Sache mit der Fliege kam auch in das Album. Mein Vater konnte nämlich mit der bloßen Hand Fliegen fangen. Der Trick war, sich der Fliege blitzschnell von hinten zu nähern und bereits einzukalkulieren, dass sie gleich fluchtartig auffliegen würde. Man durfte nicht dort zupacken, wo die Fliege saß, sondern ein Stückchen höher, bestenfalls musste man noch ihre zukünftige Flugrichtung korrekt einschätzen. Er erwischte sie alle und zerquetschte sie für gewöhnlich in seiner Hand, um sie danach in den Komposteimer zu werfen. Einmal, er hatte wieder eine gefangen, sagte er: «Hier, guck mal.»

Ich schaute zu, wie er die Fliege zwischen Daumen und Zeigefinger aus seiner Faust hervorholte. Er hielt sie an ihren Flügeln fest, so, dass ich sehen konnte, wie ihre kleinen Beinchen zappelten. Ich hatte schon unzählige Fliegen mit einer Klatsche plattgemacht, aber diesen Anblick konnte ich nicht gut aushalten. «Lass sie los, Papa.»

Er lachte: «Das merkt die doch gar nicht. Die spüren keinen Schmerz …» Und er hob die andere Hand und riss dem Insekt zum Beweis ein Bein aus.

Ich war entsetzt und rief: «Nein! Das tut ihr doch weh!»

Mein Vater sagte lachend: «Quatsch, Kati. Das sind doch nur die Reflexe», und riss ihr noch ein Bein aus. «Die spüren keinen Schmerz.» Dann riss er das dritte Beinchen aus, und je mehr ich schrie, dass er aufhören sollte, desto genüsslicher fuhr er fort. Vor dem fünften Bein wusste ich mir nicht anders zu helfen, als zu rufen: «Du bist so ein Tierquäler!» Dann hielt ich mir die Augen zu, um es nicht weiter mitansehen zu müssen. Ein dumpfes Gefühl verriet mir, dass er nicht nur die Fliege, sondern auch mich absichtlich quälte.

Mit einem beleidigten Unterton in der Stimme sagte mein Vater: «Mensch, bist du empfindlich! Mann, Mann, Mann …»

Als ich die Hände wieder vom Gesicht nahm, hatte er die Fliege endlich getötet. Er guckte mich an, als sei ich völlig verrückt geworden, weltfremd und verzärtelt, stand auf und verließ das Zimmer.

Wenn ich diese Seite in meinem Erinnerungsalbum aufblätterte, wurde die Sehnsucht etwas weniger, und der Verlust schien mir vorübergehend nicht mehr so groß. Vielleicht hatte er es ebenso gemacht. Sich alle Momente vor Augen gehalten, in denen ich eine Enttäuschung für ihn gewesen war. Zum Beispiel, als ich ihn wegen einer Fliege angeschrien hatte, obwohl Fliegen doch keinen Schmerz spüren. Dummes, empfindliches Kind.

32.

Die Buchhandlung Balke befindet sich in der Bremer Neustadt. Ich fahre mit der Straßenbahn hin und gehe zweimal an dem Schaufenster vorbei, bevor ich mich traue, sie zu betreten. Die Glocke über der Tür bimmelt laut und verschafft mir sofort die Aufmerksamkeit der Frau, die soeben Taschenbücher auf einem Büchertisch platziert. Neben dem Verkaufstresen bewegt sich etwas. Als ich hinschaue und

den Hund sehe, wird mir kurz schwindelig. Laika. Natürlich ist sie hier. Liegt dort und hat wachsam den Kopf gehoben. Sie beschließt, dass ich keine Gefahr bin, und legt ihn wieder auf ihre Pfoten. Erkennt sie mich wirklich nicht?

Ich muss den Blick abwenden, denn das ist zu viel auf einmal.

«Hallo!» Die Frau begrüßt mich mit gewinnender Freundlichkeit, die aber etwas aufgesetzt wirkt. So, als müsste sie etwas überspielen. Kummer, Sorgen, Angst – all die Gefühle, die sie sicherlich hat, wenn sie diejenige ist, für die ich sie halte.

«Hallo.» Ich lächle auch, biege vor ihrem Tisch schnell nach rechts ab und nehme mir irgendein Buch aus dem Regal. Laika folgt mir mit den Augen, rührt sich aber nicht. Ich ignoriere sie. Zum Schein blättere ich interessiert in dem Buch herum, spähe dabei aber heimlich zu der Buchhändlerin hinüber. Sie steht seitlich zu mir und stapelt weiter Bücher. Ihre dunkelblonden Haare sind praktisch kurz geschnitten und wirken nicht so, als würde jeden Morgen sehr viel Zeit mit ihnen verschwendet. Sie trägt keinen Schmuck, aber ein etwas aus der Zeit gefallenes Seidentuch um den Hals, auf dem verschiedene Grüntöne ineinanderlaufen. Vermutlich passt es zu ihren Augen, aber das kann ich von hier aus nicht sehen. Moment – aber das kann nicht sein. Genau den gleichen Schal, nur in Blau, habe ich meiner Mutter vor Ewigkeiten einmal zu Weihnachten geschenkt. Andererseits ist es ja nicht so unwahrscheinlich, dass von einem einfachen Kaufhausschal viele Exemplare im Umlauf sind. Ich beobachte sie weiter. Hier und da erhasche ich mögliche Ähnlichkeiten mit ihren Kindern. Sie ist nicht besonders groß, was bedeutet, dass Joost die Statur seines Vaters geerbt haben muss. Ich stelle mir vor, wie sie an der Tankstelle gegen die Autoscheibe meines weinenden Vaters klopft.

Plötzlich schaut sie zu mir rüber. «Kann ich helfen?»

«Oh, nein, danke. Ich gucke nur.» Ich halte schnell das Buch hoch und tue dann so, als würde ich konzentriert darin lesen. Es scheint ein Liebesroman zu sein, wie ich nun feststelle. Nicht ganz mein Genre. Ich lasse meinen Blick über die Buchrücken schweifen, betrachte das ganze Regal und bin mir plötzlich ziemlich sicher, dass Joost die gesamte Ladeneinrichtung gebaut hat. Die Holzregale sind maßgefertigt. Ich kann mich täuschen, aber ich glaube, ich erkenne seinen Stil wieder.

«Ehrlich gesagt, das kann ich nicht empfehlen.» Die Frau kommt zu mir und nimmt ein anderes Buch zur Hand. «Das hier mochte ich zum Beispiel gern.» Sie reicht mir einen anderen Liebesroman.

«Ah, ach so.» Ich blättere in dem neuen Buch herum und nicke anerkennend, als würde mir durch das bloße Betrachten der Buchstaben einleuchten, dass sie recht hat. «Worum geht's denn da?»

«Das ist die Geschichte einer jungen Frau, die nach einer Krebserkrankung zurück ins Leben stolpert.»

«Klingt etwas deprimierend.»

«Das denkt man erst, aber das ist es nicht. Ganz humorvoll geschrieben. Familie, Liebe, Freundschaft – sehr lebensbejahend. Trotz des Themas.»

Ich werde ganz bestimmt kein Krebsbuch lesen, da würde ich schon eher freiwillig eine Folge *Wache Mitte* gucken. «Na, dann nehme ich das.»

«Wie schön. Soll ich es als Geschenk verpacken?»

«Ja, bitte.»

Sie geht zur Kasse, reißt ein Stück Papier von der Rolle, und ich gucke ihr dabei zu.

Soll ich etwas sagen? Ich habe den richtigen Moment verpasst, oder? Man kommt doch nicht in eine Buchhandlung, lässt sich beraten und sagt dann beim Bezahlen: Übrigens, ich bin die Tochter Ihres Mannes und die Halbschwester Ihrer Tochter. Nur, falls es Sie interessiert, der Hund da, der gehört eigentlich mir. Außerdem habe ich ein Auge auf Ihren wunderbaren Sohn geworfen, aber keine Sorge, ich werde in dieser Richtung nichts unternehmen. Schönen Tag noch.

Nein, das kann man nicht machen. Es wirkt absolut verrückt.

«So?» Sie zeigt mir das verpackte Buch.

«Ja, sehr hübsch. Vielen Dank.»

«Dann macht das bitte 9,99.»

Ich lege ihr einen Schein auf den Tresen, und sie gibt mir das Wechselgeld raus. «Ein Glückscent. Viel Freude beim Verschenken.»

«Werde ich haben.» Ich stecke das Buch in meine Tasche und gehe mit steifen Beinen zur Ladentür. Das läuft anders als gedacht. Ich bin nicht hierhergekommen, um inkognito ein Krebsbuch zu kaufen. Noch drei Meter, dann bin ich draußen. Wenn ich danach wieder reinkomme, wirkt es noch verrückter. Als ich schon die Klinke in der Hand habe, drehe ich mich mit einem Ruck um. «Susanne?»

Sie schaut überrascht auf. «Ja?»

«Ich bin die Tochter Ihres Mannes und die Halbschwester Ihrer Tochter.» Das mit Laika weiß sie ja wahrscheinlich, und das mit Joost behalte ich lieber für mich.

Susanne starrt mich einen Moment ungläubig an. «Katja?»

Ich antworte: «Ja.»

«Oh!» Sie breitet ihre Arme aus, und die weiten Sweatshirtärmel geben ihr Vogelschwingen. Als Adler im Landeanflug kommt sie hinter dem Verkaufstresen hervor und mit schnellen Schritten auf mich zu. Ich kann nichts tun, außer mich von ihr umflügeln zu lassen. Meine Arme werden an den Oberkörper gedrückt. Ich bin wie gefesselt und stelle fest, dass sie dasselbe Waschmittel benutzt wie ich. Als sie mich loslässt und einen Schritt zurücktritt, um mich anzuschauen, hat sie kleine Tränen in den Augenwinkeln, die sie verlegen wegwischt. «Ach, ich kann es gar nicht glauben. Es ist so schön, dich endlich kennenzulernen.»

Und jetzt bin ich in einem engen Reihenhaus ein paar Straßen weiter. Susanne hat mich nach Ladenschluss zum Abendessen eingeladen. Laika hat mich den ganzen Weg hierher ignoriert. Nein, eigentlich hat sie mich immer im Blick gehabt und bloß schlicht gemieden. Mit steifem Rücken und rheumatischen Schlurf-Schritten ist sie immer so gelaufen, dass Susanne zwischen uns war. Befürchtet sie, dass ich sie nach all den Jahren abhole und zu mir nehme? Sie, die einzige Zeugin von damals. Wahrscheinlich ist es mein eigenes mieses Gewissen, aber es fühlt sich an, als würde mich der Hund zutiefst verachten. Susanne ist auch aufgefallen, wie Laika und ich uns meiden, das habe ich genau gesehen. Ich muss ausblenden, dass das derselbe Hund ist, der vor Jahren an Weihnachten mit einer großen Schleife um den Hals unter unserem Weihnachtsbaum saß. Sonst packe ich diese ganze Abendessen-Nummer nicht. Während Susanne unten in der Küche etwas vorbereitet, zeigt Jella mir im ersten Stock ihr Kinderzimmer. Es ist recht klein, wie eigentlich alles in diesem Haus, und seine Fläche wird mindestens zur Hälfte von zwei Möbelstücken ausgefüllt: dem Bett und einem großen Zeichentisch direkt am Fenster. Es ist ein professionelles Ding, dessen Platte man schräg hochstellen kann, und auch die unterschiedlichen Stifte, die auf kleinen Tabletts nach Farben sortiert ausliegen, sehen nicht aus wie die Filzer, mit denen Kinder sonst malen. Eine Wand neben dem Fenster ist mit Korkplatten beklebt, in die unzählige bunte Bilder gepinnt sind.

Ich bleibe erst einmal an der Tür stehen. «Oh. Du malst?»

«Ja, das mach ich am liebsten.» Jella setzt sich auf die Bettkante und macht somit Platz, damit ich auch noch reinkommen kann.

«Darf ich mal gucken?»

«Wenn du willst …» Jella gibt sich gleichgültig, aber ich merke, dass sie auf meine Reaktion gespannt ist.

Ich trete an die Pinnwand und bin sprachlos, denn das, was ich dort hängen sehe, ist für eine Zwölfjährige – soweit ich das beurteilen kann – beachtlich. Jella ist ohne jeden Zweifel sehr, sehr begabt. Ihre Zeichnungen haben Cartoon-Charakter. Ich erkenne einige Figuren aus Animationsfilmen wieder, an denen sie sich ein bisschen herumprobiert hat. Da ist *Shrek*, der gesamte Cast aus *Ice Age*, die Minions, Elsa und Anna aus *Frozen* und viele andere. Manchmal stimmen

Perspektive und Proportionen nicht, aber es ist eindeutig eine Frage der Zeit, bis sie sich das Handwerk angeeignet haben wird. Die Bilder zeigen eine Vorliebe für Slapstick und Pups-Humor, und fast jedes bringt mich zum Schmunzeln.

«Jella, die sind unglaublich toll.»

«Ja?» Sie beißt sich auf die Unterlippe, um das erfreute Grinsen zu verbergen.

«Und wie.» Ich habe noch nicht alles gesehen und gehe weiter an der Wand entlang. Hier kommen vermehrt Jellas eigene Figuren. Katzen in Gymnastikanzügen, Mäuse in Käse-Hochhäusern, Vögel mit Fallschirmen und Pferde beim Stand-up-Paddling – alle lustig und liebevoll überspitzt gezeichnet. Inmitten der Bilder sehe ich eine ganze Serie mit Zeichnungen eines Hundes, der einen Astronautenhelm trägt. Unverkennbar der Hund, dem ich als Kind jeden Abend Gute Nacht gesagt habe.

Ich brauche ein paar Sekunden, um mich zu sammeln. «Das ist Laika, der erste Hund im All, oder?»

Jella steht auf und tritt neben mich. «Ja, genau. Unser Hund wurde nach ihr benannt. Hast du von Laika gehört?»

«Ja.» Ich habe deinem Hund den Namen gegeben. Zusammen mit deiner anderen Halbschwester.

«Nur, weil sich kein Mensch getraut hat, haben sie einfach einen Hund hochgeschickt! Laika ist dabei gestorben.» Jella guckt mich an, und ich sehe, dass sie die Skrupellosigkeit dieses Tierversuchs empört.

«Ja, ich weiß. Ich habe geweint, als ich erfahren habe, dass sie das nicht überlebt hat. Ich hatte lange gedacht, sie lebt irgendwo auf einem anderen Planeten.»

Jella reißt die Augen auf: «Echt? Ich auch!» Mit einem Mal ist sie ganz aufgeregt: «Ich zeichne an einem Laika-Comic. Aber in meiner Geschichte ist sie nämlich nicht gestorben, sondern erlebt ganz viele Abenteuer. Mit Außerirdischen und so. Manchmal kommen auch Astronauten, die sie für Laborexperimente zurück auf die Erde holen wollen, aber dann versteckt sie sich! Sie ist viel schlauer als die!»

Wie kann ein einziger Mensch so niedlich sein? Ich möchte sie am liebsten umarmen.

«Papa findet die Bilder auch gut, aber weißt du, was er gesagt hat?»

«Nein, was denn?»

Sie verdreht die Augen: «Dass das nie so sein könnte, wegen dem Sauerstoff und weil es auf manchen Planeten viel zu heiß oder kalt ist. Und der Treibstoff ist irgendwann leer und von wegen Entfernung und so. Außerdem wäre Laika sowieso längst tot, weil sie ja heute 61 Menschenjahre und sogar 427 Hundejahre alt wäre.»

Typisch. Der alte Faktenscheißer. Mein Herz bricht ein kleines bisschen für Jella. «Oh Mann, ich kann mir genau vorstellen, wie er das gesagt hat.»

Jella nickt und grinst. «Aber weißt du, was *ich* dann gesagt habe?»

Ich schüttle den Kopf.

«Dass es ja wohl meine Geschichte ist und ich das bestimmen darf. Außerdem geben die Außerirdischen Laika immer neues Benzin und Hundekuchen.»

Ich muss lachen. «Recht hast du.»

Jella schaut mich plötzlich ernst an. «Ich habe echt Angst, dass Papa nicht mehr aufwacht. Aber …» Sie traut sich nicht richtig, mit der Sprache rauszurücken.

«Aber was?»

«Ich bin auch sauer auf ihn. Weil er mir nie von dir erzählt hat.»

Kaum hat sie es ausgesprochen, fällt sie mir um den

Hals, nein, eigentlich um den Bauch, und hält sich an mir fest.

Ich weiß nicht wohin mit meinen Händen und lege sie dann vorsichtig auf ihren Kopf. «Das nehme ich ihm auch übel, Jella.»

Von unten ruft Susanne zu uns hoch: «Kommt ihr essen?»

Als ich hinter Jella das Esszimmer betrete, erschrecke ich mich ein bisschen, denn dort steht Joost und deckt den Tisch.

Jella begrüßt ihn mit einem «Du bist ja auch da!» und geht dann an ihm vorbei zu Susanne in die Küche.

Joost kommentiert ihr Durchrauschen mit einem Grinsen und sagt zu mir: «Hey.»

«Hallo.» Um nicht wie eine Idiotin herumzustehen, stelle ich mich neben ihn und helfe ihm beim Verteilen der Teller.

Er unterbricht das Tischdecken und schaut mich an. «Wie war's heute im Krankenhaus?»

«Ich habe mit ihm gesprochen. Allerdings hat es nicht viel gebracht, glaube ich.»

«Das wissen wir nicht. Auf jeden Fall gut, dass du da warst.» Er kümmert sich wieder um das Geschirr. «Und gut, dass du jetzt hier bist.»

Ja, findest du? Ich versuche, mir nichts anmerken zu lassen. Das kann alles heißen. Zum Beispiel: Gut, dass ich wegen Jella hier bin. Vielleicht ist auch gut, dass ich Susanne kennengelernt habe, oder er begrüßt meine Anwesenheit, weil ich eine exzellente Hilfe beim Tischdecken bin. Es muss nicht heißen, dass er sich seinetwegen freut, mich zu sehen. Kein Grund, jetzt ganz flatterig und herzklopfig zu werden. Der Tisch ist jedenfalls fertig hergerichtet, und wenn ich noch länger an den Messern herumschiebe, wirkt es zwanghaft.

Glücklicherweise kommen seine Mutter und Jella mit drei dampfenden Schüsseln herein. Susanne wirkt ein bisschen aufgekratzt und ruft: «Essen ist fertig!» Dabei ist das ja mehr als ersichtlich. Von Laika ist weit und breit nichts zu sehen. Sie hat sich irgendwohin verkrochen, damit ich sie nicht einfangen und nach Hamburg verschleppen kann.

Wir setzen uns alle an den Tisch, und die Schüsseln wandern reihum. Es gibt Hirseplätzchen, Reis und Gemüse.

«Ich hoffe, es schmeckt euch.» Susanne versucht sich ihre Nervosität nicht anmerken zu lassen, aber es klappt nicht. Ich fühle absolut mit ihr, bin aber selbst zu aufgeregt, um ihr zu helfen. Niemals hätte ich gedacht, dass ich einmal mit «der Frau» an einem Tisch sitzen würde. Wieder ein Verrat. Meine Mutter würde aus allen Wolken fallen. Oder, falls sie mich neulich angelogen hat und immer noch trinkt, die Treppe hinunter.

Das Tischgespräch ist durch Jellas Anwesenheit etwas eingeschränkt. Klar ist, dass gewisse Dinge jetzt nicht zur Sprache kommen können. Aber vielleicht ist das auch ganz gut so, denn ich weiß nicht, ob ich gleichzeitig Hirseplätzchen kauen und mich erkundigen kann, wie, wann und warum mein Vater eigentlich Lina und mich den Lethe-Fluss hinuntergeschickt hat. Überhaupt scheint es ein stilles Abkommen zwischen uns Erwachsenen zu geben, dass wir jetzt nicht über den Gesundheitszustand meines Vaters sprechen. Wir alle haben den Wunsch, Jella ein bisschen abzulenken. Aber ich bin so gehemmt, dass ich nicht einfach flockig drauflosplappern kann.

«Es schmeckt übrigens sehr gut.» Für Höflichkeit reicht meine Verfassung noch, auch wenn ich mich anhöre wie eine verklemmte Internatsschülerin. Joosts guckt amüsiert, und unsere Blicke treffen sich irgendwo über der Reisschüssel.

Schnell schaue ich wieder weg. Ich kann ihn nicht ansehen, ohne dass mein Herz sich zusammenzieht und ich fürchten muss, mich unkontrolliert nach vorne zu krümmen.

«Das freut mich.» Susanne hat den Mund viel zu voll, kaut schnell, trinkt einen großen Schluck Wasser, schluckt mit einem hörbaren Glucks und stellt dann plötzlich das Glas mit einem lauten Knall ab. Es bricht aus ihr heraus: «Verdammte Scheiße, ich bin so aufgeregt!»

Jella ist von dem Ausbruch ihrer Mutter etwas unangenehm berührt. «Mama!»

Joost und ich müssen lachen.

Ich schaue Susanne an und versichere ihr: «Ich bin auch total nervös.»

Sie lächelt mir zu. «Na, dann wäre das ja geklärt.»

Von da an wird alles entspannter. Wir unterhalten uns und lachen viel zusammen. Jella imitiert eine Lehrerin, die während einer Mathearbeit in Zeitlupe am Lehrertisch eingeschlafen ist und dann den Abdruck ihres Kugelschreibers auf der Wange hatte. Susanne erzählt von einer Kundin, die ein Buch kaufen wollte, dessen Titel sie aber nicht mehr wusste. «Es ist blau, die Schrift auf dem Cover ist gelb, und es handelt von einer Frau, die sich in einen Mann verliebt.» Susanne konnte ihr anhand dieser rhapsodischen Hinweise leider nicht weiterhelfen, woraufhin die Kundin sie wüst beschimpfte. Joost kritzelt uns auf einem Block die Skizze eines Regals, das er für eine Möbel-Messe bauen wird. Ich stelle hier und da ein paar Zwischenfragen, aber die meiste Zeit höre ich den anderen einfach nur zu und fühle mich wohl.

Irgendwann wendet sich Susanne mir zu. «Katja, warum bist du eigentlich Drehbuchautorin geworden?»

Ich werde das oft gefragt, und eigentlich weiß ich nie, was

ich antworten soll. «Also, am Anfang mochte ich, dass ich so viele Leben leben kann, ohne selbst das Haus verlassen zu müssen.»

Kaum ausgesprochen, schäme ich mich schon für den Satz. Auch wenn es ein Teil der Wahrheit ist, wie dämlich und armselig klingt das denn, bitte? Aber die drei Menschen, vor denen ich mich hier soeben entblößt habe, gucken gar nicht unangenehm berührt oder mitleidig.

Im Gegenteil, Jella pflichtet mir bei: «Man kann überallhin und alles machen, stimmt's?»

Ich nicke. «Ja, und keines der Ereignisse verändert die Wirklichkeit.» Ich mache eine kleine Pause und lenke ein: «Jedenfalls nicht einschneidend.»

Susanne lächelt mich verständnisvoll an. «Das, was du beschreibst, erlebe ich beim Lesen. Es ist nicht dasselbe, aber vielleicht ein bisschen vergleichbar, oder?»

«Ich glaube schon.»

Jella merkt an: «Aber dann gehört Filme gucken auch dazu!»

«Stimmt.» Ich bin ganz ihrer Meinung.

Susanne legt verschmitzt den Kopf zur Seite. «Auch wenn ich als Buchhändlerin natürlich sagen würde, dass Geschichten sehr wohl Einfluss auf die Wirklichkeit haben können.»

Ich muss auch lächeln: «Ja, aber nicht die, die ich schreibe.»

Susanne verzieht den Mund zweifelnd, merkt aber, dass ich gar nicht will, dass man mir widerspricht.

Joost fragt mich: «Du hast gesagt, *am Anfang* mochtest du das alles am Schreiben. Jetzt nicht mehr so?»

«Doch. Aber ich kann natürlich nicht erzählen, was ich will. Es geht nicht nur um mich. Es muss anderen Leuten gefallen, darf nicht die Produktionskosten sprengen und so weiter. Es ist eben ein ganz normaler Job, wie jeder andere auch. Und trotzdem gibt man immer etwas von sich preis, egal, was man schreibt. Man kann sich viel weniger darin verstecken, als ich erst dachte.»

Joost schaut mich an, und ich kann mir ungefähr vorstellen, was er jetzt denkt. Zumindest bin ich mir im Klaren darüber, was ich an seiner Stelle denken würde. Nun ist es doch passiert. Ich habe viel zu viel gesagt.

«Aber warum willst du dich denn verstecken?» Jella wäre nicht Jella, wenn sie da nicht genauer nachfragen würde.

Ich versuche mich mit einem Scherz aus der Affäre zu ziehen: «Damit mich niemand findet.»

Jella lässt sich nicht darauf ein und bleibt ernst. «Aber dann bist du doch immer allein.»

Ich halte mit fester Stimme dagegen, obwohl ich innerlich schon zerbröckle. «Na ja, manchmal ist das ja auch ganz gut.»

Meine Halbschwester guckt mich an, überlegt eine Weile und sagt dann ehrlich erstaunt: «Du bist echt wie Elsa. Nur ohne Eis.»

Sie hat mich aufgespürt. Ich lache verlegen.

Susanne springt mir zur Seite und fragt: «Wo wir beim Thema sind: Wer möchte Eis zum Nachtisch?»

Jella hebt blitzschnell die Hand. «Ich!»

Joost und ich melden uns auch.

«Okay.» Susanne steht auf, und wir stapeln alle die Teller zusammen. Als Joost ihr beim Raustragen des Geschirrs helfen will, springe ich schnell auf und sage: «Lass ruhig, ich mach das.»

Ich folge Susanne in die Küche, und wir räumen schweigend den Geschirrspüler ein. Mit einem Mal vermeiden wir es, uns anzusehen, und die Stimmung ist merkwürdig gedrückt.

Über den Besteckkasten gebeugt sagt sie zu mir: «Danke, dass du gekommen bist.»

Ich kratze über dem Mülleimer Essensreste von einem Teller. «Ist doch klar. In so einer Situation.»

«Nein, ist es nicht.» Susanne steht mit dem Rücken zu mir und trocknet sich die Hände an einem Geschirrtuch ab. Abrupt dreht sie sich um. «Er hat sich nie verziehen, dass er dich im Stich gelassen hat.»

Ich schlucke. «Ich ihm auch nicht.»

Susanne lächelt mich traurig an.

Weil ich es nicht verstehe und sie es mir als Mutter vielleicht sagen kann, frage ich sie: «Wie kann man sein Kind einfach verlassen?»

Sie überlegt einen Moment, weil sie die Worte mit Bedacht wählen möchte. «Ich kann dazu nur sagen, dass das Wort in diesem Zusammenhang *einfach* nicht stimmt. Und alles andere fragst du am besten deine Mutter.»

Wie bitte? Was sphinxt Susanne denn jetzt hier so rum? Mit einem Schlag bin ich wütend, denn in Geschichten liebe ich zwar Geheimnisse, Andeutungen und Cliffhanger, aber im wahren Leben hasse ich so etwas. Ich hole Luft, um sofort nachzuhaken, doch Susanne öffnet das Gefrierfach und fragt aus dem Frostnebel heraus: «Stracciatella oder Pistazie?»

Verstehe. Damit ist das Thema wohl beendet. Wahrscheinlich ist Susanne auch gar nicht die richtige Adresse für meine Frage. Damit muss ich woandershin. Zu meiner Mutter, in die Toskana. Will ich aber nicht, auch wenn Lina genau dort herausgefunden hat, welches ihre Lieblings-Eissorte ist. Nämlich: «Pistazie, bitte.»

33.

Obwohl ich mehrmals beteuert habe, dass ich mir genauso gut ein Taxi rufen kann, hat Joost darauf bestanden, mich zum Bahnhof zu fahren. Nachdem er das Auto geparkt und mich in die Wartehalle begleitet hat, lesen wir auf der Anzeige, dass mein Zug wegen eines Lokschadens ausfällt. Erst in einer Stunde fährt der nächste.

Joost zeigt auf einen Imbiss. «Okay, dann holen wir uns da was zu trinken und setzen uns ein bisschen raus,
oder?»

«Willst du nicht lieber schon nach Hause?» Es ist mir unangenehm, dass er sich jetzt verpflichtet fühlen könnte, mit mir hier am Bahnhof rumzuhängen. Er könnte stattdessen seinen Tisch mit Pflegepolitur einölen, ein Klappbett entwerfen oder einfach schlafen.

«Nein, eigentlich lieber nicht.» Joost geht schon auf den Imbiss zu. «Ich nehme an, du willst eine kalte Cola?»

Wir verlassen mit den Getränken das Bahnhofsgebäude und setzen uns auf die Stufen vor dem Übersee-Museum. Es ist ein lauer Sommerabend, und im Kino um die Ecke scheint die Vorstellung gerade zu Ende zu sein, denn aus der Richtung ziehen gutgelaunte Leute mit zerknüllten Popcorntüten an uns vorbei.

Joost streckt seine langen Beine aus und hakt die Füße übereinander. «Was macht eigentlich dein Arm?»

«Mein Arm? Ach so, alles gut verheilt.» Ich trinke schnell einen Schluck. Mein Arm ist das Letzte, worüber ich jetzt sprechen möchte. Viel lieber und dringender möchte ich mehr über ihn erfahren. Ich habe das Gefühl, ich schaffe es nie, meine Fragen unterzubringen, weil er mir immer zuvorkommt. «Wie ist das eigentlich alles für dich?»

«Na ja. Ich mache mir Sorgen um meine Mutter und Jella.» Er beeilt sich hinzuzufügen: «Um Robert natürlich auch.»

«Aber?»

«Nichts aber.» Joost streicht sich mit den Fingern den Pony aus der Stirn. Zwei Strähnen fallen gleich wieder zurück. «Er und ich stehen uns nur nicht besonders nah. Deswegen ist es für mich entscheidender, wie es den beiden damit geht.»

Ich schaue ihn perplex an. Davon hat er sich bisher nichts anmerken lassen. «Ihr versteht euch nicht gut?»

«Nicht so.» Joost versucht sich an einem Lächeln, was aber ziemlich schief ausfällt. «Das liegt wahrscheinlich daran, dass wir keinen guten Start miteinander hatten. Der Zeitpunkt war nicht so passend.»

«Wegen deines Vaters?»

«Ja.»

Joost sagt nichts weiter, und ich warte, weil ich nicht einschätzen kann, ob er über den Selbstmord seines Vaters sprechen möchte. Nach einer kurzen Pause fährt Joost dann doch fort: «Er hat sein ganzes Leben unter schweren Depressionen gelitten. Irgendwann hatte er wohl keine Kraft mehr.»

Langsam fügt sich in mir ein Bild zusammen. Ich kann nicht sagen, dass es alle meine Fragen beantwortet oder mich gar in Bezug auf meinen eigenen Vater besänftigt, aber ich verstehe die Zusammenhänge etwas besser. «Wahrscheinlich hat das deine Mutter und meinen Vater miteinander verbunden. Beide hatten jemanden verloren.»

Joost nickt. «Sicherlich war das so. Ich hatte allerdings noch mit der Frage zu tun, wie mein Vater sich vor einen Zug werfen konnte, obwohl es meine Mutter und mich gab. Und dann kommt sie mit diesem Kometen-Typen von der Tankstelle an. Ich meine … was sollte das?»

Es ist überhaupt nicht witzig, aber dass er meinen Vater so bezeichnet und die Art, wie er seine damalige Fassungslosigkeit unterstreicht, indem er ratlos die Hände öffnet, bringt mich ein bisschen zum Lachen. Joost schaut mich an, und aus seinem verqueren Schmunzeln wird ein schönes Lächeln. Ich versuche, mir vorzustellen, wie es für ihn gewesen sein muss, als klar war, dass seine Mutter und mein Vater zusammenbleiben würden. «Wurde es irgendwann besser?»

Joost seufzt. «Eher nicht. Ich bin dann für ein paar Jahre ziemlich abgedriftet, meine Grundstimmung war Hass-auf-alles. Ich hatte ständig Stress zu Hause und Ärger in der Schule.» Er lässt den Blick über den Platz schweifen. «Es war für mich einfach nicht zu begreifen, dass die Lebensmüdigkeit meines Vaters größer sein konnte als seine Liebe zu mir.»

Wir schauen uns kurz in die Augen, dann guckt Joost wieder weg.

«Ist es dir irgendwann gelungen?»

«Ja, schon. *Verstanden* habe ich es irgendwann. Und verziehen habe ich ihm auch. Aber, na ja, sein Tod war ein tiefer Einschnitt, und so ganz verheilt das wohl nie. Du kennst das ja auch.» Er lehnt sich kurz gegen mich, streicht mit der Hand sacht über meinen Unterarm und federt wieder zurück. Ich frage mich, warum er ausgerechnet meinen Unterarm berührt. Er weiß, dass ich dort verletzt bin, aber irgendetwas lässt mich glauben, er wisse mehr darüber. Seine Berührungen, und seien sie noch so kurz und flüchtig, haben magnetische Kräfte. Und weil das so schön und so beängstigend ist, habe ich das dringende Bedürfnis, unter einen Stein zu kriechen und erst wieder hervorzukommen, wenn es Nacht geworden ist.

Er zieht seine Beine an, verschränkt die Arme auf den Knien und legt sein Kinn obendrauf. Etwas scheint ihn zu amüsieren. «Sag mal, du erinnerst dich echt nicht, oder?»

«An was?»

«Damals?»

«*Damals* ist jetzt eine ziemlich große Zeitspanne …»

«Im Alsterhaus?»

«Wovon redest du?»

Er grinst und sagt: «*Ich habe doch gesagt, dass du auf mich warten sollst!*»

Ein Zitat? Ich versuche zu verstehen, worauf er anspielt. Wühle in meinem Gedächtnis herum und finde nichts. Doch. Da. Mir fällt die Erinnerung an den blauen Schal meiner Mutter in die Hände. Der Schal, den Susanne heute zufällig in Grün trug. Aber was soll mir das sagen? Ich konzentriere mich und versuche, ihn mir genauer vorzustellen. Da hängt noch das Preisschild dran, und ich fühle mich ertappt, weil ich etwas Unrechtes getan habe … Und … Weihnachtsmusik?

Ich wende meinen Blick zu Joost. Er hebt fragend die Augenbrauen, als wollte er sagen: Weißt du es wirklich nicht mehr?

Ich will schon den Kopf schütteln, aber dann …

Das kann nicht sein! Oder?

Meine Stimme ist so laut, dass sich Leute zu uns umdrehen: «Du warst das?»

34.

Meine Mutter hielt nicht lange durch. Zwei oder drei Monate nachdem ich aus der Klinik entlassen worden war, fing sie wieder mit dem Trinken an. Den genauen Zeitpunkt bekam ich nicht mit, denn natürlich setzte sie alles daran, die Flaschen zu verstecken und den Alkohol-Atem zu verminzen. Die vielen Fisherman's-Friend-Tütchen, die überall griffbereit im Haus herumlagen, waren mir erste Hinweise. Doch ich sagte nichts, denn ich hoffte, dass ich mich täuschte. Meine Mutter war in dieser Zeit, in der sie das Trinken noch vor mir zu verheimlichen versuchte, zum ersten Mal wieder richtig da. Sie ging regelmäßig zur Arbeit, verkroch sich nicht mehr in Linas Zimmer, kaufte ein, kochte für uns und kratzte tapfer all ihre verbliebene Kraft zusammen. Sie zog mich ständig zu sich heran und sagte Sätze wie «Du bist das Einzige, was ich noch habe» oder «Es tut mir alles so leid». Manchmal bemerkte ich im Halbschlaf, dass sie meine Unterarme vorsichtig auf neue Schnitte kontrollierte. Ich ließ sie dann in dem Glauben, dass ich fest schlief. Ich schaffte es weiterhin, mich nicht zu ritzen, denn es hätte unser Zusammensein gefährdet. Auf keinen Fall wollte ich noch einmal zurück in die Klinik. Nach meinem Vater fragte ich nie, weil ich Angst vor der Antwort hatte.

Eines Tages kam ich von der Schule nach Hause, und da lag meine Mutter neben einer Pfütze aus Erbrochenem der Länge nach ausgestreckt im Flur. Ihre Augen waren geschlossen. Eine leere Wodkaflasche war halb unter den Schuhschrank gekullert. Schnell stellte ich meine Schultasche ab und kniete mich neben sie auf den Boden, um zu horchen, ob sie noch atmete. Sie schlief tief und fest. Ich zog meine Jacke aus, holte den Eimer und einen Putzlappen aus dem Besenschrank unter der Treppe und wischte die Kotze auf. Meine Mutter rührte sich nur einmal kurz, murmelte etwas Unverständliches und drehte den Kopf zur anderen Seite. Als ich alles saubergemacht und den Lappen in der Mülltonne verschwinden lassen hatte, wusste ich nicht, was ich nun tun sollte. Ich wollte nicht im Haus sein, wenn meine Mutter aufwachte. Sie sollte nicht wissen, dass ich sie so gesehen hatte. Ihre Scham und die unvermeidlichen Lügen hätte ich nicht ertragen. Alexa war ein paar Wochen

nach der Entlassung aus der Klinik zusammen mit ihren Eltern nach Berlin gezogen. An ihrer alten Schule wurde sie so sehr gemobbt, dass beinahe alles, was sie sich in der Psychiatrie an Selbstwertgefühl zusammengetrommelt hatte, wieder verlorengegangen war. Ihre Eltern hatten nicht lange gefackelt und Alexa einen Neuanfang in einer anderen Stadt ermöglicht. Dort war auch längst nicht alles queer- und regenbogenfreundlich, aber die Schule stand hinter ihr, und mittlerweile hatte sich Alexa wieder gefangen und Freunde gefunden. Wir telefonierten oft und schrieben uns Briefe, aber sie war eben weit, weit weg. An diesem Tag hätte ich sie dringend und leibhaftig gebraucht. Da sie nun mal nicht da war, nahm ich meine Jacke, setzte den Schulrucksack auf und verließ das Haus wieder. Ich würde meiner Mutter gegenüber später einfach behaupten, dass ich nach der Schule mit einer Freundin verabredet gewesen wäre, und sie würde glauben, sie hätte es über den Alkohol hinweg vergessen.

Es war November und eisig kalt. Ich wusste nicht, wohin ich gehen sollte, aber es war klar, dass ich ein paar Stunden draußen unterwegs sein musste. Da fiel mir ein, dass es im Winter in den Kaufhäusern immer so schön warm ist. Ich ging zur nächsten Haltestelle und fuhr mit dem Bus in die Innenstadt, wo überall Weihnachtsdekoration angebracht war.

Plötzlich wurde mir klar, dass in wenigen Wochen Heiligabend war. Das wiederum bedeutete, dass Lina bald ein Jahr tot sein würde. Einmal hatte sich dann die Erde ohne Lina um die Sonne gedreht. Ein Jahr war sie dann schon weg. *Die Welt ist schön, weil du drauf bist.* Meine Schwester war nicht nur nicht zu Hause, nicht nur nicht in Hamburg, nicht nur nicht in Deutschland, nicht nur nicht auf diesem Kontinent, nein, sie war nirgends auf der unvorstellbar großen Erdkugel. Ich konnte mein ganzes Leben lang überall auf der Welt nach ihr suchen und würde sie nie, niemals finden. Vielleicht hatte derselbe Gedanke heute meine Mutter wieder zur Flasche greifen lassen.

Die Fensterscheiben des Busses waren beschlagen, als ich am Gänsemarkt ausstieg. Ein kleiner Weihnachtsmarkt war aufgebaut, es roch nach Mandeln und all dem anderen Zeug, das glücklich machen soll. An einem Stand zur Straße hin standen Leute und aßen Schmalzgebackenes, ihre Jacken und Mäntel waren voller Puderzucker. Aus Lautsprecherboxen dudelte «Leise rieselt der Schnee», dabei blies nur ein unglaublich kalter Wind.

Mit schnellen Schritten ging ich zum Alsterhaus hinüber. Kaum hatte ich das Kaufhaus betreten, stand ich im warmen Gebläse der Schleuse zwischen den Glastüren im Eingangsbereich. Sofort wurde mir warm, und während ich mit meinem Rucksack zwischen den Ständen der Kosmetikabteilung hindurchstreifte, öffnete ich den Reißverschluss meiner Jacke. Ich dachte an meine Mutter und daran, dass ich ihr gerne etwas zu Weihnachten schenken würde. Leider hatte ich nicht genug Geld, um ihr etwas zu kaufen, denn seit Linas Tod waren so profane Dinge wie Taschengeld völlig in Vergessenheit geraten.

Ich fuhr mit der Rolltreppe in den ersten Stock und schaute mich um. An einem Ständer hingen bunte Seidenschals. Ich nahm einen blauen und las das Preisschild. Er würde ihr gefallen. Der Schal war nicht teuer, aber für mich trotzdem unbezahlbar. Ich wollte ihn schon wieder zurückhängen, als mir der Gedanke kam, dass ich ihn eigentlich genauso gut einfach mitnehmen könnte. Ich hatte noch nie geklaut, aber andere aus meiner Schule machten das ständig. Es war nicht einmal eine Diebstahlsicherung in den Stoff geknipst – warum also nicht?

Allein der Gedanke daran, gleich etwas Verbotenes zu tun, gab mir das Gefühl, beobachtet zu werden. Erschrocken drehte ich mich um und sah direkt in das Gesicht eines dünnen Jungen mit einem merkwürdig herausgewachsenen Haarschnitt, der zwei Kleiderständer weiter stand und mich anstarrte. Zumindest glaubte ich das, sehen konnte ich es nicht so richtig, weil seine Brille beschlagen war. Als er merkte, dass ich ihn ansah, drehte er sich um und ging weg. Ich wartete einen Moment, schaute mich weiter in einer Weise um, die ich mit meinen dreizehn Jahren für unauffällig hielt, und knüllte den Schal dabei wie ein Zauberer in meiner Hand zusammen. Vor Aufregung begann ich zu schwitzen, und mein Herz klopfte wie verrückt. Ich versuchte, ruhig ein- und auszuatmen. Mit meiner freien Hand befühlte ich weiter die anderen Schals, als könnte ich mich nicht für eine Farbe entscheiden, während ich mit der anderen den Schal in die Jackentasche steckte. Ich ging zum nächsten Stand und probierte zum Schein noch eine Mütze vor dem Spiegel auf. Dann lief ich zur Rolltreppe und zwang mich, die Stufen nicht hinunterzurennen, sondern ruhig stehen zu bleiben und zu warten, bis ich ins Erdgeschoss befördert wurde. Jetzt wollte ich nur noch raus. Gleich war es geschafft. Im Gehen zupfte ich an meinem Reißverschluss, um die Jacke zuzumachen. Ich ging durch die erste Glastür, und wieder blies mir die Heizung die warme Luft entgegen. Es fühlte sich schon fast wie Sicherheit an. Nur noch ein paar Schritte und dann …

«Moment mal, bitte.» Eine Männerstimme hinter mir.

Raus! Ich ging einfach weiter, hatte schon fast die Tür erreicht, da hielt mich eine Hand an der Schulter fest. «Stopp, habe ich gesagt.»

Ich drehte mich um, und ein Mann im Wildlederblouson guckte mich ernst an. So sahen also Kaufhausdetektive aus. Als normale Leute verkleidet. Ganz schön schlau. «Zeig mal, was du da in deiner Jackentasche hast.»

«Wieso denn?»

«Einmal Tasche leeren.» Er verzog keine Miene. Die Menschen, die an uns vorbeigingen, guckten neugierig, aber keiner blieb stehen.

«Da ist aber nichts drin.» Ich wurde rot.

«Darüber diskutieren wir nicht. Zeigen.»

Ich rührte mich nicht und überlegte panisch, ob es noch irgendeine Möglichkeit gab zu entkommen. Aber der Mann sah ziemlich gut trainiert aus. Was sollte ich jetzt tun? Aufgeben? Wahrscheinlich schon. Es gibt diese Momente, in denen du weißt, du hast keine Chance, und das war so einer. Langsam zog ich den Schal aus meiner Jackentasche.

Der Detektiv verzog triumphierend den Mund. «Ach nee. Was haben wir denn da?»

Ich schwieg. War ja klar, was wir da hatten. Einen Schal.

Er nahm ihn mir aus der Hand und wedelte damit vor meinem Gesicht herum. «Und wo ist der Kassenbon?»

«Wieso?» Ich wusste, dass ich längst überführt war, aber ich wollte noch nicht einknicken. Hoffte auf ein Wunder oder eine unerwartete Alien-Landung auf der Binnenalster. Was dasselbe wäre.

«Der Kassenbeleg, der beweist, dass du diesen Artikel käuflich erworben hast.» Der Detektiv sprach noch lauter, um mich einzuschüchtern.

Nun war es vorbei. Gleich würde die Polizei kommen, mich nach Hause fahren und sehen, dass meine Mutter bis

obenhin voll war. Und dann? Anruf beim Jugendamt? Mein Vater wollte mich nicht, also blieb nur ein Heim, oder nicht? «Ich …»

«Hey! Ich hab doch gesagt, dass du auf mich warten sollst!» Der Junge mit der beschlagenen Brille, die jetzt aber gar nicht mehr beschlagen war, stand plötzlich neben uns. Aus der Nähe sah er älter aus, bestimmt vierzehn, wenn nicht vielleicht sogar schon fünfzehn. Er nutzte unsere Überraschung aus und fragte nicht den Detektiv, sondern mich etwas übertrieben gutgelaunt: «Gibt's ein Problem?»

Ich war zu verblüfft, um zu antworten.

«Ja, allerdings. Die junge Dame hat den Schal hier mitgehen lassen.»

«Nein, nein. Hat sie überhaupt nicht. Hier … eben gekauft.» Der Junge zog sein Portemonnaie aus der Hosentasche und holte einen Kassenzettel heraus. Er reichte ihn dem Detektiv, der ihn ungläubig prüfte und mit dem Preisschild an meinem Schal verglich. «Soll das ein Witz sein?»

Mir stand der Mund offen. Ich verstand überhaupt nicht, was da passierte. Der Junge schaute mich an und gab mir mimisch zu verstehen, dass ich nicht so blöd gucken sollte. Schnell presste ich die Lippen zusammen und begriff, dass ich jetzt mitspielen musste. Ich sagte zu dem Jungen: «Ich dachte, du wärst schon draußen.»

«Nein, ich war noch bei den Handschuhen.»

«Ach so, das wusste ich ja gar nicht!» Wir lachten beide aufgesetzt.

Der Detektiv ließ die Hände sinken und musterte uns wütend. Wir machten unschuldige Augen, und ich hoffte insgeheim, dass wir es nicht zu sehr auf die Spitze trieben.

Der Mann war stinksauer, schluckte die Wut aber runter. «Passt auf, ich könnte euch jetzt mit reinnehmen und mir die Überwachungsbänder angucken …»

Mir sank das Herz in die Hose. Bitte nicht.

«… aber ehrlich gesagt habe ich keinen Bock darauf.»

Er gab mir den Schal zurück und dem Jungen den Kassenbon. «Haut ab. Aber schnell.»

Das musste er uns nicht zweimal sagen. So schnell wie möglich drängten wir uns durch die Tür nach draußen.

Dort sagte ich leise «links, links, links», und wir bogen ganz selbstverständlich ab, als läge dort unser nächstes Ziel. Schweigend gingen wir im Gleichschritt nebeneinanderher in Richtung Weihnachtsmarkt. Nach ein paar Metern blieb ich abrupt stehen und fragte ihn: «Wie hast du das gemacht?»

Der Junge drehte sich kurz in Richtung Alsterhaus um und zog mich dann am Ärmel weiter. «Nicht stehen bleiben. Los, komm.»

Ich folgte ihm die Straße hinunter und insistierte: «Aber wie …?»

Er grinste. «Ich habe gesehen, wie du den Schal geklaut hast und der Typ dich dabei beobachtet hat. Dann bin ich schnell zur Kasse und habe den hier gekauft …» Er zog einen grünen Seidenschal aus seiner Hosentasche. «Deswegen hatte ich den Bon.»

Ich guckte ihn völlig entgeistert an. Jetzt konnte ich sehen, dass er verlegen wurde. Er zog sich seine Kapuze über den Kopf. «Jetzt guck nicht so. Ich hatte die Schals schon vorher gesehen und brauchte sowieso noch ein Geschenk.»

Wir gingen weiter, aber etwas langsamer, und als wir auf die festlich beleuchteten Buden zukamen, fragte ich: «Magst du gebrannte Mandeln?»

Es begann zu dämmern, obwohl es erst vier Uhr nachmittags war. Wir gingen Mandeln essend über den Stephansplatz in Richtung Dammtor-Bahnhof, wo wir über einen hochgebockten Straßenübergang eine sehr seltsame Passage betraten. Die meisten Geschäfte darin standen leer, und nur vereinzelte Boutiquen hatten im funzeligen Licht des Durchgangs ihre Kleiderstangen aufgestellt. Es war nicht so warm wie im Kaufhaus, aber immer noch besser als draußen. Aus den alten Boxen, die überall angebracht waren, knisterten leise Weihnachtsschlager. Wir setzten uns vor ein unvermietetes Ladengeschäft auf den braunrot gekachelten Boden, und es war merkwürdig. Ich hatte in letzter Zeit zu niemandem außer Alexa engeren Kontakt gehabt, und zu Jungs schon mal gar nicht. Jetzt saß ich neben einem völlig fremden Jungen, der rote Pickel an den Schläfen hatte. Ich war nervös. «Danke noch mal wegen vorhin.»

«Kein Ding.» Er versuchte, cool zu sein, und zog seine langen Beine an. Ich mochte seine Unsicherheit.

«Wie heißt du eigentlich?»

Er überlegte kurz, als müsste er sich an seinen Namen erinnern. «Jan. Und du?»

Ich wusste nicht, wieso ich auch zögerte, aber ich wollte in diesem Moment nicht Katja sein. Nicht das Mädchen, das Schuld am Tod ihrer kleinen Schwester hatte, deren Mutter zur Trinkerin geworden war und deren Vater die Flucht ergriffen hatte. Nicht Katja, deren rundliche Unterarme voll roter Striemen waren, die viel zu langsam abheilten. Ich wollte jemand anderes sein. Nur für einen Nachmittag. «Larissa.»

Jan sah mich erstaunt von der Seite an und lächelte dann leicht.

Ich wollte es einfach wissen, deswegen fragte ich ihn: «Warum hast du mir geholfen?»

«Du hättest sonst Ärger gekriegt.»

«Wäre doch meine eigene Schuld gewesen.»

Er grinste. «Ist doch nicht deine Schuld, wenn du so schlecht im Klauen bist.»

Ich musste lachen, aber nur kurz, denn mir fiel wieder ein, warum ich heute überhaupt in der Stadt war. Ob meine Mutter inzwischen wieder zu sich gekommen war? «Der Schal ist für meine Mutter. Ich möchte ihn ihr zu Weihnachten schenken.»

Jan wartete kurz und fragte dann: «Und hast du für deinen Vater auch schon was geklaut?»

Ich schüttelte den Kopf. «Wir feiern Weihnachten ohne ihn.»

«Warum?»

«Er wohnt nicht mehr bei uns. Meine Eltern haben sich getrennt.»

«Weißt du, warum?»

«Ja. Meine kleine Schwester ist vor fast einem Jahr gestorben.» Das habe ich als Larissa erzählt, denn Katja hätte es in diesem Moment nicht erwähnt.

Jan schaute mich an und sagte nichts. Das musste er nicht, denn ich sah auch so, wie leid es ihm tat. Ich wich seinem Blick aus, weil ich mich schämte, dass ich sein Mitgefühl wie ein Schwamm aufsog.

Er sagt leise: «Ich weiß, wie das ist. Mein Vater ist vor anderthalb Jahren gestorben.»

Keiner bewegte sich, und trotzdem waren wir einander nähergerückt. Nur durch das, was wir in diesem Augenblick fühlten. Stur guckten wir geradeaus, und ich fragte mich, ob es in Ordnung war, einfach nicht zu sprechen. Eigentlich verstummte ich immer, damit man mich in Ruhe ließ, aber das war hier nicht der Fall. Es war schön, neben Jan zu sitzen und nicht zu sprechen. Aber ich konnte es nicht genießen, denn ich fragte mich die ganze Zeit, ob es ihm wohl genauso ging.

Plötzlich spürte ich, wie er nach einem unbeholfenen Zögern meine Hand nahm. Unsere Fingerspitzen waren von den zuckrigen Mandeln klebrig. Jan drückte meine Hand leicht, als würde er mir damit etwas Geheimes zuflüstern, für das es keine Worte gab, und ich wagte, mit demselben kurzen Druck zu antworten. Mir wurde heiß, und meine Füße kribbelten. Meine ganze Aufmerksamkeit war in meine Finger gerutscht, die seine warme Haut berührten. Zum ersten Mal im Leben hielt ich die Hand eines Jungen. Eines Jungen, dessen Brille wieder beschlug, weswegen er verlegen lachte. Mit der freien Hand nahm Jan die Brille ab, und ich bereitete mich schon darauf vor, dass er mich gleich loslassen würde, aber er putzte die Gläser einhändig und setzte sie wieder auf. Unsere heißen Hände begannen zu schwitzen, aber keiner ließ los. Wir blieben karamellisiert aneinander kleben und sprachen kein Wort. Stattdessen beobachteten wir die Menschen, die durch die trostlose Passage an uns vorbeiflanierten und auch nicht recht wussten, was sie hier eigentlich sollten.

Irgendwann durchfuhr Jan ein Schreck, und er schaute auf seine Armbanduhr. «Scheiße! In sieben Minuten fährt mein Zug!»

«Dein Zug?»

«Ja, ich wohne in Bremen.»

So weit weg? Enttäuschung drückte mein Herz zusammen. Er sprang eilig auf und zog mich auf die Füße.

Ich kam mit dem plötzlichen Tempowechsel nicht klar und stand verwirrt vor ihm. «Warum warst du dann hier in Hamburg?»

«Ich wollte jemanden besuchen, aber das hat nicht geklappt. Kommst du noch mit?»

Natürlich, was für eine Frage. Gemeinsam liefen wir zum Ausgang. Draußen hatte es inzwischen heftig zu schneien begonnen, und wir rannten Hand in Hand durch den Schneematsch zum Dammtor hinunter. Außer Atem zogen wir uns gegenseitig die Treppe zum Bahnsteig hinauf, wo schon der Zug zur Abfahrt bereitstand. Wir waren keine Sekunde zu früh. Ich folgte Jan bis zur geöffneten Tür. Dort drehte er sich zu mir um. Jeden Moment würden sich die Türen schließen. Jetzt kam schon die Durchsage. Wir standen sehr dicht voreinander, und ich hatte Angst, dass er mich jetzt küssen würde. Aber ich hatte auch Angst, dass er es nicht tun würde. Ich hatte noch nie einen Jungen geküsst, und in diesem Moment hoffte ich, mein erster Kuss wäre mit Jan. Er zögerte schüchtern und schaute mich unsicher an. Er wusste auch nicht so recht. Ein schriller Pfiff zerriss den Augenblick, und damit war es entschieden.

«Ich muss da jetzt rein.»

«Ja. Tschüs.»

Jan ließ meine Hand los und sprang in den Zug. Er stand oben auf der Treppe, und die Tür schloss sich vor seiner Nase. Als der Zug anfuhr, hob er die Hand zum Abschied, und mir wurde erst jetzt klar, dass wir uns nicht wiedersehen konnten. Wir wussten nur unsere Vornamen, und ich hatte ihm auch noch einen falschen gesagt.

35.

«Warum hast du an dem Tag behauptet, dass du Jan heißt?»

«Fragt das Katja oder Larissa?»

Ich versuche das alles in eine sinnvolle Reihenfolge zu bekommen: Neben mir sitzt der Junge, der mir vor vierzehn Jahren geholfen hat, meinen ersten und letzten Ladendiebstahl zu vertuschen. Ich hatte danach noch sehr oft an ihn gedacht und mich gefragt, ob man schon nach einem Tag in jemanden verliebt sein kann, auch wenn man kaum miteinander gesprochen hat. «Das war kein Zufall, dass wir uns an dem Tag kennengelernt haben, oder?»

«Nein. Ich wusste, dass Robert eine Tochter in Hamburg hat.» Joost schraubt seine Wasserflasche auf und trinkt einen Schluck. Er möchte noch ein bisschen Zeit gewinnen. «Ich habe die Schule geschwänzt, mir ein Zugticket gekauft und stand dann vor eurer Tür …»

Während ich die Kotze meiner Mutter aufgewischt habe, denke ich.

«Aber ich habe mich nicht getraut zu klingeln. Als ich gerade wieder gehen wollte, kamst du aus dem Haus und bist in den Bus gestiegen …»

Je mehr Joost erzählt, desto unbehaglicher fühle ich mich. Ich mag ihn gar nicht mehr angucken. Ich sehe mich als Dreizehnjährige ahnungslos durch unseren winzigen Vorgarten gehen, und da tritt der Junge mit der beschlagenen Brille, Joost, nicht Jan, hinter einem Auto hervor … Oder wie muss ich mir das vorstellen?

«Jedenfalls saß ich dann ein paar Reihen hinter dir im Bus und … Was guckst du so?»

«Du bist mir gefolgt?»

«Weil ich dich ansprechen wollte. Ich wusste nur nicht,

wann der passende Moment dafür ist. Im Kaufhaus war ich kurz davor, aber dann hast du den Schal eingesteckt.»

Ich weiß nicht, wie ich das finden soll. Die Erinnerung an den Jungen, der für mich bis eben Jan hieß, ist plötzlich unscharf geworden. Jetzt sehe ich nur noch mich, bloßgestellt. «Was wolltest du denn von mir?»

«So richtig kann ich das auch nicht mehr sagen. Ich glaube, ich wollte wissen, ob es noch eine Möglichkeit gab, deine Eltern wieder zusammenzubringen. Ich wollte Robert loswerden.» Joost lacht verlegen und wird dann wieder ernst. «Da wusste ich noch nicht, dass deine Schwester gestorben war.»

Ich muss an meine Mutter denken, wie sie an dem Tag im Flur lag. In Trauer und Wodka ersoffen, den Schmerz vorübergehend ausgeknipst, wahrscheinlich selber am liebsten tot. Wenn Joost und ich uns damals verbündet hätten, wären meine Eltern heute noch verheiratet? Kaum vorstellbar.

Eine lange Pause entsteht. Ich schaue auf meine Uhr und sehe, dass mein Zug in einer Viertelstunde fährt. Am liebsten möchte ich sofort weg. Ich fühle mich dumm und belogen. Wie arglos ich in der Passage seine Hand gehalten habe, dabei wusste er die ganze Zeit, wer ich bin. Dass mein Name gar nicht Larissa war. Wahrscheinlich hatte er am selben Morgen noch zusammen mit meinem Vater am Frühstückstisch gesessen.

«Bist du sauer?» Joost stopft sich die Hände wieder unter die Achseln. Jetzt ist er wieder ganz zusammengefaltet. Das passt zu seinem Gesichtsausdruck, denn der ist auch geknickt.

«Vielleicht.» Ich will nicht empfindlich und kleinlich sein, aber er hatte die ganze Zeit dieses blöde Geheimnis vor mir.

«Warum hast du nichts gesagt, als wir uns wiedergesehen haben?»

«Keine Ahnung. Weil mir die ganze Aktion heute noch unangenehm ist? Außerdem hast du mich nicht wiedererkannt. Da dachte ich, dass unsere Begegnung für dich vielleicht keine große Rolle gespielt hat.»

Das ist solcher Unsinn, dass ich auflache. «Keine große Rolle? Du hast mich vor dem Kaufhausdetektiv gerettet! Ich hatte gehofft, meinen ersten Kuss von dir zu bekommen!»

Ganz spontan und freudig überrascht fragt Joost: «Ja?»

Das lässt meinen Ärger verfliegen. Ich werde aber auch ein bisschen rot. «Das war doch wohl eindeutig.»

Er lächelt still vor sich hin, zieht die Hände wieder hervor und streckt die Beine lang aus. «Ich habe danach immer wieder überlegt, wie ich die Sache auflösen kann, ohne dass du wütend wirst.»

«Schade, dass du dich nie gemeldet hast.»

«Ja.» Er lehnt sich wieder leicht zu mir herüber, und dieses Mal bleibt er so. Ich wünschte, ich würde keine langen Ärmel tragen, denn dann würde sich unsere Haut berühren. Ich schaue Joost von der Seite an. «Deine Mutter hat vorhin eine Andeutung gemacht, dass damals alles etwas anders gelaufen ist, als ich bisher dachte.»

Joost lächelt. «Na ja, jeder hat seine eigene Version der Geschichte, oder?»

Ich nicke und frage mich, ob ich mich an meiner Version so festklammere, weil ich die anderen nicht hören will. Vielleicht war es mir überhaupt nur möglich, meinen Vater im Krankenhaus zu besuchen, weil er ohnehin nicht mit mir sprechen kann? Habe ich all die Briefe, die meine Mutter mir in den letzten Jahren zu Weihnachten und zum Geburtstag geschrieben hat, ungeöffnet weggeworfen, weil ich Angst davor hatte, dass darin Antworten auf meine Fragen stehen könnten? War das einfacher und sicherer, als endlich mal hinzusehen? Ich höre Alexa sagen: *Da hingehen, wo der Schmerz ist.* Aber wer macht so was schon freiwillig? Vor allem, wenn sowieso schon alles weh tut.

«Musst du nicht langsam mal los?»

Ich schrecke aus meinen Gedanken auf und gucke schnell auf meine Uhr. «Ja, stimmt.»

«Ich bring dich noch.»

Als wir oben auf dem Bahnsteig ankommen, fährt mein Zug ein. Schweigend warten wir, bis alle Leute ausgestiegen sind, und als ich an der Zugtür stehe, drehe ich mich zu ihm um. «Vielen Dank noch mal, dass du mit mir gewartet hast, Jan.»

«Sehr gern, Larissa.»

Wir lachen beide etwas albern und verlegen und öffnen gleichzeitig genauso albern und verlegen die Arme, damit wir uns wie zwei echt gute Kumpel voneinander verabschieden können. Wahnsinnig locker und unverkrampft. Wem wollen wir hier eigentlich etwas vormachen? Für eine rein freundschaftliche Umarmung halten wir uns viel zu lang fest. Wir hätten uns schon längst wieder loslassen müssen, stehen aber immer noch eng umschlungen da. Ich spüre seinen Atem in meinem Haar, und meine Wange liegt an seiner Brust. Das hier ist etwas anderes. Wir merken es beide gleichzeitig. Aus Angst, dass der jeweils andere es schon früher gespürt hat, treten wir erschrocken ein Stück voneinander zurück. Irritiert schauen wir uns in die Augen, um herauszufinden, was der andere denkt. Ich glaube, wir wissen es beide nicht. Und dann, keine Ahnung, warum ich das mache, vielleicht, weil er sich ein kleines bisschen weiter zu mir herunterbeugt, vielleicht, weil ich in seiner Gegenwart

sämtliche Selbstkontrolle verliere, vor allem aber wahrscheinlich, weil das etwas ist, was ich schon vor vierzehn Jahren machen wollte, dann jedenfalls stelle ich mich plötzlich auf die Zehenspitzen und küsse ihn. Bevor es aber überhaupt ein richtiger Kuss werden kann, merke ich schon, dass es ein sehr, sehr großer Fehler war. Joost macht nämlich einen überrumpelten Schritt zurück, hebt die Hände und sagt: «Warte, stopp.» Ungefähr so, wie ein Verkehrspolizist sich einem Radfahrer in den Weg stellt, der auf der falschen
 Straßenseite fährt.

Was habe ich gemacht? Ich schlage die Hände über meinem Kopf zusammen, als würde ich mich vor Steinschlag schützen wollen, beuge mich dazu noch vornüber, weil mir eine unsichtbare Faust in den Bauch geboxt hat, und dazu scharre ich mit den Füßen auf dem Boden herum, um das Feuer aller Peinlichkeiten auszutreten. «Ich weiß nicht, wieso ich … Entschuldigung, ich …»

Eine Durchsage: «Gleis 8, bitte einsteigen. Vorsicht an den Türen.»

Das lasse ich mir nicht zweimal sagen. Ich springe in den Zug.

«Nein, warte!»

Oben drehe ich mich noch einmal um. Joost steht da und sieht ziemlich überfordert aus. «Mir tut es leid. Ich wollte nur … Wir müssen …» Aber offensichtlich weiß er jetzt auch gar nicht so genau, was er nur wollte.

Schnell sage ich: «Ja, ja, schon klar. Ich verstehe das schon. Du musst nichts erklären …»

«Doch, will ich aber! Du sollst ja nicht …»

Nächste Durchsage: «Zurücktreten, bitte!»

Joost macht einen ratlosen Schritt nach hinten, und wie vor vierzehn Jahren zerreißt ein schriller Pfiff den Augen-

blick. Nur mit dem Unterschied, dass ich dieses Mal sehr froh darüber bin. Die Tür fällt vor meinem Gesicht zu. Joost steht da, klemmt die Hände unter die Achseln und guckt mich hilflos an. Der Zug setzt sich in Bewegung. Ich schäme mich so unglaublich, dass ich Joosts Anblick nicht länger ertragen kann und schnell ins Abteil gehe. Dort lasse ich mich mit glühendem Kopf und aufgeschrecktem Herzen in einen Sitz fallen. Welcher Teufel ist in mich gefahren? Nie, nie zuvor habe ich mich in so eine Situation gebracht. Mich so einer Zurückweisung ausgeliefert. Weil ich doch
sowieso immer wusste, dass mir das alles nicht zusteht. Und jetzt falle ich über Joost her, als würde er nur darauf warten? Ich habe mich einfach hinreißen lassen. Ohnehin bin ich in seiner Gegenwart ständig unbeherrscht: renne los, heule los und küsse los. Das ist doch alles völlig verrückt. Am allerverrücktesten ist aber, dass ich für eine Sekunde offensichtlich geglaubt habe, er könne sich nichts Schöneres vorstellen, als mit der autoaggressiven Halbschwester seiner Halbschwester auf dem Bahnsteig zu knutschen. Wenn ich es mir so deutlich vor Augen führe, bekomme ich kleine Schweißperlen auf dem Nasenrücken, so heiß ist mir vor Peinlichkeit.

Mein Telefon klingelt, und ich sehe Joosts Namen im Display. Auf keinen Fall kann ich jetzt mit ihm sprechen. Ich will keine Erklärungen hören, die vor Mitleid triefen. Ich drücke den Anruf weg, schalte das Handy ganz aus und schaue aus dem Fenster. Mein Herz klopft, und ich spüre es bis in die Fingerspitzen pochen. Dieser Druck, wohin damit? Nervös suchen meine Augen nach einem Hilfsmittel, um ihn abzulassen. Da unten liegt ein Kronkorken, die kann man nehmen, das weiß ich … Aber stopp, stopp, stopp. Nein. Ich schiebe meine Hände unter meine Oberschenkel und lehne mich im Sitz zurück. Ruhig atmen und aus dem Fenster gucken, bis der Selbsthass etwas abgeklungen ist. Den Blick auf etwas Schönes richten.

Der Sommerabend und Bremens Vororte ziehen an mir vorbei. Die Menschen sitzen draußen auf ihren Terrassen, und Kinder hüpfen auf Trampolinen. Hier und da qualmt ein Grill. Die Leute nutzen ihre Zeit und sind zusammen. Ich fühle mich von allem abgeschnitten und möchte einfach nur an meinen Laptop verschwinden. In meinen Schreibtunnel schlüpfen und im Schutz der Dunkelheit Leben schreiben, die schöner sind als meins und deren Verlauf ich fest in der Hand habe. In meinen Geschichten darf ich Wünsche in Erfüllung gehen lassen und durch Irrungen und Wirrungen aufs Happy End zusteuern. Nicht umsonst habe ich das Liebespaar in meiner Familienserie Larissa und Jan genannt. Am Ende kriegen sie sich.

Aber ich ahne, dass ich so nicht weitermachen kann. Es ist, wie Jella gesagt hat: Wenn man sich versteckt, ist man allein. Natürlich bin ich nicht ganz allein, denn ich habe Alexa, und seit ein paar Tagen ist da Jella, ein sehr, sehr großes Geschenk. Ja, und irgendwie habe ich vielleicht auch Ratko, wenn es uns gelingt, die merkwürdigen Spannungen zwischen uns zu klären. Er hat ja recht, wenn er sagt, dass ich mich nicht zeige. Ich weiß, dass ich eingekapselt durchs Leben gehe. Egal, wie oft ich mir noch die Haut aufritze, diese Hülle wird sich so nicht öffnen lassen. Der Schmerz sitzt woanders, und dort muss ich hin.

36.

Als ich aufwache, sehe ich nur Ratkos Augen, die mich aus nächster Nähe beobachten. Ein ähnlicher Schreck, wie wenn man durch ein Schlüsselloch linst und auf der anderen Seite macht jemand dasselbe. Ich schreie auf und ziehe mir in einem albernen Reflex die Decke über das Gesicht. «Bist du wahnsinnig, mich so anzustarren?»

Er gräbt mit seiner Hand zu meinem Bauch durch und kneift in den Speck. «Guten Morgen!»

«Guten Morgen.» Ich komme wieder unter der Decke hervor und sehe, dass er gerade erst nach Hause gekommen ist. «Hast du wieder die ganze Nacht gearbeitet?»

«Ja, na ja …» Ratko nickt ausweichend.

Ich möchte, dass wir unseren halben Streit von neulich schnell hinter uns lassen und sage deswegen versöhnlich: «Nur, damit du nicht sagst, ich würde nie etwas erzählen: Ich fliege heute Mittag nach Florenz.»

Ratko ist angemessen überrascht. «Ach was. Okay. Und warum?»

«Zu meiner Mutter.»

«Du hast eine Mutter in Florenz?»

«Ja, in der Nähe von Florenz. Und es tut mir leid, dass wir uns gestritten haben.» Ich gebe ihm einen Kuss und versuche, in seinem Gesicht zu lesen, ob er nicht vielleicht schon etwas weniger wütend ist. «Ich bin kein Alien.»

«Das habe ich gehofft.»

«Aber ich wollte mal Astronautin werden.»

«Echt?» Ratko lächelt bei der Vorstellung und streicht mir dann mit einem nachdenklichen Blick die Haare nach hinten. «Ich muss mit dir reden.»

Das klingt gar nicht gut. «Okay.»

Ich rapple mich auf. Nun sitzen wir nebeneinander an das Kopfteil meines Bettes gelehnt und gucken uns an. Wir sehen aus, als hätte uns ein Regisseur für ein Problemgespräch platziert. In Anspielung darauf imitiere ich mit einem seitlichen Händeklatschen eine Filmklappe und sage: «17/24, die Erste! Und bitte!»

«Sehr witzig.» Ratko schmunzelt kurz und holt dann einmal tief Luft. «Also, wie soll ich anfangen? Es ist … äh, es ist etwas nicht so Gutes passiert, was erst mal natürlich nicht

so gut ist. Aber das Gute daran ist, dass es zu einer guten Erkenntnis geführt hat.»

«Die Betonung scheint also auf *gut* zu liegen.» Ich nicke, damit er weiterspricht. Vielleicht hat er all sein Geld für Flugtickets nach Hawaii ausgegeben (nicht so gut), aber dann gemerkt, dass er lieber hierbleiben möchte (gut).

«Ich weiß nicht, wie ich anfangen soll …» Ratkos Bein beginnt unter der Decke zu zappeln. Ich lege beruhigend meine Hand auf sein Knie, und er bemüht sich, damit aufzuhören.

«Was ist los?»

«Also, es geht um Sofia.»

Die nun wieder. Ein Anflug von Eifersucht. «*Secrets of the Turtle!*» Ich grinse und stoße ihm meinen Ellbogen in die Seite, um zu zeigen, wie locker ich damit umgehe, dass er andauernd an ihrem Internetauftritt herumprogrammiert und sie so viel Zeit miteinander verbringen.

Aber Ratko reagiert nicht darauf. «Jedenfalls, Sofia und ich haben durch die Arbeit ja ständig Kontakt … und letzte Nacht, also … da … also, da haben wir … ich hab mit … wie soll ich sagen?»

«Hauptsache, du sagst es jetzt bald mal.» Ich werde nervös. Es geht ziemlich wahrscheinlich nicht um Tickets nach Hawaii.

Ratko öffnet in einer schicksalsergebenen Geste die Hände. «Na ja. Du weißt schon …»

Weiß ich es? Alles deutet zumindest in eine Richtung. Mir wird ein bisschen übel, denn auf nüchternen Magen zu erfahren, dass der Mann, mit dem du zusammenlebst, Sex mit einer netten Elfe hatte, ist nicht so angenehm. Er versucht sich an einem entschuldigenden Lächeln, das ich ihm sehr gerne aus dem Gesicht ohrfeigen würde. Aber das wäre auch eher eine Filmszene, und ehrlich gesagt ist es keine zehn Stunden her, dass ich Joost geküsst habe. Oder besser: dass ich *versucht habe*, Joost zu küssen. Er ist ja zurückgeschreckt. Die Erinnerung daran treibt mir wieder die Schamesröte ins Gesicht, und die Vorstellung, dass Ratko und Sofia miteinander Sex hatten, lädt noch eine große Schaufel Demütigung obendrauf. Ich weiß gar nicht, was ich fühlen darf. Also nehme ich erst mal die Colaflasche vom Nachttisch, schraube den Verschluss auf und trinke einen Schluck. Zu warm und kaum noch Kohlensäure. «Geht die Geschichte noch weiter, oder kommt Teil 2 erst nächstes Jahr in die Kinos?»

Ratko studiert meine Reaktion, scheint sie aber nicht einordnen zu können. «Katja, es tut mir leid. Es war nicht geplant und ist einfach so passiert. Sofia hatte ayurvedisches Okragemüse gekocht …»

Ich gebe ein übertriebenes Würgegeräusch von mir. Ratko wartet, und weil ich nichts weiter anmerke, spricht er weiter. «Wir haben jedenfalls zusammen gegessen, uns echt gut verstanden und dann …»

«… habt ihr euch einmal quer durch alle Schildkröten-Geheimnisse gesext.»

«So ungefähr.» Ratko guckt zerknirscht, obwohl ihn meine Provokationen auch ein bisschen nerven. «Ich war mir nicht so sicher, ob es dir überhaupt etwas ausmachen würde.»

«Ja, ich bin selbst überrascht.» Ich ziehe die Beine an und stelle die Flasche wieder weg. Wir schweigen. Ratko hat ein richtig schlechtes Gewissen und weiß nicht, wie er jetzt weitermachen soll. Mir geht es genauso. Keine Ahnung, was zu tun oder zu sagen ist.

Ich bin immer davon ausgegangen, dass es passieren könnte. Wir haben nie über Treue oder so was gesprochen. Eigentlich war es also nur eine Frage der Zeit. Ob mit Sofia, irgendeiner anderen Frau oder einem Mann, alles möglich und verständlich. Ratko sieht gut aus, ist charmant, intelligenter, als Alexa behauptet, und dass er seine Komplexe mit großen Reden kaschiert, ist auf den ersten Blick sehr niedlich. Klar, dass das auch mal jemand anderes bemerkt und sich in ihn verknallt. Ich weiß, dass er nur mit mir zusammen ist, weil er sich bei mir entspannen kann und ich nichts von ihm erwarte. Nun ist es eben passiert, und ich habe eigentlich kein Recht, mich zu beschweren. Schon gar nicht nach dem verpatzten Kuss gestern Abend, an den ich nie wieder denken möchte, der aber jetzt in der moralischen Bewertung von Ratkos Nacht mit Sofia eben doch einen stark mildernden Einfluss hat. Er hat sich wahrscheinlich heftig in Sofia verliebt, wird gleich seine Sachen packen und bald mit ihr jede Menge kleiner Babyschildkröten zeugen. Ich versuche, mich an den Gedanken zu gewöhnen, und schon öffnet sich ein großer Schlund der Einsamkeit und droht mich zu verschlingen. Mit leerem Blick starre ich auf die Zimmerwand gegenüber. Was dachte ich denn? Dass niemand merkt, wie ich mir heimlich ein kleines bisschen Glück in die Tasche gesteckt habe? Dass ich Ratko in meine Wohnung schmuggle und mit ihm hier so was wie Liebe imitieren kann, ohne dass es auffliegt?

Ratko bewegt sich neben mir und rückt etwas näher. «Ich möchte noch was dazu sagen … Darf ich?»

Wenn ich ihn jetzt angucke, muss ich heulen, und das will ich nicht. Also nicke ich nur. Gleich ist er eh weg.

«Ich glaube, dass ich wahrscheinlich in dich verliebt bin.»

«Ja?» Er *glaubt*, dass er *wahrscheinlich* in mich verliebt ist. Alexa würde mit dem Kopf schütteln, aber egal. So eine *vielleicht wahrscheinliche Liebe* ist mehr Liebe, als ich bisher je bekommen konnte.

«Es klingt ein bisschen blöd, aber ich bin heute Morgen aufgewacht und habe an dich gedacht. Das musst du dir mal vorstellen: Da liegt diese sehr schöne Frau neben mir, wir hatten echt guten Sex, und ich kann nur an dich denken.»

«Eigentlich möchte ich es mir nicht vorstellen.»

«Ja, Entschuldigung, das war jetzt etwas zu bildlich. Aber Sofia meinte, dass das etwas zu bedeuten hat. Sie hat gesagt, sie lässt mich ziehen und hält mich nicht zurück, wenn ich zu dir will.»

«Meinst du, ich sollte ihr eine Dankeskarte schreiben?»

«Bitte lass uns zusammen sein.» Ratko kommt noch näher und schaut mich ein bisschen verliebt an.

Vielleicht ist das auch ein Schritt in die richtige Richtung? Bei der Vorstellung muss ich lächeln. «Du und ich?»

Ratko schmunzelt. «Ja. Was sagst du?»

Was für eine Frage. Da muss ich nicht lange nachdenken. Ich mag Ratko und nehme gern mehr von ihm, wenn es mir angeboten wird. «Okay, Deal.»

Wir müssen lachen, und weil sich doch das merkwürdige Gefühl anschleicht, dass wir uns beide hier etwas vormachen, küsse ich ihn schnell und schwinge dann meine Beine aus dem Bett. «Ich muss jetzt meine Tasche packen.»

«Wann kommst du denn wieder?» Ratko steht auch auf und bindet sich die Haare zusammen. Dutt-Alarm.

«In ein, zwei Tagen, schätze ich.» Ich stehe vor meinem Kleiderschrank, um meine Sachen zusammenzusuchen. Wie ist eigentlich das Wetter in der Toskana?

Ratko seufzt: «Das wird ganz schön seltsam, wenn ich hier bald alle Zelte abbreche.»

Ich halte in der Bewegung inne. Ah ja, stimmt. Ratko spart hier bei mir ja nur Kraft und Geld für seine Weltreise. Bald ist er weg. Sein sogenanntes Verliebtsein hat natürlich wenig damit zu tun, dass er sich schon halb auf Hawaii wähnt. Vielleicht sucht er bloß verzweifelt nach einem Grund, nicht loszumüssen. Ich drehe mich zu ihm um.

Ratko steht da und schaut mich an. «Ich glaube, ich werde dich vermissen.»

Das kam von Herzen und trifft direkt in meins. Schade, er ist nur geliehen, denke ich.

«Ach, Ratko …» Ich gehe zu ihm und lege meine Arme um seinen Nacken. Er fasst mich um die Taille und zieht mich an sich. Wir umarmen uns, und in diesem Augenblick ist nichts befremdlich. «Ich werde dich auch vermissen.»

37.

Drei Stunden später sitze ich in einer ruhigen Sitzecke im Flughafen und warte, dass mein Flug zum Boarding aufgerufen wird. Joost hat seit gestern Abend viermal versucht, mich anzurufen. Allerdings ohne eine Nachricht zu hinterlassen. Es kann nichts Dringendes sein, denn dass sich der Zustand meines Vaters nicht verändert hat, weiß ich sicher, seit ich vorhin Susanne aus dem Taxi angerufen und mich nach ihm erkundigt habe. Die Ärzte seien nach wie vor verhalten optimistisch, hat sie mir gesagt, und ich ließ Jella viele liebe Grüße ausrichten.

Aber was mache ich jetzt mit Joost? Früher oder später werden wir uns wieder begegnen, schließlich haben wir eine gemeinsame Schwester. Ich überlege noch, ob ich mich zurückmelden soll, da beginnt das Telefon in meiner Hand zu vibrieren. Ein Skype-Anruf von Nicole. Jetzt? Auch das noch. Ich ziehe schnell meine Kopfhörer aus der Tasche, stöpsele sie ein und nehme das Gespräch an.

Auf meinem Display erscheinen Nicole und Markus und rufen unisono: «Hallooooo!» Sie wirken gutgelaunt, was mich erst mal beruhigt.

«Hallo, das ist ja eine Überraschung. Was gibt es denn?»

Nicole strahlt. «Gute Nachrichten! Passt es?» Markus sitzt daneben und grinst.

«Na ja, ich bin am Flughafen, und jeden Moment ist Boarding. Aber für gute Nachrichten habe ich immer Zeit.»

Nicole richtet sich zu einer Ankündigungshaltung auf. «Also, Katja, das Unglaubliche ist passiert. Und an dieser Stelle müsste jetzt eigentlich ein Trommelwirbel kommen …» Effektvolles Innehalten. Ich warte gespannt. Nichts passiert. Nicole möchte den Moment noch etwas überstrapazieren. Markus lacht als Zustimmungskasper in die Kamera.

Ich frage: «Was käme denn nach dem Trommelwirbel?»

Nicole platzt heraus: «Der Sender findet dein Apfelhof-Konzept ganz toll, und sie würden uns gerne treffen!»

«Oh!» Ich kann es kaum glauben. Das ist ja großartig.

«Ja, die sind begeistert. Pass auf, die Mail von der Redakteurin .... hier, hör mal ...» Nicole fummelt auf der Laptop-Tastatur herum. «Wo hab ich sie noch? Ah, hier. Also, Sibylle Behrens schreibt: Die Ansätze des Konzepts von *Der Apfelhof* haben uns grundsätzlich sehr gut gefallen. Selbstverständlich hätten wir von unserer Seite noch einige Anmerkungen, bevor wird über eine eventuelle Weiterentwicklung sprechen können. Lassen Sie uns einen Termin verabreden ...»

Nicole schaut mich erwartungsvoll an.

Grundsätzlich. Einige Anmerkungen. *Eventuelle* Weiterentwicklung. Ich traue mich nicht, mich zu freuen.

«Mmh. Also *begeistert* klingt das ja eher nicht, oder?»

«Waaas? Doch, total!» Markus quittiert meine verhaltene Reaktion mit Empörung. So viel Pessimismus – das versteht er gar nicht.

Nicole fragt: «Meinst du, weil sie noch mitreden wollen? Das ist doch immer so. Die Sender wollen ihr Revier markieren und ein bisschen in die Konzepte pinkeln, das weißt du doch. Aber dass die dich treffen wollen, ist schon ein deutliches Signal dafür, dass die Interesse haben. Davon kannst du echt ausgehen.»

Kann ich? Ich möchte ihnen gerne glauben und traue mich ein bisschen aus der Deckung hervor. «Ich bin auch offen für Kritik. Es soll ja gut werden.»

«Eben!» Nicole hebt zustimmend die Hände, als wollte sie mich segnen. «Und Sibylle Behrens ist auch 'ne Gute. Die will was und kennt sich aus. Guckt alles rauf und runter. Netflix, Amazon, HBO, Showtime. Genau wie wir.»

Okay, ich freue mich jetzt. Das klingt nicht so schlecht. Ich sehe mich schon an meinem Schreibtisch sitzen und das Pilot-Drehbuch schreiben. Draußen der Sommerregen, drinnen ich mit Jogginghose und einem Riesenbecher Eiswürfel-Cola. Die totale Abschottung von allem. Doch dann läuft Ratko durch meine Traumvision, und ich weiß nicht so recht, wohin mit ihm. Aber vielleicht ist er in ein paar Wochen ja auch schon auf Hawaii. «Wow. Das ist ja toll.»

«Ja, richtig toll ist das.» Nicole guckt kurz zu Markus und dann wieder in die Kamera. «Aber eins wäre da noch. Sibylle hat darum gebeten, dass wir uns Gedanken über einen neuen Titel machen. *Der Apfelhof* ist ihr ein bisschen zu trocken. Nicht emotional genug. Da weiß der Zuschauer gar nicht, was er zu erwarten hat.»

Ich finde den Titel auch nicht brillant, aber der Einwand überzeugt mich trotzdem nicht. «Na ja, wenn eine Serie *Der Apfelhof* heißt, wird es sich wohl um eine Serie handeln, die auf einem Apfelhof spielt. Oder?»

Markus stimmt mir zu: «Klar. Aber ich glaube, es wäre von Vorteil, wenn das Wort *Familie* im Titel vorkommt. Weil es ja eine Familienserie ist.» Warum erklärt Markus eigentlich immer alles, was er sagt, direkt im Anschluss? Als hätte er so unfassbar komplizierte Gedankengänge, dass man sie ohne seine Hilfe nicht begreifen könnte.

«Gute Idee.» Nicole nickt bestätigend. «Lasst uns mal zusammen rumspinnen. Verwerfen kann man ja immer alles.»

«Jetzt?» Ich gucke zur Anzeige über dem Gate. Mein Flug geht in 15 Minuten. Es hat sich schon eine Schlange gebildet. Aber Markus hat bereits angefangen: «Familie … Familie und andere Katastrophen … Familie und andere Äpfel … Familie und …»

Nicole überlegt mit: «Obst … Ernte … Saft … Schwierig, es soll ja auch nicht zu banal sein und ein bisschen Witz haben …»

Ich versuche mich zu beeilen. Wieso fällt mir nicht

schnell was Gutes ein? Ich bin völlig auf den Mund gefallen und starre die beiden an, wie sie sich Ideen aus den Fingern saugen. Eben habe ich mich noch über die guten Nachrichten gefreut, und jetzt läuft schon wieder alles in die falsche Richtung.

Markus wiederholt: «Saft … Saft … Eine Familie mit Saft!»

Ich lache laut auf, weil ich es für einen Scherz halte, aber Nicole ruft gleichzeitig: «Super!»

Markus lässt den Titel noch einmal klingen: «Eine Familie mit Saft.»

Nicole lauscht und nickt dann zufrieden: «Nicht schlecht.»

Ich rufe entsetzt in die Handy-Kamera: «Was?»

«Wieso denn nicht? Klingt doch gut. Da haben wir die Familie drin, indirekt das Obst vom Apfelhof, und es gibt noch die witzige Anspielung auf die Redewendung im-Saft-stehen.» Nicole senkt die Stimme vertraulich und zwinkert mir zu. «Katja, seien wir ehrlich: Wir machen hier *Fernsehen.*»

Gefrustet stöhne ich auf. Natürlich ist es nur eine simple Fernsehserie, aber man muss es doch nicht absichtlich noch schlechter machen. «Ich finde den Titel total bescheuert.»

Die beiden frieren kurz ein, weil das ein Widerstand ist, mit dem sie nicht gerechnet haben. Markus fühlt sich persönlich angegriffen, schließlich war es seine Idee: «Und wieso, bitte?»

«Weil es keinen Sinn ergibt. Was soll man sich denn darunter vorstellen? Eine Familie im Saftladen, oder wie?»

«Es ist doch gut, wenn der Titel Fragen aufwirft. Das macht doch neugierig. Man denkt sich: Aha, eine Familie mit Saft? Was ist das denn? Guck ich doch heute Abend um 2015 mal rein.» Nicole drückt zum Beweis eine unsichtbare

Fernbedienung in Richtung des Monitors, der hinter ihr an der Wand hängt. Markus dreht sich doch tatsächlich reflexartig um und guckt, ob da jetzt was angegangen ist. Nicole und ich wechseln einen Blick. Keine von uns verzieht eine Miene, aber ich glaube, wir denken dasselbe.

Nicole macht einen Vorschlag zur Güte: «Katja, das ist ja auch nur ein Brainstorming. Alles nicht in Stein gemeißelt. Lass uns bloß nicht den guten Spirit verlieren. Nicht über so eine Lappalie wie den Titel.»

«Sehr geehrte Fluggäste, Ihr Flug LH019 nach Florenz ist nun zum Einstieg bereit. Bitte begeben Sie sich zum Ausgang C31 und halten Sie Ihre Bordkarten bereit. Wir wünschen Ihnen einen guten Flug …»

«Okay.» Ich gebe mich einverstanden. Es stimmt, wir stehen noch total am Anfang, man kann immer noch alles ändern. Kurzes Zögern, dann traue ich mich: «Sagt mal, wie sieht es denn eigentlich mit einem Vertrag aus? Ich meine, ich habe das Konzept geschrieben, und wenn jetzt ein Sender Interesse zeigt …»

«Ach, gut, dass du das ansprichst, Katja! Natürlich! Ich mache das alles heute noch fertig, dann kriegst du ihn die nächsten Tage per Post.»

Wow. Das ging ja leichter als gedacht. Offensichtlich ist es denen echt ernst, sonst würden sie sich ja nicht die Rechte sichern wollen. «Toll, danke. Die boarden hier jetzt übrigens …»

«Okay, dann guten Flug!» Nicole steht der Tatendrang ins Gesicht gestempelt. «Das wird 'ne ganz tolle Sache hier mit uns. Ich spür das.»

Ich spüre das nicht, aber das muss nichts heißen. Wenn man sich angewöhnt hat, die eigenen Gefühle zu ignorieren, lässt das mit dem Gespür insgesamt ziemlich nach. Das ist ja die Idee dahinter. Aber ich hoffe mal auf Nicoles gesunde Intuition, denn wenn sie richtigliegt, wäre das toll.

«Ich muss jetzt Schluss machen.»

«Ciao, Katja!»

Ich eile zum Schalter und gebe der Stewardess meine Bordkarte. Und während ich da so stehe, spüre ich die leise Hoffnung, dass das gute Nachrichten waren. Die Stewardess lächelt mich an und sagt freundlich: «Ich wünsche Ihnen einen angenehmen Flug.»

Ich bedanke mich und gehe hinter den anderen Leuten durch die Gangway zum Flugzeug. Was ist bloß los? Ich lächle, meine Schritte federn, und alles fühlt sich plötzlich so an, als sei das hier ein Wendepunkt in meinem Leben. Aber in welchem Akt bin ich eigentlich? Wird jetzt alles gut?

38.

Am Flughafen in Florenz angekommen, kaufe ich mir in einem Zeitschriftenladen drei kleine Flaschen Wasser und gehe dann zum Schalter, um mir ein Auto zu mieten. Ich warte zwischen Familien mit verkabelten Pubertierenden und aufgedrehten Kleinkindern, einem streitenden Pärchen und ein paar ungeduldigen Rentnern, die keine Zeit zu verschenken haben. Die Stimmung ist gereizt, und als ich an der Reihe bin, versuche ich zu der Dame am Schalter besonders freundlich zu sein, worauf sie aber mit demselben stoischen Service-Gesicht reagiert wie bei allen anderen.

Als ich das Gebäude verlasse, werde ich fast von der trockenen Hitze erschlagen. Der Wagen, dessen Schlüssel mir ausgehändigt wurde, ist ein babyblauer Twingo, in dessen Armaturleiste alles rund und bauchig ist. Ein Spielzeugauto in groß. Ich fühle mich darin wie ein Teletubby auf Reisen, und die zahlreichen Kreisverkehre, in denen ich ständig die Ausfahrt verpasse und Extrarunden drehe, verstärken das Gefühl noch. Ich muss aufpassen, dass ich mich nicht mit meiner Kopf-Antenne am Autodach stoße. Wenn ich auf meine Hände gucke, die angestrengt das Lenkrad umkrallen, sind es zu meiner eigenen Überraschung keine aus buntem Stoff genähten Fäustlinge.

Nun bin ich also in Italien, sage ich mir selbst. Aber alles fühlt sich irreal an. Natürlich kann auch von Entschlossenheit gar keine Rede mehr sein. Eher frage ich mich, wie ich jemals davon überzeugt gewesen sein konnte, dass die Reise zu meiner Mutter eine gute Idee sei. Jeder verdammte Kreisverkehr stellt mich erneut vor die Frage, ob ich nicht einfach umkehren und zurückfliegen sollte. Aber ich widerstehe allen Fluchtwegen und halte trotz aller Zweifel an meinem Plan fest.

Als ich auf der Autobahn bin, wird es mit der Selbstwahrnehmung und der Unentschiedenheit langsam besser, und es gelingt mir, wieder klar zu sehen: Ich fahre zu meiner Mutter, um ihr ein paar Fragen zu stellen. Kann man machen. Kein Grund durchzudrehen.

Nach knapp einer Stunde Fahrt muss ich in eine Schotterstraße einbiegen, die sich einen Hügel hinaufwindet. Der Weg endet an einer Einfahrt, deren Tor weit geöffnet ist, als würde man mich erwarten. Aber das kann nicht sein, denn ich komme unangemeldet. Ich fahre auf das Grundstück und parke im Schatten eines Olivenbaums. Im Auto sitzend, schaue ich mich um. Das Haus wäre ein schönes Postkartenmotiv. Groß, alt und liebevoll gepflegt. Die grünen Fensterläden aus Holz an den Fenstern im oberen Stockwerk sind geschlossen, wahrscheinlich, um die Tageshitze abzuhalten. An einer Seite sehe ich eine überdachte Terrasse, die mit Wein bewachsen ist und von der dicke Trauben herunterhängen. Auf einem langen Tisch liegt eine schlafende Katze. Mit bunten Blumen bepflanzte Terrakotta-Töpfe stehen herum, und die Wiese des Gartens endet an einem Holzzaun, hinter dem sich der Blick in ein kleines Tal öffnet, über dem orangerot die Abendsonne untergeht.

Ich steige aus dem Auto und gehe staunend auf das Haus zu. Ein vollbehängter Zitronenbaum wächst neben der Haustür. Hier wohnt meine Mutter?

Weil es keine Klingel gibt, benutze ich den Türklopfer. Es ist ein Ring, der im Maul einer grimmigen, mit Trauben gekrönten Messing-Visage hängt. Wenn das Bacchus sein soll, und das glaube ich, dann finde ich es seltsam, dass er hier hängt. Vielleicht als Mahnung? Erinnert er meine Mutter immer daran, dass sie lieber keinen Wein über diese Schwelle tragen sollte?

Drinnen regt sich etwas, ich höre Schritte, und plötzlich beschleicht mich die Befürchtung, dass meine Mutter gleich angesoffen vor mir stehen wird, eine Flasche Wein in der Hand. Und was dann?

Doch als die Tür aufgeht, reicht eine Sekunde, um zu sehen, dass all meine Befürchtungen und Unterstellungen nicht zutreffen. Meine Mutter ist älter geworden, natürlich, aber sie hat auch ein ganz anderes Gesicht als früher. Ihr Blick ist klar und nüchtern, ihre Wangen gebräunt, und der Mund, der sich vor Überraschung leicht öffnet, wirkt so, als hätte er in letzter Zeit oft gelächelt. Das macht er jetzt aber nicht, denn jetzt schlägt meine Mutter ungläubig die Hände davor: «Katja?»

«Hallo.» Ich bin befangen. Mein Magen kribbelt, weil ich mich mit einem Schlag freue, sie zu sehen.

Ich mustere sie von oben bis unten. Wir sind gleich groß, sie ist aber viel schlanker. Doch was ist das für ein Kleidungsstil? Früher trug sie Jeans, weite Pullis und Turnschuhe, und nun steht sie da in einem luftigen Sommerkleid, auf das lauter kleine Kätzchen gedruckt sind. Ihr schwarzes Haar ist mit einem Gummi zu einer schrägen Haarpalme hoch-
gebunden. Ein Kuddelmuddel aus Ketten hängt über ihrer Brust, und ihre nackten Füße stecken in türkisfarbenen Crocs. Es ist natürlich ihre Sache, was sie morgens anzieht, aber seit wann ist sie so mädchenhaft, ein vestimentärer Benjamin Button geradezu? Ich spüre die Überforderung in mein Gesicht krabbeln.

Sie starrt mich an und bricht plötzlich in ein so lautes Lachen aus, dass ich mich ein bisschen erschrecke. «Das gibt es doch nicht!»

Meine Mutter dreht sich um und ruft irgendetwas auf Italienisch, was den Namen *Tommaso* beinhaltet, und sagt dann aufgeregt zu mir: «So eine Überraschung! Der wird aber Augen machen!»

Ich bin wie gelähmt, und ein paar quälende Sekunden warten wir einfach. Kurz darauf taucht ein kräftiger Kerl in kurzer Leinenhose auf und macht, wie meine Mutter angekündigt hat, mit seinen dunklen Augen *aber Augen.* Er hat einen dichten Vollbart, schwarzes, lockiges Haar mit grauen Strähnen, und sein weites Baumwollhemd spannt ein bisschen über seinem kugeligen Bauch. Ein Bud-Spencer-Double. *Sie nannten ihn Mücke.* Er ist mir sofort sympathisch, obwohl ich eigentlich lieber noch etwas länger skeptisch bleiben möchte.

Meine Mutter spricht ihn auf Deutsch an: «Tommaso, guck dir das an. Das ist meine Tochter, Katja.»

«Grüß Gott. Freit mi.» Er gibt mir die Hand. Ich nehme sie und versuche, mir seinen allzu kräftigen Händedruck nicht anmerken zu lassen. Insgesamt geht das jetzt hier in Richtung Reizüberflutung. Ich muss die Dinge nach Wichtigkeit ordnen: Da wäre zunächst dieses toskanische

Postkarten-Anwesen. Das ist überraschend, aber nicht so wichtig. Dann hätten wir hier Tommaso, den zupackenden Italo-Bayern, den Lebensgefährten meiner Mutter. Der kommt in die Schublade Darüber-denke-ich-später-nach. Die Crocs, das Kätzchenkleid und die Haarpalme meiner Mutter sind verstörend, aber oberflächlicher Klimbim, denn an allererster Stelle finde ich unsere Begrüßung völlig missglückt. Wir haben uns ungefähr sieben oder acht Jahre nicht gesehen und wissen beide nicht, wie wir die Situation meistern sollen. Ich merke, wie enttäuscht ich bin, dass meine Mutter mich nicht einfach in den Arm genommen hat. Aber sie macht überhaupt keine Anstalten dazu, entweder, weil sie nicht will, oder, weil sie sich nicht traut. Beides finde ich schrecklich.

Gut, dass es Tommaso gibt, denn der sagt: «Wuist du ned reinkomma?»

«Ach ja, genau! Komm rein, komm rein!» Meine Mutter huscht aufgeregt aus dem Weg, und ich betrete endlich das Haus, wo es deutlich kühler ist als draußen. Tommaso schließt die Tür, und meine Mutter fragt: «Hast du denn gar kein Gepäck?»

«Doch, im Auto. Ich wusste nur nicht, ob … du überhaupt

da bist und ob ich hier schlafen kann. Es gibt in Lucca ein Hotel, da könnte ich …»

«'etz rede aba moi koan Quatsch!» Tommaso hält mir die ausgestreckte Hand hin und sagt mit einer Entschiedenheit, die keinen Widerspruch duldet: «Gibt ma deine Schlüssl, i hole dei Sachn.»

«Okay. Danke.» Ich gebe ihm den Autoschlüssel, und Tommaso verschwindet zur Tür hinaus.

«Er ist wahnsinnig hilfsbereit.» Meine Mutter hat meine Verwunderung bemerkt. «Komm, wir gehen ins Wohnzimmer.»

Ich folge ihr durch eine offene Tür, die vom Flur in einen großen Raum mit weiß verputzten Wänden führt. Die Möbel sind eine Mischung aus italienischen Antiquitäten – oder zumindest sehen sie so aus, wie ich mir italienische Antiquitäten vorstelle – und der Landhaus-Serie von Ikea. Das Katzenthema wird hier in Form von Motivkissen und Porzellanfigürchen aufgegriffen. Ach, und hier im Regal steht ein Teelichthalter in Miezen-Form. Ich gucke mich um. Es wirkt, als hätte sich hier eine Film-Ausstatterin ausgetobt und es hinter dem Rücken der Regisseurin etwas übertrieben. Kein einziges Möbelstück erkenne ich von früher wieder, nichts aus der Vergangenheit hat es bis hierher geschafft.

«Setz dich doch, Katja.» Meine Mutter hat inzwischen auf dem Sofa Platz genommen, ich nehme den Sessel gegenüber. Jetzt erst sehe ich, dass eine apricotfarbene Katze dort zusammengerollt schläft und sich nicht von mir stören lässt. Sie hat nur anderthalb Ohren, irgendetwas ist da mal passiert.

«Möchtest du vielleicht ein Wasser?» Meine Mutter steht schon wieder auf. Wie nervös sie ist.

«Nein, danke. Ich habe eben im Auto was getrunken.»

«Ach so.» Meine Mutter lässt sich wieder zurück aufs Sofa fallen und lächelt unsicher. Ich habe das Gefühl, in einen Spiegel zu gucken, denn ich spüre, dass ich dasselbe Gesicht mache wie sie.

«Entschuldige, dass ich nicht vorher angerufen habe.»

«Ach was, nein, ich freue mich doch. Ich wollte ja neulich schon fragen, ob du nicht mal kommen willst, aber da warst du …» Sie bremst hastig den herannahenden Vorwurf aus

und sagt: «Du wolltest es da noch nicht, glaube ich.»

«Ja, das stimmt.» Ich beobachte argwöhnisch ihre Bewegungen, überprüfe, ob sie nicht doch unbewusst die Lippen aufeinanderreibt. So, wie sie es früher immer gemacht hat, wenn sie nichts mehr zu trinken hatte und ihr Körper danach verlangte.

«Aber jetzt bist du hier.» Sie lächelt angespannt.

«Jetzt bin ich hier.»

Im Flur hören wir Tommaso rumpeln und dann Schritte auf der Treppe. Er scheint meine Reisetasche in den ersten Stock zu tragen.

«Einfach so?» Meine Mutter lacht nervös auf, weil ihr klar ist, dass die Frage ziemlich misstrauisch klingt.

«Was?»

«Bist du einfach so gekommen, oder ist etwas Bestimmtes?»

«Zum Beispiel?» In mir blähen sich verschüttete Aggressionen auf, und ich kann sie kaum zurückhalten.

«Weiß ich ja nicht. Vielleicht brauchst du irgendetwas.»

Ich schnaube. «Meinst du Geld?»

Sie antwortet defensiv: «Könnte ja sein.»

«Nein, ich brauche kein Geld, Mama. Ich bin gekommen, weil ich dich ein paar Dinge fragen möchte. Zu früher.»

«Oh, ach so.» Jetzt verschließt sich ihre Miene. Das scheint ihr nicht zu gefallen.

«Wenn du nichts dagegen hast.»

«Kommt drauf an.»

«Worauf?»

«Vielleicht ist es ja etwas, über das ich nicht sprechen möchte.»

Ich nicke stumm und merke, wie ich immer wütender werde.

Sie steht schon wieder auf und streicht sich das Kleid glatt: «Hast du eigentlich gar keinen Hunger?»

Ich fasse noch einmal zusammen: «Nein, ich habe keinen Hunger. Ich habe auch keinen Durst, und ich brauche kein Geld. Ich möchte mit dir sprechen.»

Meine Mutter bleibt unschlüssig stehen. «Aber bist du nicht müde von der Reise? Du bist doch erst angekommen. Das ist doch komisch, sich hier gleich hinzusetzen und so ernste Gespräche zu führen …»

Sie wirkt so hilflos, dass ich mich verantwortlich fühle. Offenbar möchte sie sich Zeit verschaffen und alles noch ein bisschen hinauszögern. Auch, wenn ich wiederum Angst habe, dass mir auf die lange Strecke vielleicht selbst der Mut ausgeht, ist mir klar, dass das ihr gutes Recht ist. Ich habe jahrelang ihre Kontaktversuche ignoriert, und nun platze ich in ihr Zuhause und will sie zur Rede stellen.

«Vielleicht hast du recht. Ich bin ziemlich kaputt und würde gerne duschen, wenn das geht?» Ich erhebe mich und rücke das Katzenkissen zurecht, das ich versehentlich platt gesessen habe.

Die Stimme meiner Mutter überschlägt sich fast. «Aber natürlich! Du kannst auch baden. Oben haben wir eine Wanne. Und wenn du fertig bist, dann essen wir etwas zusammen, ja? Tommaso kocht ganz großartig.»

«Wunderbar.» Ich antworte mit leichtem Schwung in der Stimme, um mal den Druck aus der Situation zu nehmen. *Wunderbar*. Ein Wort, das ich noch nie laut ausgesprochen habe, glaube ich, aber neulich im Kopf hatte, als ich vor Susanne stand und an Joost dachte. Wäre gut, wenn er mal aufhören würde, sich ständig in meine Gedanken zu schleichen.

Das Gästezimmer ist auf reizende Weise winzig und etwas dezenter möbliert als die Zimmer im Erdgeschoss. Ein schmales Metallbett steht darin, welches in der Zwischen-

zeit wohl schon von Tommaso frisch bezogen wurde. Ein schützendes Mückennetz hängt sorgfältig drapiert bis zum Boden hinab. Am Fenster steht ein kleiner verschnörkelter Holz-Sekretär und davor ein passender Stuhl. Beides sieht eher dekorativ und unbequem aus. Ein seifiger Geruch hängt in der Luft, der, wie ich jetzt entdecke, von den vier Lavendelsäckchen herrührt, die zur Mottenabwehr in dem alten Kleiderschrank liegen. Ich fühle mich fremd, aber der Raum ist in seiner Kargheit freundlich zu mir.

Ich setze mich auf das Bett und schicke Alexa eine SMS: *«Bin gut angekommen. Ich glaube, sie trinkt nicht mehr. Außerdem lebt sie mit einem bayerisch synchronisierten Bud Spencer zusammen. Gleich gibt's Essen.»*

Ihre Antwort kommt prompt: *«Bist du so durcheinander, wie es klingt?»*

Ich schreibe: *«Schlimmer.»*

«Soll ich kommen und Terence Hill mitbringen?»

Allein, dass sie fragt, macht, dass ich mich nicht mehr ganz so allein fühle. Das Beste ist aber, dass sie es nicht nur so schreibt, sondern wirklich sofort kommen würde. *«Nein, musst du nicht. Aber danke.»* Ich schicke ihr noch ein Herz hinterher, lege das Handy weg und lasse mich rückwärts auf die Matratze fallen.

Ich bin bei meiner Mutter, sage ich mir, und obwohl das eine so simple Feststellung ist, kommt es mir surreal vor. Wie kann ein Mensch einem gleichzeitig so vertraut und so fremd sein? Unten ist die Frau, die mich liebevoll getröstet hat, wenn ich hingefallen bin. Die mir erklärt hat, dass man sich gegen Ungerechtigkeit wehren und sich auf die Seite der Schwächeren stellen muss. Dass man zu Kindern, die nicht nett sind, erst recht freundlich sein soll, weil sie dann irgendwann auch nett werden. Sie hatte immer so ein großes Herz, und es ist meine Schuld, dass es in tausend Fetzen zerrissen wurde. Aber jeder meiner Versuche, sie vom Alkohol loszubekommen, scheiterte, und sie hatte sich irgendwann gänzlich aufgegeben. Alexa entging nicht, dass ich nach sechs Jahren Zusammenlebens mit meiner suchtkranken Mutter keine Kraft mehr hatte. Schließlich sprach sie ein Machtwort: «Du musst da raus. Sofort.» Sie hatte recht. Ich konnte wirklich nicht mehr, war verzweifelt und wütend, und so packte ich eine Woche nach meinem achtzehnten Geburtstag mit einem immens schlechten Gewissen meine Sachen, um zusammen mit Alexa in eine WG auf St. Pauli zu ziehen. An diesem Tag brach ich den Kontakt zu ihr ab und versuchte, sie zu vergessen. Wie der Vater, so die Tochter.

Mein Handy klingelt. Es ist Joost. Rangehen? Ja, ich sollte das endlich hinter mich bringen. Alles andere ist doch albern. Augen zu und durch. «Hallo.»

«Hey.» Er klingt überrascht. Wahrscheinlich hat er nicht damit gerechnet, dass ich überhaupt noch mal ans Telefon gehe, wenn er mich anruft. «Wo bist du gerade?»

«Bei meiner Mutter.»

«Oh, du bist tatsächlich nach Italien geflogen?»

«Ja, aber ich weiß noch nicht, ob das so eine gute Idee war. Ich bin eben erst angekommen.»

«Kannst du denn dann im Moment überhaupt sprechen?»

«Doch, doch. Ich bin allein in meinem … im Gästezimmer.»

«Okay. Gut.» Er holt einmal tief Luft. «Also, ich wollte noch einmal wegen neulich mit dir sprechen. Der Kuss am Zug …»

Ich korrigiere schnell: «Der ja gar kein richtiger Kuss war …»

«Ja. Aber einer werden sollte, oder nicht?»

Ich muss es wohl zugeben. «Wahrscheinlich schon.»

«Gut. Ich würde dir nämlich gerne erklären, warum ich mich so idiotisch verhalten habe. Falls du es wissen möchtest?»

«Bisher hatte ich den Eindruck, dass *ich* die Idiotin von uns beiden war.»

«Nein, überhaupt nicht. Im Gegenteil …» Er wählt seine Worte mit so viel Vorsicht, dass ich mich allein davon schon gedemütigt fühle. «Ich war nur überrumpelt und habe mich in dem Moment gefragt, ob das nicht ein Fehler ist, wenn du und ich … Ich dachte, wenn das schiefgeht, wird schnell alles schwierig, schließlich ist da auch noch Jella …»

Oh nein, ich will es doch nicht hören! Er soll das gar nicht aussprechen. Ich möchte nicht behutsam erklärt bekommen, warum zwischen ihm und mir niemals etwas sein kann. Ich weiß das doch alles schon selbst. Es gibt keine Liebe für mich.

Hastig unterbreche ich ihn: «Ja, Fehler! Absolut! Dachte ich auch gleich danach. Das war einfach total bescheuert von mir. Ich weiß auch nicht, was mit mir los war.» Es ist plötzlich still in der Leitung, und das verunsichert mich noch mehr. Also spreche ich weiter. «Lass es uns bitte einfach vergessen, ja?»

Joost scheint ein bisschen vor den Kopf gestoßen, was ich ihm nicht verdenken kann, denn schließlich habe ich ihn überhaupt nicht ausreden lassen. «Du willst, dass wir so tun, als wäre es nie passiert? Das ist ein bisschen merkwürdig.»

«Überhaupt nicht. Wir sind doch gut darin. Meinen betrunkenen Anruf bei dir haben wir auch einfach ignoriert. Du sagst nichts, und ich sag auch nichts. Das geht. Ich verspreche dir außerdem, dass so was in der Art nicht mehr passieren wird. Ich habe mich absolut im Griff.»

«Aha.» Ist er jetzt erleichtert, dass er sich die Zurückweisung sparen kann?

Leider finde ich die Situation so unerträglich, dass ich nicht aufhören kann zu reden. Ich scherze um mein Leben: «Alles eine Frage der Selbstkontrolle. Ich habe neulich gelesen, dass man Disziplin wie einen Muskel trainieren kann. Man soll sich zum Beispiel überwinden, zwei Wochen lang mit der schwächeren Hand die Zähne zu putzen. Das mache ich jetzt.»

«Ah. Und?» Joost rettet sich in ironische Distanz. Was soll er auch sonst machen?

«Hilft schon.»

«Okay. Also keine betrunkenen Komplimente und spontanen Küsse mehr.»

«Nein. Gefahr erkannt, Gefahr gebannt.» Klappe halten. Sofort. Wieso gibt es hier in der toskanischen Einsamkeit eigentlich keine Funklöcher? Oder ist da jetzt eins? Es ist auf einmal so ruhig in der Leitung.

Doch dann sagt Joost: «Na dann. Ich bin zwar nicht richtig zu Wort gekommen, aber ich denke, es ist wohl trotzdem geklärt. Oder?»

«Ich denke auch.» Für den unwahrscheinlichen Fall, dass er irgendetwas anderes hatte sagen wollen, als dass er nicht mit mir zusammen sein will, habe ich das hiermit jedenfalls zunichte gemacht.

«Okay, dann wünsche ich dir noch viel Glück für das Gespräch mit deiner Mutter.»

«Danke. Auch dafür, dass du noch mal angerufen hast, um diese Sache zu besprechen.»

«Klar, hätte doch sonst immer zwischen uns gestanden.»

«Eben. So was ist immer blöd.»

«Jetzt hingegen: alles cool.»

Okay, da höre ich einen sarkastischen Unterton. Ich wage mich noch einmal aus der Deckung. «Bist du sauer?»

«Nein, überhaupt nicht. Mach's gut, Katja.»

«Du auch.»

Wir legen auf. Ich drehe mich auf die Seite und krümme mich vor Scham. Das Gespräch spult sich in meinem Kopf von selbst zurück und fängt noch einmal von vorne an. Ein Podcast meiner Unfähigkeiten. Ich kann es nicht ausschalten und bin gezwungen, es bis zum Ende anzuhören. Danach weiß ich, dass das Kapitel Joost hiermit endgültig abgeschlossen ist. Auch wegen Ratko, der immer nach hinten in die Unschärfen rutscht, wenn Joost ins Bild tritt. Das Problem zumindest wäre ab heute auch gelöst.

Meine Reisetasche steht auf dem Boden, und ich nehme mir ein paar frische Klamotten heraus, um damit ins Bad zu gehen. Als ich den Flur betrete, höre ich unten die Stimme meiner Mutter, die mit nur mühsam in Schach gehaltener Aufregung mit Tommaso diskutiert. Einen Moment bleibe ich mit angehaltenem Atem stehen, um zu hören, was sie besprechen. Aber ich kann nichts verstehen. Die alten Steinwände verschlucken alles.

Ich gehe weiter und öffne die Tür, hinter der ich das Bad vermute, und stehe unvermutet im Schlafzimmer. Bunte, luftige Vorhänge, ein breites Doppelbett und daneben auf jeder Bettseite ein kleines Schränkchen. Wie aus dem Nichts huscht plötzlich eine Katze zwischen meinen Beinen hindurch aus dem Zimmer. Mein erster Impuls ist, mich auch sofort wieder zurückzuziehen, aber dann bleibt mein Blick an einem Foto hängen, das auf einem der beiden Nachttische steht. Es befindet sich in einem silbernen Rahmen mit schräger Stütze, auch wenn das Bild darin zu weit weg ist, erkenne ich sofort die vertraute Szenerie. Ich spüre, wie sich mir die Brust zuzieht. Ist es *das* Foto, für das ich es halte? Leise betrete ich das Zimmer und gehe auf das kleine Schränkchen zu. Ich nehme den Rahmen in die Hand und setze mich auf die Bettkante. Natürlich ist es das Foto. Zwei Mädchen, von Kerzenlicht in ein zauberhaftes Licht gehüllt, Hand in Hand mit ungläubigen Gesichtern in einem Türrahmen. Lina und ich an unserem letzten gemeinsamen Weihnachtsfest. Von unserer Mutter fotografiert, als wir Laika unter dem Tannenbaum entdeckten und unser größter Wunsch in Erfüllung gegangen war. Ich erinnere mich genau und weiß, wie meine Eltern dastanden und sich über unser grenzenloses Glück freuten. Nie habe ich dieses Bild zu sehen bekommen. Ich dachte, es sei in irgendeiner Schachtel verschwunden, dabei hatte es die ganze Zeit hier einen Ehrenplatz. Ich mache mir klar, dass unsere Mutter es täglich abends vor dem Schlafengehen und morgens nach dem Aufwachen anschaut. Nacht für Nacht hat unsere Mutter ihren Kopf direkt neben uns aufs Kissen gelegt. Sie musste nur die Augen öffnen, und dann standen da ihre beiden Töchter als eingerahmte Vergangenheit.

39.

Mit fünfzehn beschlich mich die bittere Erkenntnis, dass meine Mutter nicht vom Alkohol loskommen würde. Sie hatte mehrere Versuche unternommen, eingeläutet und begleitet von großen Versprechungen und Schwüren. Beim fünften oder sechsten Anlauf hatte ich aufgehört mitzuzählen, denn jeder einzelne endete damit, dass die Sucht sie am Kragen packte und zur nächsten Flasche schleifte. Danach war die Verzweiflung über das Versagen so groß, dass meine Mutter noch mehr trinken musste. Ich fragte mich, wie lange ihr Körper das wohl aushalten würde, denn dass der Alkohol etwas Verheerendes mit ihr anrichtete, war nicht zu übersehen. Ihre Haare verloren ihren Glanz, ihre Haut war grau, ihre Augen glasig, und sie schien in ihren Kleidern zu schrumpfen. Sie sah aus wie jemand, der bald stirbt. Jedenfalls stellte ich mir jemanden, der bald stirbt, so vor. Aber dann hörte ich von Menschen, die dreißig Jahre lang Alkoholiker waren, und hielt mich an diesem Gerücht fest. Ich musste mich einfach nur gut genug um meine Mutter kümmern.

Ich sah, dass sie nicht aufgeben wollte und sich bemühte. Immer wieder aufs Neue. Manchmal schaffte sie es ein, zwei, drei Wochen am Stück, einen gewissen Pegel zu halten und diesen weder zu über- noch zu unterschreiten. Dann gab es warme Mahlzeiten, die Wäsche wurde gewaschen, und meine Mutter ging zur Arbeit. An diesen Tagen konnte man mit ihr richtige Gespräche führen und sogar zusammen lachen. Einmal fuhren wir in den Herbstferien spontan für eine Woche nach Dänemark, und sie lehnte Bier und Wein ab, als wir bei einer anderen Ferienfamilie zum Abendessen eingeladen wurden. Stolz lächelte sie mich über den Tisch hinweg an und zwinkerte mir zu. Das war dann wieder so ein Augenblick, in dem ich dachte, vielleicht schafft sie es doch, aber auf der Rückfahrt roch ich im Auto, dass sie an der Tankstelle heimlich etwas getrunken hatte. Der Urlaub war vorbei, unsere kurze Flucht beendet, und sie hatte Angst vor zu Hause. Ich hatte Angst, dass uns die Polizei anhalten würde und sie ins Gefängnis musste.

Ich beobachtete jeden Rückfall und versuchte zu verstehen, was die Auslöser dafür waren. Vielleicht gab es ein Muster, das es zu erkennen galt? Ich hätte ja alles dafür getan, es zu durchbrechen, aber die einzige Konstante war: Irgendwann passierte es. Wenn es so weit war, rumpelte sie nachts im Haus herum, lief gegen ein Möbelstück, das immer schon an dieser Stelle gestanden hatte, oder sie ließ etwas fallen, oft ein Glas oder eine Flasche. Ich stand dann auf, sammelte sie an der Unglücksstelle ein, führte sie zu ihrem Bett, beschwichtigte ihre aufgelöst dahingebrabbelten Entschuldigungen mit «ja, ja, pscht, pscht, alles gut», deckte sie zu und kehrte die Scherben zusammen, bevor ich mich wieder schlafen legte. Ich war ein unsichtbares Heinzelmännchen, das durch die Zimmer fegte und vor Sonnenaufgang die Spuren der Zerstörung beseitigte.

Auch in der Schule strengte ich mich wieder an. Meine Mutter hatte schon genug Kummer. Ich schrieb gute und manchmal sehr gute Noten, was auch dabei half, unser Elend vor anderen zu vertuschen. Dazu gehörte, dass ich die leeren Flaschen im Dunkeln zum Container brachte, meine Mutter morgens weckte, damit sie pünktlich zur Arbeit kam, für sie einen Menstruationskalender führte und ihre Unterschrift auf Überweisungen fälschte, damit die Rechnungen pünktlich bezahlt wurden. So vergingen die Monate, nein, Jahre, und alles bekam eine gewisse Routine.

Wenn sie nur nicht so oft geweint hätte. Diese vielen, vielen Tränen, die plötzlich aus ihren Augen schossen und nicht zu stoppen waren. Das Schluchzen, das aus ihr herausbrach und ihre Sätze zerhackte. Einfach so, mitten im Gespräch,

überkam es sie, und dann stand sie da wie ein kleines Kind. Die Schultern hochgezogen, die Arme hilflos abgespreizt, als hätte man ihr einen Eimer kaltes Wasser über den Kopf gekippt oder einen Schlag in den Nacken versetzt. Sie sagte nie, warum sie weinte, aber das musste sie auch nicht. Wenn ich versuchte, sie zu trösten, wiederholte sie immer denselben Satz: «Du bist alles, was mir noch geblieben ist.» Für mich brachte das ihr Unglück auf den Punkt: Ich war der klägliche Rest. Egal, wie sehr ich mich bemühte, es würde nie ausreichen, um die großen Leerstellen in ihrem Leben auszufüllen. Früher hatte sie eine Familie gehabt, und jetzt stand sie da mit diesem Mädchen, das einfach nicht genug war.

40.

Zwei junge getigerte Katzen schlafen in einem Korb direkt neben dem Pizzaofen. Der Tisch auf der Terrasse ist nur für zwei Personen gedeckt. Eine große Salatschüssel und eine Pfanne stehen zwischen zwei brennenden Kerzen, die etwas aggressiv nach Zitronen durften. Der Geruch erinnert mich sofort an den Abend, als Lina, meine Eltern und ich meinen Geburtstag auf der Picknickdecke feierten und uns die Laurentius-Tränen am Himmel anschauten. *Die Welt ist schön, weil du drauf bist.*

Auch heute Nacht ist der Himmel sternenklar, und die Grillen zirpen. Meine Mutter hat ihr Bein auf die Sitzbank gestellt und sprüht es mit Autan ein. Halb ernst beschwert sie sich: «Es gibt dreißig Prozent weniger Insekten als noch vor dreißig Jahren, aber wieso sind es immer noch so viele Mücken?»

«Keine Ahnung. Aber wieso habt ihr ungefähr dreißig Katzen?»

Sie lacht über meine Übertreibung und sprüht sich das andere Bein ein. «Alles Streuner. Sie kommen von allein, und manchmal bringen auch die Leute aus der Gegend eine verletzte Katze vorbei. Hat sich rumgesprochen, dass wir uns kümmern.»

Meine Mutter brigitte-bardot hier also in der Toskana herum. Wenn es ihr hilft, trocken zu bleiben, dann bin ich die Letzte, die sich darüber lustig macht. «Und Hunde?»

Meine Mutter antwortet entschieden: «Nehmen wir nicht.»

Sie schaut mich nicht an, weil sie weiß, dass ich sowieso verstanden habe, wieso sie keine Hunde aufnimmt.

«Wo ist denn Tommaso?»

«Er wollte uns nicht stören und trifft sich mit einem Freund in Lucca. Hier …» Sie hält mir das Anti-Mücken-Spray hin, und ich nehme es. Als ich damit fertig bin, setzen wir uns. Eigentlich habe ich gar keinen Appetit, aber wahrscheinlich ist es gut, wenn ich etwas esse, denn mein Frühstück liegt schon über zehn Stunden zurück.

«Selbstgemachte Gnocchi. Der Salbei ist aus unserem

Garten.» Meine Mutter füllt mir den Teller. Es riecht großartig. Ich probiere und bestätige höflich: «Tommaso ist echt ein guter Koch», und meine Mutter antwortet etwas steif: «Das freut mich, dass es dir schmeckt.» Wir essen weiter, und ich weiß nicht, wie ich anfangen soll. Ich habe so viele Fragen und fürchte mich zugleich vor jeder Antwort, sodass ich eine nach der anderen verwerfe.

«Ich konnte das vorhin nicht zeigen, aber ich bin sehr froh, dass du gekommen bist.» Meine Mutter schaut mich an

und wartet, wie ich reagiere.

«Ja, ich auch.»

«Tommaso hat immer gesagt, irgendwann wird es dazu kommen, dass wir uns wiedersehen. Ich sollte Geduld haben und nichts erzwingen. Es gibt so einen schönen Spruch, den er oft zitiert: Geduld ist die Kunst zu hoffen. Und siehst du, er hatte recht.» Meine Mutter plappert, wie immer, wenn sie aufgeregt ist.

Ich lächle und unterdrücke die aufkommende Sorge darüber, dass Tommaso offensichtlich so etwas wie *der* Maßstab im Leben meiner Mutter geworden ist. Ich würde auch gerne anmerken, dass sich für mich bisher leider noch absolut gar nichts *gefügt* hat, aber Angriff ist ja nicht die beste Verteidigung, und deswegen lasse ich das auch sein. «Wo habt ihr euch denn kennengelernt?»

«Ach du, das war ganz witzig. Ich war vor … warte mal, ist das jetzt schon sieben Jahre her? Ja, also vor sieben Jahren war ich in einer Klinik in München, du weißt weswegen, und dann gehe ich eines Tages in eine Eisdiele, und da steht da dieser gutaussehende große Mann. Ich denke mir noch, der sieht aber gut aus, und dann stellt sich doch glatt raus, dass ihm der Laden gehört!»

Ich kann der Geschichte nicht ganz folgen. «Und das war gut, weil …?»

«Na, ich wusste immer, wohin ich gehen muss, wenn ich ihn wiedersehen möchte! Ich bin also jeden Tag hin und habe immer zwei Kugeln Eis bestellt. Pistazie, weil … wegen …» Sie schaut mich an, stockt und guckt dann schnell weg.

«Lina.» Ich habe ihren Namen ausgesprochen und spüre, wie meine Mutter und ich durch denselben Schmerz verbunden sind, obwohl wir beide auf unsere Teller starren. Da ist ein Band zwischen uns, das an unseren Herzen zieht. Gleich wird es reißen. Ich strecke meine verkümmerten, transzendentalen Fühler aus und horche ins Nichts: *Lina? Bist du hier? Siehst du uns?*

Ab und zu passiert mir das. Dann sende ich telepathische Funksignale an meine Schwester, ohne den richtigen Kanal zu kennen. Sofern es den gibt.

«Ja, jedenfalls …» Meine Mutter nimmt einen neuen Anlauf. «Jedenfalls, irgendwann setzte Tommaso sich zu mir an den Tisch, und na ja …» Sie macht mit den Händen eine ausladende Geste, die das Haus, die Katzen und den Garten mit einschließen soll. «Du siehst ja, was daraus geworden ist.»

«Wie wird aus zwei Kugeln Eis *Schöner Wohnen* in der Toskana?»

«Du, Tommaso hat allein in der Münchner Innenstadt vier Eiscafés. Es läuft so gut, dass er die meiste Zeit hier bei mir sein kann. Für sein Vanille-Olivenöl-Eis hat er neulich erst eine Patisserie-Auszeichnung bekommen.»

«Das ist ja toll.» Ich nicke anerkennend und beschließe, dass mich die emotionale und wahrscheinlich auch finanzielle Abhängigkeit meiner Mutter von ihrem Lebensgefährten nichts angeht. Wenn man bedenkt, wie es vor zehn Jahren um sie stand, dann scheint das hier der weitaus bessere Lebensentwurf zu sein. Jeder rettet sich, wie er kann. Wir haben beide aufgehört zu essen und halten unsere Gabeln wie zwei überflüssige Requisiten in der Hand.

Als könnte sie Gedanken lesen, sagt meine Mutter: «Ich weiß, wie es für dich aussieht. Ich wohne hier in diesem wunderschönen Haus, muss nicht arbeiten und kümmere mich um angefahrene Katzen. Ein Klischee, wie es alberner nicht sein könnte.»

«Stimmt nicht. Es fehlen die Staffelei und der italienische Rotwein.»

Meine Mutter lacht auf und hebt abwehrend die Hände: «Bloß nicht!»

Ich bin froh, dass meine Bemerkung sie nicht gekränkt hat, und sage aufrichtig: «Du kannst stolz auf dich sein.»

«Ja.» Sie macht eine Pause. «Aber eigentlich habe ich das alles dir zu verdanken.»

«Mir?» Ich lege das Besteck auf den Tisch.

«Ohne dich hätte ich es nicht geschafft, Katja.»

Wie kann dieses alkoholfreie Leben mein Verdienst sein? Ich habe sie allein gelassen. Sie hätte im Suff sterben können.

Sie bemerkt meine Irritation. «Nachdem du gegangen warst, hatte ich das Einzige verloren, was mir noch etwas bedeutet hat. Es blieben nur zwei Möglichkeiten: Entweder ich trinke weiter, bis ich tot umfalle, oder ich kämpfe. Nur die Hoffnung, irgendwann wieder deine Mutter sein zu dürfen, hat mich durchhalten lassen. Die ganze Zeit über, bis heute.»

So viel Klarheit aus ihrem Mund ist ungewohnt, deswegen muss ich mich trotzdem noch einmal vergewissern. «Du verstehst, warum ich gegangen bin?»

Sie nickt und schaut mir fest in die Augen. «Natürlich verstehe ich das. Du musstest dich retten.»

Ich bin erleichtert, dass sie mir keine Vorwürfe macht. In mir wächst eine zaghafte Zuversicht, dass dieser Abend ein Neuanfang für uns sein könnte. Aber damit das jemals möglich wird, müssen erst noch andere Dinge zur Sprache kommen.

«Wusstest du, dass ich eine Halbschwester habe?»

Diese Frage verändert die Atmosphäre. Meine Mutter erstarrt. «Ja, das wusste ich.»

Also doch. Ich hatte so gehofft, sie würde verneinen. «Seit wann?»

«Dein Vater hat es mir nach ihrer Geburt mitgeteilt.»

«Warum hast du mir nie davon erzählt? Ich habe eine *Schwester,* und du sagst mir nichts?»

«Ich weiß, ich habe … wollte …» Sie verhaspelt sich und sucht nach einem Rettungsring. «Hast du denn keinen einzigen meiner Briefe gelesen?»

Ich schüttle verärgert den Kopf. «Nein.»

«Ich habe dir immer wieder geschrieben, dass mir alles unendlich leidtut. Glaub mir, ich weiß um jeden Fehler, den ich begangen habe … Wahrscheinlich sind sie unverzeihlich.» Meine Mutter hat Tränen in den Augen. Schnell senkt sie den Blick und greift zur Serviette neben ihrem Teller. Sie faltet sie auf und tupft damit an ihren Augenwinkeln herum.

Ich sehe, wie sie leidet. Wie sie all die Jahre gelitten haben muss. Sie sitzt zusammengekauert und mit hochgezogenen Schultern vor mir, als hätte die Reue sie fest im Nacken gepackt. Dieser Anblick ist kaum auszuhalten. Ich habe Mitleid und würde sie gerne erlösen. Eine kindliche Sehnsucht nach Umarmung, Vergebung und innerem Frieden bäumt sich in mir auf, aber ich darf mich dem nicht hingeben. Da ist noch so vieles ungeklärt. Und vor allem liegt der Urknall unseres Unglücks ja gar nicht bei ihr.

Sie missversteht mein Schweigen. «Das kommt alles zu spät, oder?»

Ich schüttle den Kopf: «Diese Wut, die ich auf dich habe, steht mir ja eigentlich gar nicht zu …»

«Warum? Was meinst du?»

Weiß sie es denn nicht? Die Tatsachen liegen doch ausgebreitet vor uns auf dem Tisch. «Mama, weil das alles meine Schuld ist! Wenn ich die scheiß Hundeleine nicht losgelassen hätte, dann …» Meine Stimme kippt plötzlich, und um nicht laut loszuheulen, beiße ich mir so stark auf die Unterlippe, dass ich kurz Blut schmecke.

280 Meine Mutter richtet sich bestürzt auf: «Katja! Nein, oh …!» Ihre Hände fliegen über die Tischplatte auf mich zu, und sie greift nach meinen Fingern. «Das denkst du nach all den Jahren immer noch?»

Ihre Überraschung lässt mich zwischen den Tränen bitter auflachen: «Ja, natürlich! Weil es meine Schuld *ist*!»

Meine Mutter springt auf und kommt um den Tisch zu mir gelaufen. Sie setzt sich neben mich auf die Bank und legt den Arm um mich: «Nein, nein, nein … Das stimmt nicht. Es war ein Unfall.»

Ich spüre, wie sich mein Rücken unter ihrer Berührung verkrampft. «Ich glaube dir nicht, dass du und Papa nie den Gedanken hattet, dass ich besser hätte aufpassen müssen.»

Meine Mutter zieht den Arm zurück und versichert mir mit fester Stimme: «Hatten wir nicht. Ehrlich nicht. Wir waren viel zu sehr damit beschäftigt, uns gegenseitig Vorwürfe zu machen. War es unverantwortlich, euch alleine mit dem Hund gehen zu lassen? Hätte ich deinen Vater nie überreden sollen, überhaupt einen anzuschaffen? Wenn wir länger gefrühstückt hätten, wäre der Unfall dann überhaupt passiert? Und so weiter und so weiter. Das führt zu nichts.»

Ich glaube ihr, aber es hilft mir nicht. Vielmehr finde ich es nur logisch, dass sie ihre Schuldgefühle hinter sich lassen konnte, weil *sie* keine Schuld hatte, sondern *ich*. Es hat in meiner Hand gelegen, unser aller Glück festzuhalten, und es ist mir durch die Finger gerutscht. Aber es hat keinen Sinn, mit ihr darüber zu sprechen. Sie würde versuchen, mir meine Sichtweise auszureden, und irgendwann würde ich aggressiv und wütend werden.

Stattdessen sage ich: «Ich war bei ihm im Krankenhaus.»

Meine Mutter reagiert überrascht: «Du warst da?»

«Schon zweimal. Er liegt immer noch im Koma.»

«Und wie ging es dir dabei?»

Ich zucke nur mit den Achseln: «Es war seltsam. Und unheimlich. Und vielleicht auch schön.»

Man merkt, dass ihr meine Antwort unbehaglich ist und sie innerlich auf Distanz geht. Warum fragt sie, wenn sie die Antwort nicht hören will? Sie sagt steif: «Diese Ungewissheit muss für seine Familie schlimm sein.»

Mir rutscht ein konsterniertes Lachen heraus. «*Seine* Familie?»

«Ja, ich meine seine Frau und seine Tochter.»

«Seine Frau und seine Tochter – das waren wir beide auch mal.»

Endlich hält sie dagegen. «Dein Vater hat mich vor fünfzehn Jahren verlassen. Es hat lange genug gedauert, bis ich mich damit abgefunden habe, aber er ist nicht mehr mein Mann.»

Ja, unsere Familie gibt es nicht mehr. Ich weiß das. Trotzdem schmerzt es, wenn sie es so deutlich ausspricht. «Laika war die ganze Zeit bei denen. Ich dachte, sie sei tot, dabei hat er sie einfach mit zu seiner neuen Familie genommen.»

«Was?» Ihre Überraschung ist so unverfälscht, dass ich einen kleinen Trost darin finde. «Er hat den Hund gar nicht ins Tierheim gebracht?»

«Das wollte er wohl, aber die hatten keinen Platz mehr frei, und dann hat er an der Tankstelle die Frau kennengelernt.» Ich sage *die Frau* und verheimliche damit, dass ich sie längst Susanne nenne und bereits bei ihr zu Abend gegessen habe.

Meine Mutter braucht einen Moment, um diese neuen Informationen für sich zu ordnen. «Dann hat also der Hund, den er partout nie wollte, ihn zu seinem neuen Glück geführt?»

«Vielleicht sollte man es nicht so sehen.»

«Ich weiß … Man sucht immer nach Zusammenhängen, die die eigene Wahrnehmung bestätigen, oder? Dabei könnte alles auch ganz anders sein.» Meine Mutter reibt sich ihre Lider und schaut mich erschöpft an. «Katja, da ist noch etwas, was du wissen musst.»

Ich bin sofort beunruhigt. «Was?»

Sie stützt ihre Stirn in die Hände und schließt die Augen. «Was ich dir jetzt sage, habe ich nur gemacht, weil ich Angst hatte, dass er dich mir wegnimmt.»

«*Was* denn?»

Meine Mutter schaut auf: «Bitte, du musst verstehen, dass ich dir nicht weh tun wollte. Aber ich hatte mein Kind verloren, und ich konnte den Gedanken nicht ertragen, dich auch noch zu verlieren …»

«Wovon redest du?» Meine Stimme wird lauter.

Sie atmet einmal tief ein und spricht es schließlich aus. «Ich habe ihm gedroht, dass ich mich umbringe, wenn er dich zu sich holt.»

Nein. Das kann nicht sein. Warum kommt jetzt so was? «Du hast ihn erpresst?»

«Ich hätte das niemals tun dürfen, das weiß ich längst. Aber … ich war so verzweifelt. Von einem Tag auf den anderen war mein Kind tot!»

Ich springe auf und schreie: «Das musst du mir nicht sagen! Ich war dabei, als es passiert ist!» Die beiden Katzen springen erschrocken auf und flüchten ins Dunkel des Gartens.

Meine Mutter sitzt hilflos neben mir und beginnt zu schluchzen. «Er hatte plötzlich diese neue Frau … Ich hatte Angst, dass du zu ihnen ziehen willst, wenn du siehst, dass da alles besser ist …» Sie kann kaum sprechen. «Es ist aber trotzdem alles genau so gekommen … Am Ende hatte ich beide Töchter verloren.» Sie weint bitterlich, bekommt kaum Luft, ihre Schultern beben, ihre Lippen zittern, und ich gucke mir das an, ohne dass es zu mir durchdringt. Mir hat es die Sprache verschlagen.

Sie presst zwischen den Schluchzern hervor: «Ich wünschte, ich könnte das alles rückgängig machen, Katja …»

Kannst du aber nicht, denke ich, und da kommt so was wie Hass in mir hoch. Wenn ich noch eine Minute länger hierbleibe, werde ich Sätze sagen, die sie vernichten könnten. Deswegen atme ich tief ein und wieder aus, dann noch einmal, und sage so gefasst wie möglich: «Ich werde jetzt meine Tasche holen und zum Flughafen fahren.»

«Nein!» Meine Mutter springt auf und streckt die Hände nach mir aus, zieht sie dann aber doch wieder zurück. Das traut sie sich nicht, mich jetzt festzuhalten. «Bitte! Das ertrage ich nicht!»

Ich trete einen Schritt zurück und sorge für einen Sicherheitsabstand. «Aber ich kann nicht hierbleiben.»

Ich wende mich ab und betrete das Haus. Meine Mutter folgt mir aufgelöst durch die Küche bis zur Treppe. «Bitte bleib hier!»

Ich renne die Stufen hoch, ohne mich umzudrehen.

Oben stopfe ich alles so schnell wie möglich in meine Reisetasche und verlasse das Zimmer sofort wieder. Im Laufschritt eile ich den Flur entlang, und als ich an der Tür zum Schlafzimmer vorbei bin, drehe ich abrupt wieder um und stürme durch die Tür. Ich rausche einmal zum Nachttisch, schnappe mir das Foto von Lina und mir, stecke es in das Seitenfach meiner Tasche und stürze zur Treppe. Meine Mutter empfängt mich mit großen Augen unten am Treppenabsatz. «Aber was wird denn mit uns?»

Außer Atem schüttle ich den Kopf und versuche, die passenden Worte zu finden. Aber da sind so viele, und ich weiß nicht, welche ich nehmen soll. Ich will sie beschimpfen, ich will ihr verzeihen, ich will sie nie wiedersehen, und ich will wieder eine Mama haben.

Sie schluckt und nickt: «Okay. Verstehe.»

Wir schauen uns in die Augen, und da ist wieder dieser ziehende Schmerz, der uns verbindet. Aber … Vielleicht ist das auch Liebe? Ich lasse meine Tasche auf den Boden knallen und falle meiner Mutter um den Hals. Wir drücken fest, dann noch ein bisschen fester und dann richtig, richtig fest, weil wir uns sagen wollen, dass eine Umarmung allein nicht reicht, um alle verpassten Umarmungen wieder aufzuholen. Ich spüre, wie meine Mutter schwächer wird, in meinen Armen zu zerfließen droht, und lasse deswegen schnell wieder los. Ich habe Angst, wieder ihr Halt zu werden. So viel Kraft habe ich nicht, nie gehabt.

Sie findet ihre Körperspannung wieder und streichelt zärtlich über meine Wange. «Mein Schatz.»

«Tschüs, Mama.» Ich nehme meine Tasche und verlasse das Haus.

41.

Um ein Uhr nachts komme ich am Flughafen in Florenz an, stelle das hellblaue Auto auf dem Parkplatz der Autovermietung ab und werfe den Schlüssel in den Briefkasten. Ich gehe über den stillen, dunklen Parkplatz und betrete das Gebäude durch einen Seiteneingang. Die Wartehalle ist grell erleuchtet und leergefegt wie nach der Evakuierung in einem dystopischen Blockbuster. Alle haben sich in Sicherheit gebracht, nur das Licht ist noch an. Eben war Matt Damon noch kurz hier, hat aber auch festgestellt, dass es hier nichts mehr zu retten gibt. Diese trostlose Wartehallen-Szenerie entspricht genau meinem inneren Ausnahmezustand. Ich bin nach Italien gekommen, weil ich dachte, nein, weil ich *hoffte*, dass es für das Abtauchen meines Vaters eine Erklärung gibt. Eine, die rückwirkend den Schmerz mildert und mir bestätigt, dass es niemals etwas damit zu tun hatte, dass er mich nicht genug liebte oder mir die Schuld an Linas Tod gab. Bisher fehlte mir die Phantasie, welcher Grund sein Verhalten nachträglich für mich erklärbar und erträglich machen könnte, aber das hieß ja nicht, dass es keinen guten Grund geben konnte. Und nun muss ich der Tatsache ins Auge blicken, dass mein Vater es vorgezogen hat, vor den egoistisch-alkoholkranken Drohungen meiner Mutter einzuknicken und mich im Alter von zwölf Jahren allein bei ihr im Stich zu lassen, nachdem meine kleine Schwester vor meinen Augen zu Tode gefahren wurde. Und nein, ich will nicht selbstmitleidig sein, jeder hat sein Päckchen zu tragen und so weiter, das weiß ich alles, aber die Spätfolgen der beschissenen Entscheidungen meiner Eltern sind offensichtlich, wenn man sich anschaut, wie ich seit Jahren in einem kleinstmöglichen Erlebnis-Radius vor mich hin existiere. Doch wenn ich ehrlich zu mir selber bin, und das sollte ich an einem Tag wie heute sein, dann möchte ich so schnell wie möglich wieder zurück in dieses kleine, enge Leben. Da passiert mir nichts. Da bin ich zu Hause.

Schon auf der Fahrt hierher zum Flughafen habe ich gemerkt, wie es in mir wieder zu brodeln begonnen hat. Wie meine Hülle zu eng ist, der innere Aufruhr sich immer weiter ausdehnt, sodass mein ganzer Körper sich anfühlt wie eine Brandblase, kurz vorm Platzen. Ein kleiner Stich

würde schon ein bisschen Erleichterung bringen. Aber nur vorübergehend, gefolgt von Selbstekel. Ich kenne die Mechanismen in- und auswendig und weiß doch auch, woher sie kommen.

Heute habe ich das letzte Fünkchen Hoffnung verloren, dass ich damals gar nicht allein gelassen wurde. Dass es nur so aussah, dass man nur den Blickwinkel ändern musste, vor allem, dass ich an allem gar nicht die Schuld habe. Aber, und auf diesen Punkt läuft es einfach immer und immer wieder hinaus, es ist passiert, was passiert ist, ich habe einfach nicht auf Lina aufgepasst.

Ich setze mich auf eine der hundert freien Kunstlederbänke und tippe mich auf meinem Handy durch das Umbuchungsmenü der Fluggesellschaft. Ich bekomme einen Platz in einem Flug um 5.30 Uhr, also in vier Stunden. Wie soll ich es schaffen, mich die nächsten 240 Minuten von scharfen Gegenständen fernzuhalten? Ich lasse meinen Blick durch die Wartehalle schweifen und halte nach Dingen Ausschau, die mir gefährlich werden könnten. Jemand hat eine Coladose zusammengeknickt und auf einem Sitz liegen lassen. Eine Einladung zum Ritzen. Um gar nicht erst in Versuchung zu geraten, stehe ich auf und gehe bis ans andere Ende der

Halle. Dort stelle ich überrascht fest, dass ich doch gar nicht alleine bin, denn hier liegen ein paar Reisende ausgestreckt auf den Bänken und schlafen. Eine Frau im Businesskostüm ist wach, hat ihre Pumps nebeneinander auf den Boden gestellt und schaut mit hochgelegten Feinstrumpf-Füßen *Grey's Anatomy* auf ihrem iPad. Sie lächelt mir kurz zu und guckt dann weiter. Ich setze mich zwei Reihen weiter, damit sie nicht denkt, ich sei auf der Suche nach einer Gesprächspartnerin. Dort ziehe ich ebenfalls meine Schuhe aus, platziere meine Reisetasche so, dass ich sie als Kopfstütze nutzen kann, und lege mich hin. Während ich nach meinen Kopfhörern krame und sie in mein Handy stöpsle, merke ich schon, dass ich mich beeilen muss. Ich muss es schaffen, den Film zu starten, bevor sich die Verzweiflung Bahn bricht.

Schnell öffne ich das Videoarchiv auf meinem Handy und starte *Adventureland*. Bis zum Boarding gelingt es mir halbwegs, alle aufkommenden Gedanken an meine zerrüttete Familie zu verdrängen. Nur für diese zwei Stunden verliebe ich mich, wie jedes Mal bei diesem Film, ein bisschen in Jesse Eisenberg, der mir wahrscheinlich nur deswegen gefällt, weil er dem Jungen mit der beschlagenen Brille so ähnlich sieht. Aber auch über Joost möchte ich jetzt nicht schon wieder nachdenken. Ich möchte bitte eine klitzekleine Pause von alldem.

42.

Die Flure sind leer, aber draußen auf dem Schulhof ist lautes Tobe-Geschrei zu hören. Große Pause. Ich gehe suchend mit meiner Reisetasche an den Türen vorbei und finde schließlich das Schild: «Alexa Clemens – Beratungslehrerin». Vorsichtig klopfe ich an.

«Ja?»

Ich öffne die Tür. Meine Freundin sitzt am Schreibtisch, vor ihr liegt ein Stapel Hefte. Als sie mich sieht, legt sie sofort den Stift aus der Hand. «Hey. Was machst du denn hier?»

«Gilt das Beratungsangebot auch für Erwachsene?»

«Oje, was ist passiert?» Alexa steht auf und kommt auf mich zu, sodass wir uns zur Begrüßung umarmen können.

«Zu viel.» Ich merke, wie erschöpft ich bin, und lasse mich auf den Stuhl vor ihrem Schreibtisch fallen, obwohl das kleine Sofa neben dem Regal viel einladender aussieht. Ich bin entsetzlich müde, und in meinem Hals kratzt immer noch die trockene Klimaanlagen-Luft aus dem Flugzeug. Alexa setzt sich auf die Tischkante und schaut mich mitfühlend an. «Na?»

«Hast du denn überhaupt Zeit?»

«Ach so …» Alexa runzelt die Stirn und guckt auf ihr Handy-Display. «In zehn Minuten ist Unterricht. Aber sag schon, was ist passiert?»

Ich erzähle ihr die Kurzfassung. Wie meine Mutter sich unter Tränen für alles entschuldigt und mich gebeten hat, ihr zu verzeihen. Und dass sie mir gestanden hat, damals meinen Vater mit Suizid-Drohungen unter Druck gesetzt zu haben.

Als ich fertig bin, guckt Alexa mich ungläubig an. «Und er hat sich davon einschüchtern lassen?»

«Offensichtlich.»

Meine Freundin verzieht abschätzig den Mund. «Wow.»

«Vielleicht kam es ihm ja auch ganz gelegen.»

«Das weißt du nicht.»

«Nein, aber ich will es auch gar nicht mehr wissen.»

«Nicht einmal dann, wenn er aus dem Koma aufwacht?»

«Nein, weil ich dann nämlich nicht da sein werde.»

Alexa stutzt überrascht: «Und wieso nicht?»

«Ich halte das alles nicht aus. Ich ziehe einen Strich unter die Sache.»

«Okay, du bist völlig fertig, und wahrscheinlich hast du nur drei oder vier Stunden geschlafen …»

«Zwei.»

«Gut, also nur zwei Stunden. Und deswegen brauchst du jetzt auch gar nichts zu entscheiden. Niemand zwingt dich dazu.»

«Doch. Ich. *Ich* muss es für mich klären. Weil das nämlich alles unerträglich ist, Alexa!» Meine Stimme wird etwas zu laut, aber ich möchte, dass sie mich versteht. «Du weißt, wie schwierig das alles für mich war. Aber ich habe es trotz meiner kaputten Familie irgendwie durch die Pubertät geschafft. Ich habe mich von meiner Mutter gelöst, obwohl ich ein schlechtes Gewissen und Angst hatte, dass sie sich totsäuft. Und mein Talent fürs Schreiben hat immerhin zu einen Beruf gereicht. Okay, vor allem meine jahrelange Co-Abhängigkeit qualifiziert mich für diesen Job, aber das ist jetzt mal kurz egal. Eigentlich habe ich mich doch immer einigermaßen gut gehalten, oder nicht?»

«Ja, natürlich, aber was …?»

«Das alles verliere ich, wenn ich mich noch weiter mit

meiner Familie auseinandersetze! Dieses Zurückschauen lässt alles wieder hochkochen, und seit gestern ist es sogar noch schlimmer, als ich dachte!»

Alexa wartet, ob ich noch mehr zu sagen habe, aber da ich verstummt bin, merkt sie vorsichtig an: «Ich finde nicht, dass du nur zurückschaust. In deinen Bemühungen steckt doch auch die Chance auf einen neuen Anfang, oder nicht?»

«Wie stellst du dir das vor? Soll ich meiner Mutter etwa verzeihen?»

«Na ja, vielleicht nicht heute und sicherlich auch nicht morgen, aber es drängt dich ja auch niemand ...»

Ich schweige verstockt und fühle mich missverstanden. Wo ist die Zeit geblieben, in der Alexa und ich im Unglück verbunden waren? In den Jahren unserer Freundschaft ist es Alexa trotz ihrer eigenen großen Herausforderungen immer besser gelungen, ein lebendiges Leben zu führen, während ich in einer Zeitschleife an stets derselben Sache verzweifle.

«Es hatte doch auch einen Grund, dass du zu deiner Mutter gefahren bist. Es ging doch nicht nur darum, dass sie dir diese eine Frage wegen deines Vaters beantwortet. Du wolltest sie wiedersehen.»

«Aber wenn ich vorher gewusst hätte, was ich da bei ihr zu hören bekomme, wäre ich ganz bestimmt zu Hause geblieben.»

Alexa holt Luft, um mir zu widersprechen, zumindest glaube ich, dass sie mir widersprechen will, aber in dem Moment klingelt mein Handy.

«Entschuldigung ...» Ich ziehe mein Handy aus der Tasche und sehe Nicoles Namen im Display. «Ich glaube, ich muss da mal kurz rangehen.»

Alexa nickt: «Klar, mach.» Sie sucht auf ihrem Schreibtisch ein paar Unterlagen für ihren Unterricht zusammen.

Ich nehme derweil das Gespräch an. «Hallo, Nicole.»

«Bist du noch in Italien?» Es klingt, als würde sie gleich durchs Telefon springen, so aufgeregt ist sie.

«Nein, wieso?»

«Gott sei Dank! Pass auf, kannst du heute um elf im Café Rote Tulpe sein? Sibylle Behrens will uns in Sachen *Familie mit Saft* treffen! Die Redakteurin!» Das Wort *Redakteurin* betont sie dabei so, als hätte sich Martin Scorsese zum Tiramisu-Essen angekündigt.

«Um elf? Das ist doch schon gleich …» Ich bin etwas überfordert. Nach nur zwei Stunden Schlaf und einem völlig unverarbeiteten Besuch bei meiner Mutter soll ich der Redakteurin gegenübertreten? Außerdem ist der Titel *Eine Familie mit Saft* auch nach einer Nacht nicht-drüber-schlafen immer noch extrem bescheuert. Aber das nur am Rande.

«Ja, deswegen frag ich ja. Sie würde sich freuen, wenn es klappt! Das heißt was, Katja! Das heißt was!» Nicoles Stimme klingt schrill. Sie dreht offenbar ein bisschen am Rad.

So langsam bin ich angesteckt: «Okay! Ich komme dahin.»

«Super! Toll, toll!» Nicole pustet so laut ins Telefon, dass mir fast das Trommelfell platzt. «Bis gleich!»

Ich lege auf und drücke den Finger gegen mein schmerzendes Ohr, als könnte ich dadurch die ganze Luft, die Nicole mir dorthinein geblasen hat, wieder rauslassen.

Alexa guckt mich entgeistert an. «Die hat man ja bis hier zum Schreibtisch gehört.»

«Die Producerin der Familienserie, an der ich arbeite. Scheint so, als sei ein Sender interessiert …» Ich kann es selbst gar nicht glauben und muss grinsen.

«Oh, das ist ja super!» Alexa freut sich mit mir, aber in diesem Moment ertönt der Schulgong zum Unterricht. «Ich muss jetzt leider …»

Ich winke ab und stehe auf. «Ja, natürlich. Danke, dass du kurz Zeit hattest.»

Wir verlassen zusammen das Büro und betreten den Schulflur, der plötzlich voller Kinder ist, die die Treppe heraufgeströmt kommen. Alexa unternimmt noch einen vorsichtigen Versuch: «Ich weiß, dass du dich jetzt gerne wieder mit deiner Arbeit ablenken willst, aber du bist ja hierhergekommen, weil du einen Rat wolltest, oder?»

Ich nicke widerstrebend, denn jetzt kommt sicher etwas,

was ich eigentlich nicht hören will. Alle zwei Schritte werden Alexa und ich auseinandergetrieben, weil wir den Schülern ausweichen müssen.

«Ich glaube, dass du deiner Mutter verzeihen würdest, wenn du nicht so viel Angst davor hättest, was danach kommt.»

«Äh, du hast zugehört, als ich dir erzählt habe, wie sie … Au!» Ein kleiner Junge hat mir aus Versehen im Vorbeigehen seinen Ranzen in den Bauch gerammt.

«Keine Absicht!» Er rennt weiter.

Alexa insistiert: «Ja, natürlich. Ich sag ja auch nicht, dass ich es nicht absolut schlimm finde. Von der Waschlappigkeit deines Vaters ganz zu schweigen. Aber ich kenne dich, und ich weiß, dass du vor nichts mehr Schiss hast, als dass irgendetwas deine Abwehrhaltung einreißen könnte.»

«Und das verstehst du nicht?»

«Doch. Aber du kannst nicht von mir verlangen, dass ich stumm dabei zugucke, wie du dir absichtlich wehtust.»

Ich fühle mich in die Ecke gedrängt und reagiere empfindlich. «Was soll denn das? Was willst du denn von mir?» Wir sind an der Treppe angekommen. Hier trennen sich unsere Wege, denn ich muss ins Erdgeschoss und meine Freundin in eines der oberen Stockwerke.

Alexa legt mir beruhigend die Hand auf den Arm. «Ich will gar nichts *von* dir. Ich will was *für* dich. Ich will, dass du dich nicht wegdrehst, wenn etwas Gutes in Sicht ist.» Ihre Worte werden durch den zweiten Schlag des Schulgongs unterstrichen.

Ich schüttle ihre Hand ab und entgegne etwas zu grob: «Das mache ich doch auch. Ich gehe jetzt zu dieser Besprechung.»

Alexa ist endgültig von mir genervt und antwortet ironisch: «Ja, genau das meinte ich mit *etwas Gutes.* Endlich eine eigene Serie.»

Ich wende mich ab, wechsle die Reisetasche auf meine andere Schulter und sage genauso ironisch: «Da geht's mir doch gleich viel besser.»

«Viel Glück für deine Besprechung.» Das meint sie ehrlich, das weiß ich. «Du hättest es verdient. Und noch viel mehr.»

Wir schauen uns an, und auch, wenn ich ihren Rat nicht befolgen kann, liebe ich sie dafür, dass sie mir manchmal einen kurzen Blick darauf schenkt, wie mein Leben sein könnte.

«Danke, Schmink-Zicke.»

«Immer wieder gern, Schwabbel-Schweinchen.»

43.

Die Geräuschkulisse im Café ist unglaublich laut. Ich möchte am liebsten sofort wieder kehrtmachen. So viele Leute. Alle Tische sind besetzt, angeregte Diskussionen und schallendes Gelächter überall, und darüber das kotzende Geräusch der Kaffeemaschine, die klingt, als hätte sie ein Haar im Rachen hängen. Was für ein bescheuerter und unpassender Treffpunkt für eine Besprechung. In Wahrheit habe ich natürlich überhaupt nichts gegen Menschen, die sich treffen und unterhalten. Ich bin nur so schrecklich aufgeregt. Und erschöpft. Und müde. Und durcheinander.

Nicole und Markus lotsen mich in den hinteren, zum Glück etwas ruhigeren Bereich, wo sich ein kleiner Raum mit einem einzigen Tisch befindet, an dem eine große blonde Frau wartet. Das muss die Redakteurin Sibylle sein, denn vor ihr auf dem Tisch liegt mein Serienkonzept mit dem bereits geänderten Titel *Eine Familie mit Saft*, wie ich auf dem Deckblatt erkennen kann. So viel zum Thema «nicht in Stein gemeißelt».

Mit einem erfreuten «Aaaaah! Ihr habt es geschafft!» springt sie auf und öffnet ihre Arme. Nicole lässt sich mit dem Ausruf «Ja, so spontan!» hineinfallen. Junior-Producer Markus und Sibylle umarmen sich ebenfalls, und dann sagt Nicole: «Und das hier ist Katja, unsere tolle Autorin.» Sie macht Platz, damit die Redakteurin mir ihre Hand entgegenstrecken kann.

«Ah ja, freut mich sehr! Wir sagen auch du, oder?»

«Ja. Gern.» Der Händedruck ist nur sehr kurz, aber ich bleibe aufgeschlossen und lächle. Immer lächeln. Ganz wichtig. Ich stelle meine Reisetasche ab, und wir setzen uns. Die Redakteurin fächelt sich mit der Getränkekarte Luft zu und zeigt auf meine langen T-Shirt-Ärmel: «Ist dir gar nicht warm?»

Ich winke ab: «Nein, nein. Alles gut.»

Sie streicht sich über die feuchte Stirn. «Puh, es ist aber echt heiß heute, oder?»

Nicole stimmt ihr vollkommen zu: «Ja, heißer als gestern.»

Markus: «Aber morgen soll es *noch* heißer werden.»

Ein verblüfftes Raunen macht eine Laola-Welle um den Tisch herum und versiegt bei mir, denn ich verpasse meinen Einsatz, weil ich so angespannt bin. Wann geht die Besprechung denn endlich los? Ein studentischer Kellner kommt und nimmt unsere Getränkewünsche entgegen. Als er wieder gegangen ist, klopft Sibylle auf das Konzept vor sich: «Also, ihr Lieben. Jetzt aber mal zur *Familie mit Saft*. Toller Titel übrigens …»

Ich spüre, dass Nicole und Markus mich stolz angucken, reagiere aber nicht darauf. Stattdessen starre ich konzentriert in Sibylles Gesicht und hoffe, dass ich gut mit ihr klarkomme.

«Das ist ein sehr schönes Konzept. Der Humor gefällt mir gut. Richtig witzig, echt.»

«Ja, Humor kann sie!» Nicole nickt bekräftigend.

Sibylle bremst aber sofort: «An der einen oder anderen Stelle dachte ich allerdings, na ja, okay, hab ich schon mal irgendwo gesehen, oder auch: Hier wird's mir jetzt ein bisschen zu konventionell. Für meinen Geschmack sind da ein paar Klischees und Stereotype zu viel …»

Hui, jetzt wird aber scharf geschossen. Konventionell. Klischees. Stereotype. Alles kleine Granaten. Ich halte die Luft an und bemühe mich um einen gelassenen Gesichtsausdruck. Sibylle ist jetzt nicht mehr zu halten: «Wir können ja offen reden, oder? Humor ist deine Stärke, aber mir fehlt da die Tiefe und die Edgyness. Ich lese das und denke: Na, da hat aber jemand Angst vor großen Gefühlen. Weißt du, was ich meine?»

Natürlich weiß ich, was du meinst. Guck dir mal meine Unterarme an, denke ich, sage aber stattdessen: «Ja, das ist immer eine schwierige Balance zwischen Humor und Ernsthaftigkeit.»

«Das kriegt Katja aber hin, Sibylle. Da bin ich mir total sicher.» Nicole versucht, das Ruder auf Kurs zu halten.

Die Redakteurin sieht das genauso: «Ach, klar! Aber ich würde gern noch mal über die Prämisse sprechen. Meine Frage an dich, Katja, wäre: Was unterscheidet diese Serie für dich denn von anderen Familienserien?»

Ja, hat sie das Konzept denn nicht gelesen? Nicht viel, natürlich.

Ich hole tief Luft und klaube ein paar Aspekte zusammen: «Ich denke, dass die Hauptfigur nicht durchweg sympathisch gezeigt wird, ist schon eine kleine Abgrenzung zu den gängigen Formaten. Meistens müssen Heldinnen ja …»

Sibylle fällt mir einfach ins Wort: «Ja, wobei wir da bei Larissa aufpassen müssen. Entschuldige, dass ich dich unterbreche, aber zum Beispiel verstehe ich nicht, wieso sie sich nicht einfach auf die Liebe zu … wie heißt der noch …?» Die Redakteurin blättert im Konzept herum.

«Meinst du Jan?» Jan, der eigentlich Joost heißt und meine Hand genommen hat, als wir Kinder waren, und mich als Erwachsene nicht küssen wollte.

«Ja, genau. Da ist sie mir für meinen Geschmack zu zögerlich. Da verliere ich die Geduld mit der Figur. Der ist doch ein cooler Typ, und wenn wir den gut besetzt kriegen, sieht er hoffentlich auch Hammer aus. Also was hindert Larissa daran, mit ihm zusammenzukommen?»

«Das, was in ihrer Familie passiert ist.»

«Meinst du jetzt den Tod des Bruders, oder wie?»

Oder den der Schwester. Ich nicke. Steht doch genauso im Konzept. Bin ich so eine schlechte Autorin, dass sich dem Leser die allereinfachsten Punkte nicht vermitteln?

Sibylle zieht eine skeptische Schnute: «Ja, aber ist das ein Grund, um als Erwachsene so kompliziert zu sein? Klar ist das eine *back-wound*, aber sie ist jetzt kurz vor dreißig, hat einen Job und … mir reicht das irgendwie nicht. Sie stolpert mir zu viel rum.»

Ich versuche ruhig zu bleiben. Nicht empfindlich zu sein. Zum Glück bringt der Kellner jetzt die Getränke, und während er die Tassen und Gläser verteilt, entsteht eine peinliche Pause. Nicoles Blicke huschen aufgeschreckt zwischen uns hin und her.

Als er wieder weg ist, ergreift Sibylle erneut das Wort: «Da ist ja auch noch dieser andere Typ, mit dem Larissa verlobt ist … dieser …»

«Rafael!» Nicole eilt zu Hilfe.

«Ja. Rafael. Man merkt doch gleich, dass das nicht der Richtige für sie ist. Ich habe meine Probleme mit Larissa. Also, jemand, der sich selbst so im Weg steht, ist doch total unsympathisch.»

Ja, und nun ist er da. Der Moment, in dem ich mich getroffen fühle. Es ist, als wäre man auf eines dieser Zirkus-Holzräder geschnallt, und dann kommt der Messerwerfer mit den verbundenen Augen und fängt an, Klingen in deine Richtung zu schmeißen. Die meisten landen irgendwo haarscharf neben dir, aber ein paar treffen dich, und du darfst trotzdem nicht laut aufschreien, weil sonst die ganze Nummer platzt. Jetzt hat Sibylle durch meinen Speckpanzer geschnitten. Übrigens nicht zu vergleichen mit dem Gefühl, wenn man sich selbst in die Haut ritzt. Das ist was anderes. Bleib cool, beschwöre ich mich. Es gehört zum Job, dass du das jetzt aushalten musst. Es gehört auch zum Job, dass in jedem noch so banalen Text etwas Persönliches von dir selber steckt und dass manche Produzenten, Redakteure oder Zuschauer es gnaden- oder gedankenlos zerpflücken. Das muss man ertragen und – ganz wichtig – die zutreffenden

Kritikpunkte aus den gehässigen fischen, um besser zu werden. Selbst schuld übrigens, wenn ich aus meinem eigenen Leben klaue und dann plötzlich selbst zur Diskussion stehe, weil es zu viele Parallelen zur Hauptfigur gibt. Trotzdem gibt es ja auch noch so etwas wie Überzeugung, und deswegen widerspreche ich: «Ich finde nicht, dass eine Hauptfigur immer sympathisch sein muss.»

«Ja, aber Sibylle hat schon recht. Man muss doch verstehen, *warum* sie sich unsympathisch verhält.» Nicole versucht
 zu vermitteln. «Sonst verlieren wir den Kontakt zur Figur und steigen aus.»

Ich gebe nicht nach: «Aber vielleicht besteht genau darin Larissas Problem?»

Nicole wirkt schon etwas angespannt: «Worin?»

«Dass sie manchmal selber nicht weiß, warum sie sich so verhält? Beziehungsweise: Eigentlich weiß sie natürlich, warum, aber sie kann es nicht ändern. Sie hasst sich ja auch selbst dafür. Das ist das Drama der Figur.»

Sibylle findet das einen lustigen Einwurf, denn sie lacht. «Ja, aber das ist doch total neurotisch, so was will ich doch nicht im Fernsehen sehen!»

Dagegen kann ich jetzt natürlich nichts sagen. Ist halt Ansichtssache. Genau so, wie viele Leute finden, dass Dorit Wagenfels eine großartige Schauspielerin ist. Auch Ansichtssache. Leider entscheidet jedoch Sibylles Einschätzung heute darüber, ob wir einen Auftrag bekommen oder nicht.

«Ich glaube, wir haben verstanden, worum es dir geht, Sibylle. Da muss Katja dann noch mal in sich gehen, um das Problem mit der Hauptfigur zu lösen.»

Ich nicke stumm. *Mmh. Das Problem mit der Hauptfigur lösen.* Damit ist das Thema für Sibylle abgehakt, und sie schaut uns unternehmungslustig an. «Prima. Dann freue ich mich auf das Drehbuch.»

«Äh …?» Mir klappt das Kinn runter, und als ich zu Nicole und Markus gucke, sehe ich, dass es ihnen genauso geht. Man könnte uns in eine Bude stellen, und Menschen würden Geld dafür bezahlen, uns kleine Bälle ins Maul werfen zu dürfen.

Nicole japst: «Ein Drehbuchauftrag?»

Sibylle lacht: «Ja, was dachtet ihr denn? Wir haben in zehn Tagen Sitzung für die Programmplanung. Da würden wir über einen Serienauftrag entscheiden. Ich bräuchte das Buch dann in einer Woche, damit es alle lesen können. Katja, das ist zu schaffen, oder?»

Eine Woche Zeit? Es ist völlig geisteskrank zuzustimmen, aber ich muss gar nicht lange nachdenken. «Klar!»

44.

Es ist früher Abend, als ich das Wohnzimmer betrete. Beziehungsweise komme ich kaum über die Schwelle, denn meine Möbel sind verschoben, und in der Raummitte ist ein Wurfzelt aufgestellt. Darin ist einiges los. Es rumort, und die Zeltwände beulen im Wechsel an den unterschiedlichsten Stellen aus. Mir drängt sich eine Ahnung auf, was dort hinter zugezogenem Reißverschluss passiert. Ratko weiß nicht, dass ich heute schon aus Italien zurückgekommen bin.

Ich stelle meine Reisetasche ab. «Ratko?»

Die Bewegungen im Zelt hören auf, und er antwortet: «Katja?»

Ich gehe die Sache einfach offensiv an, denn sonst zieht sich das ja nur unschön in die Länge. «Bist du allein?»

Der Reißverschluss wird aufgezogen, und Ratko steckt den Kopf heraus. «Natürlich bin ich allein. Was glaubst du denn?»

«Keine Ahnung. Ich dachte nur …»

Rattko freut sich. «Bist du etwa eifersüchtig?»

Ich rechtfertige mich verlegen: «Hätte ja sein können.»

«Komm her! Ich check gerade das Zelt aus!»

Ich krieche zu ihm ins Innere, wo es niedrig und eng ist und zugleich muffig und neu riecht. Ich setze mich neben ihn auf die selbstaufblasbare Isomatte, und Ratko schaut mich fragend an. «Meinst du, man könnte mit dem Teil ein paar Monate traveln? Sofia meinte, es ist das Beste, was für den Preis zu kriegen ist.»

«Auf jeden Fall gemütlich.» Ich bin so erschöpft, dass ich mich erst mal hinlegen muss. Meine Augen fallen wie von alleine zu. Ratko legt sich neben mich und gibt mir einen Kuss. «Wie war's denn bei deiner Mutter?»

Es fällt mir schwer, überhaupt noch zu sprechen, denn ich bin so, so müde. Mit bleierner Zunge murmele ich: «Sagen wir mal so: Ich brauche eine lange Auszeit in Sachen Familie.»

«Das tut mir leid.» Rattko legt seine Hand auf meinen Bauch.

Ich versuche die Augen zu öffnen, aber selbst meine Lidmuskeln sind völlig kraftlos. «Außerdem habe ich einen Drehbuchauftrag für die Familienserie bekommen.»

«Wow, gratuliere! Das hätte ich ja *niemals* gedacht!»

«Mmh …» Nicht schlimm, dass er nicht an mich geglaubt hat. Die Branche ist unberechenbar, und dieses Mal hatte ich einfach Glück. Aber jetzt muss ich dringend schlafen, bevor morgen der Schreibwahnsinn beginnt. Toll, wie das Zelt einen abschirmt. Wie eine Raumkapsel. Eine Sekunde später bin ich weg.

Am nächsten Morgen bitte ich Ratko um Verständnis dafür, dass ich in den nächsten sieben Tagen komplett in die Arbeit abtauchen werde. Nicht, weil ich große Kunst zu erschaffen hätte, aber immerhin einigermaßen gute Unterhaltung – und zwar in kürzester Zeit. Dieses Mal möchte ich es schaffen. Ratko nimmt es lässig und beschließt, sich währenddessen einfach auf die weitere Planung seiner Weltreise zu konzentrieren. Da ist noch einiges zu organisieren, und deswegen liegen auch überall in der Wohnung Outdoor-Kataloge rum. Wir teilen die Wohnung untereinander auf: Er bekommt das Schlafzimmer und die Küche, ich das Wohnzimmer inklusive Zelt.

Und dann setze ich mich mit drei Schokocreme-Toasts und einem großen Glas Eis-Cola an den Schreibtisch. Zunächst lese ich mir das Konzept noch einmal durch. Es ist ernüchternd. Mit etwas zeitlichem Abstand muss ich feststellen, dass es dem Zuschauer wirklich etwas schwergemacht wird, Mitgefühl für die Hauptfigur zu empfinden. So, wie ich Larissa geschrieben habe, verhält sie sich anderen Menschen gegenüber oft viel zu schroff und unzugänglich. Eigentlich mag ich sie selber nicht, dabei müsste ich es ja wohl am ehesten verstehen, wie es ist, durch den Tod eines Geschwisterkindes traumatisiert zu sein. Natürlich wird meine Heldin im Verlauf der ersten Staffel eine Entwicklung durchmachen und am Ende an sich selbst wachsen, aber verliert man nicht vielleicht vorher schon die Geduld? Sibylle hatte mit ihrer Kritik verdammt noch mal recht, das muss ich kleinlaut zugeben. Wieso habe ich Larissa so charakterisiert, dass sie mir viel zu ähnlich ist? Was sollte das? Wer will so eine Figur im Fernsehen sehen? Sie müsste viel unbeschwerter sein. Es wäre klüger gewesen, mir eine knuffelige, tollpatschige und selbstlose Heldin auszudenken und nicht eine spröde, verstockte und egozentrisch verkorkste. Also sollte ich das jetzt lieber ändern … Oder? Nein, irgendetwas in mir sperrt sich dagegen. Es muss doch auch anders gehen …

Anderthalb Liter Cola und zwei Folgen *Sopranos* später entscheide ich mich, Larissas Vergangenheit mittels Rückblenden einfließen zu lassen. Plötzlich komme ich ins Schreiben: Ich lerne meine eigene Heldin besser kennen, beginne, sie zu mögen, wünsche ihr die Versöhnung mit ihrer Familie und habe Spaß an ihrer verhinderten Liebesgeschichte mit Jan. Ich bin fest entschlossen, dass es Larissa besser ergehen soll als mir selbst. Und so beginne ich damit, das Gerüst des Drehbuchs zu basteln. Eine frickelige Arbeit, bei der ich immer wieder alles verwerfe und von vorne anfange. Aber die Richtung stimmt. Nach vier Tagen schreibe ich die ersten Dialog-Szenen, wobei ich immer noch dieselbe Schlafanzughose und das *Jaws*-Shirt trage. Tageszeiten gibt es nicht mehr. Ich bin im Schreibtunnel, und nur wenn mir fast die Augen zufallen, lege ich mich zum Schlafen ins Zelt.

Ratko ist rührend. Er lässt mich in Ruhe und stellt mir Essen vor die Tür. Er umsorgt mich genauso, wie ich mich damals um meine Mutter gekümmert habe: leise sein, Essen kaufen, kochen, sich unsichtbar machen. Wahrscheinlich ist das ein sicheres Zeichen dafür, dass irgendetwas falsch läuft, aber darum kümmere ich mich, wenn das Drehbuch fertig ist.

Es klingelt an der Tür. Zunächst schreibe ich einfach weiter, denn ich erwarte niemanden. Doch dann klingelt es ein zweites Mal. Vielleicht hat Ratko seinen Schlüssel vergessen, als er vorhin los ist. Ich schlurfe zur Tür und öffne sie.

Aber vor mir steht nicht Ratko ohne Schlüssel. Da steht Joost mit Pinocchio-Schultern.

«Hallo.» Meine Stimme klingt merkwürdig kratzig, und mein Herz ist vor Schreck in den Magen gerutscht. Jetzt klettert es verwirrt wieder an seinen richtigen Platz zurück.

«Hi.» Er schiebt seine Brille auf der Nase ein Stück nach oben.

Ich starre ihn an. So kann das ja nicht funktionieren. Wie soll ich mir Joost aus dem Kopf schlagen, wenn er immer wieder auftaucht und ist, wie er ist? Aber ich habe schon verstanden, was mir das Universum damit sagen will: *Guck mal, was du nie bekommen wirst, und du weißt auch, warum.*

Danke für den Hinweis. Ist notiert.

Ich frage: «Was machst du denn hier?»

«Ach, ich hatte sowieso einen Termin bei einem Kunden in Winterhude. Die Inneneinrichtung für ein Schuhgeschäft.»

«Ah.» Vielleicht keine so gute Antwort, aber eine andere habe ich gerade nicht.

Er stöhnt kurz auf und schüttelt über sich selbst den Kopf. «Argh, was rede ich da? Den Auftrag für das Schuhgeschäft habe ich noch gar nicht sicher, ich bin nur deinetwegen hier.»

«Ja?» Ich lehne mich möglichst beiläufig gegen den Türrahmen. Etwas Halt schadet nicht. Er ist nur meinetwegen hier.

Joost grinst. «Ich weiß nicht, ob dir aufgefallen ist, wie bescheuert unser Telefonat neulich war.»

Ich kann nicht anders, ich muss auch lächeln. «Nein, das

ist mir entgangen. Wahrscheinlich war ich von meinen interessanten Ausführungen zum Thema Selbstkontrolle einfach zu abgelenkt.» Er steht schlaksig und joostig da, und ich muss mich am Türrahmen festhalten, damit ich ihn nicht wieder küsse.

«Und jetzt?» Er hebt fragend die Hände.

«Was, und jetzt?»

«Wie gehen wir damit um, dass das jetzt der Moment ist, in dem du mich schon allein aus Höflichkeit in deine Wohnung bitten müsstest, es aber nicht tust?»

«Ach so, ja, klar. Komm rein. Es ist nur nicht aufgeräumt.» Ich trete einen Schritt zur Seite und lasse ihn rein.

«Das ist doch völlig egal.» Joost kommt in den Flur, und ich schließe die Tür. Dabei fällt mir auf, dass ich ein kurzes T-Shirt trage. All meine Narben liegen bloß.

«Warte kurz.» Ich gehe schnell ins Wohnzimmer, wo ich mir sofort eine Strickjacke überziehe. Ich schaue mich im dunklen Zimmer um. Ein absoluter Saustall, und in der Mitte das Zelt. Überall stehen benutzte Teller und leere Colaflaschen rum. Die Luft ist muffig, und das Einzige, was ich zu meiner Verteidigung sagen kann ist, dass ich mir weiterhin zweimal täglich die Zähne geputzt habe. Das war es aber auch. Man sollte mir das Sorgerecht für mich entziehen. Ich reiße die zugezogenen Vorhänge auf und gleich danach das Fenster hinter dem Schreibtisch. Frische Luft und Sonnenlicht strömen ins Zimmer. Ich habe ganz vergessen, dass draußen Sommer ist.

Ich rufe: «Okay!»

Joost kommt rein und stutzt, als er Ratkos Zelt sieht. «Campst du hier?»

«Nur übergangsweise.» Ich kommentiere das nicht weiter, sondern räume ihm stattdessen den Sessel frei, der provisorisch vor dem Bücherregal steht. «Möchtest du was trinken?»

Er zeigt auf die leeren Flaschen auf meinem Schreibtisch. «Cola, wenn du noch eine hast.»

«Ja, Moment.» Ich gehe schnell in die Küche und mache auf dem Weg dahin einen kleinen Abstecher ins Bad, um mir einen Zopf zu binden. Der Rest muss so bleiben, wie er ist. Wenn ich Glück habe, geht es als sympathisch uneitel durch. In der Küche hole ich zwei Flaschen Cola aus dem Kühlschrank, und als ich damit zurück ins Wohnzimmer komme, sitzt Joost im Sessel und guckt sich die DVDs im Regal dahinter an.

Ich suche den Flaschenöffner auf meinem Schreibtisch und gebe Joost dann seine Cola. «Danke.»

Ich lasse mich aufs Sofa fallen und trinke einen Schluck. Die Cola schäumt wie ein chemisches Experiment in meinem Mund, und ich kneife schnell die Lippen zusammen, damit es kein Unglück gibt.

Joost fragt: «Wie war es bei deiner Mutter?»

Ich schlucke den Cola-Schaum mühsam runter. «Gut und schrecklich.»

Joost lehnt sich wieder im Sessel zurück. «Was war gut?»

Ich überlege. «Dass sie nicht mehr trinkt und dass ich gemerkt habe, wie sehr ich sie vermisst habe. Und dass sie viele ihrer Fehler eingesehen und sich dafür entschuldigt hat.»

«Das ist sehr viel Gutes auf einmal.» Joost schlägt seine langen Beine übereinander, muss es dann aber wieder rückgängig machen, weil sein Fuß sonst gegen das Zelt stößt. «Und was war schrecklich?»

«Zu merken, dass mein Vater mich tatsächlich einfach im Stich gelassen hat.»

Joost nickt: «Kommt mir sehr bekannt vor.»

Wir schauen uns an. In unseren Leben gibt es nicht nur eine gemeinsame Schwester, sondern auch einen ähnlichen Schmerz. Eine Übereinstimmung ist es trotzdem nicht.

«Ja, aber mit dem Unterschied, dass du nichts getan hast, was das rechtfertigt.»

Er guckt mich überrascht an. «Du doch auch nicht.»

«Doch.»

Joost runzelt skeptisch die Stirn. «Was in aller Welt könntest du getan haben, das es rechtfertigt, dich alleine zu lassen?»

«Meine Schwester würde noch leben, wenn ich besser aufgepasst hätte. Unser Hund ist über die Straße gelaufen, ich habe ihn nicht richtig festgehalten, Lina ist hinterher, und dann kam ein Auto.»

Joost sagt nichts und schaut mich nur ernst an.

«Siehst du, du widersprichst nicht einmal.»

«Aber nur, weil es nichts bringt. Schuldgefühle vergehen doch nicht, wenn andere dir sagen, dass sie unbegründet sind.» Da legt sich etwas Finsteres über sein Gesicht und bleibt. «Glaub mir, damit kenne ich mich aus.»

«Du hast dich schuldig gefühlt, weil dein Vater sich das Leben genommen hat?»

«Klar. Die Fragen stellen sich doch wie von allein: Hätte er es nicht getan, wenn ich anders gewesen wäre? Was stimmt nicht mit mir, dass er lieber tot ist, als bei mir zu sein?»

Offensichtlich hatten wir an diesem besonderen Tag vor vierzehn Jahren noch viel mehr gemeinsam, als ich bisher dachte. Wenn wir uns einander damals richtig anvertraut hätten, wäre dann heute irgendetwas anders?

Ich schüttle energisch den Kopf. «Es hatte nichts mit dir zu tun.»

«Mittlerweile weiß ich das. Aber es gibt immer noch Momente, in denen ich mich frage, ob irgendetwas anders gekommen wäre, wenn ich dies oder jenes gemacht oder nicht gemacht hätte.»

«Das muss ich nicht fragen. Bei mir steht fest: Wenn ich die Leine festgehalten hätte, würde meine Schwester noch leben.»

Ich treffe einen wunden Punkt, denn Joost reagiert plötzlich ungehalten. «Weißt du was? Niemand lebt gerne mit Schuld. Und es tut mir leid, dass dich deine quält. Aber …» Er bremst sich selbst aus und verstummt.

«Aber?» Soll er doch sagen, was er sagen will.

«Nein, vergiss es.»

«Sag!»

«Ich wollte nur sagen: Von mir wirst du ganz bestimmt keine Bestätigung bekommen.»

«Wofür?»

«Für deine Überzeugung, dass deine Schuld auf jeden Fall alles andere und jeden übertrumpft. Als sei sie irgendetwas wert. Dabei ist sie *nichts* wert!» Joost ist sichtlich verärgert. «Sie hält dich von anderen Menschen fern, und du verkriechst dich darin, als wäre sie ein scheiß Zelt wie das da!»

Ich fühle mich angegriffen und erkannt. Es stimmt, meine Schuld ist nichts wert. Sie bringt Lina nicht zurück.

«Oh, du hast Besuch?»

Joost und ich drehen uns beide überrascht um. Ratko steht im Zimmer. Seit wann ist er schon da? Wie viel von unserem Gespräch hat er mitgehört?

Ich springe auf und sage: «Ihr kennt euch ja noch gar nicht! Das ist Joost. Joost, das ist Ratko.»

«Ah, der Stiefbruder? Freut mich.» Ratko gibt Joost die Hand. Was soll das? Er weiß doch genau, dass Joost und ich nicht verwandt sind.

Ich sage deutlich: «Nicht mein Stiefbruder, sondern der Halbbruder meiner Halbschwester.»

«Na ja, aber damit wäre er ja trotzdem mein Patchwork-Family-Schwager, oder nicht?» Ratko grinst provozierend, und ich kann nicht glauben, wie macho-verzweifelt er hier sein Revier markiert. Das passt überhaupt nicht zu ihm. Es tut mir leid, dass ich ihn in diese Situation gebracht habe und er sich diese Blöße gibt.

Aber auch Joost sieht aus, als hätte Ratkos Auftauchen

ihn ziemlich aus dem Konzept gebracht. Seine Miene ist eingefroren, als er nun aufsteht und Ratko die Hand gibt. «Nett, dich kennenzulernen.» Er ist mindestens einen Kopf größer als Ratko-mit-Dutt. Der kompensiert das nun, indem er Joost mit kumpelhafter Herablassung den Oberarm tätschelt. «Cool. Möchtest du vielleicht einen Flat White?»

Joost verzieht keine Miene und antwortet freundlich: «Danke, aber ich muss sowieso mal wieder los.»

«Alles klar, dann ciao.» Ratko schnipst einmal mit den Fingern, macht dann eine Pistolengeste, und verlässt das Wohnzimmer.

Joost guckt mich konsterniert an und scheint auf eine Erklärung zu warten. Aber was soll ich sagen? Als ich stumm auf meiner Unterlippe herumkaue, stellt er seine Colaflasche ab und murmelt: «Tja, dann. Wir sehen uns ja wahrscheinlich demnächst mal im Krankenhaus.»

Ich will nicht, dass er geht, und vor allem will ich nicht auch noch meine frisch getroffene Entscheidung verkünden müssen. Aber wenigstens in dieser Hinsicht sollte ich ehrlich sein. Deswegen entgegne ich: «Eher nicht. Ich habe mich entschieden, meinen Vater nicht mehr zu besuchen.»

«Ach ja?» Joost scheint nicht einmal sonderlich überrascht. «Okay. Sagst du Jella Bescheid? Ich glaube, sie rechnet sonst mit dir.»

«Mach ich.» Innerlich seufze ich, denn Jella wird es natürlich nicht gut aufnehmen, wenn ich mich wieder von unserem Vater zurückziehe.

«Gut.» Joost geht am Zelt vorbei, und ich folge ihm auf den Flur. Er öffnet die Wohnungstür und sagt im Gehen: «Dann tschüs.»

«Joost?»

Er bleibt stehen und schaut mich abwartend an.

Ich ringe mit mir, aber ich muss es einfach klarstellen. «Ich hatte noch keinen Freund, als ich dich geküsst habe.»

Joost nimmt es zur Kenntnis und lächelt ein bisschen gezwungen. «Dann hat sich in der Zwischenzeit ja ziemlich viel getan bei dir.»

Ich fühle mich entsetzlich, als er sich umdreht und die Treppe hinuntergeht. Die Schritte werden leiser, und nachdem unten die Haustür zugeknallt ist, halte ich noch eine Weile still, um mir den Moment einzuprägen. Ein Grund mehr, sich ins Zelt zu verkriechen.

45.

«Hallo!»

«Hallo, Jella!»

Sie fängt sofort an zu reden: «Super, dass du anrufst! Weißt du was? Es gibt bei uns an der Schule jetzt einen neuen Kurs, da können wir lernen, wie man animiert!»

«Wow, cool.»

«Ich habe mich dafür eingetragen, aber ich weiß noch

nicht, ob ich einen Platz kriege. Stell dir mal vor, vielleicht kann ich dann irgendwann aus meinem Laika-Comic einen Film machen!»

«Das wäre echt toll.»

«Ich weiß auch schon, was passieren soll! Sie lernt ein Alien-Mädchen kennen, und zusammen versuchen sie, ein Magnetfeld um den Mars zu erzeugen, sodass man dort leben kann! Kannst du mir dabei helfen?»

Dieses Tempo. Mit Jella zu telefonieren ist, als ob jemand dir die ganze Zeit im Wechsel Böller, Seifenblasen und Konfetti um die Ohren bläst.

«Animieren kann ich nicht, aber für die Geschichte kann ich dir gerne ein paar Tipps geben.»

«Super. Und kommst du am Wochenende? Mama und ich wollen Samstagvormittag zu Papa …»

«Ja, deswegen rufe ich an. Ich wollte dir sagen, dass ich nicht mehr ins Krankenhaus komme.»

Kurz ist es still am anderen Ende der Leitung. «Wieso nicht?»

«Weil … Es kommen lauter alte Sachen wieder hoch, und ich habe gemerkt, dass mir das nicht guttut.»

Wieder Schweigen.

Ich frage vorsichtig: «Kannst du mich verstehen?»

«Wie denn? Immer sagst du, dass was passiert ist, aber nie, was.»

«Weil das etwas ist, was *meine* Familie betrifft und nicht *eure*.» Das ist keine gute Begründung. Und noch dazu völlig falsch.

«Bist du immer noch traurig, dass Papa und deine Mutter nicht mehr verheiratet sind? Oder sauer?»

«Ja, wahrscheinlich. Auch.» Ich komme immer wieder an den Punkt, an dem ich von Lina erzählen müsste, um mich zu erklären. Aber da in Jellas Familie die Entscheidung getroffen wurde, dass sie nichts von ihren Halbschwestern wissen soll, möchte ich das nicht tun. Andererseits hat Jella das Recht, es zu erfahren, und Lina hat ein Recht darauf, dass sie nicht totgeschwiegen wird.

«Jella, ich kann dir nicht mehr erzählen. Frag deine Mutter, okay?»

«Das hab ich schon, aber sie sagt mir auch nichts.»

«Das ist ihre Entscheidung. Ich kann mich da nicht einmischen. Bitte versteh das.»

«Ich finde euch alle echt scheiße!» Ein Klicken in der Leitung.

«Jella?» Sie hat aufgelegt. Ich versuche sofort, sie noch einmal anzurufen, aber sie drückt mich weg. Mir bleibt nur, ihr auf die Mailbox zu sprechen: «Jella, ich bin's noch mal. Es tut mir leid ... Bitte sprich mit Susanne, danach beantworte ich dir alle Fragen. Versprochen.»

Aber Jella ruft mich nicht zurück. Nicht heute und auch nicht in den nächsten drei Tagen, in denen ich wieder in die Arbeit abtauche. Am Abend des siebten Tages bin ich in einem zombieähnlichen Zustand, aber das Drehbuch ist fertig. Ich maile es an Nicole, dusche ausgiebig und krieche danach auf allen vieren ins Zelt. Die nächsten neunzehn Stunden kann mich nichts wecken.

46.

Auf meinem Schoß stapeln sich diverse Outdoor-Klamotten. Ich sitze in einem niedrigen Anglerstuhl, und Ratko probiert den vierunddreißigsten Rucksack auf. Er kann sich einfach nicht entscheiden. Der freundliche Verkäufer, der anfänglich noch mit Erklärungen, Empfehlungen und Vorschlägen zur Stelle war, hat sich mittlerweile irgendwo hinter dem Regal mit den Campingkochern versteckt. Ratko stapft in den immerhin bereits ausgewählten Wanderstiefeln mit dem Rucksack auf dem Rücken nervös vor mir auf und ab. «Oder den hier? Durch die Rückenplatte hätte ich eine gute Ventilation und Lastenverteilung …» Ratko dreht sich zu mir um und wirkt eher wie ein kleiner Junge, der sich einen

Ranzen aussucht, als wie ein Abenteurer, der die ganze Welt erkunden möchte. Outdoor-Läden hatten schon immer eine narkotisierende Wirkung auf mich, aber um Interesse zu signalisieren, frage ich: «Ist der denn auch wasserdicht?»

«Natürlich. Sind die doch alle.» Ratko schnallt sich seufzend den Rucksack ab und setzt sich auf den freien Stuhl neben mich. Er prüft das Material des Stuhls und murmelt: «Auch bequem. Brauche ich so was? Wie klein ist er denn, wenn er zusammengesteckt ist?» Er verrenkt sich, um zu sehen, ob irgendwo ein Infozettel hängt.

Ich stöhne. «Oder wir gehen jetzt einfach, und du kommst nächste Woche noch mal hierher.»

«Ja, das geht nicht.» Ratko lehnt sich zurück und schließt erschöpft die Augen.

«Und warum nicht?» Ich hatte ganz vergessen, wie anstrengend es ist, mit Ratko einkaufen zu gehen. Schuhe sind das Schlimmste. Orientierungslos irrt er durch mindestens sechs Sneaker-Läden, jeder Shop in einem anderen Stadtteil, um dann doch das Paar aus dem ersten zu kaufen und es eine Woche später wieder gegen die Schuhe aus dem dritten Laden umtauschen zu wollen, die es dann aber nicht mehr in seiner Größe gibt. Am Schluss bleibt nur das Internet.

«Nächste Woche bin ich schon weg.»

«Was?» Ich richte mich auf. Er hat immer noch die Augen geschlossen, trommelt jetzt aber mit den Fingern auf den Armlehnen herum.

«Ich will heute den Flug buchen.»

«Für wann?»

«Freitag oder Samstag.»

Ich starre ihn entsetzt an, aber er hält die Lider immer noch zusammengekniffen. «Kannst du mal die Augen aufmachen?»

Ratko macht die Augen auf und blinzelt mich von schräg unten an. «Ich habe das Geld zusammen, und du weißt genau, dass ich jetzt schnell losmuss. Sonst finde ich wieder tausend Gründe hierzubleiben.»

Ich versuche meinen Schock zu überspielen, zeige auf mich und sage: «Ein Grund reicht doch schon.»

Er muss lachen und schaut mich dann nachdenklich an. Dabei sieht er aus, als hätte ich Zweifel wachgegekitzelt. Ich ringe mit mir, ob ich versuchen sollte, ihn zum Dableiben zu überreden. Jetzt wäre vielleicht der geeignete Moment dafür. Ich möchte nicht, dass er bald weg ist. Scherzhaft unke ich: «Da draußen lauern doch so viele Gefahren, Ratko. Rotrückenspinnen, Jetskis und tropische Früchte!»

Ratko schmunzelt und nickt. «Ich weiß. Aber ich muss das dieses Mal durchziehen. Sonst kann ich mich ja selbst nicht mehr ernst nehmen.»

Ich weiß, was er meint, und fühle mich ein bisschen ertappt, denn ein Grundbaustein unserer Beziehung besteht ja darin, dass ich Ratkos diverse Zukunftspläne auch nicht richtig ernst nehme. «Das ist unverantwortlich. Wenn du weg bist, werde ich wieder nur von Toast und Cola leben.»

Ratko nimmt meine Hand, die auf meiner Campingstuhl-Lehne liegt. «Oder …» Er lässt den Blick durch den Laden streifen. Irgendein Reiz hat ihn wieder abgelenkt. Was wollte er denn fragen?

Ich versuche, seinen Fokus wieder auf unser Gespräch zu lenken. «Oder?»

Ratko zeigt auf ein lesbisches Paar, das ein paar Meter weiter Regenjacken anprobiert. «*Oder* wir machen es auch so wie die beiden da. Du kaufst dir Stiefel, einen Rucksack und den Stuhl, in dem du da so gemütlich sitzt.»

Ich denke, er macht Witze, und lache kurz auf. «Und dann?»

«Dann fliegen wir von Hawaii aus direkt nach Patagonien und grillen da unseren selbstgefangenen Fisch. Ich verspreche dir hoch und heilig: Ich entwickle keine Müsli-Apps für Nestlé.»

Was redet er da? Ich soll mitkommen? Äh …? Lieber sage ich dazu erst einmal etwas ganz Nüchternes: «Wir sind beide Vegetarier.»

«Dann nehmen wir eingeschweißte Tofuwürste mit.»

«Mikroplastik!»

«Hör auf abzulenken.» Er hat seine Augenbrauen fragend hochgezogen. Das kann doch nicht sein, was ist auf einmal mit Ratko los?

«Meinst du das ernst?»

«Ja. Jetzt sag schon: Kommst du mit?»

Ich freue mich, aber alles in mir schreit plötzlich: Nein, nein, nein! «Äh, ich, also ich kann doch hier nicht weg», stammle ich.

«Warum nicht?»

«Soll ich alles hinschmeißen?»

«Was meinst du denn damit? Schreiben kannst du doch überall, oder nicht?»

«Ja, schon …»

«Dein Drehbuch ist fertig. Und falls du den Serienauftrag bekommst, schreibst du es eben da, wo wir sind.»

Falls. Er hat natürlich in gewisser Hinsicht recht, theoretisch geht das alles. «Also, die Vorstellung, dass ich in Patagonien eine Serie schreibe, die auf einem Apfelhof im Alten Land spielt, fühlt sich äußerst merkwürdig an.»

«Gut, kann ja sein. Aber dafür fühlt sich der Rest dann wahrscheinlich richtig super an. Du brauchst doch auch mal ein bisschen mehr Berührung mit dem Leben da draußen.»

Ich weiß, was er meint, und eigentlich ist es wirklich rührend, dass er mich fragt, ob ich mitkomme. Vor kurzem habe ich mir das noch erträumt – und jetzt? Die Vorstellung, mit Ratko allein durch die Wildnis zu stolpern, egal wo, löst in mir Beklemmungen aus. Allein die vielen Weggabelungen. Wer soll denn da die Entscheidungen treffen? Wir schweigen und beobachten das Regenjacken-Pärchen. Wenn ich so verliebt wäre wie die beiden, würde ich wahrscheinlich keine Sekunde zögern.

«Ratko, ich weiß nicht, wie ich das erklären soll. Aber ich muss hierbleiben.»

Er kneift enttäuscht den Mund zusammen. «Wie du meinst. Aber ist das der Grund, oder hat es etwas mit diesem Joost zu tun?»

Mein Kopf schnellt so schnell zu Ratko herum, dass ich mir fast den Nacken verrenke. «Was? Wie kommst du denn darauf?»

«Ich habe euch neulich miteinander streiten hören. Das wirkte sehr vertraut. Als ob da was zwischen euch läuft.»

«Quatsch! Der ist doch so was wie mein Stiefbruder!» Dieser Blödsinn, den ich da von mir gebe, wird von meinen feuerroten Wangen konterkariert.

Ratko bemerkt das und lässt sich nicht für dumm verkaufen. «Zumindest musste ich euer Gespräch belauschen, um zu erfahren, dass du eine kleine Schwester hattest und dich für ihren Tod verantwortlich fühlst. Katja, ich meine, wieso erzählst du mir so was nicht?»

Ich zögere und suche nach den richtigen Worten. «Weil … Ich glaube, weil ich es mochte, dass du nichts davon wusstest. Die Sache zwischen uns war doch klar: Ich beruhige dich, und du gibst mir das Gefühl, nicht ganz allein zu sein.»

Ratko guckt mich an, als wäre ich nicht ganz richtig im Kopf. «Wow.»

«Was *Wow*?»

«*Wow* wie in: *So unterschiedlich kann man ein und dasselbe einschätzen.*»

«Aber wie hast du das zwischen uns denn gesehen?»

«Ich dachte, du brauchst Zeit, um Vertrauen zu fassen.»

«Ach, und weil das so lange dauerte, hast du in der Zwischenzeit dann noch kurz mit Sofia geschlafen, oder was?»

«Nein, in der Zwischenzeit hatte ich mit meinen eigenen Unsicherheiten zu tun und habe leider mal Mist gebaut, Katja.»

Ich schlucke und weiß nicht, was ich dazu sagen soll.

«Und? Habt ihr euch entschieden?»

Wir blicken beide überrascht auf. Vor uns steht der Verkäufer und lächelt freundlich.

Ratko guckt mich an und rappelt sich hoch. «Jep. Ich nehme einmal alles.» Er klemmt sich einen der Rucksäcke unter den Arm, rafft die ganzen Outdoor-Klamotten von meinem Schoß zusammen und zeigt dann in meine Richtung. «Den Stuhl auch. Aber ohne die Frau.» Dann dreht er sich um und geht zur Kasse. Ich starre ihm hinterher und stehe ein bisschen unter Schock.

«Du müsstest ihn dann jetzt freigeben, bitte.» Der Verkäufer steht etwas überfordert vor mir.

«Wen?»

«Den Stuhl.»

«Oh, ach so. Ja.» Ich erhebe mich. Der Verkäufer nimmt das Ding und folgt damit meinem … Ex-Freund?

Ich warte draußen. Als Ratko aus dem Geschäft kommt, hat er den Rucksack geschultert. Ich gehe auf ihn zu. «Es tut mir leid.»

«Ja, mir auch.» Ratko schaut mich an, und plötzlich muss er grinsen. «Sei ehrlich, es liegt an meinem Dutt, oder?»

Ich lache. «Nein, es liegt an mir. Der Dutt ist super.»

Ratko ergänzt: «Ausdruck meiner Persönlichkeit.»

«Eben.» Ich möchte möglichst schnell wieder zur Normalität übergehen. «Komm, lass uns nach Hause fahren, okay?»

Ratko schüttelt entschieden den Kopf. «Nein, ich nehme jetzt die U-Bahn zum Flughafen.»

Ich versuche, in seinem Gesicht zu lesen, ob es ein Scherz ist, finde dafür aber keine Anzeichen. Deswegen muss ich nachfragen: «Soll das ein Witz sein?»

«Nein. Wir haben gerade Schluss gemacht, und weißt du, was Sofia immer sagt?»

Die Influencer-Schildkröte. Ich seufze und rate auf gut Glück: «Wenn die Babys aus dem Ei geschlüpft sind, trage sie ins Meer?»

«Haha. Nein, sie sagt: *Wenn das Leben dir einen Neuanfang bietet, greif zu!* Und das mache ich jetzt!»

«Okay, aber was heißt das in Säugetier-Sprache?»

«Ich kaufe mir ein Ticket und fliege direkt los.» Er sieht sehr entschlossen aus. Und auch ein bisschen nervös.

«Aber … deine Sachen sind noch bei mir.»

«Brauch ich nicht. Zahnbürste kaufe ich mir unterwegs. Den Rest kannst du spenden.»

«Was ist mit dem Zelt?»

«Schenk ich dir. Ich habe mir da drin ein neues gekauft.» Er dreht sich um, sodass ich die stramm gepackte Wurst sehen kann, die seitlich an seinen Rucksack geschnallt ist.

«Okay, aber dein Laptop?»

«Scheiß auf digital. Ich mach das jetzt richtig offline.» Ratko überlegt kurz und lenkt dann ein. «Okay, das Handy

nehm ich mit. Aber nur für den Notfall.»

«Wow.» Mehr kann ich nicht sagen, denn das muss ich erst mal verarbeiten.

«Was *wow*?»

«*Wow* soll heißen: *Ich bin ehrlich beeindruckt.*»

Ratko zeigt Richtung U-Bahn-Station. «Ich sollte jetzt los. Du weißt ja, meine Entschlossenheit hat eine niedrige Halbwertszeit.»

Ich verstehe, was er meint, und doch bin ich ein bisschen überfordert damit, dass das hier jetzt offensichtlich unser Abschied ist. «Okay. Ja. Also dann … Viel Glück.»

«Danke!» Ratko und ich umarmen uns. Aber nur kurz, denn wir wollen ihn beide nicht verunsichern. Er gibt mir einen Kuss auf den Mund, und als er mir in die Augen schaut, sehe ich aufrichtige Zuneigung in seinem Blick. «Katja?»

«Ja?»

«Meinst du nicht, du hast genug gebüßt?»

Getroffen trete ich einen Schritt zurück.

Ratko wartet nicht, ob ich dazu noch etwas zu sagen habe, sondern klemmt lächelnd die Daumen unter die Rucksackgurte und geht einfach los.

Ich gucke ihm hinterher, und er fehlt mir jetzt schon ein bisschen. Seine Worte hallen in mir nach. Bevor er in der

U-Bahn-Station verschwindet, rufe ich schnell: «Schreib mal, okay?»

Er dreht sich zu mir um, schnipst mit dem Finger und macht diese behämmerte Pistolengeste, die ich vermutlich nicht so sehr vermissen werde wie ihn.

47.

Draußen kündigt sich ein Gewitter an, und ich fahre auf meinem Fahrrad so schnell wie möglich zu meinem Termin bei TeleFix. Bereits zweimal hat es geblitzt und sehr kurz darauf heftig gedonnert. Dicke dunkle Wolken haben sich innerhalb kürzester Zeit vor die Nachmittagssonne geschoben, und die feuchtwarme Luft ist unangenehm klebrig. Außer Atem biege ich in den Hinterhof der Produktionsfirma, und als ich mein Fahrrad abstelle, platschen die ersten dicken Tropfen vom Himmel. Ich beeile mich, in das Gebäude zu kommen.

Als ich den Besprechungsraum betrete, stehen Nicole, Markus und die Redakteurin Sibylle staunend am Fenster und schauen nach draußen, wo es inzwischen Sturzbäche schüttet. Wieder zackt ein Blitz über den Himmel, gefolgt von einem düsteren Donnergrollen. Mich hat noch keiner von ihnen wahrgenommen.

«Diese Naturgewalt, oder?» Markus ist ganz bewegt.

«Da fühlt man sich plötzlich ganz winzig.» Sibylle ist selbst überrascht, denn sonst scheint das nicht ihr Thema zu sein.

«Gut, dass ich das Verdeck von meinem Auto zugemacht

habe.» Nicole seufzt erleichtert, denn das bedeutet wenigstens eine Sorge weniger.

Ich mache mich bemerkbar. «Hallo!»

Die drei drehen sich überrascht um, und damit ist der Bann des Gewitters gebrochen. Ich werde dreimal hintereinander umarmt, und wir floskeln ein bisschen hin und her, bevor wir uns an den Tisch setzen. Der Keksteller in der Mitte ist gut gefüllt.

Wie immer bin ich aufgeregt.

Sibylle ergreift mit einem fluoreszierenden Lächeln das Wort: «Viieeelen Dank für das tolle Drehbuch, Katja. Wir sind alle ganz begeistert.»

«Begeistert?»

Alle drei nicken kräftig. Die Anspannung fällt ein kleines bisschen von mir ab. Die tage- und nächtelange Fahrt durch den Schreibtunnel hat sich vielleicht wirklich gelohnt.

Sibylle fährt fort: «Und auch Anna Lippelmann sieht da sehr viel Potenzial. Mit der richtigen Besetzung ist das ihrer Meinung nach ein Erfolgsgarant. Deswegen haben wir uns entschieden, eine ganze Staffel von *Eine Familie mit Saft* in Auftrag zu geben.»

Ich kann es kaum glauben. «Echt jetzt?» In Gedanken jubele ich still für mich weiter: Sie mögen es! Sie finden es gut!

Nicole und Markus strahlen um die Wette, und Sibylle sitzt da wie eine glückliche Kaiserin, die ihr Volk endlich mal wieder satt bekommen hat.

Markus beteuert: «Es *ist* aber auch ein tolles Drehbuch geworden.»

Sibylle ergänzt: «Und mit Larissa hast du auch die Kurve gekriegt. Die Rückblenden sind zwar nichts Neues, funktionieren aber eben immer gut.»

Nicole klemmt sich ihr Haar hinters Ohr. Die Strähne

ist endlich lang genug und hält. «Ach ja! Und wunderbar die Mischung aus Humor und rührenden Momenten. Großes Kino!»

Ja, nun mal nicht übertreiben. Ich bin geschmeichelt, versuche sie aber auf den Teppich zu holen: «Oder sagen wir: hoffentlich gute Fernsehunterhaltung.»

Sibylle nickt. «Also, das wird es ganz bestimmt! Und wir haben auch noch eine ganz tolle Neuigkeit!» Sie wechselt mit Nicole und Markus einen vielsagenden Blick, der mich sofort in Alarmbereitschaft versetzt.

«Ja? Welche denn?»

«Weißt du, wer sich sofort gemeldet hat, nachdem wir dein schönes Drehbuch an ihre Agentin geschickt haben?»

«Wer?»

«Dorit Wagenfels!» Sibylle klatscht mit den Händen auf die Tischplatte, als würde sie uns dort den fetten Fisch präsentieren, den sie an Land gezogen hat. «Sie will die Mutter spielen!»

Nein. Oh nein. Nein, nein, nein.

Mir wird schlagartig übel, ein Heul-Gluckser hängt mit im Hals, und kurz fürchte ich einen plötzlichen Kontrollverlust. Mit rauer Stimme würge ich hervor: «Bitte nicht.»

«Waaas? Wieso denn nicht? Sie ist die beliebteste deutsche Schauspielerin. In ihrer Altersklasse zumindest.» Nicole ist ehrlich erstaunt.

Ich fasse leicht hysterisch zusammen: «Ich habe vier Jahre für *Wache Mitte* geschrieben. Es ist die Hölle, mit ihr zusammenzuarbeiten. Wisst ihr, was da am Set immer los war? Hor! Ror!» Das muss sie doch überzeugen.

Markus schaltet sich ein: «Na ja, also das ist jetzt doch ein bisschen übertrieben. Ich kenne sie ja auch aus meiner Zeit da und finde, wenn man sich darauf einstellt, dass sie …»

Sibylle hat allerdings keine Geduld zu warten, bis Markus umständlich aus seinem Erfahrungsschatzkästchen berichtet hat, und unterbricht ihn: «Wir wissen, worauf du anspielst, Katja. Aber Dorit geht es ganz großartig. Sie steigt bei *Wache Mitte* zum Ende der Staffel aus, und ihre Agentin hat uns versichert, dass sie richtig darauf brennt, sich als Schauspielerin neu zu erfinden.»

«Das macht mir doch erst recht Angst!» Versteht hier eigentlich niemand, was für eine durch und durch schlechte

Idee das ist? Ich sehe, wie sich alles, wofür ich die letzten Wochen gearbeitet habe, vor meinen Augen in Luft auflöst.

Nicole ist ein bisschen angesäuert. «Wir dachten, du freust dich. Dorit hat uns erzählt, wie toll ihr immer zusammengearbeitet habt.»

«Ja klar. Hannibal Lecter behauptet sicherlich auch, dass er mit seinen Opfern immer richtig schön zusammengekocht hat.»

«Jetzt aber mal langsam, Katja. Außerdem ist es ganz klar der Wunsch des Senders, dass Dorit die Mutter spielt. Mit anderen Worten: Der Auftrag ist unmittelbar daran gebunden.»

Ich starre auf den Keksteller. Alles klar, entweder Dorit oder eben nichts. Anderseits, okay, sie hat unglaublich viele Fans und würde sicherlich eine respektable Einschaltquote sichern. Und die Rolle der Mutter ist nicht so groß. Wenn Dorit wieder ausfallen sollte, was ich ihr von Herzen nicht wünsche, aber aus Eigeninteresse mal kurz in Betracht ziehen muss, dann könnte man ihre Rolle zur Not auch rausschreiben … Ich verliere mich in gedanklichen Rettungsmaßnahmen und vergesse, dass alle auf eine Antwort von mir warten.

Nicole schaut mich flehend an. «Katja, du weißt doch:

Irgendjemand ist immer schwierig am Set. Hier wissen wir wenigstens, mit wem wir es zu tun haben. Ein Unsicherheitsfaktor weniger.»

«Na ja, im Grunde spielt sie ja auch nur die Mutter. Larissa steht im Fokus und …» Stopp. Ich sehe, dass sich in den Gesichtern der drei etwas Neues abzeichnet. «Was ist denn jetzt schon wieder?»

«Ja, Dorit hat natürlich auch noch so ihre Wünsche, was die Rolle betrifft.»

«Möchte sie gerne, dass sie Larissa mit sechzehn bekommen hat, weil sie dann noch als Ende dreißig durchgeht?»

Die drei lachen höflich über meinen Scherz, um mich bei Laune zu halten.

Nicole erwidert eilig: «Nein, nein. Das nun nicht. Aber sie möchte natürlich gerne – und es spricht vieles dafür, dass …»

Es klopft an der Tür. Nicoles Assistentin steckt den Kopf herein. «Sie wäre dann jetzt da.»

«So früh?» Nicole schaut auf ihre Uhr. «Ach, doch schon so spät. Okay, dann bring sie gerne rein, danke, Saskia.»

«Wir sind jetzt leider noch gar nicht dazu gekommen, dir zu erzählen, dass Dorit heute auch dazustößt.»

«Wie bitte?» Im Western nennt man so was Hinterhalt.

In diesem Moment rauscht schon Dorit in den Raum. Ohne Gips. Sie trägt eine wild gerüschte Bluse und darüber einen glitzernden Bolero, sodass ihr Outfit zwangsläufig an eine ethisch fragwürdige Stierkämpferin erinnert. Ich kann mir schon vorstellen, wem sie hier gleich den Todesstoß geben will. Sie unterstreicht ihren folkloristischen Auftritt mit einer Prise Selbstironie, indem sie zweimal mit den Füßen aufstampft, neben ihrem Gesicht in die Hände klatscht und laut ruft: «Qué pasa? Schreiben wir heute Seriengeschichte, oder was?»

Sibylle, Nicole und Markus lachen los, und es entsteht ein großes Begrüßungshallo, in dem alle durcheinanderreden und jede Wange vierzigmal geküsst wird. Ich hingegen stehe mit hängenden Armen neben dem Tisch und versuche, irgendwie die Fassung zu wahren.

Dorit dreht sich zu mir um und breitet die Arme aus: «Na, wenn das nicht meine Lieblingsautorin ist!»

«Hallo, Dorit.» Ich überwinde mich zu einer Umarmung, denn alles andere wäre einfach grob unhöflich. Dorit drückt

mich so fest an sich, dass die Pailletten ihres Boleros mir ein Gesichts-Peeling verpassen.

Schließlich sitzen wir wieder alle auf unseren Stühlen, und Nicole moderiert fröhlich über meine Reserviertheit hinweg: «Dorit, wir wollten Katja gerade deine Idee skizzieren, aber da du jetzt selbst hier bist, machst das vielleicht am besten du.»

Dorit schlägt die Beine übereinander. «Also, dass ich das Buch richtig spitze und puppenlustig finde, haben dir die anderen bestimmt schon gesagt, oder?»

Ich kann es mir nicht verkneifen: «In anderen Worten, ja.»

Dorit ist kurz irritiert, fährt dann aber fort: «Jedenfalls, super Drehbuch, echt. Ich finde allerdings, dass man sich im Hinblick auf das Durchschnittsalter der Zuschauer mal fragen sollte, ob Larissa mit ihren knapp dreißig Jahren die richtige Hauptfigur ist.»

Vielleicht bin ich etwas begriffsstutzig, aber ich verstehe nicht, was die Matadora da andeutet. «Mmh?»

«Dorit schlägt vor, und das ist im Grunde eine strategisch sehr kluge Idee, dass wir die Mutter zur Hauptfigur machen.» Weiß Nicole eigentlich, dass ihr angestrengtes Lächeln aussieht, als hätte man ihre Mundwinkel hinter den Ohren festgetackert?

«Äh … *Larissa* ist die Hauptfigur.»

«Ja, und wenn wir uns mal kurz davon lösen, dann sehen wir, dass die Mutter die viel bessere Hauptfigur ist.»

Mit einem Mal ist er sehr, sehr still im Raum. Das einzige Geräusch ist das Prasseln der Regentropfen gegen die Fensterscheiben. Mir kommt das alles ziemlich unwirklich vor. Ich habe mich doch nicht bei *Wache Mitte* rausschmeißen lassen und eine neue Serie erfunden, um dann am Ende wieder mit Dorit Wagenfeld dazustehen! Oder habe ich irgendetwas nicht richtig verstanden? Ratlos suche ich nach Zeichen, die mir Anhaltspunkte dafür liefern könnten, was das eigentlich soll. Mein Blick fällt auf Nicoles Kaffeetasse, auf der dieses überhebliche Zitat steht: *Everything is going to be fine in the end. If it's not fine, it's not the end.* Ich liebe Oscar Wilde, aber dieser Spruch ist absoluter Blödsinn. Eventuell habe ich natürlich unrecht, denn ich bin ja noch gar nicht am Ende angelangt und kann es somit auch gar nicht beurteilen.

Plötzlich klingelt mein Handy. Ich hole es hervor, um es lautlos zu stellen. Susanne. Ich zögere kurz, ob ich rangehen soll, entscheide mich aber dagegen. Wenn etwas Wichtiges ist, wird sie sicherlich noch mal anrufen oder zumindest eine Nachricht hinterlassen. Ich stelle das Klingeln ab und lege das Handy vor mich auf den Tisch. «Entschuldigung.» Aber meine Gedanken haben sich gegen meinen Willen trotzdem bei Susanne verhakt.

Sibylle hat der neuen Idee noch etwas hinzuzufügen: «Eine ältere Hauptfigur – no offense, Dorit – würde auch den Empfehlungen unserer Marktforschung entsprechen.»

Bevor ich etwas erwidern kann, meldet mein Handy brummend den Eingang einer Mailboxnachricht. Vielleicht war es doch wichtig?

«Du sagst ja gar nichts?» Dorit lächelt mich freundlich an.

«Ich …» Erneut vibriert mein Handy, und ich sehe eine Textnachricht. Dieses Mal von Joost: *«Bitte ruf uns DRINGEND zurück!!»*

Vielleicht ist etwas mit meinem Vater?

«Entschuldigt, aber ich muss mal kurz telefonieren.»

«Ja, natürlich.» Die anderen vier lächeln mich verständnisvoll an. Ich verlasse den Raum. Draußen rufe ich Joost zurück.

«Katja, danke, dass du dich meldest!» Joosts Stimme klingt entfernt, als würde er über die Freisprechanlage telefonieren. Aber nicht nur das, sie klingt auch sehr besorgt und irgendwie gehetzt. «Hat sich Jella bei dir gemeldet?»

«Nein, wieso?»

«Sie ist heute Morgen nicht in der Schule angekommen und geht nicht ans Handy. Wahrscheinlich ist sie nach Hamburg gefahren, Laika hat sie auch mitgenommen. Sie hat sich auf dem Laptop die Wegbeschreibung zum Ohlsdorfer Friedhof ausgedruckt …»

Ich ahne Böses. «Hat sie von Lina erfahren?»

Plötzlich höre ich Susannes Stimme aus dem Hintergrund: «Ja. Sie hat mich gestern Abend mit Fragen bestürmt. Irgendwann habe ich es ihr dann erzählt. Sie hat es überhaupt nicht gut aufgenommen.» Sie stockt. «Wenn sie da jetzt alleine auf dem Friedhof rumirrt …»

Und das bei dem Gewitter, denke ich bestürzt, erwähne es aber nicht, um sie nicht noch weiter zu beunruhigen. «Seid ihr auf dem Weg nach Hamburg?»

Dieses Mal antwortet Joost: «Ja, aber wir sind noch nicht mal auf der Autobahn.»

Ich muss zu Jella. Jetzt.

Eine Minute später platze ich hektisch in den Besprechungsraum. «Ich muss leider sofort los.»

Markus reagiert ehrlich besorgt: «Ist was passiert?»

«Weiß ich noch nicht. Es geht um meine kleine …» Ich korrigiere mich. «Es geht um meine beiden kleinen Schwestern.»

«Oh.» Die anderen schauen mir etwas überrumpelt zu, wie ich meine Tasche vom Boden aufhebe und meine Jacke von der Stuhllehne nehme.

«Äh … aber, also, wie verbleiben wir denn jetzt? Würdest du dann das Buch so weit umschreiben, dass wir Dorit …?»

«Nein.» Ich fahre Nicole entschieden über den Mund. «Wenn ihr die Serie haben wollt, dann nur mit Larissa als Hauptfigur.»

Dorit verschränkt gekränkt die Arme über dem Rüschengebirge auf ihrer Brust. Ihr Gesicht ist zusammengefallen wie ein verhunztes Soufflé. «Na, das war ja deutlich.»

Sibylle beruhigt sie: «Katja ist mit den Gedanken ganz woanders, ist doch klar. Aber wir reden noch mal in Ruhe, wenn ihre Familienangelegenheiten geklärt sind.»

Nicole rutscht auf ihrem Stuhl herum und blinzelt nervös in meine Richtung. «Ja, dann sehen wir weiter.»

Ich will jetzt los, Jella suchen, und sage deswegen knapp: «Danke für eurer Verständnis. Aber es bleibt dabei.»

Dann gehe ich zur Tür und höre noch, wie Sibylle leise Nicole und Markus zuraunt: «Es gibt ja noch andere Autoren …»

Wie bitte? Jetzt reicht's mir aber! Ich fahre herum. «Auswechseln könnt ihr mich nicht. Es gibt keinen Vertrag. Die Serie gehört mir.»

Sibylle wendet sich konsterniert an Nicole, die auf einen Schlag hektische Flecken am Hals bekommt. «Ihr habt die Rechte gar nicht gekauft?»

Nicole stammelt: «Äh, der Vertrag liegt schon in der Postmappe und …» Sie gibt die heiße Kartoffel gereizt an Markus weiter. «*Du* solltest dich doch darum kümmern!»

«Ich? Ich bin doch gar nicht befugt!» Markus' Stimme macht einen kleinen Kiekser.

Nicole schimpft vorwurfsvoll in meine Richtung: «Das ist jetzt aber echt ein Vertrauensbruch!»

Also, ich habe keine Zeit für diesen Quatsch.

328 Draußen regnet es immer noch. Ungeduldig versuche ich mir ein Taxi zu rufen. Natürlich lande ich in der Warteschleife. Bei dem Wetter wollen schließlich alle Taxi fahren. Aber ich muss so schnell wie möglich zu Jella. Ich wähle noch mal. Wieder Warteschleife. Das ist doch alles nicht wahr. Bei diesem heftigen Gewitter über den Friedhof zu laufen, ist bestimmt nicht ungefährlich. «Scheiße, scheiße, scheiße!»

«Wo musst du denn hin?»

Ich drehe mich um, und da steht Dorit. Widerwillig knirsche ich meine Antwort zwischen den Zähnen hervor. «Ohlsdorfer Friedhof.»

«Komm, ich fahr dich.» Dorit grabbelt einen mit Swarovski-Tand behängten Autoschlüssel aus ihrer vollgestopften Handtasche und lässt ihn vor meiner Nase baumeln. Lieber würde ich durch das Unwetter zum Friedhof *laufen,* als mit Dorit zusammen im Auto zu sitzen, aber ich werde eindeutig schneller bei Jella sein, wenn ich mich von ihr fahren lasse.

«Nur, dass das klar ist: Die Fahrt bezahle ich nicht mit der Hauptrolle.»

«Krieg dich wieder ein und komm mit. Ich schulde dir sowieso noch was.» Dorit geht mit schnellen Schritten voran, und ich trabe hinter ihr her bis zu einem merkwürdig eckigen, silberfarbenen Sportwagen, der wie aus der Zeit gefallen aussieht. Irgendwo habe ich so ein Auto schon einmal gesehen, aber wo? Dorit öffnet die Fahrertür, und zu meiner Überraschung schwingt sie nach oben auf. «Immer rein in die gute Stube!»

Und natürlich fällt mir jetzt wieder ein, woher ich dieses Auto kenne. «*Zurück in die Zukunft*?»

Dorit grinst stolz: «Ja. Aber ohne Flux-Kompensator, leider.» Sie zwinkert mir zu und setzt sich hinters Steuer. «Wegen Michael J. Fox bin ich doch überhaupt erst Schauspielerin geworden. Und da ich nicht mehr trinke, kann ich meinen DeLorean auch endlich wieder fahren.»

48.

Dorit ist sehr bemüht, mich so schnell wie möglich zu meinen Schwestern zu bringen. Schnittig und geschmeidig lenkt sie den DeLorean durch den dichten Verkehr. Der Wagen gibt beim Gasgeben laute Brunftgeräusche von sich und erregt an jeder Ampel Aufmerksamkeit. Viele Leute starren einfach nur unter ihren Regenschirmen hervor, manche fotografieren das Auto aber auch, und zwei Männer in Businessanzügen klopfen sich gegenseitig albern à la «Hallooo? McFly? Jemand zu Hause?» auf die Stirn. Eine Frau drückt ihren Jeanshintern gegen meine nasse Fensterscheibe, um ein Selfie zu machen. Dorit und ich ignorieren das und sprechen nicht. Ich, weil ich mir die ganze Zeit Sorgen um Jella mache und inständig hoffe, dass ich sie auf dem Friedhof gleich finde, und Dorit bleibt still, weil sie offensichtlich auch mal die Klappe halten kann, wenn es darauf ankommt.

Ein paarmal versuche ich Jella anzurufen, aber sie geht nicht ran.

Irgendwann fragt Dorit dann aber doch: «Zu welchem Eingang müssen wir denn?»

Mich durchfährt ein Schreck, denn ich weiß es natürlich nicht. Ich war nur ein einziges Mal an Linas Grab, und das war am Tag ihrer Beerdigung. Danach habe ich es nie wieder über mich gebracht hinzugehen. Ich könnte mich dafür jetzt verfluchen und rechtfertigen, aber lieber suche ich in meinem Handy nach der Telefonnummer der einzigen Person, die wissen muss, wo das Grab liegt. Dorit guckt stur weiter auf die Straße. Sie spielt die Rolle der diskreten Chauffeurin außergewöhnlich überzeugend. Ich wähle und warte. Hoffentlich, hoffentlich, hoffentlich ist sie da. Bitte.

«Ja?»

Ich atme auf. «Mama, ich bin's.»

Meine Mutter klingt erfreut. «Hallo, Katja! Das ist ja schön, dass du dich meldest. Ich wollte schon …»

«Warte! Nein! Entschuldige, aber ich habe eine ganz wichtige Frage, und alles andere besprechen wir ein anderes Mal, ja?»

«Okay. Was ist denn los?» Sofort ist sie beunruhigt.

«Ich muss wissen, wo genau …» Es auszusprechen ist nicht einfach. Ich gebe mir einen Ruck. Jetzt. «Wie finde ich Linas Grab auf dem Friedhof?»

Meine Mutter braucht eine Sekunde, um ihre Überraschung zu zügeln, dann sagt sie ruhig: «Bist du mit dem Auto?»

«Ja.»

«Dann fährst du von der Wellingsbütteler Landstraße auf den Friedhof und hältst bei der Kapelle. Von dort aus musst du in Richtung Schmetterlingsgarten und dich da links halten. Reihe P, und da ist es das Grab mit der Nummer 67.»

P-67. Oder auch 67P. Mein Herz gerät ins Stolpern. Der vollständige Kometenname von Tschuri lautet: *67P/Tschurjumow-Gerassimenko.*

«Danke, Mama. Ich melde mich bald.» Ich stecke das Handy wieder ein und gebe die Information an Dorit weiter. Sie nickt, und wir rasen bei Dunkeldunkelgelb über eine Kreuzung.

Das Grab meiner Schwester hat also dieselbe Bezeichnung wie Tschuri. Ein Zufall? Ja, natürlich ist das ein Zufall. Es *muss* Zufall sein. Aber wieso eigentlich? Weil alles andere unheimlich und gruselig und nicht zu begreifen wäre.

67P. 67P. 67P. Womöglich wird das jetzt bei mir zu einer Besessenheit wie in diesem Jim-Carrey-Film, in dem der Typ wegen der Zahl 23 völlig durchdreht. Aber es ist schon irgendwie seltsam, dass erst nach Linas Tod entschieden wurde, dass Rosetta Philae auf 67P absetzen soll. Ursprünglich war der Komet 46P ausgewählt worden, aber dann musste die Rosetta-Mission verschoben werden, und man entschied sich für Tschuri. Bin ich schon mit einem Fuß zurück in der Klapse, wenn ich mich frage, ob die Wahl des Kometen 67P für die Rosetta-Mission ein kosmisches Zeichen meiner verstorbenen Schwester ist? Aber wenn ja, was will sie mir damit sagen? Und hätte ich es nicht schon viel früher erkennen müssen? Mein Kopf platzt gleich! Und hoffentlich ist Jella bei Lina.

Als wir endlich den Friedhof erreichen und auf den Parkplatz der Kapelle fahren, kann ich es kaum erwarten, endlich aus dem Auto zu steigen. Es regnet immer noch. Nervös fummle ich an dem Türgriff herum. «Wie geht das denn hier …?»

«Da, warte …» Dorit beugt sich zu mir rüber und hilft mir. Die Tür öffnet sich nach oben, und ich springe aus dem Wagen. Der halbe Parkplatz steht unter Wasser. Dorit fragt: «Soll ich warten?»

Ich drehe mich zu ihr um, die Hände schon oben an der Beifahrertür: «Nein, es kommt gleich jemand und holt uns ab. Danke, Dorit. Du hast mir sehr geholfen.»

«Dito. Aber das weißt du ja.»

«Nein, eigentlich nicht. Ich war sehr betrunken an dem Abend.»

Dorit grinst: «Ironie des Schicksals.»

Ich muss auch kurz lächeln, stelle mich auf die Zehenspitzen und gebe der Tür Schwung.

Dorit ruft plötzlich: «Ich will die Mutter spielen! Auch als Nebenrolle!» Doch da ist die Beifahrertür schon zu. Aber ich nicke Dorit zu, damit sie weiß, dass mich ihre Entscheidung freut, und dann sprinte ich los. Im Laufschritt durch den Regen und die Pfützen.

Der Friedhof ist riesig, und obwohl der Regen ein bisschen nachgelassen hat, bin ich nach wenigen Metern klitschnass. Einmal überhole ich eine ältere Frau, die in einer Hand einen Regenschirm und in der anderen eine Gießkanne hält. Ansonsten ist bei diesem Wetter niemand unterwegs. Vereinzelt sehe ich frische Gräber, auf denen große Blumenkränze liegen, die vom Regen durchweicht werden. Ein Anblick, der mich sofort traurig macht. Im Vorbeilaufen erhascht mein Blick hier und da herzzerreißende Grabinschriften. Mein Herz wird so schwer, dass ich das Gefühl habe, immer langsamer zu werden. All die Menschen, um die bitterlich geweint wurde. All die großen Lücken, die sie hinterlassen haben. All die Leben, viele davon viel zu kurz. Ich zwinge mich, nur noch auf den Weg zu achten und einfach immer

weiterzulaufen. Der Regen ist schwächer geworden, aber in meinen Schuhen schmatzt bei jedem Schritt das Wasser. Völlig außer Atem erreiche ich das Schmetterlingshaus, und mein untrainiertes Herz springt wie bekloppt in meiner Brust herum. Die Haare klatschen in dicken, feuchten Strähnen in mein Gesicht, als ich den Hals in alle Richtungen recke, um Ausschau nach Jella zu halten: weit und breit keine Spur von ihr. Ich laufe wieder los, halte mich links, so wie meine Mutter gesagt hat, und finde tatsächlich die Reihe P. Ich renne den Weg entlang, und da – ein Glück! – ist Jella!
Sie sitzt vor einem Grab. Laika, die neben ihr liegt, bemerkt mich zuerst. Mit gespitzten Ohren hebt sie den Kopf. Das wiederum bringt Jella dazu, sich umzudrehen. Sie ruft mir entgegen: «Was machst du denn hier?»

«Ich …» Aber reden geht nicht. Ich lasse mich mit rasselndem Atem neben Jella ins nasse Gras fallen. Nein, das reicht nicht, ich muss mich auf den Rücken legen. Meine Schwester und Laika gucken mich beide leicht konsterniert an. Jella fragt: «Geht's?»

«Ja …» Abgehackt japsend versuche ich zu sprechen. «Alle … machen … sich …Sorgen … um … dich …!»

Jella gibt nur ein höhnisches «Ja, klar» von sich. Und dreht sich dann wieder weg. Ihr T-Shirt hängt nass an ihr herunter, sie sieht aus wie eine gebadete Maus. Zum Glück ist es warm. Auf dem Rücken liegend sehe ich, dass die dichte Wolkendecke am Himmel schon wieder ein bisschen aufreißt. Wann regt sich meine Lunge eigentlich mal wieder ab? Mit zittrigen Händen krame ich mein Handy hervor und rufe Susanne an. Sie meldet sich sofort. «Ja?»

«Ich habe sie …gefunden!»

Susanne ist hörbar erleichtert. «Geht es ihr gut? Seid ihr auf dem Friedhof?»

«Zweimal ja.»

«Wir fahren bald von der Autobahn runter. Wo sollen wir hinkommen?»

Ich erkläre Susanne den Weg und sage ihr, dass sie und Joost an der Kapelle parken und auf uns warten sollen. Dann beenden wir das Gespräch. Jella sitzt immer noch regungslos mit dem Rücken zu mir. Ich schließe die Augen, denn jetzt, wo ich sie gefunden habe, fällt der Stress von mir ab, und mir ist ein bisschen schwindelig. Außerdem muss ich

mich überwinden, Linas Grab anzuschauen. Ich habe noch nie den Stein darauf gesehen. Am Tag der Beerdigung hatte es noch keinen gegeben. Ich erinnere mich nur an die Unmengen von Kränzen und Blumen, die auf das frische Grab geschichtet wurden, und dass ich dachte: Die erdrücken sie doch.

Ich stütze mich auf und schaue hin.

Der Stein ist grau und schlicht. In dem Beet davor wachsen bunte Wildblumen. Die Inschrift lautet:

Lina Erlen * 30.11.1989 † 26.02.2000

So lass uns Abschied nehmen wie zwei Sterne
durch jenes Übermaß von Nacht getrennt,
das eine Nähe ist, die sich an Ferne
erprobt und an dem Fernsten sich erkennt.

Rilke. So passend. Die Worte erfüllen mich mit einer solchen Sehnsucht nach Lina, dass die Tränen wie von alleine fließen. Ich schaue mir die vielen farbenfrohen Blumen im Beet an, auf denen noch kleine Regentropfen sitzen. Irgendjemand scheint einen Gärtner beauftragt zu haben, sich regelmäßig um das Grab zu kümmern.

«Wie war sie denn?» Jella schaut mich von der Seite an.

Ich lache leise auf, denn die Frage lässt sich natürlich nicht so einfach beantworten. Aber ich möchte mir Mühe geben, es zu tun. «Oh, sie war sehr … temperamentvoll. Sie hat viel gelacht, und man wusste immer, woran man bei ihr ist. Wenn sie traurig war, war sie traurig, und wenn sie fröhlich war, war sie fröhlich.» Ich überlege kurz, weil das längst nicht reicht, um Lina zu beschreiben. «Sie hat andere gerne mit kleinen Geschenken überrascht. Ich habe mal eine sehr schöne Geburtstagskarte von ihr bekommen. Sie fand es manchmal blöd, dass ich älter war, und ich glaube, sie hat trotzdem heimlich zu mir aufgeschaut. Natürlich hätte sie das nie zugegeben. Sie mochte kein Lila, und ihr Lieblingseis war Pistazie. Manchmal hat sie mich verpetzt und sich danach dafür entschuldigt. Sie wollte Astronautin werden …»

Jella schaut mich an und lächelt. «Hast du ein Foto von ihr?»

«Ja, zu Hause. Zeige ich dir. Und sie liebte es übrigens, Streiche zu spielen.»

«Was für Streiche?»

Ich muss lachen. «Sie hat mir zum Beispiel einmal im Urlaub Heuschrecken hinten ins T-Shirt gesteckt.»

Jella will immer mehr hören. «Und was hast du dann gemacht?»

«Geschrien und mich mit ihr gekloppt.»

«Da wäre ich gern dabei gewesen.» Jella rupft ein bisschen Gras neben sich ab. «Schade, dass es keine Zeitreisen gibt.»

«Ja. Das denke ich auch oft. Aber weißt du, dass es eine Theorie gibt, die sagt, dass es viel mehr Dimensionen gibt, als wir denken? Danach ist es möglich, dass wir zeitgleich auch woanders sind und nie wirklich sterben.»

«Verstehe ich nicht.»

«Ich auch nicht. Vielleicht rede ich auch Blödsinn, aber ich glaube, das bedeutet, dass wir jetzt gerade auch in einer anderen Dimension alle drei zusammen sein könnten.»

Man sieht, wie Jella versucht, sich diese Möglichkeit vorzustellen. «Vielleicht stecken Lina und ich dir zusammen Heuschrecken ins T-Shirt?»

Ich muss lachen. «Nicht nur vielleicht. Ganz bestimmt.»

Jella grinst und wird dann wieder nachdenklich. Nach einem stillen Moment sagt sie: «Das muss Papa uns mal er-

klären, wenn er wieder aufwacht.»

Hoffentlich wacht er wieder auf. Wenigstens für Jella.

«Ja, und wahrscheinlich lacht er dann, weil ich dir Quatsch erzählt habe.»

«Der weiß auch nicht alles.» Jella streichelt Laika über den Kopf und sagt leise: «Ich könnte verstehen, wenn du mich nicht magst.»

«Wie kommst du darauf, dass ich dich nicht mag?»

«Wenn Lina nicht gestorben wäre, dann wäre ich ja wahrscheinlich nie geboren worden, oder?»

Ich bin erschrocken, denn natürlich kann das in gewisser Hinsicht sein, aber in anderer eben auch gar nicht. Es tut mir weh zu sehen, dass Jella sich schuldig fühlt. «Nein, so solltest du das nicht betrachten. Denk bitte nie, dass es dich nur gibt, weil jemand anderes gestorben ist.»

«Aber meine Eltern wären sonst vielleicht nie zusammengekommen.»

«Das wissen wir nicht. Vielleicht hätten sie sich trotzdem irgendwo getroffen und ineinander verliebt.»

Jella denkt über diese Möglichkeit nach und beobachtet dabei eine Biene, die sich auf eine der Blüten gesetzt hat und dort von einem Regentropfen trinkt. «Aber du wirst bestimmt immer traurig, wenn du mich siehst.»

«Ja, das passiert manchmal.»

In diesem Moment erhebt Laika sich schwerfällig, schleppt sich zwei Schritte in meine Richtung, dreht sich einmal um sich selbst und haut sich direkt vor mir wieder hin. Ihren Kopf legt sie wie selbstverständlich auf mein Knie. Ich weiß, man soll Tiere nicht vermenschlichen, aber so, wie sie mich anschaut, bin ich mir sicher, dass sie mich von Anfang an erkannt und nur auf den richtigen Augenblick gewartet hat. Sie weiß, was uns so lange getrennt hat. Ich kraule sie hinterm Ohr. Plötzlich kommt es mir wie gestern vor, dass Lina und ich zusammen mit ihr im Schnee getobt haben. Die Traurigkeit, die bei dieser Erinnerung in meinen Körper sinkt, ist schmerzhaft und süß.

An Jella gewandt sage ich: «Ich glaube, es ist gut, dass ich traurig werde.»

«Warum?»

«Bisher habe ich es nie geschafft, richtig um Lina zu trauern.» Ein anderes Gefühl stand nämlich immer im Weg, denke ich.

«Sie ist schon so lange tot, und du warst die ganze Zeit nicht traurig?»

Wie kann ich einem Kind erklären, was ich selbst nur als dunkle Ahnung empfinde? «Manchmal wird Trauer von anderen Gefühlen verdrängt.»

«Ach, wie in *Alles steht Kopf*, oder? Kennst du den Film?»

«Nein, noch nicht.»

«Müssen wir mal zusammen gucken.»

«Ja, das machen wir.» Als ich sie anschaue, sehe ich, dass sie Tränen in den Augen hat. «Jella, warum weinst du?»

«Du warst genau so alt wie ich, als sie gestorben ist, oder?»

«Ja.»

«Du Arme.» Jella wischt sich über die Wangen, und ihr

Mitgefühl ist so pur und echt, dass ich es einfach annehmen muss.

Ich lege den Arm um sie. «Ich bin so froh, dass du meine kleine Schwester bist.»

49.

Susanne und Joost warten auf dem Parkplatz neben der Kapelle. Als Susanne uns sieht, kommt sie sofort auf uns zugelaufen und schließt ihre Tochter in die Arme. «Jella! Ich habe mir solche Sorgen gemacht!»

«Tut mir leid …» Jella ist ehrlich zerknirscht. Laika begrüßt Susanne und Joost mit freundlichem Schwanzwedeln, sie findet es schön, dass alle wieder zusammen sind. Ich vermeide es lieber, Joost anzugucken.

Susanne tritt einen Schritt zurück, streicht Jella die nassen Haare aus dem Gesicht und bemüht sich um eine strenge Stimme. «Das war jetzt aber wirklich das allerletzte Mal, dass du einfach alleine nach Hamburg gefahren bist, hörst du?»

Jella nickt beteuernd und fröstelt ein bisschen.

«Los, schnell ins Auto mit dir!» Susanne schiebt sie zum Wagen und dreht sich noch einmal zu mir um. «Danke, dass du so schnell hier warst.»

«Ist doch klar.» Ich weiß nicht so recht, wohin mit mir. Während Jella und Laika zusammen auf den Rücksitz krabbeln, treffen sich zum ersten Mal Joosts und meine Blicke.

Er fragt: «Zu dir oder zu dir?»

«Lieber zu mir.»

In meiner Wohnung angekommen, ziehen Jella und ich uns als Erstes um und trocknen unsere Haare. Jella trägt nun eine Leggins von mir, die wir am Bund knoten, und dazu das alte *Buffy*-Shirt, das Alexa mir zu meinem fünfzehnten Geburtstag geschenkt hat. Susanne hat in der Zwischenzeit bereits irgendeinen von Ratkos verbliebenen Tees gekocht, und Laika liegt schlafend unter meinem Tisch. Familienleben. In *meiner* Küche.

«Wo ist Joost?» Jella setzt sich auf einen Stuhl und legt ihre nackten Füße auf Laikas Rücken.

«Der holt nur kurz was zu essen.» Susanne reicht mir eine Tasse Tee. Ich mag keine Heißgetränke, aber die Geste ist so mütterlich und nett, dass ich sie dankend annehme und mich neben Jella an den Tisch setze. Meine Schwester zeigt stumm auf die dampfende Tasse vor sich und verzieht angeekelt das Gesicht. Sie mag auch keinen Tee. Ich muss ein Lachen unterdrücken.

«Ist sie das?» Jella hat das gerahmte Bild, das ich meiner Mutter geklaut habe, auf dem Regal entdeckt. Sie steht auf, um es besser anschauen zu können.

«Ja. Das ist Lina.»

Jella nimmt den Rahmen in die Hand und setzt sich wieder. Susanne und ich wechseln einen stummen Blick.

Es klingelt an der Wohnungstür, und ich stehe auf, um Joost hereinzulassen. Er hat eine volle Tasche dabei. «Ich wusste nicht, was dein Freund mag. Ich habe einfach fünfmal Quesadillas und Guacamole mitgebracht. Ich hoffe, das ist okay.»

Ich nehme ihm die Tasche ab, damit er sich die Jacke ausziehen kann. «Ja, danke. Aber Ratko wohnt gar nicht mehr hier.»

Joost hängt seine Jacke an den Haken. «Nicht?»

«Nein. Und er ist auch nicht mehr mein Freund.»
Joost nimmt mir die Tasche wieder ab. «Okay.»
Sein Gesicht verrät nichts, aber was sollte es auch?

Während des Essens steht Jella irgendwann auf, um ins Bad zu gehen. Als sie nach einer ganzen Weile immer noch nicht wieder aufgetaucht ist, stehe ich auf, um nach ihr zu sehen. Ich finde sie im Wohnzimmer-Zelt. Laika schnarcht darin und zuckt im Traum mit den Hinterbeinen, und auch Jella scheint schon halb eingeschlafen. Sie öffnet die Augen, als sie mich bemerkt. «Es ist so gemütlich hier drin.»

Ich knie mich in den Eingang und reiche ihr eine Decke: «Ja, ich weiß. Ruh dich ruhig aus.»

Jella schaut auf die Decke, dann zu mir und scheint etwas zu überlegen. «Könntest du mich vielleicht …?»

«Du meinst *Kohlroulade*?»

Jella strahlt trotz Müdigkeit. «Du kennst das auch?»

«Na, was denkst du denn?» Ich krieche zu ihr ins Zelt und stopfe die Decke von allen Seiten unter ihren Körper. Jella legt eine Hand auf Laikas Rücken, schließt die Augen und murmelt leise: «Weißt du, wie lieb ich dich hab?»

Ich antworte flüsternd: «Nein, wie denn?»

«Bis zum Himmel und zurück.»

Ich gebe ihr einen Kuss auf die Stirn und sage: «Ich dich auch.»

Joost und Susanne haben aufgegessen, als ich zurück in die Küche komme. «Sie schläft im Zelt.»

«Jetzt?» Susanne sieht auf ihre Uhr und erschrickt. «So spät schon? Wir müssen nach Hause.»

Ich möchte nicht, dass sie schon fahren. «Morgen ist Samstag. Da ist doch schulfrei, oder?»

«Ja, aber ich muss früh in den Laden.» Susanne hebt bedauernd die Schultern und steht auf.

«Und was, wenn Jella hier schläft und ich sie morgen mit dem Zug nach Bremen bringe? Dann müssen wir sie jetzt nicht wecken.»

Susanne nickt zögernd. «Ja, so können wir es natürlich auch machen.»

Joost räuspert sich. «Oder du nimmst mein Auto, ich schlafe hier auf dem Sofa und fahre morgen früh mit Jella zusammen zurück. Natürlich nur, wenn du nichts dagegen hast.» Er schaut mich fragend an.

«Überhaupt nicht!» Okay, meine Antwort kam so prompt, dass man da auch einen gewissen Übereifer hineininterpretieren könnte. Susanne scheint es aber nicht aufzufallen. «Gut, dann machen wir es so.»

Später, beim Abschied, fasst sich Susanne ein Herz und sagt: «Es tut mir leid, Katja. Robert und ich hätten Jella alles schon viel früher erzählen müssen. Ich weiß nicht, warum wir dachten, es sei besser für sie, wenn sie nichts von Lina und dir erfährt.»

Ihre Entschuldigung bedeutet mir viel, aber ich weiß ohnehin, dass sie nie eine böse Absicht hatten. «Ihr wolltet sie beschützen, ich verstehe das schon.»

Susanne schüttelt den Kopf: «Nein, das haben wir vielleicht vor uns selbst behauptet. Aber wenn ich ehrlich bin, hatten wir einfach Angst davor, dass unser Leben zu kompliziert wird.»

Ich muss lächeln: «Siehst du, und ihr hattet gar nicht so unrecht.»

Susanne umarmt mich und fragt leise: «Glaubst du, er wacht wieder auf?»

«Ich hoffe es.»

Und dann sind Joost und ich allein. Ich weiß nicht, wie ich mit der Situation umgehen soll, denn Joost begegnet mir schon den ganzen Abend mit dieser distanzierten Freundlichkeit. Nicht gekränkt oder beleidigt, aber reserviert und mit einer gewissen Vorsicht. Eben, als wir noch zu viert am Tisch saßen und Jella alles Mögliche über Lina wissen wollte, fiel das nicht weiter ins Gewicht. Aber nun sind wir nur zu zweit und räumen schweigend die Küche auf. Keiner spricht, die Luft steht unter Spannung, und wenn ich neben ihm stehe, dann spüre ich, dass da irgendwelche Atome zwischen uns tanzen. Da nimmt etwas Form an, was ich nie hatte und immer vermisst habe.

Alexa hat gesagt, ich soll mich nicht mehr wegdrehen, wenn etwas Gutes in Sicht ist. Aber was, wenn ich mich täusche und es genauso ist wie bei den Sternen? Vielleicht ist das Leuchten, das ich bei Joost zu sehen glaube, nur das zeitlich verzögerte Flackern von etwas, was längst verglüht ist? Könnte sein. Was ich aber mit Gewissheit sagen kann, ist, dass ich diese verschmockte Sternen-Metapher nie wieder bemühen werde. So abgegriffen, wie sie ist, könnte kein *CSI*-Team der Welt alle Fingerabdrücke darauf noch einzelnen Tätern zuordnen.

So oder so, es gibt etwas, was ich Joost unbedingt sagen möchte. Als er neben mich tritt, um ein paar Gläser abzustellen, berühre ich ihn am Arm, ziehe meine Hand aber sofort wieder zurück. Er schaut mich fragend an.

«Du hast recht damit, dass ich mich an meinen Schuldgefühlen festgehalten habe.»

Joost sieht mich an und wartet, dass ich weiterspreche.

«Aber …» Mir stockt der Atem, weil der Schmerz sich in einer großen Welle über mir bricht. «Aber ich kann es mir einfach nicht verzeihen. Ich darf es nicht.»

«Wer sagt das?»

Ich zucke mit den Achseln. «Ich natürlich.»

«Wenn Jella so etwas passiert wäre, würdest du ihr dasselbe sagen?»

Ich schüttle den Kopf: «Das ist was anderes. Sie ist ein Kind.»

«Katja, das warst du damals auch. Ein kleines, zwölfjähriges Mädchen, das bei einem furchtbaren Unglück zusehen musste.»

«Ja, ich weiß. Aber ich …»

«Nein, warte. Das ist doch eine viel zu schwere Last, die du dem Mädchen auf den Rücken gebunden hast. So soll sie durchs Leben gehen? Merkst du nicht, dass sie das alles gar nicht tragen kann?»

Doch, ich merke es. Ich merke, wie erschöpft ich bin. Wie ich nichts richtig schön finden kann, weil mich die Last immerzu nach unten drückt. Wie trotzdem nichts und niemand Lina wieder zurückbringen kann. Auf einmal bringt mich das Bild von dem kleinen, schwerbepackten Mädchen, das sich kaum von der Stelle bewegen kann, zum Weinen. Alles bricht aus mir heraus, ich kann es nicht mehr kontrollieren. Aber so muss es wohl sein. Joost nimmt mich in die Arme. Ich schluchze ihm das T-Shirt voll, und er streicht mir immer wieder übers Haar. Irgendwann habe ich mich leergeheult und trete einen Schritt zurück. Wir stehen voreinander, schauen uns kurz in die Augen und dann aus einer zärtlichen Verlegenheit heraus beide gleichzeitig wieder weg.

Ich versuche nicht zu lange darüber nachzudenken und nehme einfach seine Hand. Dieselbe Hand, die ich einmal in einer Einkaufspassage gehalten habe. «Ich bin verkorkst, und vielleicht geht das nie richtig weg.»

Er lächelt. «Das scheint mich nicht zu stören, denn sonst hätte ich mich nicht gleich zweimal in dich verliebt.»

So viel Glück, ich weiß gar nicht, wohin damit. «Ich würde dich jetzt gerne küssen, aber wenn du dann vor lauter Bedenken wieder zurückspringst, stößt du dich an meinem Kühlschrank.»

«Dann lass ich das wohl lieber.» Joost lacht und beugt sich zu mir herunter. Und dann küssen wir endlich den Kuss, den wir schon vor vierzehn Jahren küssen wollten.

50.

Ich sitze auf dem Besucherstuhl am Bett. An der Wand hängt ein neues Bild, das Jella für unseren Vater gemalt hat. Darauf ist Laika zusammen mit vier Außerirdischen auf einem Planeten zu sehen. Ein Alien tankt Laikas Raumschiff auf, und die anderen essen Hundekuchen.

«Hallo, Papa.» Ich betrachte meinen Vater. Ein lebloser Körper, verschlaucht und verkabelt wie eine verlassene Hülle. Aber ich wiederhole immer wieder für mich, was Alexa gesagt hat: *«Er ist aber nicht tot, Katja.»*

Über ein Jahr liegt er schon hier, und die Ärzte antworten nur noch ausweichend auf unsere Nachfragen.

Was sollen sie nach all den Monaten auch noch sagen?

«Papa, die Rosetta-Mission wurde gestern abgeschlossen.» Ich hole mein Handy aus der Tasche und rufe die Meldung auf. «Ich weiß ja nicht, ob du den Artikel vorgelesen haben willst. Falls nicht, denk so lange an was anderes, okay? Achtung, ich lese jetzt vor …»

Nach mehr als zwölf Jahren im All und geschätzten acht Milliarden Flugkilometern ist die Mission der Raumsonde Rosetta am Freitag, den 30. September 2016, planmäßig zu Ende gegangen. Langsam flog Rosetta zur Oberfläche des Kometen Tschuri, setzte auf und beendete die Kommunikation mit der Erde. Bis zum Schluss lieferte sie mit Hilfe der Landeeinheit Philae aus 720 Mio. km Entfernung überraschende Informationen und spektakuläre Bilder.

Ich lasse das Handy sinken und schaue wieder meinen Vater an. Falls er mich gehört hat, wie nimmt er diese Nachricht wohl auf? So viele Jahre hat er an der Mission mitgearbeitet, und nun war er gestern nicht einmal mit seinen Kollegen im Kontrollraum, als der Funkkontakt abgebrochen ist.

«Wusstest du, dass Lina und ich uns immer vorgestellt haben, dass Rosetta und Philae Schwestern sind?»

Unverändert regungslos liegt er da.

«Ich finde die Vorstellung schön, dass Rosetta und Philae jetzt mit Tschuri irgendwo im All verschwinden und für immer zusammenbleiben.»

Ich habe mich daran gewöhnt, mit ihm zu sprechen und keine Antwort zu bekommen. Trotzdem macht es die Situation nicht einfacher.

Seine Haut ist blass, er hat graue Ringe unter den Augen und weiße Bartstoppeln im Gesicht. Ich gehe zum Waschbecken, wo eine kleine Schüssel, ein Einwegrasierer, Seife und Waschlappen stehen. Ich fülle die Schüssel mit warmem Wasser, stelle sie auf den ausgeklappten Nachttisch und befeuchte die Wangen meines Vaters mit dem nassen Waschtuch. Die Seife schäume ich zwischen meinen Fingern auf und streiche sie auf seine Wangen. Ich lege ihm ein kleines Handtuch auf den Kragen seines Patientenhemds, damit es nicht nass wird, und bin darauf bedacht, nicht an einem der zahlreichen Schläuche hängenzubleiben. Meine Hand zittert leicht. Jedes Mal wieder habe ich Angst, ihn zu schneiden. Vorsichtig fahre ich mit der Klinge über seine Wangen und lasse die Stelle nah am Mund aus, wo der Beatmungsschlauch mit Pflasterband festgeklebt ist. Als ich fertig bin, wische ich ihm den restlichen Schaum ab und tupfe seine Haut mit einem Handtuch trocken. Seine Gesichtsfarbe ist durch die Berührungen und das Wasser ein wenig rosiger geworden.

Ich räume die Sachen zur Seite und trete noch mal an sein Bett. «Ich muss jetzt los. Zu Hause wartet *Eine Familie mit Saft* auf mich. Es gibt wieder jede Menge Änderungswünsche von unserer Nebendarstellerin. Aber morgen besuchen dich Susanne und Jella. Und Samstag ist Joosts Geburtstag, da kommen wir alle vorbei. Bis bald also.»

Ich streiche meinem Vater zum Abschied übers Haar und gehe zur Tür. Als ich mich noch einmal flüchtig zu ihm umdrehe, nehme ich etwas aus den Augenwinkeln wahr. Was war das?

Eine Irritation im sonst unbewegten Bild.

Ich schaue noch einmal hin und sehe es ganz deutlich.

Nur zwei Finger, nur ein bisschen.

Aber nach all den Monaten ein erstes Zeichen.

Ich danke

meinen Eltern Eva und Peter, meinem Bruder Michael, Ulrike Beck, Silja Clemens, Viviane Czok-Gökkurt, Wenke Dagyab, Katrin Greve, Silke Jellinghaus, Sandra Pasligh und Elke Schuch.

Ganz besonders danke ich Dirk, Henri und Edgar.
Die Welt ist schön, weil Ihr drauf seid.